CHARLES DICKENS

Oliver Twist

Tradução
UBK Publishing House

ubk

EDIÇÃO Cristina Barcia
COPIDESQUE Christian Danniel
REVISÃO Alessandra Brito e Nádia Maia
PROJETO GRÁFICO Clarissa Duarte
CAPA Renata Amoedo
ILUSTRAÇÕES ORIGINAIS George Cruikshank
IMAGENS DO MIOLO Ecaterina Scuichina | Shutterstock
Pavel | Adobe Stock
samposnick; IR_Stone | iStock
Freepik

Dados Internacionais de Catalogação na Publicação (CIP)
(Câmara Brasileira do Livro, SP, Brasil)

Dickens, Charles, 1812-1870

Oliver Twist / Charles Dickens ; [tradução UBK Publishing House]. – Rio de Janeiro : Ubook Editora, 2023.

Título original: Oliver Twist

ISBN 978-65-5875-958-4

1. Romance inglês I. Título.

23-159705 CDD-823

Índices para catálogo sistemático:

1. Romances : Literatura inglesa 823

Cibele Maria Dias - Bibliotecária - CRB-8/9427

Ubook Editora S.A
Av. das Américas, 500, Bloco 12, Sala 207,
Barra da Tijuca, Rio de Janeiro/RJ.
Cep.: 22.640-100
Tel.: (21) 3570-8150

"AS PESSOAS QUE OLHAM PARA A NATUREZA E PARA SEUS SEMELHANTES E LAMENTAM QUE TUDO É ESCURO E SOMBRIO ESTÃO EM SEU DIREITO, MAS AS CORES SOMBRIAS SÃO OS REFLEXOS DE SEUS OLHOS E DE SEU CORAÇÃO MACULADOS. OS TONS REAIS SÃO DELICADOS E PRECISAM DE UM OLHAR MAIS APURADO."

SUMÁRIO

I

ONDE OLIVER TWIST NASCEU E AS CIRCUNSTÂNCIAS DE SEU NASCIMENTO

Entre as instituições públicas de uma certa cidade, que, por muitas razões, será prudente abster-me de mencionar o nome, e à qual não atribuirei um nome imaginário, existe uma velha e comum construção à maioria das cidades grandes ou pequenas: a casa de trabalho[1] (ou asilo dos pobres). Nesse lugar, cujo dia que não preciso me incomodar em repetir, tendo em vista que isso não tem importância para o leitor nesta fase dos eventos, nasceu o pequeno mortal cujo nome é apresentado no título deste capítulo.

---

1 Em inglês, Workhouse. Lugar onde os pobres, tanto adultos quanto crianças, que não tinham onde morar, iam trabalhar em troca de estadia e alimentação.(N.E.)

Por um bom tempo após ser introduzido neste mundo miserável e problemático pelo médico da paróquia, permaneceu uma dúvida considerável se a criança sobreviveria para receber um nome. Fosse este o caso, é um pouco mais do que provável que essas memórias nunca tivessem surgido, ou, se surgissem, ocupariam algumas páginas e teriam o mérito inestimável de ser a amostra mais concisa e fiel de uma biografia existente na literatura de qualquer época ou país.

Embora eu não esteja disposto a sustentar que nascer em uma casa assim seja, em si, a circunstância mais favorável e invejável que possa acontecer a um ser humano, quero dizer que, neste caso em particular, foi o melhor que podia ter acontecido a Oliver Twist. O fato é que houve muita dificuldade para fazer o menino respirar, um exercício cansativo, mas necessário para a nossa existência. Durante algum tempo, ele permaneceu deitado, ofegante, num pequeno colchão de algodão, equilibrado de forma bastante desigual entre este e o outro mundo: a balança estava decididamente a favor deste último. Agora, se durante esse breve período, Oliver estivesse cercado de avós cuidadosas, tias ansiosas, enfermeiras experientes e médicos de profunda sabedoria, ele morreria em pouco tempo, inevitável e indubitavelmente. Sem ninguém, porém, senão uma pobre idosa, que bebera demais, e um médico da paróquia, que fazia tais coisas por contrato, Oliver e a natureza lutaram para encontrar o ponto de equilíbrio entre eles. O resultado foi que, após alguns esforços, Oliver respirou, espirrou e passou a anunciar aos reclusos do lugar o fato de que um novo fardo teria sido imposto à paróquia, gritando tão forte quanto se podia razoavelmente esperar de um menino que há apenas três minutos parecia não ter aquele apêndice tão útil para um ser humano: a voz.

Enquanto Oliver dava essa primeira prova do funcionamento livre e adequado de seus pulmões, a manta de retalhos sobre a cama de ferro farfalhou. O rosto pálido de uma moça ergueu-se do travesseiro, e uma voz fraca articulou imperfeitamente as palavras:

— Deixe-me ver a criança antes de morrer.

O médico estava sentado em frente à lareira, aquecendo as mãos e esfregando-as alternadamente. Quando a moça falou, ele levantou-se e, aproximando-se da cama, disse, com mais gentileza do que se podia esperar dele:

— Ah, você não devia falar em morrer.

— Que Deus a abençoe! — disse a enfermeira, guardando apressadamente em seu bolso uma garrafa verde, cujo conteúdo ela vinha provando, com evidente satisfação, em um canto do cômodo. — Senhor, abençoe-a, quando ela tiver vivido tanto quanto eu, senhor, e tiver tido treze filhos, e todos eles morrerem, exceto dois, ela pensará diferente! Pense como é bom ser mãe de uma pequena criança.

Aparentemente, essa perspectiva consoladora de uma mãe fracassou em produzir seu devido efeito. A paciente balançou a cabeça e estendeu as mãos para a criança.

O médico passou-lhe a criança aos braços. A mãe pressionou seus lábios pálidos e frios apaixonadamente na testa do bebê, passou as mãos sobre o próprio rosto, lançou um olhar atordoado ao redor, estremeceu, caiu para trás... e morreu. Massagearam-lhe o peito, as mãos e as têmporas, mas o sangue parara de circular para sempre. Falavam-lhe de esperança e conforto. Mas era tarde demais.

— Ela se foi, sra. Thingummy — afirmou o médico.

— Ah, coitadinha! — lamentou a enfermeira, pegando a rolha da garrafa verde, que caíra no travesseiro enquanto ela se abaixara para segurar a criança. — Coitadinha!

— Não precisa me chamar se a criança chorar, enfermeira — disse o médico, pondo suas luvas com resolução. — É bem provável que sofra com incômodos. Dê-lhe um pouco de mingau, se for o caso.

O médico colocou o chapéu e, parando ao lado da cama a caminho da porta, acrescentou:

— Ela era bonita, de onde veio?

— Trouxeram-na ontem à noite — respondeu a velha — por ordem do inspetor. Foi encontrada deitada na rua. Percorrera uma distância considerável, pois seus sapatos estavam gastos. Mas, de onde vinha e para onde ia, ninguém sabe.

O médico inclinou-se sobre o corpo e, levantando a mão esquerda do cadáver, disse, balançando a cabeça:

— A mesma história de sempre. Sem aliança de casamento. Ah! Boa noite!

O médico foi jantar, e a enfermeira, após tomar outro gole da garrafa verde, sentou-se numa cadeira baixa perto da lareira e começou a vestir a criança.

Que excelente exemplo do poder da roupa foi o jovem Oliver Twist! Enrolado no cobertor que até então fora sua única proteção, podia ser filho de um nobre ou de um plebeu. Seria difícil ao estranho mais arrogante dizer a qual classe social pertencia. Mas agora, ao ser enrolado em velhas roupas de calicô[2] amareladas, estava marcado e rotulado, e foi imediatamente reduzido a uma criança da paróquia, um órfão do asilo, uma vítima da fome, um

2 Tecido indiano rústico feito de algodão. (N.E.)

destinado aos maus-tratos, desprezado por todos, sem a piedade de ninguém.

Oliver chorava muito. Se ele soubesse que era órfão, deixado à mercê das ternas misericórdias dos curadores de igrejas e dos inspetores, talvez chorasse mais alto.

II

CONSIDERAÇÕES SOBRE O CRESCIMENTO E A EDUCAÇÃO DE OLIVER TWIST

Durante os oito ou dez meses seguintes, Oliver foi vítima de um curso sistemático de trapaças e enganações. Foi criado com mamadeira. A situação de fome e desamparo do pequeno órfão foi devidamente relatada pelas autoridades do asilo às autoridades da paróquia, que perguntaram com dignidade às primeiras se não havia nenhuma mulher residente na instituição que estivesse em condições de oferecer a Oliver Twist a consolação e o alimento de que ele precisava. As autoridades do asilo responderam humildemente que não havia. A respeito disso, as autoridades da paróquia decidiram de modo magnânimo e humanitário que Oliver seria "cultivado" ou, em outras palavras, enviado a uma outra casa a cerca de cinco quilômetros de distância, onde vinte ou trinta jovens delinquentes rolavam pelo chão o dia inteiro, sem o incômodo de comer muito ou de usar muita roupa, sob a supervisão parental de uma velha que recebia os infratores por sete pence e meio centavo por cabeça e por semana. Sete pence e meio centavo por semana é um bom valor para sustentar uma criança. Muita coisa pode ser comprada com esse dinheiro; é o suficiente para encher o estômago a ponto de causar desconforto.

A velha era sábia e experiente. Sabia o que era bom para as crianças e tinha uma percepção muito precisa do que era bom para ela mesma. Assim, apropriava-se da maior parte do auxílio semanal para uso próprio e submetia a crescente geração da paróquia a uma provisão ainda menor do que a originalmente prevista. Encontrando, assim, na profundidade mais baixa, um nível ainda mais profundo e provando ser uma grande filósofa experimental.

Todos conhecem a história de outro filósofo experimental que tinha uma bela teoria segundo a qual um cavalo seria capaz de viver sem comer e que a demonstrou tão bem que oferecera ao seu próprio cavalo uma palha por dia. Inquestionavelmente, isso tornaria o animal ágil e rápido, se não tivesse morrido 24 horas antes de receber pela primeira vez uma porção de ar puro. Infelizmente, para a filosofia experimental da mulher a cujo cuidado protetor Oliver Twist foi entregue, um resultado semelhante ocorria geralmente na operação de *seu* sistema, pois, no exato momento em que uma criança conseguia sobreviver com uma escassa porção do pior alimento possível, acontecia, perversamente, oito em dez casos nos quais a criança adoecia por causa da fome e do frio ou caía no fogo por descuido ou se asfixiava por acidente. Em qualquer um dos casos, a criaturinha miserável normalmente partia para o outro mundo e lá se reunia aos pais que nunca conhecera neste.

Ocasionalmente, quando se fazia um inquérito maior do que o habitual para saber a respeito de uma criança da paróquia que fora esquecida debaixo da cama ou inadvertidamente escaldada até à morte na hora do banho, embora essa classe de acidente fosse bem rara, pois tomar banho era bastante incomum na casa, o júri fazia perguntas incômodas, ou os paroquianos assinavam uma reclamação de forma rebelde e em protesto. Mas essas impertinências eram logo reprimidas pelo relatório do médico e pelo testemunho do bedel. O médico sempre afirmava que abrira o corpo e não encontrara nada dentro (o que era muito provável); e o bedel jurava invariavelmente o que a paróquia necessitava, e isso demonstrava muita devoção. Além disso, a junta fazia peregrinações periódicas à instituição e enviava sempre o bedel na véspera para anunciar a visita. Assim, as crianças eram limpas e asseadas para contemplá-los quando eles chegassem.

Não se pode esperar que esse sistema educacional forme um grupo muito extraordinário ou exuberante. Aos nove anos, Oliver Twist era uma criança magra e pálida, um pouco diminuta em estatura e decididamente pequena em circunferência. Mas a natureza ou a herança implantara um bom espírito forte no peito de Oliver. Tivera muito espaço para se desenvolver, graças à parca dieta do estabelecimento, e talvez a essa circunstância seja atribuído o fato de ele ter chegado ao nono aniversário. Seja como for, completava nove anos e estava nesse dia no depósito de carvão com um seleto grupo de dois outros jovens cavalheiros, que, após receberem com ele uma boa surra, foram detidos por dizerem que estavam com fome. Então, a sra. Mann, a boa dama da casa, assustou-se com a aparição inesperada do sr. Bumble, o bedel, que tentava abrir a porta do jardim.

— Santo Deus! É o sr. Bumble? — disse a sra. Mann, colocando a cabeça para fora da janela em um êxtase afetado de alegria. — Susan, mande para cima Oliver e os outros dois pirralhos e lave-os depressa. Sr. Bumble, como estou contente por vê-lo, é um grande prazer!

O sr. Bumble era gordo e irritadiço, assim, em vez de responder educadamente ao cumprimento afetuoso, empurrou a porta com toda a força, em seguida, deu-lhe um pontapé, digno de um bedel.

— Será possível? — disse a sra. Mann, correndo para abrir a porta, enquanto os três rapazes já haviam se retirado. — Veja só! Devo ter me esquecido de que a porta estava fechada por dentro, por causa daquelas crianças! Entre, senhor, entre, por gentileza, sr. Bumble.

Embora esse convite fosse acompanhado de uma reverência que amoleceria o coração do diretor de uma igreja, não comoveu o bedel.

— Acha essa conduta respeitosa ou apropriada, sra. Mann? — perguntou o sr. Bumble, agitando a bengala. — Manter os oficiais da paróquia esperando à porta de seu jardim, quando eles vêm aqui, cumprindo suas funções paroquiais, visitar os órfãos da paróquia? Por acaso esquece, sra. Mann, que a senhora é, como posso dizer, delegada da paróquia e remunerada por isso?

— Sei disso, sr. Bumble. Ia apenas dizer a uma ou duas destas adoráveis crianças, que tanto gostam do senhor, que estava aqui — respondeu a sra. Mann, humildemente.

O sr. Bumble tinha uma boa noção de seu dom oratório e de sua importância. Mostrava um e defendia o outro. Acalmou-se.

— Certo, sra. Mann — respondeu, num tom mais calmo —, é possível, como a senhora afirma. Entremos, sra. Mann, pois vim tratar de negócios e tenho algo a lhe dizer.

A sra. Mann conduziu o bedel a uma salinha com chão de tijolos. Ofereceu-lhe uma cadeira e apressou-se em lhe tomar das mãos o chapéu de três bicos e a bengala, colocando-os em cima da mesa. O sr. Bumble enxugou da testa o suor que sua caminhada produzira, olhou com complacência para o chapéu de três bicos e sorriu. Sim, ele sorriu. Bedéis são apenas homens; e o sr. Bumble sorriu.

— Não se ofenda com o que direi — observou a sra. Mann, com uma doçura cativante. — O senhor fez uma longa caminhada, digo, caso contrário, eu não mencionaria isso. Aceitaria beber alguma coisa, sr. Bumble?

— Nem um gole. Nem um gole — respondeu o sr. Bumble, recusando com um gesto de sua mão direita, com dignidade, mas de forma plácida.

— Acho que o senhor gostaria de beber algo — falou a sra. Mann, que percebera o tom da recusa e o gesto que a acompanhou. — Quem sabe apenas uma dose, com um pouco de água fria e um torrão de açúcar.

O sr. Bumble tossiu.

— Só uma dose — insistiu a sra. Mann de forma persuasiva.

— De quê? — perguntou o bedel.

— Guardo um pouco disso em casa para pôr no elixir que dou às crianças quando elas estão doentes, sr. Bumble — respondeu a sra. Mann, abrindo um armário e pegando uma garrafa e um copo. — É gim. Não vou enganá-lo, sr. Bumble. É gim.

— A senhora dá elixir às crianças? — perguntou o sr. Bumble, acompanhando com os olhos o interessante processo de mistura.

— Ah, claro que dou — respondeu ela. — Não consigo vê-los sofrer diante dos meus olhos, senhor.

— Não — disse o sr. Bumble, com aprovação —, é claro que não consegue. A senhora é muito humana, sra. Mann. (Aqui ela pôs o copo sobre a mesa.) Aproveitarei a oportunidade para dizer isso ao conselho. (Ele puxou o copo para si.) A senhora age como uma mãe, sra. Mann. (Ele agitou o gim e a água.) Bebo à sua saúde, sra. Mann.

E bebeu metade do copo.

— Agora falemos de negócios — disse o bedel, tirando da algibeira um caderno de bolso. — A criança enviada com o nome de Oliver Twist faz nove anos hoje.

— Abençoado seja! — interpôs a sra. Mann, esfregando o olho esquerdo com a ponta do avental.

— E apesar de uma recompensa oferecida de dez libras, que depois foi aumentada para vinte, apesar dos esforços extraordinários e, ouso dizer, sobrenaturais da paróquia — disse Bumble —, não conseguimos descobrir quem é o pai nem o nome e a condição da mãe.

A sra. Mann ergueu as mãos, perplexa, e acrescentou após um momento de reflexão:

— Como ele tem um sobrenome, então?

O bedel empertigou-se orgulhosamente, e disse:

— Eu o inventei.

— O senhor, sr. Bumble?

— Eu mesmo, sra. Mann. Damos os nomes aos pequenos por ordem alfabética. O último era da letra S, chamei-lhe Swubble. Este era da letra T, chamei-lhe Twist. O próximo será Unwin, e o posterior Vilkins. Tenho nomes prontos até o fim do alfabeto. E, quando chegar ao Z, reinicio.

— Ora, o senhor é bem letrado! — exclamou a sra. Mann.

— Quem sabe, quem sabe — disse o bedel, evidentemente satisfeito com o elogio —, talvez eu seja. Talvez eu seja, sra. Mann.

Ele terminou de tomar a bebida e acrescentou:

— Como Oliver agora já está velho demais para permanecer aqui, o conselho decidiu mandá-lo de volta ao asilo. Vim justamente para levá-lo. Portanto traga-o imediatamente.

— Vou mandar chamá-lo — disse a sra. Mann, saindo da sala para esse fim.

Oliver, após ser lavado da camada de sujeira que lhe tomava o rosto e as mãos, foi levado até a sala por sua benevolente protetora.

— Cumprimente o cavalheiro, Oliver — disse a sra. Mann.

Oliver fez uma reverência ao bedel.

— Quer vir comigo, Oliver? — perguntou o sr. Bumble, com uma voz majestosa.

Oliver estava prestes a dizer que aceitaria ir imediatamente com qualquer pessoa quando, ao olhar para cima, viu a sra. Mann, que ficara atrás da cadeira do bedel e agitava o punho para ele com um semblante furioso. Compreendeu logo o gesto, pois aquele punho atingira muitas vezes seu corpo para não ficar profundamente marcado em sua memória.

— Ela irá comigo? — perguntou o pobre Oliver.

— Não, ela não pode — respondeu o sr. Bumble. — Mas poderá ir vê-lo às vezes.

Isso não foi um grande consolo para a criança. No entanto, apesar de ser tão jovem, ele tinha inteligência suficiente para fingir sentir um grande pesar por ir embora. Não lhe era muito difícil derramar lágrimas. A fome e a surra recente são bem úteis quando se precisa chorar, e Oliver chorou naturalmente. A sra. Mann deu-lhe mil abraços e aquilo que Oliver mais queria: uma fatia de pão com manteiga, para que ele não parecesse muito faminto quando chegasse ao asilo. Com a fatia de pão na mão e um pequeno boné de pano marrom na cabeça, Oliver foi levado pelo sr. Bumble para longe daquela casa miserável onde uma palavra ou um olhar afável nunca suavizara a tristeza de sua infância. No entanto, começou a chorar quando a porta se fechou atrás dele. Por mais miseráveis que fossem seus pequenos companheiros de infortúnio, eram os únicos amigos que ele conhecera, e a noção da solidão em que se achava neste vasto mundo, pela primeira vez, invadiu o coração da criança.

O sr. Bumble caminhava a passos largos, e o pequeno Oliver, agarrando firmemente a roupa do bedel, caminhava ao seu lado, perguntando a cada instante se já estavam perto. A essas perguntas, o sr. Bumble dava respostas breves e rápidas, pois a cordialidade temporária que o gim desperta em certos corações já evaporara. Voltara a ser um bedel.

Não havia quinze minutos que Oliver atravessara os muros do asilo e já comera a segunda fatia de pão quando o sr. Bumble, que o confiara aos cuidados de uma velha, voltou, dizendo-lhe que era dia de conselho e que o conselho informara que ele deveria apresentar-se imediatamente.

Sem uma noção muito clara do que era um conselho, Oliver ficou perplexo com essa notícia, sem saber se deveria rir ou chorar. Mas não teve tempo para pensar no assunto, pois o sr. Bumble deu-lhe uma pancada na cabeça, com a bengala, para que se atentasse, e outra nas costas, para despertá-lo. Mandando que o seguisse, conduziu-o a uma grande sala caiada, onde oito ou dez cavalheiros gordos estavam sentados ao redor de uma mesa. Na cabeceira da mesa, sentado numa cadeira um pouco mais alta que as demais, estava um cavalheiro bem gordo, com o rosto muito redondo e avermelhado.

— Cumprimente o conselho — ordenou o sr. Bumble.

Oliver enxugou duas ou três lágrimas que rolavam de seus olhos e cumprimentou o conselho.

— Como se chama, garoto? — perguntou o cavalheiro da cadeira alta.

Oliver se assustou ao ver tantos cavalheiros, o que o fez estremecer. O bedel deu-lhe outra pancada por trás que o fez chorar. Esses dois motivos fizeram-no responder com a voz bem baixa e reticente. Um cavalheiro de colete branco disse que ele era um idiota, uma excelente maneira de elevar seu espírito e tranquilizá-lo.

— Garoto — disse o cavalheiro da cadeira alta —, ouça. Você sabe que é órfão, não sabe?

— O que é isso, senhor? — perguntou o pobre Oliver.

— O menino *é* um idiota, eu apenas achava que fosse — disse o cavalheiro de colete branco.

— Silêncio! — disse o senhor que falara primeiro. — Você sabe que não tem pai nem mãe e que foi criado pela paróquia, não sabe?

— Sim, senhor — respondeu Oliver, chorando amargamente.

— Por que está chorando? — perguntou o cavalheiro de colete branco.

Era de fato extraordinário. Por que o menino *poderia* estar chorando?

— Creio que reze todas as noites — disse outro cavalheiro, com voz rouca —, por aqueles que o alimentam e cuidam de você... como um cristão.

— Sim, senhor — balbuciou o menino.

O cavalheiro que falou por último estava inconscientemente certo. Era realmente necessário que Oliver fosse cristão, e até mesmo um grande cristão, para que pudesse orar pelas pessoas que *o* alimentavam e cuidavam *dele*. Mas ele não rezava, pois ninguém o ensinara.

— Muito bem! Você foi enviado a este lugar para ser educado e aprender uma profissão útil — disse o cavalheiro de rosto avermelhado da cadeira alta.

— Sendo assim, você começará a desfiar estopa amanhã às seis da manhã — acrescentou o cavalheiro de colete branco.

Por conta da combinação daqueles dois benefícios no único e simples processo de desfiar estopa, Oliver cumprimentou o bedel, e, em seguida, foi levado para uma grande sala onde, numa cama áspera e dura, chorou até adormecer. Que bela demonstração das ternas leis da Inglaterra! Permitem aos pobres dormirem!

Pobre Oliver! Enquanto dormia, pouco pensava na feliz inconsciência de todos ao seu redor a respeito da decisão a qual o conselho chegara naquele mesmo dia, que teria grande influência em seu futuro. A decisão foi tomada.

Era a seguinte.

Os membros do conselho eram homens profundamente sábios e filosóficos. Ao olharem atentamente para o asilo, perceberam de imediato algo que os leigos jamais descobririam: os pobres gostavam de viver ali! Era uma casa de recreação para as classes mais pobres, uma taverna onde não se pagava nada, café da manhã, jantar, chá e ceia o ano inteiro, um paraíso de tijolos e argamassa, no qual só havia diversão e ninguém trabalhava.

— Arrá! — disse o conselho, parecendo muito astuto. — Somos os encarregados de colocar tudo em ordem, vamos acabar com isto.

Então, estabeleceram a regra que todos os pobres deveriam ter a alternativa (pois não obrigariam ninguém) de passar fome gradualmente no asilo ou rapidamente fora dele. Com essa visão, contrataram com a administração das águas um abastecimento ilimitado de água e com um mercador um abastecimento periódico de pequenas quantidades de aveia. Concediam três pequenas refeições de mingau por dia, uma cebola duas vezes por semana e a metade de um pão aos domingos. Aprovaram muitas outras resoluções sábias e humanas com relação às senhoras, mas não é necessário mencioná-las; tiveram a gentileza de divorciar os pobres casados, em consequência da grande despesa de um processo na câmara eclesiástica; e, em vez de obrigar o marido a sustentar sua família, como faziam até então, tiravam-lhe a família e o tornavam solteiro! Não há como dizer quantos candidatos nessas condições em todas as classes sociais desejariam esse benefício, mas o conselho era formado por homens muito sagazes que previram essa dificuldade. Para ter as vantagens do divórcio, era necessário morar no asilo e viver comendo mingau, e isso assustava as pessoas.

Durante os primeiros seis meses após Oliver Twist ser transferido, o sistema estava em pleno funcionamento. Foi bastante caro no início, por conta do aumento do preço do serviço funerário e da necessidade de apertar as roupas dos pobres, que ficavam largas no corpo fraco e esquálido deles, após uma ou duas semanas de mingau. Mas o número de internos do asilo diminuiu, assim como o de pobres, e o conselho estava em êxtase.

O ambiente onde as crianças eram alimentadas era um grande salão de pedra, com um caldeirão colocado ao fundo, em que o cozinheiro, usando um avental e auxiliado por uma ou duas mulheres, servia o mingau na hora da refeição. Dessa composição festiva, cada criança recebia uma tigela cheia e nada mais, exceto em dias de festa, quando ganhavam algumas migalhas de pão.

As tigelas nunca precisavam ser lavadas. As crianças poliam-nas com as colheres até voltarem a brilhar e, enquanto realizavam essa operação (que não demorava muito tempo, pois as colheres eram quase tão grandes quanto as tigelas), ficavam encarando o caldeirão, com olhos tão ávidos, como se pudessem devorá-lo, ocupando-se, portanto, em lamber os dedos com muito afinco para saborear quaisquer vestígios de mingau de aveia que lhes restasse. Os pequenos tinham excelente apetite. Oliver Twist e seus companheiros sofreram durante três meses as torturas da fome lenta: por fim, ficaram tão vorazes e loucos de fome que um menino, alto para sua idade e desacostumado a esse tipo de coisa (pois seu pai tivera um pequeno bistrô), deu a entender aos seus companheiros que, a menos que recebesse outra porção de mingau, temia devorar à noite o garoto que dormia ao seu lado, o qual por acaso era uma criança mais nova e fraca. Tinha um olhar selvagem e faminto, e eles implicitamente acreditavam nele. Um conselho foi realizado e nele decidiram que um deles seria encarregado de, nessa mesma noite, pedir ao cozinheiro mais mingau, e a tarefa recaiu sobre Oliver Twist.

À noite, as crianças ocuparam seus lugares. O cozinheiro, uniformizado, estava ao pé do caldeirão, suas ajudantes permaneciam atrás dele. O mingau foi servido, e foi feita uma longa oração. O mingau logo foi engolido, as crianças cochichavam e piscavam para Oliver, que era acotovelado por quem estava mais perto. Oliver se sentia desesperado de fome, e a miséria tornara-o imprudente. Levantou-se da mesa e, aproximando-se do cozinheiro, com a tigela e a colher na mão, disse, um pouco assustado:

— Por favor, senhor, quero mais.

O cozinheiro, gordo e saudável, empalideceu. Olhou perplexo para o rebeldezinho por alguns segundos e, em seguida, apoiou-se no caldeirão para não cair. As assistentes ficaram paralisadas de espanto, e as crianças, de medo.

— O quê? — indagou o cozinheiro, em voz baixa.

Oliver pedindo mais.

— Por favor, senhor — repetiu Oliver —, quero mais.

O cozinheiro bateu com a concha na cabeça de Oliver, segurou-o pelo braço e chamou o bedel aos gritos.

O conselho estava em conclave solene quando o sr. Bumble entrou correndo na sala, dirigindo-se ao cavalheiro na cadeira alta.

— Sr. Limbkins, peço-lhe perdão, senhor! Oliver Twist pediu mais!

Houve um pânico geral. O horror estava retratado em todos os semblantes.

— Pediu *mais*? — perguntou o Sr. Limbkins. — Recomponha-se, Bumble, e responda com clareza. Ele pediu mais após ter comido a ceia prevista pela dieta?

— Sim, senhor — respondeu Bumble.

— Esse menino acabará indo para a forca — disse o cavalheiro de colete branco. — Estou certo disso.

Ninguém contestou a opinião profética do cavalheiro. Iniciou-se uma discussão acalorada. Oliver foi preso, e um cartaz foi afixado na manhã seguinte na porta do asilo oferecendo uma recompensa de cinco libras a quem livrasse a paróquia de Oliver Twist. Em outras palavras, cinco libras e Oliver Twist estavam sendo oferecidos a qualquer homem ou mulher que quisesse um aprendiz para qualquer ofício, negócio ou vocação.

— Nunca tive tanta certeza na vida — disse o cavalheiro de colete branco, ao ler o cartaz na manhã seguinte —, como tenho agora, de que aquele garoto será enforcado.

Como pretendo mostrar mais adiante se o cavalheiro de colete branco estava ou não com a razão, talvez desviasse o interesse nesta narrativa (supondo que exista algum) caso me aventurasse a insinuar agora se a vida de Oliver Twist teria ou não esse fim violento.

III

COMO OLIVER TWIST ESTEVE MUITO PERTO DE CONSEGUIR UM EMPREGO QUE NÃO ERA SINECURA

Uma semana após cometer o crime imperdoável e profano de pedir mais, Oliver permanecia preso numa sala escura e solitária para onde fora enviado conforme a sabedoria e a misericórdia do conselho. Parece, à primeira vista, não ser irracional supor que, se tivesse recebido com mais respeito a profecia do cavalheiro de colete branco, Oliver teria a cumprido de uma vez por todas, amarrando uma ponta de seu lenço num gancho da parede e pendurando-se na outra ponta. Contudo, para a realização dessa proeza, havia um obstáculo: os lenços, considerados artigos de luxo, foram retirados do alcance dos pobres, por ordem expressa do conselho, solenemente emitida e declarada sob suas mãos e sinetes. Havia um obstáculo ainda maior na juventude e na infância de Oliver. Ele apenas chorava amargamente o dia inteiro e, quando a noite longa e sombria se aproximava, estendia suas mãozinhas diante dos olhos para não ver a escuridão e agachava-se num canto para tentar dormir. Sempre e subitamente, acordava trêmulo, então recostava-se na parede, como se, ao sentir essa superfície fria e dura, encontrasse uma proteção contra a escuridão e a solidão que o rodeavam.

Não imaginem os inimigos do "sistema" que, durante sua prisão, foi negado a Oliver o benefício do exercício, o prazer da sociedade ou as consolações religiosas. Quanto ao exercício, como o tempo era frio, era-lhe permitido se limpar todas as manhãs num tanque, em um pátio de pedra, na presença do sr. Bumble, que o impedia de se resfriar, fazendo com que uma sensação de formigamento percorresse seu corpo mediante repetidas bengaladas. Quanto à sociedade, ele era levado dia sim, dia não para o salão onde as crianças comiam e lá era socialmente açoitado como um aviso público e para servir de exemplo. E, longe de lhe serem negados os benefícios das consolações religiosas, era conduzido a pontapés todas as noites para a mesma sala na hora da oração, onde era permitido consolar sua mente com uma prece, contendo um pedido especial inserido pela autoridade do conselho, na qual os meninos pediam para serem bons, virtuosos, contentes, obedientes e protegidos dos pecados e dos vícios de Oliver Twist: aquele que a súplica distintamente afirmava estar sob o exclusivo apoio e proteção do mal e ter sido forjado diretamente pelo demônio.

Certa manhã, quando Oliver se encontrava nesse auspicioso e confortável estado, o sr. Gamfield, limpador de chaminés, caminhava pela rua principal, pensando em formas de pagar certos aluguéis atrasados, pelos quais seu senhorio cobrava-o com insistência. A melhor estimativa do sr. Gamfield de suas finanças não chegava a menos de cinco libras da quantia desejada. Numa espécie de desespero aritmético, batia na testa e no burro quando, ao passar pelo asilo, avistou o cartaz afixado na porta.

— Opa! — disse o sr. Gamfield ao burro.

O burro estava num estado de profunda abstração: perguntando-se, provavelmente, se receberia para comer um ou dois talos de repolho quando o aliviassem dos dois sacos de fuligem que levava na carroça. Logo, sem reparar na palavra de comando, seguiu em frente.

O sr. Gamfield xingou o burro, correu atrás dele, deu um golpe na cabeça do animal, que inevitavelmente partiria qualquer crânio, exceto o de um burro. Então, segurou-lhe pela rédea e sacudiu-lhe a mandíbula para lhe lembrar que não era seu próprio dono e, dessa forma, virou-o. Deu-lhe então outro golpe na cabeça, apenas para atordoá-lo até que voltasse. Tendo finalizado essas precauções, caminhou até a porta para ler o cartaz.

O cavalheiro de colete branco estava de pé à porta, com as mãos nas costas, após ter expressado alguns sentimentos profundos na sala do conselho. Tendo testemunhado a pequena desavença entre o sr. Gamfield e o burro, sorriu alegremente ao ver aquela pessoa aproximando-se para ler o cartaz, pois logo percebeu que o sr. Gamfield era justamente o tipo de patrão que convinha a Oliver Twist. O sr. Gamfield também sorriu ao ler aquilo, pois cinco libras era precisamente quanto ele precisava. Em relação ao menino, o sr. Gamfield conhecia o regime do asilo, logo sabia que devia ser uma criança pequena e magra, o que era ideal para subir em uma chaminé. Assim, releu o cartaz, do início ao fim, e, então, tocando seu chapéu de pele em sinal de humildade, aproximou-se do cavalheiro de colete branco.

— Há aqui, senhor, um menino disponível para se tornar aprendiz? — perguntou o sr. Gamfield.

— Sim, meu caro — respondeu o cavalheiro de colete branco, com um sorriso condescendente. — O que pretende ensiná-lo?

— Se a paróquia desejar que ele aprenda um ofício agradável, há o de limpador de chaminés — disse o sr. Gamfield. — Preciso de um aprendiz e estou disposto a ensiná-lo.

— Entre — convidou o cavalheiro de colete branco.

O sr. Gamfield ficou para trás para bater outra vez na cabeça do burro e sacudir sua mandíbula como precaução para que não fugisse em sua ausência. Após isso, seguiu o cavalheiro de colete branco até à sala onde Oliver o vira pela primeira vez.

— É um trabalho bem desagradável — disse o sr. Limbkins quando Gamfield voltou a manifestar seu desejo.

— Muitas crianças morrem asfixiadas em chaminés — comentou outro cavalheiro.

— É por isso que umedecem a palha antes de acendê-la na chaminé, para fazer as crianças descerem novamente — explicou Gamfield. — Isso gera bastante fumaça e nada de fogo. Mas a fumaça não ajuda em nada o menino a descer, pois o faz dormir, e é isso o que ele deseja. As crianças são teimosas e muito preguiçosas, cavalheiros, e não há nada melhor do que uma boa chama quente para fazê-las descer rapidamente. É um procedimento muito humanitário também, senhores, pois mesmo que fiquem presas na chaminé, uma queimadinha em seus pés as fará lutar para sobreviverem.

O cavalheiro de colete branco pareceu muito entretido com essa explicação, mas sua alegria foi rapidamente percebida pelo sr. Limbkins. O conselho, então, continuou a deliberar por alguns minutos num tom tão baixo que apenas as palavras “economia de gastos", "sejamos econômicos" e "podemos fazer um bom relatório" podiam ser ouvidas. E estas só podiam ser ouvidas por serem enfaticamente repetidas muitas vezes.

Por fim, após pararem de murmurar, e os membros do conselho terem retomado seus lugares, disse o sr. Limbkins:

— Consideramos sua proposta e não a aprovamos.

— De modo algum — disse o cavalheiro de colete branco.

— Decididamente, não — acrescentaram os outros membros.

Como o sr. Gamfield, por acaso, tinha contra si a insignificante imputação de já ter batido em três ou quatro garotos até à morte, lembrou-se de que o conselho tivesse, talvez, considerado essa circunstância. Isso era bem diferente de seu modo habitual de proceder, mesmo assim, como ele não sentia nenhum desejo particular de reviver o boato, torceu o chapéu nas mãos e afastou-se lentamente da mesa.

— Não querem me deixar ficar com ele, cavalheiros? — perguntou o sr. Gamfield, parando perto da porta.

— Não — respondeu o sr. Limbkins. — Mas, talvez, como é um trabalho desagradável, achamos que deveria receber uma recompensa menor do que a oferecida inicialmente.

O semblante do sr. Gamfield radiou. Voltando à mesa correndo, disse:

— Quanto oferecem, cavalheiros? Vamos! Não sejam cruéis com um pobre coitado. Quanto oferecem?

— Creio que três libras e dez xelins sejam suficientes — disse o sr. Limbkins.

— Dez xelins a mais — disse o cavalheiro de colete branco.

— Vamos! — disse Gamfield. — Quatro libras, cavalheiros. Quatro libras, e livrem-se dele de uma vez por todas.

— Três libras e dez xelins — repetiu o sr. Limbkins, com firmeza.

— Vamos! Dividirei a diferença, cavalheiros — insistiu Gamfield. — Três libras e quinze xelins.

— Nada mais — respondeu o sr. Limbkins, firmemente.

— Assim, vocês me desesperam, cavalheiros — disse Gamfield, vacilante.

— Bobagem! Tolice! — exclamou o cavalheiro de colete branco. — Ele seria barato, mesmo sem pagamento, como uma recompensa. Leve-o, seu tolo! Ele é o garoto ideal para o senhor. Ele precisa apanhar de vez em quando, isso lhe fará bem. E o conselho não precisou gastar muito, pois não tem sido bem alimentado desde que nasceu. Ha Ha Ha!

O sr. Gamfield olhou maliciosamente para os rostos ao redor da mesa e, percebendo um sorriso em todos eles, aos poucos também sorriu. O acordo foi fechado. O sr. Bumble foi imediatamente instruído de que Oliver Twist e seu contrato de aprendiz seriam enviados ao juiz, para assinatura e aprovação, naquela mesma tarde.

Após essa decisão, o pequeno Oliver, para seu grande espanto, foi solto da detenção e ordenado a vestir uma camisa limpa. Dificilmente conseguiria fazer esse esforço físico fantástico, até o sr. Bumble lhe trazer uma tigela de mingau e as migalhas de pão adicionais oferecidas em dias festivos. À visão desse banquete, Oliver começou a chorar muito, pensando que o conselho tinha decidido matá-lo para algum propósito útil ou jamais começariam a engordá-lo dessa maneira.

— Pare de chorar, Oliver. Coma a comida e agradeça — disse o sr. Bumble, num tom pomposo impressionante. — Você será um aprendiz.

— Um aprendiz, senhor? — perguntou o garoto, trêmulo.

— Sim, Oliver — disse o sr. Bumble. — Um generoso e abençoado cavalheiro será como um pai para você. Vai torná-lo seu aprendiz, lançá-lo ao mundo, transformá-lo em um homem, embora a paróquia lhe pague três libras e dez xelins! Três libras e dez xelins, Oliver! Setenta xelins, 146 pence! Tudo isso por um órfão malcriado que ninguém poderia amar.

Enquanto o sr. Bumble fazia uma pausa para respirar, após proferir esse discurso num tom terrível, lágrimas escorreram pelo rosto da pobre criança, que chorou amargamente.

— Vamos — disse o sr. Bumble, um pouco menos pomposamente, pois lhe satisfazia observar o efeito que sua eloquência produzira. — Vamos, Oliver! Enxugue os olhos com as mangas do casaco e não chore no mingau, que ideia idiota, já há água suficiente.

A caminho do escritório do juiz, o sr. Bumble instruiu Oliver que ele deveria apenas parecer muito feliz e dizer, quando o cavalheiro lhe perguntasse se queria ser aprendiz, que adoraria; Oliver prometeu obedecer a ambas as injunções. O sr. Bumble aconselhou-o gentilmente que, caso fracassasse em qualquer uma delas, seria impossível descrever o que aconteceria com ele. Ao chegarem ao escritório, Oliver foi deixado trancado numa salinha sozinho e aconselhado pelo sr. Bumble a permanecer lá, até que ele voltasse para buscá-lo.

O garoto permaneceu na salinha, com o coração palpitante, por meia hora. Após isso, o sr. Bumble voltou, com seu chapéu de três bicos, e disse em voz alta:

— Oliver, meu querido, venha ver o cavalheiro.

Após dizer isso, o sr. Bumble encarou-o de forma sombria e ameaçadora, e acrescentou, em voz baixa:

— Lembre-se do que eu disse, seu garoto danado!

Oliver olhou com inocência para o rosto do sr. Bumble por conta de sua forma contraditória de se expressar, mas esse cavalheiro impediu que ele fizesse qualquer comentário, conduzindo-o imediatamente para uma sala vizinha cuja porta estava aberta. Era uma sala grande, com uma janela ampla. Atrás de uma escrivaninha, estavam dois velhos senhores com perucas brancas: um lia o jornal, o outro, com o auxílio de óculos de tartaruga, lia um pequeno pergaminho. O sr. Limbkins estava em frente à escrivaninha, acompanhado do sr. Gamfield, com o rosto parcialmente lavado. Havia mais três ou quatro homens de aspecto pomposo, calçando botas de cano alto.

O velho senhor de óculos adormeceu aos poucos sobre o pequeno pergaminho. Houve uma pequena pausa após Oliver ser introduzido pelo sr. Bumble.

— Aqui está o garoto — disse o sr. Bumble.

O velho senhor que estava lendo o jornal ergueu a cabeça por um instante e puxou o outro pela manga, que, depois disso, acordou.

— Ah, este é o menino? — perguntou o velho senhor.

— Ele mesmo, senhor — respondeu o sr. Bumble. — Cumprimente o juiz, meu querido.

Oliver recobrou-se e fez sua melhor reverência. Perguntava-se, com os olhos fixos na peruca branca dos juízes, se todos os membros do tribunal nasciam com aquela coisa branca na cabeça e se eram escolhidos para integrá-lo por esse motivo.

— Bem — disse o velho senhor —, ele gostaria de limpar chaminés?

— Ele irá adorar — respondeu Bumble, beliscando Oliver, para intimidá-lo a não o contradizer.

— E ele *será* um limpador de chaminés, não é? — perguntou o velho senhor.

— Se o obrigássemos a seguir qualquer outra profissão amanhã, ele a largaria para limpar chaminés — respondeu Bumble.

— E esse homem que será seu mentor, o senhor, vai tratá-lo e alimentá-lo bem, e todas essas coisas? — perguntou o velho senhor.

— Quando digo que o farei, quero dizer que o farei — respondeu o sr. Gamfield de forma obstinada.

— O senhor fala de um jeito rude, meu amigo, mas parece ser um homem honesto e sincero — disse o velho senhor, voltando o olhar em direção ao candidato ao prêmio de Oliver, cujo semblante vil demonstrava sua crueldade. Mas o juiz era semicego e meio pueril, por isso não se podia esperar que ele discernisse o que as outras pessoas faziam.

— Espero que sim, senhor — disse o sr. Gamfield, com um olhar malicioso.

— Não tenho dúvidas, meu amigo — respondeu o velho senhor, ajeitando os óculos com mais firmeza no nariz e olhando ao seu redor à procura do tinteiro.

Era o momento crítico do destino de Oliver. Se o tinteiro estivesse onde o velho senhor imaginava, ele mergulharia a pena e assinaria o contrato, entregando Oliver ao limpador de chaminés. Mas, como o tinteiro estava bem debaixo do nariz dele, o velho senhor continuou procurando-o pela escrivaninha, sem encontrá-lo. Durante a busca, acabou olhando diretamente para Oliver, percebendo que o menino apresentava uma expressão pálida e amedrontada. A despeito de todos os olhares de advertência e beliscões de Bumble, o estado do garoto dizia respeito ao rosto repulsivo de seu futuro mestre, com uma expressão de horror e medo inconfundível mesmo para um juiz quase cego.

O velho senhor deteve-se, abaixou a pena e olhou de Oliver para o sr. Limbkins.

— Meu jovem! — disse o velho senhor. — Você parece pálido e assustado. Qual é o problema?

— Afaste-se um pouco dele, sr. bedel — disse o outro juiz, pondo de lado o jornal e inclinando-se para frente com uma expressão de interesse. — Agora, menino, conte-nos qual é o problema, não tenha medo.

Oliver caiu de joelhos e, juntando as mãos, rezou para que o enviassem de volta ao quarto escuro, para matá-lo de fome, para agredi-lo, para aniquilá-lo se quisessem, em vez de partir com aquele homem horrível.

— Ora! — disse o sr. Bumble, erguendo as mãos e os olhos solenemente. — De todos os órfãos engenhosos e maquinadores que já vi, Oliver é um dos mais descarados.

— Cale-se, bedel — disse o segundo velho senhor quando o sr. Bumble dera vazão a esse adjetivo.

— Perdoe-me — disse o sr. Bumble, incrédulo. — O senhor falou comigo?

— Sim. Cale-se.

O sr. Bumble ficou embasbacado e perplexo. Mandaram um bedel calar a boca! Que revolução moral!

O velho senhor de óculos de tartaruga olhou para o companheiro, que assentiu com a cabeça significativamente.

— Recusamos sancionar esse contrato — declarou o velho senhor, colocando de lado o pergaminho enquanto falava.

— Espero — balbuciou o sr. Limbkins — que os senhores não estejam pensando que as autoridades sejam culpadas de qualquer conduta imprópria, por conta do testemunho sem fundamento de uma criança.

Oliver escapa de ser aprendiz de limpador de chaminé.

— Não vamos nos pronunciar a respeito dessa questão — disse o segundo senhor, com firmeza. — Levem o menino de volta ao asilo e tratem-no bem. Ele parece precisar.

Naquela mesma noite, o cavalheiro de colete branco afirmou de forma muito contundente não apenas que Oliver seria enforcado, como também seria esquartejado. O sr. Bumble balançou a cabeça com um ar sombrio e misterioso e disse que ele poderia vir a se tornar bom, ao que o sr. Gamfield respondeu que desejava mesmo ficar com o menino.

Na manhã seguinte, o público foi informado de que Oliver Twist estava novamente disponível para se tornar aprendiz e que cinco libras seriam pagas a qualquer um que se encarregasse dele.

IV

OLIVER É ACEITO EM OUTRO LUGAR E ENTRA NA VIDA PÚBLICA

Nas grandes famílias, quando não se consegue uma ocupação vantajosa, seja por posse, benefício, manutenção ou expectativa para um jovem em crescimento, costuma-se enviá-lo ao mar. O conselho, seguindo esse exemplo tão prudente e salutar, decidiu enviar Oliver Twist a algum pequeno navio mercante com destino a um porto insalubre. Isso pareceu-lhe a melhor opção. Havia a probabilidade de que o capitão o açoitasse até à morte, algum dia após o jantar, como se estivesse apenas brincando, ou lhe arrebentasse os miolos com uma barra de ferro, ambos os passatempos, como todos sabem, prediletos e habituais entre os cavalheiros dessa classe. Quanto mais pensavam no caso, sob esse ponto de vista, maiores lhes pareciam os benefícios. Assim, os membros do conselho chegaram à conclusão de que a única forma de ajudar efetivamente Oliver era enviá-lo depressa ao mar.

O sr. Bumble fora enviado para fazer várias buscas preliminares, com o objetivo de achar algum capitão que precisasse de um grumete. Voltava ao asilo para informar o resultado da missão quando encontrou à porta o sr. Sowerberry, o agente funerário da paróquia.

O sr. Sowerberry era alto e magro. Trajava um terno preto, meias de algodão e sapatos da mesma cor. Seus traços não tinham naturalmente a intenção de exibir uma aparência risonha, mas, em geral, ele era mais inclinado à jocosidade profissional. Seu passo era oscilante, e seu rosto, alegre. Após caminhar até o sr. Bumble, apertou-lhe cordialmente a mão.

— Vim me encarregar de duas mulheres que morreram ontem à noite, sr. Bumble — disse o agente funerário.

— Ficará rico desse jeito, sr. Sowerberry — disse o bedel, enquanto introduzia o polegar e o indicador na caixa de rapé do agente funerário, que tinha o formato de um pequeno caixão. — Ficará rico, sr. Sowerberry — repetiu o sr. Bumble, batendo-lhe no ombro, de forma amigável, com a bengala.

— O senhor acha? — indagou o agente funerário, num tom que, em parte, admitia e, em parte, contestava essa probabilidade. — Os valores oferecidos pelo conselho são muito baixos, sr. Bumble.

— Tal como seus caixões — respondeu o bedel, aproximando-se do sarcasmo como um funcionário importante costuma fazer.

O sr. Sowerberry ficou animado, como deveria ficar, e riu sem parar por um bom tempo.

— Ora, ora, sr. Bumble — disse enfim —, não há como negar que, desde a implementação do novo sistema de alimentação, os caixões são mais estreitos e menos profundos do que antes. Mas precisamos lucrar de alguma forma, sr. Bumble. A madeira custa caro, senhor, e os cabos de ferro vêm, pelo canal, de Birmingham.

— Veja bem — disse o sr. Bumble —, todo negócio tem seus inconvenientes. Um lucro justo é, claro, admissível.

— Com certeza — respondeu o agente funerário —, e, se eu não lucrar com este ou aquele produto em particular, lucrarei a longo prazo, como vê... Ha Ha Ha!

— Exatamente — concordou o sr. Bumble.

— Embora eu deva dizer — continuou o agente funerário, retomando o pensamento que o bedel interrompera —, sr. Bumble, que enfrento uma grande desvantagem: é que as pessoas robustas morrem mais rápido. As pessoas que viveram em melhores condições e que pagaram impostos durante muitos anos são as primeiras a morrer quando entram no asilo. Deixe-me dizer-lhe, sr. Bumble, que três ou quatro centímetros acima do cálculo inicial de um caixão causam um grande estrago nos lucros, especialmente quando se tem uma família para sustentar.

Como o sr. Sowerberry falou com o tom de indignação de um homem desfavorecido, e o sr. Bumble achou que a conversa levaria a alguma reflexão negativa sobre a paróquia, o bedel achou melhor mudar de assunto. Oliver Twist foi o novo tema.

— Aliás — disse o sr. Bumble —, o senhor conhece alguém que precise de um aprendiz? É um garoto da paróquia, um peso morto. Pagam bem, sr. Sowerberry, pagam bem.

Enquanto o sr. Bumble falava, levantava a bengala para apontar o cartaz, batendo três vezes nas palavras "cinco libras" que estavam impressas em grandes letras maiúsculas.

— Nada mau! — exclamou o agente funerário, puxando o sr. Bumble pela lapela dourada de seu casaco. — Era justamente o que eu queria falar com o senhor. Sabe, que traje elegante, sr. Bumble! Não havia reparado antes.

— Sim, acho-o muito bonito — disse o bedel, olhando orgulhosamente para os grandes botões de bronze que ornamentavam seu casaco. — A gravura é igual à imagem do selo da paróquia: o bom samaritano cuidando de um homem doente e ferido. O conselho me presenteou com ele na manhã de ano novo, sr. Sowerberry. Vesti-o pela primeira vez para acompanhar o inquérito daquele pobre mercador que morreu em um umbral à meia-noite.

— Eu me lembro desse caso — disse o agente funerário. — O júri declarou que morreu por exposição ao frio e por não suprir as necessidades básicas da vida, não foi?

O sr. Bumble assentiu com a cabeça.

— E deu um veredito especial — disse o agente funerário —, acrescentando que se o oficial de auxílio tivesse...

— Bobagem! Bobagem! — interpôs o bedel. — Se o conselho desse atenção a tudo o que os jurados ignorantes dizem, teriam muito a fazer.

— É verdade — falou o agente funerário.

— Júris — disse o sr. Bumble, segurando a bengala com força, como fazia quando se irritava — são ignorantes, vulgares e deploráveis.

— São realmente — concordou o agente funerário.

— Não há mais filosofia nem economia política associada a eles do que isso — disse o bedel, estalando os dedos de forma desdenhosa.

— Não há — assentiu o agente funerário.

— Eu os abomino — afirmou o bedel, enrubescendo.

— E eu também — concordou novamente o agente funerário.

— Queria apenas que tivéssemos um júri independente no asilo, por uma ou duas semanas — disse o bedel. — As normas do conselho o ensinaria rapidamente umas boas lições.

— E como — respondeu o agente funerário.

Ao dizer isso, sorriu, em concordância, para abrandar a ira crescente do oficial da paróquia indignado.

O sr. Bumble levantou seu chapéu de três bicos, pegou um lenço, enxugou o suor da testa que sua raiva produzira, colocou novamente o chapéu de três bicos e, voltando-se ao agente funerário, disse com a voz mais calma:

— Pois bem, e o menino?

— Ah! — respondeu o agente funerário. — O senhor sabe, sr. Bumble, que pago um bom preço aos pobres.

— Hum! — disse o sr. Bumble. — E então?

— Então — prosseguiu o agente funerário —, acho que, se pago tanto a eles, tenho o direito de tirar o máximo que puder deles, sr. Bumble. Logo, creio que posso ficar com o garoto.

O sr. Bumble agarrou o agente funerário pelo braço e levou-o para o interior do asilo. O sr. Sowerberry teve uma reunião com o conselho que durou cinco minutos. Foi combinado que Oliver partiria com ele naquela noite e que, após certo tempo, se o mentor descobrisse que o menino trabalhava mais do que gastava com comida, ficaria com o garoto por alguns anos, empregando-o como bem quisesse.

O pequeno Oliver foi levado perante os cavalheiros do conselho naquela noite e informado de que seria um aprendiz de agente funerário. Caso se queixasse ou voltasse à paróquia, seria mandado ao mar, para ser afogado ou levar pancadas na cabeça, conforme o caso. Naquele momento, ele expressou tão pouca emoção que por consenso o declararam um pestinha desalmado e ordenaram ao sr. Bumble que o levasse imediatamente.

Embora fosse muito natural que o conselho, de todas as pessoas no mundo, sentisse, num grande estado de virtuosismo, espanto e horror diante dos menores sinais de carência por parte de qualquer pessoa, seus membros estavam bastante indiferentes, neste caso particular. O fato é que Oliver, em vez de ser insensível, tinha muitos sentimentos, que estavam sendo reduzidos cada vez mais, ao longo de sua vida, a um estado de estupidez e mau humor brutal devido aos maus-tratos que recebera. Ele ouviu silenciosamente a notícia de seu destino. Arrumou suas coisas, que não eram muito difíceis de levar, pois cabiam todas num pacote de papel pardo. Puxou seu boné sobre os olhos e, mais uma vez, segurando-se no casaco do Sr. Bumble, foi levado por esse dignitário a um novo local de sofrimento.

Durante algum tempo, o sr. Bumble arrastou Oliver, sem lhe dar atenção. O bedel caminhava com a cabeça bem ereta, como espera-se de um bedel. Como ventava muito, o pequeno Oliver ia completamente protegido pelo casaco do sr. Bumble, que se abria, revelando seu colete e suas joelheiras. Ao se aproximarem do local de destino, no entanto, o sr. Bumble achou conveniente olhar para baixo a fim de conferir se o menino estava em boas condições para se apresentar a seu novo mentor e o fez, com um ar de benevolência.

— Oliver! — disse o sr. Bumble.

— Sim, senhor — respondeu Oliver, com uma voz baixa e trêmula.

— Tire esse boné dos olhos e levante a cabeça, garoto.

Embora Oliver tenha obedecido imediatamente e passado as costas da mão livre pelos olhos, deixou uma lágrima neles ao olhar para o bedel. Quando o sr. Bumble o encarou com severidade, a lágrima lhe correu pelo rosto. Ela foi seguida por outra e mais outra. A criança esforçou-se muito, mas não teve êxito. Tirando a outra mão da do sr. Bumble, cobriu o rosto com ambas e chorou até que as lágrimas corressem pelos seus dedos ossudos.

— Ora! — exclamou o sr. Bumble, dando um olhar bastante feroz à criança. — De *todos* os garotos mais ingratos e indisciplinados que já vi, Oliver, você é o...

— Não, não, senhor — balbuciou Oliver, agarrando-se à mão que segurava a famosa bengala —, serei bom, sim, serei, senhor! Sou apenas um garotinho, senhor, e tão...

— Tão o quê? — perguntou o sr. Bumble, pasmo.

— Tão só, senhor! Tão sozinho! — exclamou a criança. — Todo mundo me odeia. Ah, senhor! Por favor, não se irrite!

A criança batia no peito, olhando para o sr. Bumble com lágrimas de agonia genuína.

O sr. Bumble observou o olhar lastimável e desamparado de Oliver com certo espanto por alguns instantes, pigarreou três ou quatro vezes e, após murmurar algo a respeito dessa incômoda tosse, pediu a Oliver que secasse os olhos e fosse um bom menino. Então, uma vez mais, segurou-lhe a mão e o acompanhou em silêncio.

O agente funerário, que acabara de abrir seu estabelecimento, estava fazendo algumas entradas no seu livro de contas, à parca luz de um resquício de vela, quando o sr. Bumble entrou.

— Ah! — exclamou o agente funerário, olhando para cima e parando de escrever. — É o senhor, sr. Bumble?

— Eu mesmo, sr. Sowerberry — respondeu o bedel. — Veja! Trouxe o menino.

Oliver fez uma reverência.

— Ah! É o menino, não é? — disse o agente funerário, erguendo a vela acima da cabeça, para ter uma melhor visão de Oliver. — Sra. Sowerberry, tenha a gentileza de vir aqui um momento, por favor.

A Sra. Sowerberry saiu de uma salinha atrás da loja. Era uma mulher baixa, magra e severa, com um semblante de megera.

— Querida — disse o sr. Sowerberry, com deferência —, esse é o menino do asilo de quem lhe falei.

Oliver fez outra reverência.

— Meu Deus! — disse a esposa do agente funerário. — Ele é muito pequeno.

— Ora, ele *é* muito pequeno — respondeu o sr. Bumble, olhando para Oliver como se fosse culpa dele não ser maior. — Não há como negar isso. Mas crescerá, sra. Sowerberry, crescerá.

— Ah! Claro que crescerá — respondeu a senhora de forma mesquinha — comendo às nossas custas. Não vejo o que ganhamos com essas crianças da paróquia. Custam mais para criar do que valem. Os homens sempre acham que sabem o que estão fazendo. Vamos! Desça as escadas, seu pequeno saco de ossos.

Dizendo isso, a esposa do agente funerário abriu uma porta lateral e empurrou Oliver por um lance íngreme de escadas em direção a um cômodo úmido e escuro. Era a cozinha, onde estava uma moça com roupas sujas, com sapatos esmolambados[3] e grossas meias de lã azuis rasgadas.

— Charlotte — disse a sra. Sowerberry, que acompanhara Oliver —, dê a esse menino alguns dos restos que estavam separados para o Trip. Ele não voltou para casa hoje de manhã, então não irá comer. Espero que não seja muito exigente para deixar de comer, ouviu, menino?

3 Esfarrapados (N.E.)

Oliver, cujos olhos brilhavam com a menção de comer carne e que tremia de ansiedade para devorá-la, respondeu que não, e um prato cheio de sobras foi posto diante dele.

Queria que algum filósofo bem alimentado, cuja carne e bebida se transformam em fel dentro de si, cujo sangue é gelado, cujo coração é de ferro, visse Oliver Twist atirar-se àquelas sobras que o cachorro não quis comer. Queria que testemunhasse a terrível avidez com que Oliver devorava os pedaços com toda a ferocidade da fome. Só há uma coisa que eu gostaria mais: ver o filósofo comer a mesma refeição com o mesmo prazer.

— Ora — disse a esposa do agente funerário quando Oliver acabou de comer, o que ela assistiu com um horror silencioso, temendo o futuro apetite do aprendiz —, já terminou?

Sem mais nada comestível ao seu alcance, Oliver respondeu que sim.

— Então me acompanhe — disse a sra. Sowerberry, pegando uma lamparina suja e de luz fraca, e levando-o para cima. — Sua cama é debaixo do balcão. Não se importa de dormir entre os caixões, não é? Mas não faz diferença, pois não dormirá em nenhum outro lugar. Vamos, não me faça esperar a noite toda!

Oliver, sem perder tempo, seguiu mansamente sua nova ama.

V

OLIVER CONHECE NOVAS PESSOAS, VAI A UM FUNERAL PELA PRIMEIRA VEZ E TEM UM PARECER DESFAVORÁVEL AO OFÍCIO DE SEU MENTOR

Deixado sozinho na funerária, Oliver colocou a lamparina num banco e viu-se timidamente com um sentimento de espanto e temor que muitas pessoas bem mais velhas do que ele poderiam compreender. Um caixão inacabado, em cima de troncos pretos, que estava no meio da loja, parecia tão sombrio e fúnebre que um calafrio percorria o corpo de Oliver sempre que olhava para ele. Esperava surgir do caixão a forma assustadora de uma cabeça, cuja revelação o deixaria louco de medo. Contra a parede, estavam enfileiradas tábuas de olmo cortadas uniformemente. À luz fraca, pareciam fantasmas de ombros altos com as mãos nos bolsos das calças. Caixões, tábuas, pregos e pedaços de pano preto espalhavam-se pelo chão. A parede atrás do balcão estava ornamentada com uma representação vívida de dois homens com colarinhos muito rígidos e um carro funerário puxado por quatro cavalos pretos. A funerária estava fechada e quente. O ambiente parecia impregnado do cheiro dos caixões. O vão do balcão no qual o colchão de Oliver foi colocado parecia uma sepultura.

Esses não eram os únicos sentimentos sombrios que deprimiam Oliver. Estava sozinho em um lugar estranho, e sabemos como até mesmo os melhores entre nós, às vezes, sentem-se assustados e desolados em tal situação. O menino não tinha amigos com os quais se importasse ou que se importassem com ele. O pesar de não ter ninguém estava fresco em sua mente. A ausência de um rosto querido e conhecido pesava-lhe muito no coração.

Apesar disso, desejou, ao deitar na cama estreita, que ela fosse seu caixão e que tivesse um sono tranquilo e duradouro no chão do pátio da igreja, com a grama alta tocando suavemente sua cabeça, e que o som profundo do velho sino o acalmasse durante o sono.

Oliver acordou de manhã por causa do barulho de um forte pontapé na porta da loja. Antes que pudesse se vestir, o pontapé foi repetido, de forma irada e impetuosa, cerca de 25 vezes. Quando começou a puxar os ferrolhos, pararam de chutar a porta, e uma voz disse:

— Abra logo a porta — gritou a voz que pertencia a quem dera os chutes.

— Já vou — respondeu Oliver, puxando os ferrolhos e girando a chave.

— Você é o menino novo, não é? — perguntou a voz pelo buraco da fechadura.

— Sim, senhor — respondeu Oliver.

— Quantos anos você tem? — perguntou a voz.

— Dez, senhor — respondeu Oliver.

— Então vou bater em você quando entrar — disse a voz. — Vai ver o que é bom, pirralho!

E tendo feito essa promessa, a voz começou a assobiar.

Oliver fora submetido muitas vezes ao processo ao qual aquela fala curta e muito expressiva acabara de se referir, para ter a menor dúvida de que o dono da voz, seja quem fosse, honraria sua promessa. Puxou os ferrolhos com a mão trêmula e abriu a porta.

Por um segundo ou dois, Oliver olhou para cima, para baixo e para longe, imaginando que o estranho, que se dirigira a ele pelo buraco da fechadura, afastara-se alguns passos para se aquecer; mas não viu ninguém a não ser um garoto encostado em um poste em frente à casa, comendo uma fatia de pão com manteiga, que ia cortando em pedaços do tamanho da boca, com um canivete, e depois engolia com grande avidez.

— Desculpe — disse Oliver, vendo que nenhum outro visitante aparecia —, você bateu à porta?

— Dei pontapés — respondeu o garoto.

— Precisa de um caixão? — perguntou Oliver, com inocência.

Neste momento, o garoto pareceu monstruosamente feroz e disse que Oliver era quem precisaria de um caixão em breve, se fizesse tais gracejos com seus superiores.

— Você não sabe quem sou, não é? — indagou o garoto, em continuação, afastando-se do poste, com uma edificante gravidade.

— Não — retrucou Oliver.

— Sou o sr. Noah Claypole — disse o garoto —, e você é inferior a mim. Abra a porta, garoto inútil!

Após dizer isso, o sr. Claypole deu um pontapé em Oliver e entrou na loja com um ar digno, que lhe conferiu muita importância. É difícil para um jovem de cabeça grande, olhos pequenos e expressão vazia parecer digno em qualquer circunstância, muito mais quando, somado a isso, tenha um nariz vermelho e um sorriso amarelo.

Oliver tirou as trancas da porta e quebrou uma vidraça ao tentar carregar o peso de uma delas para o pátio ao lado da casa, onde ficavam guardadas durante o dia. Foi graciosamente ajudado por Noah, que, após consolá-lo garantindo que "pagaria por aquilo", condescendeu em ajudá-lo. O sr. Sowerberry desceu pouco depois. Quase em seguida, a sra. Sowerberry apareceu. Oliver tendo "pago por aquilo", conforme a previsão de Noah, acompanhou o jovem cavalheiro pelas escadas para comer.

— Aproxime-se do fogo, Noah — falou Charlotte. — Guardei um pouco de bacon para você da refeição do patrão. Oliver, feche a porta e pegue aqueles pedaços de pão. Aqui está seu chá, vá para aquele canto e coma lá. Depressa, pois eles querem que você trabalhe na loja. Está ouvindo?

— Ouviu, pirralho? — disse Noah Claypole.

— Meu Deus, Noah! — exclamou Charlotte. — Como você é mau! Por que não deixa o menino em paz?

— Deixá-lo em paz? — gritou Noah. — Todos já fazem isso. Nem o pai nem a mãe o incomodam. Todos os seus parentes deixam-no fazer o que bem entende. Não é verdade, Charlotte? Ha Ha Ha!

— Ah, seu engraçadinho! — disse Charlotte, irrompendo em risadas, bem como Noah.

Depois disso, ambos olharam com desdém para o pobre Oliver Twist, enquanto ele tremia sentado na caixa, no canto mais frio da sala, comendo os pedaços de pão duro que lhe foram especialmente reservados.

Noah recebia ajuda da caridade, mas não era um órfão do asilo. Não era abandonado, pois podia remontar sua genealogia até seus pais, que estavam vivos. A mãe era lavadeira, e o pai, um soldado bêbado, dispensado com uma perna de pau e uma pensão diária de dois pence e meio. Os comerciantes do bairro chamavam Noah nas ruas públicas com injúrias relacionadas à sua pobreza, mas Noah não revidava. Porém agora que a sorte colocara em seu caminho um órfão sem nome, a quem até o ser mais malvado podia apontar com escárnio, ele se vingava com satisfação. Esse é um interessante tema de reflexão. Mostra-nos quão bela pode ser a natureza humana e quão imparcialmente as mesmas qualidades amáveis são desenvolvidas no melhor cavalheiro e no mais sujo garoto pobre.

Oliver estava morando na funerária há cerca de três semanas ou um mês. O estabelecimento estava fechado, e o sr. e a sra. Sowerberry jantavam na salinha do fundo quando o sr. Sowerberry, após vários olhares deferentes à sua esposa, disse:

— Querida...

Ia prosseguir, mas a sra. Sowerberry olhou para cima com um aspecto peculiarmente pouco propício, fazendo com que ele parasse de falar.

— E então? — indagou a sra. Sowerberry, rispidamente.

— Nada, querida, nada — respondeu o sr. Sowerberry.

— Seu bruto! — falou a sra. Sowerberry.

— De forma alguma, querida — defendeu-se humildemente o sr. Sowerberry. — Pensei que não queria me ouvir. Apenas ia dizer que...

— Ah, não me diga o que ia dizer — interrompeu a sra. Sowerberry. — Não sou ninguém, não me consulte, reze. Não quero me meter em seus problemas.

Dizendo isso, a sra. Sowerberry riu histericamente, o que ameaçava consequências violentas.

— Mas, querida — disse Sowerberry —, quero lhe pedir um conselho.

— Não, não. Não peça a mim — respondeu a sra. Sowerberry, de uma maneira afetada —, peça a outra pessoa.

Deu outra risada histérica, que assustou muito o sr. Sowerberry. Essa é uma forma de tratamento matrimonial muito comum e com frequência muito eficaz: levou imediatamente o sr. Sowerberry a implorar, como um favor especial, para dizer o que a sra. Sowerberry estava curiosa para saber. Após um breve período, a permissão foi graciosamente concedida.

— É sobre o jovem Twist, querida — disse o sr. Sowerberry. — É um menino de boa aparência, querida.

— Natural, pois come o suficiente — observou a senhora.

— Há uma expressão de melancolia no rosto dele, querida — prosseguiu o sr. Sowerberry —, o que é muito interessante. Ele daria um excelente pranteador[4], meu amor.

A sra. Sowerberry ergueu a cabeça com uma expressão de considerável fascínio. O sr. Sowerberry, sem dar tempo para qualquer observação da boa senhora, prosseguiu:

— Não me refiro a um pranteador regular para acompanhar os enterros de adultos, querida, mas apenas para os enterros de crianças. Seria inovador ter um pranteador infantil, querida. Pense nisso, teria um grande efeito.

4 Pessoas pagas para chorar nos funerais. (N.E.)

A sra. Sowerberry, que tinha muito bom gosto referente ao serviço funerário, ficou muito impressionada com a novidade dessa ideia, mas, como comprometeria sua dignidade se o tivesse dito, nessas circunstâncias, apenas perguntou, com muita rispidez, por que ele não pensara em algo tão óbvio antes. O sr. Sowerberry interpretou isso, com razão, como uma aquiescência à sua proposta. Decidiu-se rapidamente, portanto, que Oliver seria iniciado nos mistérios do ofício e, assim, acompanharia seu mentor na ocasião seguinte que se apresentasse.

A ocasião não tardou a chegar. Meia hora depois do café da manhã do dia seguinte, o sr. Bumble entrou na loja e, apoiando a bengala no balcão, tirou seu caderno de couro do bolso e entregou um papelzinho a Sowerberry.

— Arrá! — exclamou o agente funerário, lendo-o com empolgação. — É uma encomenda de caixão, não é?

— Primeiro, um caixão, depois, um funeral paroquial — respondeu o sr. Bumble, fechando o caderno de bolso de couro, que era volumoso como ele.

— Bayton — disse o agente funerário, olhando do pedaço de papel para o sr. Bumble. — Nunca ouvi esse nome antes.

Bumble balançou a cabeça e respondeu:

— Teimosos, sr. Sowerberry, muito teimosos. Orgulhosos, também, receio.

— Orgulhosos? — questionou o sr. Sowerberry, com um sorriso sarcástico. — Ora, aí é demais.

— Ah, foi lastimável — respondeu o bedel. — Uma tragédia, sr. Sowerberry!

— Verdade — concordou o agente funerário.

— Só ouvimos falar da família anteontem à noite — disse o bedel — e não saberíamos nada se uma mulher que mora na mesma casa não pedisse à comissão da paróquia que enviasse o médico para assistir uma mulher que estava passando muito mal. Ele saíra para jantar, mas seu aprendiz, um menino muito esperto, enviou alguns medicamentos numa garrafa preta.

— Ah, isso que é prontidão — disse o agente funerário.

— Precisamente! — respondeu o bedel. — Mas qual foi o resultado, qual foi a reação daqueles ingratos rebeldes? Ora, o marido devolveu, dizendo que não servia para tratar a doença da mulher, e por isso ela não o tomou, senhor! Um remédio bom, forte e saudável, que foi ministrado com sucesso em dois trabalhadores irlandeses e em um carregador de carvão. Um remédio que fora enviado há uma semana de graça, com a garrafa ainda por cima, e ele mandou dizer que ela não ia tomar o remédio, senhor!

Quando a atrocidade veio à mente do sr. Bumble com toda a força, ele bateu no balcão com sua bengala, indignando-se.

— Ora — disse o agente funerário —, nunca vi...

— Também nunca vi, senhor! — gritou o bedel. — Não, ninguém nunca viu algo do tipo antes. Mas agora ela morreu, precisamos enterrá-la, esse é o ponto. E quanto antes, melhor.

Dito isso, o sr. Bumble pôs seu chapéu de três bicos do lado errado num acesso de raiva e retirou-se.

— Veja só, ele se irritou tanto, Oliver, que até se esqueceu de perguntar por você! — disse o sr. Sowerberry.

— Sim, senhor — respondeu Oliver, que se manteve cuidadosamente fora de vista durante a conversa e que tremia dos pés à cabeça com a simples lembrança do som da voz do sr. Bumble.

Não precisava, porém, ter-se dado ao trabalho de esconder-se do sr. Bumble, pois esse funcionário, em quem a previsão do cavalheiro de colete branco causara uma forte impressão, pensava que o agente funerário daria um jeito em Oliver, com quem ficaria durante sete anos, e que todo o perigo de ele ser devolvido à paróquia estaria assim efetiva e legalmente superado.

— Muito bem — disse o sr. Sowerberry, pegando seu chapéu —, quanto mais cedo esse trabalho for feito, melhor. Noah, tome conta da loja. Oliver, coloque seu boné e me acompanhe.

Oliver obedeceu e seguiu seu mentor. Caminharam, por algum tempo, pela parte mais populosa da cidade. Depois, passaram por uma viela estreita mais suja e miserável do que qualquer outra e pararam para achar a casa que procuravam. As residências de ambos os lados eram altas e grandes, mas muito velhas e ocupadas por pessoas bem pobres, cuja aparência descuidada teria sido suficiente para comprovar, ainda que poucos homens e mulheres curvados e de aspecto esquálido passassem. Muitas das casas tinham fachadas de lojas, mas estas estavam fechadas, e apenas os andares superiores eram habitados. Algumas casas que ameaçavam ruir por serem muito antigas e terem a aparência frágil se sustentavam por enormes vigas de madeira levantadas contra as paredes e firmemente presas no chão. Os prédios pareciam ser escolhidos como refúgio por alguns desabrigados, pois muitas das tábuas grosseiras que tapavam as portas e janelas eram arrancadas para permitir a passagem. O esgoto estava estagnado e imundo. Os próprios ratos que passavam de um lado para o outro estavam putrefatos e famintos.

Não havia aldrava nem campainha na porta em que Oliver e seu mentor pararam. Assim, seguindo cautelosamente por um corredor escuro e dizendo a Oliver para ficar perto dele e não ter medo, o agente funerário subiu até o primeiro andar. Deparando-se com uma porta, aproximou-se e bateu com os nós dos dedos.

A porta foi aberta por uma jovem de treze ou catorze anos. O agente funerário, ao contemplar o interior do ambiente, percebeu que chegara ao seu destino. Entrou, e Oliver o seguiu.

Não havia fogo aceso na sala, mas um homem estava agachado em frente a uma lareira apagada. Havia também, ao seu lado, uma velha sentada num banco. Em outro canto, estavam algumas crianças maltrapilhas, e, num pequeno recanto em frente à porta, havia algo envolto num cobertor velho. Oliver estremeceu ao lançar os olhos àquele lugar e aproximou-se involuntariamente de seu mentor, pois, embora estivesse coberto, o menino sabia que era um cadáver.

O rosto do homem era fino e bem pálido, o cabelo e a barba eram grisalhos, e os olhos, vermelhos. O rosto da velha era enrugado, seus dois dentes restantes saltavam sobre o lábio inferior e seus olhos eram brilhantes e penetrantes. Oliver temia olhar para ambos. Pareciam muito com os ratos que vira do lado de fora da casa.

— Não chegue perto dela — disse o homem, estremecendo ferozmente, enquanto o agente funerário aproximava-se do cadáver. — Afaste-se! Afaste-se, maldito, se não quiser morrer!

— Bobagem, meu caro — disse o agente funerário, que estava bastante acostumado à miséria em todas as suas formas. — Bobagem!

— Estou avisando — disse o homem, fechando as mãos e batendo furiosamente no chão —, não quero que a enterrem. Dessa forma, não conseguirá descansar em paz. Os vermes iriam atormentá-la sem ter o que comer, pois está muito magra.

O agente funerário não respondeu a esse delírio. Tirou uma fita do bolso e ajoelhou-se em frente ao corpo.

— Ah! — disse o homem, debulhando-se em lágrimas e ajoelhando-se aos pés da defunta. — Ajoelhem-se diante dela, todos vocês, e ouçam o que eu digo! Ela morreu de fome. Não sabia que ela estava mal até a febre a acometer. Então, seus ossos estavam perfurando a pele. Não tínhamos fogo nem luz; ela morreu nas trevas, nas trevas! Nem conseguiu ver o rosto de seus filhos, embora a ouvíssemos sussurrar o nome deles. Pedi esmolas nas ruas por ela e fui preso. Quando voltei, ela estava morrendo, e todo o sangue do meu coração secou, pois ela morreu de fome. Juro diante de Deus! Ela morreu de fome!

Ele puxou os cabelos, gritou e rolou pelo chão, com os olhos vidrados e a boca espumante.

As crianças assustadas choraram amargamente, mas a velha, que até então permanecera tão quieta como se estivesse alheia a tudo o que se passava, ameaçou-os para que fizessem silêncio. Tendo afrouxado a gravata do homem que ainda permanecia caído no chão, caminhou mancando até o agente funerário.

— Era minha filha — disse a velha, apontando com a cabeça para o cadáver e falando com um ar idiota, mais sinistro até mesmo do que a presença da morte naquele lugar. — Senhor, Senhor! Como *é* estranho que eu, que a dei à luz, esteja viva e feliz e ela ali morta e fria! Senhor, Senhor! Para falar a verdade, isso parece uma comédia!

Enquanto a criatura miserável murmurava e ria, o agente funerário virou-se para ir embora.

— Espere, espere! — disse a velha. — Ela será enterrada hoje, amanhã ou depois? Eu a trouxe ao mundo, devo acompanhar o enterro, como sabe. Traga-me um bom casaco, pois está muito frio. Devíamos comer bolo e beber vinho, antes de ir! Não importa, mande-nos pão, apenas pão, e um pouco de água. Que tal um pouco de pão? — disse ela, agarrando-se ao casaco do agente funerário, enquanto ele se dirigia mais uma vez à porta.

— Sim, sim — respondeu o agente funerário —, claro. Tudo o que quiser!

Desvencilhou-se das mãos da velha e, arrastando Oliver consigo, retirou-se.

No dia seguinte, tendo a família recebido um pão e um pedaço de queijo, trazidos pelo sr. Bumble, Oliver e seu mentor voltaram àquela casa miserável, onde o sr. Bumble já chegara, acompanhado de quatro homens do asilo que carregariam o caixão. Um velho manto preto cobria a velha e o homem, e o caixão foi levado sobre os ombros dos carregadores até a rua.

— Vamos, senhora, apresse-se! — sussurrou Sowerberry no ouvido da velha. — Estamos bem atrasados, e o padre não pode esperar. Depressa, rapazes, vamos logo!

Os carregadores apressaram-se com a carga leve que levavam, e os dois enlutados se mantinham o mais perto deles que podiam. O sr. Bumble e o sr. Sowerberry caminhavam à frente, e Oliver, cujas pernas não eram tão longas quanto as de seu mentor, corria a seu lado.

Mas não havia tanta necessidade de apressarem-se como o sr. Sowerberry dissera, pois, quando chegaram ao canto escuro do cemitério onde nasciam urtigas e onde se localizavam as sepulturas da paróquia, o padre não estava lá. Este encontrava-se ainda sentado na sacristia e parecia que provavelmente demoraria uma hora para chegar. Então, colocaram o caixão ao pé da cova, e os dois enlutados esperaram pacientemente na lama molhada, sob a chuva fria, enquanto as crianças maltrapilhas que o espetáculo atraíra ao pátio da igreja brincavam de esconde-esconde entre as lápides ou saltavam sobre elas. O sr. Sowerberry e o sr. Bumble, que eram amigos do sacristão, aqueciam-se ao fogo com ele, lendo os jornais.

Após uma hora de espera, o sr. Bumble, o sr. Sowerberry e o sacristão foram até a sepultura. Logo depois, o padre apareceu, colocando a sobrepeliz[5] à medida que andava. O sr. Bumble bateu em dois meninos para manter as aparências, e o reverendo, depois de ter lido o máximo do ofício dos mortos que podia ser resumido em quatro minutos, entregou a sobrepeliz ao sacristão e foi embora.

— Bill! — disse o sr. Sowerberry ao coveiro. — Soterre!

Não foi uma tarefa muito difícil, pois o túmulo estava tão cheio que o caixão estava a poucos metros da superfície. O coveiro cobriu o caixão de terra, tateou-o com os pés, colocou a pá no ombro e foi embora, acompanhado dos garotos, que murmuravam bem alto queixando-se de que a diversão acabara tão cedo.

— Vamos, meu bom amigo! — disse o sr. Bumble, dando tapinhas nas costas do homem. — Vão fechar o cemitério.

O homem que não se mexera, pois permanecera ao lado da sepultura, estremeceu, ergueu a cabeça, olhou fixamente a pessoa que se dirigiu a ele, deu alguns passos e caiu de repente. A velha louca estava ocupada demais em lamentar a perda do manto, que o agente funerário pegara de volta, para prestar atenção. Por isso, jogaram um balde de água fria nele. Quando voltou a si e o viram sair em segurança do cemitério, trancaram a porta e partiram cada qual em seus diferentes caminhos.

— Pois bem, Oliver — disse o sr. Sowerberry, enquanto iam para casa —, o que achou?

— Foi bom, obrigado, senhor — respondeu Oliver, com uma considerável hesitação —, quer dizer, não muito bom, senhor.

---

5 Mantelete branco que os padres usam sobre a batina. (N.E.)

— Ah, você vai se acostumar com o tempo, Oliver — disse o sr. Sowerberry. — As coisas melhoram quando se acostuma, garoto.

Oliver imaginou quanto tempo teria demorado para que o sr. Sowerberry se acostumasse. Mas achou melhor não perguntar e voltou à loja, pensando em tudo o que vira e ouvira.

VI

OLIVER, PROVOCADO PELOS INSULTOS DE NOAH, REAGE E O SURPREENDE

O período de experiência terminou, e Oliver foi aceito como aprendiz. Nessa época, aconteceu uma epidemia. Em estilo comercial, os caixões estavam em alta, e, no decorrer de algumas semanas, Oliver adquiriu muita experiência. O sucesso da engenhosa especulação do sr. Sowerberry superou até mesmo suas maiores esperanças. Os habitantes mais velhos não se lembravam de nenhuma época em que o sarampo fosse tão prevalente ou tão fatal às crianças, e muitas foram as lúgubres procissões que o pequeno Oliver precedia com uma fita preta amarrada no chapéu que chegava até seus joelhos, o que causava admiração e comoção nas mães de toda cidade. Como Oliver também acompanhou seu mentor na maioria dos enterros de adultos para conseguir a equanimidade comportamental e o pleno domínio da coragem que eram essenciais a um agente funerário, ele teve muitas oportunidades de observar a bela resignação e a resiliência com que as pessoas fortes suportam suas provações e perdas.

Por exemplo, quando o sr. Sowerberry recebia um pedido para enterrar alguém velho e rico, com muitos sobrinhos e sobrinhas inconsoláveis durante a doença e cuja dor era irreprimível mesmo publicamente, eles pareciam tão felizes entre si, conversando alegres e contentes, com tanta liberdade e alegria, como se não tivesse acontecido nada. Alguns maridos também suportavam a perda de suas esposas com uma calma exemplar. As esposas, por sua vez, vestindo-se em luto pelos maridos, como se não sofressem com o pesar, trajavam-se da forma mais atraente possível. Era notório, também, que as senhoras e os senhores que demonstravam grande angústia durante o sepultamento recuperavam-se assim que chegavam em casa e ficavam bem-dispostos antes do chá. Tudo isso era admirável de se ver, e Oliver observava tudo com grande admiração.

Se Oliver Twist seguiu o exemplo dessas boas pessoas no que se refere à resignação, não posso afirmar, embora seja seu biógrafo. Mas afirmo com toda a certeza que, durante muitos meses, ele continuou a submeter-se mansamente à dominação e aos maus-tratos de Noah Claypole. O menino o tratava pior do que antes, agora que tinha ciúme de ver o novato ser promovido a pranteador, enquanto ele, mais antigo, não tivera a mesma sorte. Charlotte tratava-o mal, pois Noah assim o fazia, e a sra. Sowerberry era sua inimiga incontestável, porque o sr. Sowerberry estava disposto a ser seu amigo.

Chego a uma parte muito importante na história de Oliver, pois tenho que registrar uma ação, talvez pequena e sem importância, mas que provocou indiretamente uma mudança significativa em todas as suas perspectivas e seus procedimentos futuros.

Certo dia, Oliver e Noah tinham descido à cozinha na hora do jantar, para comer um pequeno pedaço de carneiro, seiscentos gramas da carne mais ordinária. Charlotte esteve fora por um tempo, então Noah Claypole, faminto e maldoso, decidiu ocupar seu tempo molestando o pequeno Oliver Twist.

Intencionado com essa inocente diversão, Noah colocou os pés sobre a toalha de mesa, puxou os cabelos de Oliver, torceu-lhe as orelhas e o chamou de sonso. Além disso, falou que queria vê-lo enforcado e começou a zombar dele de várias formas maliciosas e irritantes. Mas, como não conseguia fazer Oliver chorar, Noah tentou ser ainda mais irritante. Logo, fez o que muitos, às vezes, fazem quando tentam ser engraçados: apelou ao pessoal.

— Orfãozinho — disse Noah —, como vai sua mãe?

— Morreu — respondeu Oliver. — Não diga nada sobre ela!

Oliver enrubesceu ao dizer isso. Passou a ofegar muito e havia uma curiosa contração da boca e das narinas, que o sr. Claypole julgou ser um indício de que o garoto ia ter um ataque violento de choro. Por conta dessa impressão, voltou a provocá-lo.

— De que ela morreu, orfãozinho? — perguntou Noah.

— De coração partido, pelo que me disseram as velhas enfermeiras — respondeu Oliver, mais como se estivesse falando sozinho do que respondendo a Noah. — Acho que sei o que é morrer desse jeito!

— Blá, blá, blá, orfãozinho — cantarolou Noah, enquanto uma lágrima escorria pela face de Oliver. — Vai chorar agora?

— Não por *sua* causa — respondeu Oliver, bruscamente. — Olha, já chega. Não fale mais nada sobre ela, estou avisando!

— Está me avisando? — exclamou Noah. — Olha só! Estou avisando! Orfãozinho, não seja insolente. E *sua* mãe, hein! Parece que era uma bela mulher, Meu Deus!

E Noah assentiu com a cabeça expressivamente e torceu tanto seu narizinho vermelho quanto a ação muscular lhe permitiu.

— Sabe, orfãozinho — continuou Noah, empolgado pelo silêncio de Oliver e falando num tom de falsa piedade, o mais irritante de todos —, nada mais pode ser feito agora, sinto muito por isso, tenho certeza de que todos nós lamentamos, e tenho muita pena de você. Mas sabemos que sua mãe não tinha juízo.

— O que você disse? — perguntou Oliver, erguendo a cabeça rapidamente.

— Uma mulher sem juízo, orfãozinho — respondeu Noah, com frieza. — E foi bem melhor ela ter morrido, senão ia parar na cadeia ou na forca, não é verdade?

Vermelho de raiva, Oliver estremeceu, derrubou a cadeira e a mesa, esganou Noah, sacudiu-o com tanta violência que seus dentes bateram uns contra os outros e, reunindo todas as forças em um golpe forte, levou-o ao chão.

Há apenas um minuto, o menino parecia uma criança tranquila, gentil e abatida pelo tratamento severo que recebera. Mas seu espírito fora enfim despertado. Os insultos cruéis a sua falecida mãe fizeram seu sangue ferver; seu coração batia com força, tinha uma postura ereta, e os olhos brilhantes e vívidos; estava completamente transformado, agora que via seu covarde atormentador no chão aos seus pés e o desafiava com uma energia que não conhecera antes.

— Ele vai me matar! — choramingou Noah. — Charlotte! Senhora! O novato quer me matar! Socorro! Socorro! Oliver enlouqueceu! Charlotte!

Aos gritos de Noah, Charlotte respondeu com um grito agudo e a sra. Sowerberry com outro mais agudo ainda. A primeira entrou correndo na cozinha por uma porta lateral, enquanto a segunda parou na escada para se certificar de que era seguro descer sem se expor a riscos.

— Ah, maldito! — gritou Charlotte, agarrando Oliver com sua força máxima, quase idêntica à de um homem forte e em boa forma. — Ah, seu pequeno ingrato assassino horrendo!

E a cada sílaba, Charlotte batia em Oliver com todas as suas forças, acompanhando cada tapa com um grito, para o benefício da sociedade.

O pulso de Charlotte não era de forma alguma leve, mas, temendo não conseguir acalmar a ira de Oliver, a sra. Sowerberry foi até a cozinha e ajudou a contê-lo com uma mão, enquanto lhe arranhava o rosto com a outra. Nessa posição favorável, Noah levantou-se do chão e empurrou-o para trás.

Este era um exercício violento demais para durar muito tempo. Quando todos estavam cansados, sem conseguir bater mais, arrastaram Oliver, que se debatia e gritava, mas não estava nada intimidado, ao celeiro e lá o trancaram. Feito isso, a sra. Sowerberry caiu numa cadeira e rebentou em lágrimas.

— Meu Deus, ela vai desmaiar! — disse Charlotte. — Um copo d'água, Noah, meu bem. Rápido!

— Ah! Charlotte — disse a sra. Sowerberry, falando o melhor que podia, apesar da falta de ar e de uma quantidade suficiente de água fria que Noah derramara sobre a cabeça e os ombros dela. — Ah! Charlotte, que sorte não termos sido assassinados enquanto dormíamos!

— Ah! Foi sorte mesmo, senhora. Só espero que isso ensine o patrão a não receber mais essas criaturas terríveis, que nascem para se tornar assassinos e ladrões. Pobre Noah! Estava quase morto quando eu entrei.

— Coitadinho! disse a sra. Sowerberry, olhando com pena para o rapaz.

Noah, cujo umbigo pareava com o topo da cabeça de Oliver, esfregava os olhos com a palma das mãos enquanto essa comiseração lhe era concedida e simulou algumas lágrimas e soluços.

— O que faremos! — exclamou a sra. Sowerberry. — Meu marido não está em casa, não há nenhum homem em casa, e aquele garoto pode acabar arrombando a porta.

Oliver colidia-se contra a porta em questão, tornando essa possibilidade altamente provável de se concretizar.

— Meu Deus! Não sei, senhora — disse Charlotte —, talvez devêssemos acionar a polícia.

— Ou as forças armadas — sugeriu o sr. Claypole.

— Não, não — disse a sra. Sowerberry, lembrando-se do velho amigo de Oliver. — Encontre o sr. Bumble, Noah, e diga-lhe para vir aqui imediatamente, e rápido, esqueça seu boné! Depressa! Segure uma faca nesse olho roxo no caminho para desinchá-lo.

Noah não esperou mais. Partiu a toda velocidade. Surpreendeu os transeuntes que viram um rapaz correndo pelas ruas, sem boné e com uma faca no olho.

VII

OLIVER CONTINUA INDISCIPLINADO

Noah Claypole correu pelas ruas sem parar para respirar até chegar à porta do asilo. Após parar por cerca de um minuto, para soluçar e apresentar uma imponente expressão de dor e terror, bateu à porta e ostentou uma cara tão pesarosa ao pobre velho que a abriu que até mesmo este, que não via nada além de rostos tristes ao seu redor na maioria das vezes, recuou espantado.

— Ora, o que houve, menino? — perguntou o pobre velho.

— Sr. Bumble! Sr. Bumble! — gritou Noah, com consternação, tão alto e com tanta força que não só chegou aos ouvidos do sr. Bumble, apesar de ser um pouco surdo, como o alarmou a ponto de o fazer correr até o pátio sem seu chapéu de três bicos, o que é uma circunstância muito curiosa e notável, mostrando que até mesmo um bedel, movido por um impulso repentino e poderoso, pode ser impactado com uma perda momentânea de autocontrole e esquecer sua dignidade pessoal.

— Ah, sr. Bumble! — disse Noah. — É Oliver, senhor. Ele...

— O quê? — interrompeu o sr. Bumble, com um lampejo de prazer em seus olhos que reluziram como metal. — Ele fugiu, Noah?

— Não, senhor. Não fugiu, mas ficou violento — respondeu Noah. — Tentou me matar, senhor, e depois tentou matar Charlotte e a patroa. Ah! Que dor horrível! Que agonia, senhor!

Noah retorcia-se de todas as formas para fazer o sr. Bumble entender que, desde o ataque violento e sanguinário de Oliver Twist, recebera graves ferimentos e danos internos que lhe faziam sofrer naquele momento.

Noah, ao perceber que seu relato chocou o sr. Bumble, quis chocá-lo ainda mais, queixando-se de seus terríveis ferimentos dez vezes mais alto do que antes, e, quando viu um cavalheiro de colete branco atravessando o pátio, lamentou-se de forma mais trágica do que nunca, pensando, com razão, que era muito conveniente chamar a atenção e despertar a indignação do cavalheiro citado.

O cavalheiro logo prestou atenção na cena, pois mal deu três passos e se voltou com raiva, perguntando por que aquele rapaz estava gritando e por que o sr. Bumble não lhe dava algo para tornar aquela série de gritos em algo que se entendesse.

— É um pobre menino da escola da caridade, senhor — respondeu o sr. Bumble —, que foi quase assassinado pelo jovem Twist.

— Meu Deus! — exclamou o cavalheiro de colete branco. — Eu sabia! Desde o princípio, tive um estranho pressentimento de que aquele garoto selvagem e atrevido acabaria na forca!

— Ele também tentou matar a criada, senhor — afirmou o sr. Bumble, pálido.

— E a patroa — acrescentou o sr. Claypole.

— E seu patrão, não foi, Noah? — indagou o sr. Bumble.

— Não! Ele não estava presente. Se estivesse, o garoto o teria matado — respondeu Noah. — Ele disse que queria fazê-lo.

— Ah! Ele disse isso, meu rapaz? — perguntou o cavalheiro de colete branco.

— Sim, senhor — respondeu Noah. — E, por gentileza, minha patroa gostaria de saber se o sr. Bumble poderia ir até lá para castigar Oliver, pois o patrão saiu.

— Certamente, meu rapaz — disse o cavalheiro de colete branco, sorrindo de modo benigno e acariciando a cabeça de Noah, que era cerca de três centímetros mais alta do que a sua. — Você é um bom menino. Tome um centavo para você. Bumble, pegue sua bengala e vá até a casa do sr. Sowerberry. Não o poupe, Bumble.

— Não, não o farei, senhor — respondeu o bedel.

Após pegar o chapéu de três bicos e a bengala, o sr. Bumble, acompanhado de Noah Claypole, saiu às pressas até a funerária.

As coisas não tinham melhorado. O sr. Sowerberry ainda não voltara, e Oliver continuava dando fortes pontapés na porta do celeiro. Os relatos de sua ferocidade, contados pela sra. Sowerberry e Charlotte, eram de uma natureza tão surpreendente que o sr. Bumble julgou prudente falar antes de abrir a porta. Assim, deu um pontapé na porta, a título de prelúdio, e, depois, colocando a boca ao buraco da fechadura, disse, num tom profundo e imponente:

— Oliver!

— Vamos, deixe-me sair! — respondeu Oliver.

— Reconhece minha voz, Oliver? — perguntou o sr. Bumble.

— Sim — respondeu Oliver.

— E não tem medo? Não treme ao me ouvir, menino? — disse o sr. Bumble.

— Não! — respondeu Oliver, corajosamente.

Uma resposta tão diferente da esperada e da que estava acostumado a receber espantou o sr. Bumble. Afastou-se do buraco da fechadura, empertigou-se até a sua altura máxima, e olhou um por um os três espectadores, em mudo espanto.

— Sabe, sr. Bumble, acho que ele enlouqueceu — disse a sra. Sowerberry. — Nenhum garoto com algum juízo se atreveria a falar assim com o senhor.

— Não é loucura, senhora — respondeu o sr. Bumble, após alguns instantes de profunda reflexão. — É carne.

— O quê? — exclamou a sra. Sowerberry.

— Carne, minha senhora, carne — respondeu Bumble, com ênfase severa. — A senhora alimentou-o em excesso. Criou nele uma alma artificial, uma pessoa deslocada de sua condição. Como os membros do conselho, sra. Sowerberry, que são filósofos práticos, diriam: o que os pobres têm a ver com a alma ou o espírito? Já é suficiente que os deixemos ter corpos vivos. Se o seguisse alimentando com mingau, senhora, isso nunca teria acontecido.

— Meu Deus! — exclamou a sra. Sowerberry, levantando piedosamente os olhos ao teto da cozinha. — Isso que dá ser generosa!

A generosidade da sra. Sowerberry com Oliver consistia em uma profusa concessão a ele de todas as coisas asquerosas que ninguém mais comeria, logo havia uma grande dose de doçura e autodevoção no fato de ela se submeter voluntariamente à pesada acusação do sr. Bumble, da qual, sejamos justos, ela era totalmente inocente, em pensamento, palavra ou ação.

— Ah! — disse o sr. Bumble. — A única coisa que pode ser feita é deixá-lo no porão por um dia ou mais até que fique faminto e então soltá-lo, alimentando-o com mingau durante todo o aprendizado.

Oliver arranca um espírito.

Ele veio de uma família ruim. Tinham uma terrível natureza, sra. Sowerberry! Tanto a enfermeira quanto o médico disseram que a mãe dele chegou ao asilo depois de sofrer com dificuldades e dores que teriam matado qualquer mulher sadia semanas antes.

Neste ponto do discurso do sr. Bumble, Oliver, que ouviu apenas o suficiente para saber que alguma alusão fora feita a sua mãe, voltou a dar pontapés com uma violência que tornou todos os outros sons inaudíveis. O sr. Sowerberry chegou neste momento. O ataque de Oliver foi-lhe explicado com muito exagero, pois as senhoras acharam melhor fazê-lo para despertar sua ira. Ele abriu a porta do porão num piscar de olhos e arrastou seu aprendiz rebelde para fora pela gola.

As roupas de Oliver tinham sido rasgadas na surra que recebera, o rosto estava machucado e arranhado, e o cabelo espalhado sobre a testa. O rubor furioso, porém, não desaparecera, e, quando foi tirado do porão, ousou olhar para Noah, parecendo bem intrépido.

— Você não tem jeito, não é, garoto? — disse o sr. Sowerberry, esbofeteando Oliver.

— Ele ofendeu minha mãe — respondeu Oliver.

— Bem, e daí, seu ingrato miserável? — falou a sra. Sowerberry. — Ela merecia o que ele disse, e pior.

— Não — disse Oliver.

— Sim — insistiu a sra. Sowerberry.

— É tudo mentira! — exclamou Oliver.

A sra. Sowerberry começou a chorar.

A torrente de lágrimas deixou o sr. Sowerberry sem alternativas. Se ele hesitasse por um instante em punir Oliver de modo mais severo, ficaria claro, de acordo com todos os precedentes em casos matrimoniais estabelecidos, que ele seria um bruto, um marido desnaturado, uma criatura insultante, uma imitação simplória de um homem, entre vários outros personagens aprazíveis demais para citar neste capítulo. Para fazer-lhe justiça, na medida do possível, ele era gentil com o menino, talvez, porque isso fosse de seu interesse, talvez, porque sua esposa não gostasse dele. A torrente de lágrimas, no entanto, não lhe deixou nenhuma escolha, então imediatamente deu-lhe uma sova, que satisfez até a sra. Sowerberry e tornou desnecessária uma posterior bengalada do sr. Bumble. Pelo resto do dia, Oliver permaneceu trancado em um quarto nos fundos da cozinha, com água e uma fatia de pão. À noite, a sra. Sowerberry, após fazer vários comentários negativos à mãe do menino, entrou no quarto e, em meio às zombarias de Noah e Charlotte, mandou Oliver para a cama.

Somente após ser deixado sozinho no silêncio da sombria oficina da funerária, Oliver cedeu aos sentimentos que o tratamento recebido ao longo do dia poderiam despertar numa mera criança. Ouviu as provocações com desprezo, suportou apanhar sem gritar, pois sentia um certo orgulho em seu coração que o permitia sofrer sem emitir som. Mas, como agora não havia ninguém vendo ou ouvindo, caiu de joelhos no chão e, escondendo o rosto nas mãos, derramou lágrimas que poucos garotos teriam motivos para derramar diante de Deus!

Durante muito tempo, Oliver permaneceu imóvel nessa posição. A vela acabara de queimar quando ele se levantou. Após olhar cautelosamente ao seu redor e escutar com atenção, puxou os ferrolhos da porta e olhou para fora.

A noite estava fria e escura. As estrelas pareciam, aos olhos do menino, mais distantes da Terra do que ele jamais as vira antes. Não havia vento, e as sombras das árvores pareciam sepulcrais e mortíferas por serem tão silenciosas. O garoto fechou suavemente a porta. Após aproveitar-se do último lampejo da luz da vela para amarrar com um lenço as poucas roupas que tinha, sentou-se num banco, esperando a madrugada.

Com o primeiro raio de luz que atravessou as fendas das persianas, Oliver levantou-se e abriu a porta outra vez. Olhou timidamente ao seu redor, hesitou alguns instantes e fechou a porta. Estava na rua.

Olhou para os lados, sem ter certeza para onde iria.

Lembrou-se de ter visto as carroças, quando saíam da cidade, subirem a colina. Seguiu pelo mesmo caminho e chegou a um atalho pelos campos, o qual ele sabia que levava à estrada. Continuou por ele e caminhou rapidamente.

Ao longo desse caminho, Oliver lembrou-se de ter caminhado ao lado do sr. Bumble quando o acompanhou pela primeira vez ao asilo. O caminho levava diretamente à antiga casa. Seu coração batia rapidamente, e o menino pensou em voltar. Mas percorrera um longo caminho e perderia muito tempo voltando. Além disso, era tão cedo que temia ser visto, então continuou andando.

Chegou à casa. Não havia sinal de internos àquela hora. Oliver parou e olhou para o jardim. Uma criança estava semeando um dos canteiros, quando terminou, ergueu o rosto pálido e revelou as características de um de seus antigos companheiros. Oliver sentiu-se feliz em vê-lo, já que antes de partir, embora fosse mais jovem que ele, o menino fosse seu amigo. Muitas vezes, passaram fome e foram espancados juntos.

— Fica quieto, Dick! — disse Oliver, enquanto o menino corria para a porta e empurrava seu braço fino entre a grade para cumprimentá-lo. — Mais alguém está acordado?

— Ninguém, só eu — respondeu a criança.

— Não diga que me viu, Dick — pediu Oliver. — Estou fugindo. Eles me batem e me tratam mal, Dick, vou buscar minha fortuna, bem longe daqui. Não sei ainda onde. Como está pálido!

— Ouvi o médico falar que vou morrer — respondeu a criança com um breve sorriso. — Estou muito feliz por vê-lo, meu amigo, mas é melhor você partir logo!

— Sim, sim, eu irei — respondeu Oliver. — Voltaremos a nos ver, Dick. Tenho certeza disso! Fique bem e seja feliz!

— Espero que sim — respondeu a criança. — Mas só quando eu morrer, e não antes. Sei que o médico tem razão, Oliver, porque sonho tanto com o céu, com os anjos, com rostos gentis que nunca vejo quando estou acordado. Me dê um abraço — disse o menino, colocando os bracinhos em volta do pescoço de Oliver. — Adeus, amigo! Que Deus o abençoe!

Uma bênção que vinha dos lábios de uma criancinha, mas era a primeira vez que Oliver a recebia. E, durante as lutas e os sofrimentos, os problemas e as mudanças que aconteceram em sua vida, jamais a esqueceu.

VIII

OLIVER VAI A LONDRES E ENCONTRA NO CAMINHO UM ESTRANHO GAROTO

Oliver chegou ao fim do atalho e encontrou-se na estrada. Eram oito horas. Embora estivesse a quase oito quilômetros da cidade, correu e escondeu-se atrás de uma sebe até meio-dia, temendo ser perseguido e alcançado. Então sentou-se para descansar e começou a pensar, pela primeira vez, para onde poderia ir para ganhar a vida.

O marco em que se encontrava indicava, em letras grandes, que estava a apenas cem quilômetros de Londres. O nome dessa cidade despertou uma nova série de ideias na cabeça do menino.

Londres! Que lugar fantástico! Ninguém, nem mesmo o sr. Bumble, poderia encontrá-lo lá! Ele também ouvira muitas vezes os velhos no asilo dizerem que nenhum menino são passaria apuros em Londres e que havia maneiras de se sustentar naquela vasta cidade desconhecida pelas pessoas do campo. Era o lugar ideal para um menino desabrigado, que morreria nas ruas, a menos que alguém o ajudasse. Enquanto tais coisas lhe passavam pela cabeça, ficou de pé e seguiu em frente.

Encurtara a distância que o separava de Londres em mais seis quilômetros, antes de se lembrar do quanto deveria caminhar para chegar ao seu destino. Quando essa consideração veio à tona, diminuiu um pouco o ritmo e refletiu a respeito das formas de chegar lá. Tinha um pedaço de pão, uma camisa velha e dois pares de meias. Também tinha um centavo, um presente do sr. Sowerberry após um funeral no qual teve um desempenho excepcional em sua função. "Uma camisa limpa", pensou Oliver, "é muito cômoda, assim como dois pares de meias e um centavo, mas são pouco úteis para percorrer cem quilômetros no inverno." Os pensamentos de Oliver, como os da maioria das outras pessoas, embora fossem extremamente ativos para apontar suas dificuldades, ficavam completamente perdidos para sugerir qualquer modo viável de superá-las. Assim, após uma boa reflexão sem nenhum propósito em particular, pôs a trouxa nas costas e seguiu em frente.

Oliver caminhou trinta quilômetros naquele dia. Durante esse tempo, só comeu um pedaço de pão seco e bebeu alguns copos de água que pediu nas cabanas ao longo da estrada. Ao cair da noite, entrou em um campo e deitou-se ao pé de um moinho, determinado a permanecer ali até de manhã. A princípio, teve medo, pois o vento sibilava pelos campos vazios. Sentia frio e fome, e estava mais sozinho do que jamais estivera antes. Mas, devido ao cansaço, logo adormeceu e se esqueceu de seus problemas.

Sentiu-se gelado e rígido ao se levantar pela manhã e tinha tanta fome que comprou um pãozinho com o centavo na primeira aldeia por onde passou. Mal percorrera vinte quilômetros quando a noite chegou outra vez. Seus pés estavam inchados, e suas pernas, tão fracas que tremiam. Passou outra noite ao relento, o que o fez piorar: ao partir na manhã seguinte, mal conseguia andar.

Esperou ao pé de uma colina íngreme até que uma diligência passasse e pediu esmolas aos passageiros, mas bem poucos lhe deram importância. Alguns lhe disseram para esperar até que o veículo chegasse ao topo da colina, e que lhes mostrasse até onde ele conseguia correr por meio centavo. O pobre Oliver tentou acompanhar a diligência, mas não conseguiu devido ao cansaço e aos pés inchados. Quando os passageiros viram seu fracasso, voltaram a guardar o meio centavo, dizendo que o garoto era um vagabundo e que não merecia receber nada. A diligência afastou-se, deixando apenas uma nuvem de poeira para trás.

Em algumas aldeias, havia grandes placas avisando que todos os que pedissem esmolas dentro do distrito seriam mandados para a cadeia. Isso assustou muito Oliver e o fez sair daquelas aldeias o mais depressa possível. Em outras, ele ficava nos pátios das estalagens e olhava com pesar para todos que passavam: um procedimento que geralmente terminava com a senhoria ordenando a seus empregados que expulsassem o menino dali, pois ela tinha a certeza de que ele viera para roubar algo. Quando implorou ajuda na casa de um fazendeiro, ameaçaram soltar o cachorro em cima dele, e, quando se apresentou em uma loja, falaram sobre o bedel, o que levou o coração de Oliver à boca, muitas vezes a única coisa que ele tinha por lá.

Na verdade, se não fosse um bom homem e uma benevolente senhora, os problemas de Oliver seriam abreviados tais quais os de sua mãe, em outras palavras, ele certamente morreria na estrada. Mas o guarda deu-lhe pão e queijo, e a senhora, que tinha um neto que vagava por alguma parte distante da Terra, teve pena do pobre órfão e deu-lhe o pouco que podia e mais, com palavras amáveis e gentis, além de lágrimas de simpatia e compaixão, que caíram mais profundamente na alma de Oliver do que todos os sofrimentos pelos quais ele já passara.

Na manhã do sétimo dia após deixar seu local de origem, Oliver chegou à cidadezinha de Barnet. As persianas estavam fechadas, as ruas, desertas; nenhuma alma despertara para trabalhar. O sol nascia em toda a sua esplêndida beleza, mas a luz servia apenas para mostrar ao menino sua solidão e desolação, enquanto sentava-se, com os pés ensanguentados e empoeirados, nos degraus de uma casa.

Aos poucos, as persianas foram abertas, e as pessoas começaram a circular de um lado ao outro. Poucas paravam ou se voltavam para olhar Oliver por alguns instantes, e ninguém se incomodou de perguntar como ele chegara até ali. Não tinha forças para pedir esmolas e permaneceu sentado.

Passou algum tempo sentado nos degraus e perguntava-se quantas tavernas existiriam na cidade (todas as demais casas em Barnet eram tavernas, grandes ou pequenas), olhava distraído para as carroças que passavam, imaginando como era estranho que elas percorressem, com facilidade, em poucas horas, o mesmo trajeto que ele levou uma semana inteira de coragem e determinação para atravessar. Parou de refletir ao avistar um menino que passou por ele alguns minutos antes e que voltou e o vigiava atentamente do outro lado da rua. A princípio, Oliver não lhe deu muita atenção, mas o menino permaneceu observando-o por tanto tempo que Oliver ergueu a cabeça e lhe devolveu um olhar fixo. Então, o menino atravessou a rua, aproximou-se de Oliver e disse:

— Olá, camarada! Como vai?

O menino que se dirigiu ao pequeno viajante tinha mais ou menos sua mesma idade, mas era um dos garotos mais esquisitos que Oliver já vira. Tinha o nariz arrebitado, a testa lisa, as feições comuns e estava muito sujo, no entanto apresentava ares e modos de um cavalheiro. Era baixo para sua idade, tinha as pernas arqueadas e os olhos pequenos, penetrantes e feios. Seu chapéu estava colocado no topo da cabeça de uma forma que cairia a qualquer momento se o portador não movimentasse a cabeça de vez em quando para manter o chapéu em seu lugar. Vestia um casaco de adulto que chegava até seus calcanhares. Arregaçara as mangas até os cotovelos para aparentemente enfiar as mãos nos bolsos das calças de veludo.

— Olá, camarada! Como vai? — perguntou outra vez o estranho garoto a Oliver.

— Estou com muita fome e cansado — respondeu Oliver, com lágrimas nos olhos enquanto falava. — Caminhei bastante. Andei por sete dias.

— Nossa, sete dias! — disse o jovem cavalheiro. — Ah, estou vendo. Por causa do bico, não é? Mas — acrescentou, reparando no olhar de surpresa de Oliver — acho que não sabe o que é bico, certo, companheiro?

Oliver respondeu sinceramente que sempre associara o termo bico à boca dos pássaros.

— Minha nossa, quanta inocência! — exclamou o jovem cavalheiro. — Ora, um bico é uma autoridade, e, quando se anda por ordem do bico, significa não andar direito, sempre tendo altos e baixos. Já esteve no moinho?

— Que moinho? — perguntou Oliver.

— Que moinho! Ora, o moinho que ocupa tão pouco espaço que funciona dentro de um jarro de pedra e não precisa de água[6]. Mas vamos — disse o jovem cavalheiro —, você precisa comer, e comerá. Eu estou na maré baixa, tenho apenas um xelim, mas, no que diz respeito a isso, darei um jeito. Agora, levante-se. Anime-se! Vamos!

Ajudando Oliver a levantar-se, o jovem cavalheiro levou-o a uma loja, onde comprou uma quantidade suficiente de presunto e pão, ou, como ele o denominou, "um farelo de quatro centavos", sendo o presunto mantido limpo e preservado da poeira pelo engenhoso método de fazer um buraco no pão, arrancando uma porção do miolo e recheando-o com o presunto. Com o pão debaixo do braço, o jovem cavalheiro dirigiu-se a uma pequena taverna e seguiu até uma sala que ficava nos fundos. Ali, o rapaz misterioso ordenou que trouxessem cerveja, e Oliver, a pedido de seu novo amigo, fez uma longa e calorosa refeição, enquanto o estranho menino o observava de tempos em tempos com atenção.

— Você vai a Londres? — perguntou o menino quando Oliver terminou.

— Sim.

— Tem casa lá?

— Não.

— Dinheiro?

— Não.

O estranho menino assobiou e pôs as mãos nos bolsos, até onde as mangas do casaco o permitiam.

— Você mora em Londres? — perguntou Oliver.

— Sim. Quando estou em casa — respondeu o menino. — Acho que você precisa de um lugar para dormir, não é?

---

6 Menção às prisões inglesas. (N.E.)

— Sim — respondeu Oliver. — Não durmo debaixo de um teto desde que saí de minha terra.

— Não se preocupe — disse o jovem cavalheiro. — Preciso estar em Londres à noite e conheço um velho e respeitável cavalheiro que lhe dará abrigo, contanto que seja apresentado por algum conhecido, ou seja, eu!

O jovem sorriu para acentuar a ironia em seu discurso e terminou de beber a cerveja.

Essa inesperada oferta de abrigo era tentadora demais para resistir, especialmente porque foi assegurado que o velho citado ofereceria também um trabalho a Oliver. Isso levou a uma conversa mais amigável e confidencial em que Oliver soube que seu companheiro se chamava Jack Dawkins e era amigo e protegido do velho cavalheiro.

A aparência do sr. Dawkins não falava muito em favor dos confortos que seu patrono oferecia àqueles que protegia, mas como ele tinha um jeito um tanto vago e dissoluto de conversar e declarou que entre seus amigos era mais conhecido pelo apelido de "O Astuto Malandro", Oliver concluiu que seu companheiro era dissoluto e despreocupado, assim os preceitos morais de seu benfeitor não lhe faziam efeito. Com essa impressão, decidiu secretamente cultivar uma opinião positiva do velho e, se achasse o Malandro incorrigível, como suspeitava, desistiria da amizade.

Como Jack Dawkins se opôs a entrar em Londres antes do anoitecer, eram quase onze horas quando chegaram ao pedágio de Islington. Atravessaram a estrada de St. John, desceram a ruazinha que termina no teatro Sadler's Wells, passaram pela Exmouth Street e Coppice Row, cruzaram o pequeno pátio ao lado de um asilo, percorreram o terreno clássico que uma vez se chamou Hockley-in-the-Hole, daí foram para Little Saffron Hill, e depois para Saffron Hill, onde o Malandro acelerou o passo, recomendando a Oliver que o seguisse de perto.

Embora Oliver não perdesse seu amigo de vista, não deixou de olhar rapidamente para os dois lados ao atravessar a rua. Aquele era o lugar mais sujo ou mais miserável que ele já vira. A rua era bem estreita e lamacenta, e o ar estava impregnado de odores terríveis.

Havia muitas lojinhas, mas o único estoque no comércio parecia ser um bando de crianças, que, mesmo àquela hora da noite, saíam e entravam das lojas ou gritavam. Os únicos lugares que pareciam prosperar em meio ao flagelo geral do local eram as tavernas, onde irlandeses discutiam. Vielas e passagens estreitas que aqui e ali divergiam da rua principal revelavam casinhas miseráveis, onde homens e mulheres bêbados chafurdavam na lama; e, de várias portas, saíam cautelosamente grandes sujeitos mal-encarados, com intenções aparentemente não muito boas.

Oliver cogitou consigo se não seria melhor fugir quando chegaram ao pé da colina. Seu guia, segurando-lhe pelo braço, empurrou a porta de uma casa perto da Field Lane, fez Oliver entrar e, em seguida, fechou a porta.

— Quem está aí? — gritou uma voz vinda de baixo, em resposta a um assobio do Malandro.

— Tudo em ordem! — respondeu o jovem cavalheiro.

Essa parecia ser uma senha para indicar que estava tudo bem, pois a luz de uma vela fraca brilhava na parede no fim da passagem, e o rosto de um homem espreitava, de onde uma balaustrada da velha escadaria da cozinha estava quebrada.

— São dois — disse o homem, afastando a vela e protegendo os olhos com a mão. — Quem é o outro?

— Um novo amigo — respondeu Jack Dawkins, puxando Oliver à frente.

— De onde ele vem?

— Da terra da inocência. Fagin está lá em cima?

— Sim, está separando os lenços. Subam!

A vela foi puxada para trás, e o rosto desapareceu.

Oliver, tateando com uma mão e segurando com a outra a mão de seu companheiro, subiu com muita dificuldade na escuridão os degraus quebrados, em contraposição a seu guia que os subia com facilidade e destreza por estar bem familiarizado com eles.

Seu guia abriu a porta de um quarto, e Oliver o acompanhou.

As paredes e o teto estavam sujos pelo tempo e pelo descuido. Em frente à lareira, havia uma mesa e, sobre ela, uma vela colocada numa garrafa de cerveja de gengibre, duas ou três canecas de estanho, um pão, manteiga e um prato. Um velho judeu cozinhava algumas salsichas. Tinha o rosto vil, repulsivo e obscurecido por cabelos ruivos foscos. Vestia um roupão velho de flanela, tinha o pescoço descoberto e parecia dividir sua atenção entre a frigideira e uma corda na qual estavam pendurados vários lenços de seda. Várias camas feitas de sacos velhos estavam amontoadas lado a lado no chão. Ao redor da mesa, sentavam-se quatro ou cinco garotos, nenhum mais velho do que o Malandro, fumando um longo cachimbo feito de barro e bebendo como se fossem homens de meia-idade. Todos aglomeraram-se ao redor do companheiro, enquanto ele sussurrava algumas palavras ao judeu. Então se voltaram e sorriram para Oliver. O judeu, com o garfo na mão, fez o mesmo.

— Fagin, este é meu amigo Oliver Twist — disse Jack Dawkins.

O judeu sorriu e fez uma reverência a Oliver. Apertou-lhe a mão e disse que esperava ter a honra de ser seu amigo. Após isso, um jovem cavalheiro com um cachimbo aproximou-se e apertou-lhe ambas as mãos com muita força, especialmente aquela em que ele segurava sua pequena trouxa. Um rapaz estava muito ansioso para guardar seu boné, e o outro quis verificar o que ele levava nos bolsos, para poupar-lhe do trabalho de esvaziá-los ao se deitar, uma vez que estava muito cansado. Essas gentilezas provavelmente se estenderiam ainda mais, se o judeu não começasse a distribuir garfadas na cabeça e nos ombros dos prestativos meninos.

— Ficamos muito felizes por recebê-lo, Oliver — disse o judeu. — Malandro, tire as salsichas do fogo e coloque uma cadeira perto da lareira para Oliver. Ah, está admirando os lenços! Pois é, amigo. Há muitos deles, não acha? Acabamos de prepará-los para a barrela. É apenas isso, Oliver. Ha Ha Ha!

A última parte desse discurso foi saudada por um grito de todos os discípulos esperançosos do velho e alegre cavalheiro. Então começaram a jantar.

Oliver comeu sua parte, e o judeu preparou-lhe um copo de gim quente e água: aconselhando-o a beber de uma só vez, pois outro cavalheiro precisava do copo. Oliver obedeceu. Logo depois, sentiu-se gentilmente levado para cima de um saco e então caiu num sono profundo.

IX

PARTICULARIDADES SOBRE O APRAZÍVEL SENHOR E SEUS AUSPICIOSOS PUPILOS

Oliver acordou tarde na manhã seguinte após uma noite de sono profundo. No quarto, estava apenas o velho judeu, fervendo um pouco de café numa caçarola e assobiando baixinho enquanto mexia o líquido com uma colher de ferro. Parava ocasionalmente para ouvir se havia algum barulho lá embaixo; como tudo parecia tranquilo, continuava assobiando e mexendo o café.

Embora Oliver tivesse despertado do sono, não estava completamente acordado. Há um estado sonolento, entre dormir e acordar, em que uma pessoa sonha mais em cinco minutos, com os olhos semiabertos e semiconsciente de tudo o que se passa ao seu redor, do que em cinco noites com os olhos fechados e os sentidos envoltos em perfeita inconsciência. Nesse momento, um mortal tem apenas um vislumbre do que sua mente é capaz, formando uma concepção cintilante de suas poderosas capacidades, de sua conexão com a Terra, o tempo e o espaço, libertado da restrição do corpo.

Oliver estava precisamente nesse estado. Via o judeu com os olhos semicerrados, ouvia seu assobio baixo e reconhecia o som da colher na caçarola. Ainda assim, ao mesmo tempo, esses mesmos sentidos o lembravam de todas as pessoas que ele conhecera.

Quando o café ficou pronto, o judeu tirou a caçarola do fogão. Parado e pensando por alguns minutos, como se não soubesse bem o que fazer, voltou-se, olhou para Oliver e o chamou pelo nome. O garoto não respondeu e aparentava estar dormindo.

Após essa constatação, o judeu caminhou cautelosamente até a porta. Fechou-a. Então tirou de um alçapão no assoalho uma caixinha que colocou com cuidado sobre a mesa. Seus olhos brilhavam enquanto abria a tampa e olhava para o interior. Arrastou uma cadeira velha à mesa, sentou-se e tirou da caixinha um magnífico relógio de ouro com pedras preciosas.

— Arrá! — disse o judeu, dando de ombros e revelando um sorriso horrível. — Cães danados! Leais até o fim! Nunca disseram ao velho pastor onde se escondiam. Jamais entregaram o velho Fagin! E por que o fariam? Eles não escapariam da forca ou da guilhotina. Não, não, não! Bons companheiros! Bons companheiros!

Após murmurar essas e outras reflexões de mesma natureza, o judeu guardou novamente o relógio. Tirou pelo menos meia dúzia de outros relógios da mesma caixa, olhando-os com o mesmo prazer, além de anéis, broches, pulseiras e outras joias tão magníficas e tão caras que Oliver desconhecia até mesmo o nome delas.

Por fim, o judeu tirou uma joia, tão pequena que lhe cabia na palma da mão. Parecia haver nela uma inscrição muito minuciosa, pois o judeu a colocou sobre a mesa e a sombreou com a mão. Ele a contemplou por muito tempo e, recostando-se na cadeira, murmurou:

— Bela coisa é a pena de morte! Os mortos nunca se arrependem, nunca revelam assuntos delicados. Ah, isso é ótimo para o comércio! Cinco deles pendurados e enfileirados, e nenhum foi covarde!

Ao dizer essas palavras, seus olhos negros e brilhantes, que vagavam ao redor, encontraram o rosto de Oliver. Os olhos do menino estavam fixos com uma curiosidade muda, e, embora o reconhecimento tivesse durado um instante, isso foi o suficiente para mostrar ao velhote que fora observado.

Ele fechou a tampa da caixa com um estrondo forte e, colocando a mão em uma faca de pão que estava sobre a mesa, levantou-se furiosamente. Tremia muito, pois, mesmo aterrorizado, Oliver via o estremecer da faca.

— O que foi? — disse o judeu. — Por que está me olhando? Por que está acordado? O que viu? Fale, menino! Depressa!

— Não consigo dormir mais, senhor — respondeu Oliver, humildemente. — Lamento muito se o incomodei.

— Não estava acordado há uma hora? — perguntou o judeu, encarando ferozmente o menino.

— Não! Com certeza, não! — respondeu Oliver.

— Tem certeza? — gritou o judeu, com um olhar ainda mais feroz do que antes e uma atitude ameaçadora.

— Juro que não estava acordado, senhor — respondeu Oliver, com sinceridade.

— Ora, ora, meu amigo! — disse o judeu, recompondo-se subitamente e brincando com a faca, antes de largá-la, como para induzir a crença de que a pegara por mera diversão. — Eu já sabia disso. Só queria assustá-lo. Você é um menino corajoso. Ha Ha Ha!

O judeu esfregou as mãos, rindo, mas olhou inquieto para a caixa.

— Viu alguma destas belezinhas, meu amigo? — perguntou o judeu, pondo a mão sobre a caixinha após uma pequena pausa.

— Sim, senhor — respondeu Oliver.

— Ah! — exclamou o judeu, empalidecendo. — São minhas, Oliver, minhas pequenas propriedades. Tudo o que tenho para viver na velhice. Dizem que sou avarento, meu caro. Apenas um avarento.

Oliver achou que o velho devia ser bem avarento para viver num lugar tão sujo, tendo tantos relógios, mas refletiu que talvez sua amizade com o Malandro e os outros rapazes lhe custasse muito dinheiro. O garoto, então, apenas lançou um olhar deferente ao judeu e perguntou se podia levantar-se.

— Claro, meu amigo — respondeu o velho. — Espere. Há um cântaro de água perto da porta. Traga-o, e eu lhe darei uma bacia para se lavar.

Oliver levantou-se, atravessou a sala e abaixou-se para levantar o cântaro. Ao virar a cabeça, a caixa desaparecera.

Mal se lavara e esvaziara a bacia pela janela, segundo as instruções do judeu, quando o Malandro voltou acompanhado de um jovem amigo muito bem-humorado que Oliver vira fumando na noite anterior e lhe fora apresentado como Charley Bates. Os quatro sentaram-se à mesa para tomar café e comer pão com presunto que o Malandro trouxera em seu chapéu.

— Bem, espero que tenham trabalhado hoje de manhã, meus amigos — disse o judeu, olhando sorrateiramente para Oliver e dirigindo-se ao Malandro.

— Bastante — respondeu o Malandro.

— Com certeza — acrescentou Charley Bates.

— Bons meninos, bons meninos! — disse o judeu. — O que trouxe, Malandro?

— Duas carteiras — respondeu o jovem cavalheiro.

— Cheias? — perguntou o judeu, empolgado.

— Acho que sim — respondeu o Malandro, apresentando duas carteiras, uma verde e outra vermelha.

— Não tão cheias — disse o judeu, após olhar cuidadosamente o interior das carteiras —, mas são novas e bem-acabadas. Engenhoso, não é, Oliver?

— Bastante, senhor — respondeu Oliver.

O sr. Charles Bates riu muito, espantando Oliver, que não via nenhum motivo para rir.

— E você? O que trouxe, meu amigo? — perguntou Fagin a Charley Bates.

— Lenços — respondeu mestre Bates, tirando quatro lenços do bolso.

— Bem, são muito bons — disse o judeu, inspecionando-os de perto. Mas você não os desmarcou bem, Charley. As marcas precisam ser tiradas com uma agulha, ensinaremos a Oliver como fazer isso. Que tal, Oliver? Ha Ha Ha!

— Como quiser, senhor — respondeu Oliver.

— Gostaria de trabalhar nos lenços como Charley Bates, não é, amigo? — perguntou o judeu.

— Claro, se o senhor me ensinar — respondeu Oliver.

Mestre Bates achou essa resposta tão engraçada que voltou a rir. Como bebia café, quase se engasgou.

— Ele é tão inocente! — disse Charley quando se recuperou, como um pedido de desculpas ao grupo pelo seu comportamento indelicado.

O Malandro não disse nada, mas alisou os cabelos de Oliver, fazendo-os cair sobre os olhos, e disse que ele aprenderia rápido. O velho, vendo Oliver corar, mudou de assunto, perguntando se a execução que ocorrera de manhã atraíra muita gente. Isso fez Oliver refletir ainda mais, pois era claro, pelas respostas dos dois rapazes, que ambos estiveram lá, e Oliver naturalmente se perguntava como tiveram tempo para trabalhar tanto.

Após o café da manhã, o gentil senhor e os dois garotos iniciaram um jogo bem curioso e incomum. O velho colocou uma caixa de rapé num bolso da calça, uma carteira no outro e um relógio no bolso do colete, preso com uma corrente colocada no pescoço, e enfiou um alfinete de diamante falso na camisa, abotoou bem o casaco e colocou a caixa de óculos e o lenço no bolso. Então, começou a andar de um lado para o outro, imitando os cavalheiros que transitam nas ruas a qualquer hora do dia. Ora parava em frente à lareira, ora diante da porta, fazendo de conta que estava observando atentamente as vitrines das lojas. Em tais momentos, olhava constantemente ao seu redor, temendo ladrões, e seguia apalpando os bolsos, para conferir se não perdera nada, de uma maneira tão engraçada e natural que Oliver ria até que as lágrimas lhe escorressem pelo rosto. Durante todo esse tempo, os dois rapazes o seguiam de perto, saindo de sua vista com tanta agilidade cada vez que ele se voltava que era impossível acompanhar seus movimentos. Por fim, o Malandro pisou-lhe nos pés ou pisou acidentalmente sobre a bota, enquanto Charley Bates o empurrou por trás, e, nesse momento, com a mais extraordinária rapidez, tomaram-lhe a caixa de rapé, a carteira, o relógio, a corrente, o alfinete da camisa, o lenço de bolso e até mesmo a caixa de óculos. Quando o velho sentia uma mão em um de seus bolsos, gritava onde estava, e então o jogo recomeçava.

Após repetirem esse jogo muitas vezes, duas moças vieram chamar o jovem cavalheiro. Uma delas chamava-se Bet, e a outra, Nancy. Tinham fartas cabeleiras, mas eram malcuidadas. Seus sapatos e meias eram velhos. Não eram exatamente bonitas, mas eram bem coradas e pareciam bastante robustas. Sendo notavelmente prestativas e agradáveis em seus modos, Oliver as julgou de fato muito simpáticas, sem dúvida.

As visitantes ficaram por muito tempo. Uma bebida foi trazida, pois uma das jovens se queixou de uma sensação de frio, e a conversa tomou um rumo muito amigável. Charley Bates comentou que era hora de sair. Então, o Malandro, Charley e as duas moças saíram juntos, após receberem dinheiro do velho para se divertirem.

— Pois é, meu amigo — disse Fagin. — É uma vida agradável, não é? Sair no meio do dia.

— Já terminaram o trabalho, senhor? — perguntou Oliver.

— Sim — disse o judeu —, isto é, a menos que se deparem com alguma coisa no caminho. Nesse caso, agirão prontamente. Siga o exemplo deles, meu amigo — falou, batendo a pá na lareira para dar força às suas palavras —, faça tudo o que lhe pedirem e siga seus conselhos em todos os assuntos, especialmente os do Malandro. Ele se tornará um grande homem, e o fará um também, caso siga seu exemplo. Meu lenço está pendurado em meu bolso? — perguntou o judeu.

— Sim, senhor — disse Oliver.

— Veja se consegue tirá-lo sem que eu o sinta, como você os viu fazer, quando jogávamos hoje de manhã.

Oliver levantou o fundo do bolso com uma mão, como vira Malandro fazer, e tirou o lenço delicadamente de dentro dele com a outra.

— Conseguiu? — gritou o judeu.

— Aqui está, senhor — disse Oliver, mostrando o lenço em sua mão.

— Você é um menino esperto — disse o gentil senhor, dando palmadinhas na cabeça de Oliver. — Nunca vi um menino tão habilidoso. Fique com este xelim para você. Se continuar assim, será o maior homem desta época. Agora vamos, quero mostrar como tirar as marcas dos lenços.

Oliver perguntava-se o que tirar o lenço do bolso do velho em um jogo tinha a ver com suas chances de se tornar um grande homem. Mas, julgando que o judeu, por ser mais velho, devia ser mais sábio, acompanhou-o calmamente até a mesa e logo se dedicou profundamente a seu novo estudo.

X

OLIVER CONHECE MELHOR SEUS NOVOS COMPANHEIROS E ADQUIRE EXPERIÊNCIA A UM ALTO PREÇO

Oliver permaneceu muitos dias no quarto do judeu removendo as marcas dos lenços (que chegavam em grande quantidade) e, por vezes, participando do jogo mencionado em que os dois rapazes e o judeu jogavam regularmente todas as manhãs. Com o tempo, começou a enfraquecer por falta de ar fresco e pediu muitas vezes ao velho que lhe permitisse sair para trabalhar com seus dois companheiros.

Oliver desejava muito trabalhar ativamente, já tendo ideia da moralidade severa do velho. Sempre que o Malandro ou Charley Bates voltavam para casa à noite de mãos vazias, exprimia com grande veemência o quão lamentável era manter hábitos ociosos e preguiçosos e impunha-lhes a necessidade de uma vida ativa, mandando-os dormir sem jantar. Em certa ocasião, ele chegou ao ponto de empurrar os dois do alto da escada, mas isso era algo inusitado, em geral, ele mantinha seus preceitos virtuosos.

Certa manhã, Oliver obteve a permissão que desejava tão avidamente. Por dois ou três dias, não teve lenços para desmarcar, e o jantar era muito escasso. Talvez, por esses motivos, o velho dera seu consentimento. Fosse como fosse, ele disse a Oliver que podia sair, colocando-o sob a guarda de Charley Bates e seu amigo, o Malandro.

Os três meninos saíram. O Malandro vestia o casaco de mangas arregaçadas, e o chapéu de três bicos, como sempre; mestre Bates andava com as mãos nos bolsos; e Oliver entre eles, perguntando-se aonde iriam e que ramo aprenderia primeiro.

Caminhavam tão lentamente que Oliver começou a achar que seus companheiros queriam enganar o velho, não indo trabalhar. O Malandro também tinha uma péssima mania de tirar o boné das criancinhas e arremessá-lo, ao passo que Charley Bates demonstrava algumas noções muito vagas sobre os direitos de propriedade, roubando diversas maçãs e cebolas das tendas e guardando-as nos bolsos, tão surpreendentemente espaçosos que pareciam se estender por toda a sua roupa. Tudo isso parecia tão ruim que Oliver estava a ponto de dizer que queria ir para casa, da melhor maneira que podia, quando seus pensamentos foram subitamente dirigidos para outra direção, por uma mudança muito misteriosa no comportamento do Malandro.

Vinham de uma passagem estreita não muito distante da praça de Clerkenwell, que ainda é chamada, por alguma estranha perversão de termos, de "A Verde", quando o Malandro parou de repente, levou o dedo à boca e fez recuar seus companheiros, com muita cautela e circunspecção.

— Qual é o problema? — perguntou Oliver.

— Xiu! — respondeu o Malandro. — Está vendo aquele velho na banca de livros?

— Aquele cavalheiro ali? — disse Oliver. — Sim, estou vendo.

— Ele servirá — disse o Malandro.

— Um alvo perfeito — observou Charley Bates.

Oliver olhou surpreso para os dois companheiros, mas não conseguiu fazer perguntas, pois os dois rapazes atravessaram furtivamente a rua e aproximaram-se do senhor. Oliver acompanhou-os a certa distância e, sem saber se devia avançar ou recuar, permaneceu perplexo, observando em silêncio.

O cavalheiro era muito respeitável, usava uma peruca branca e óculos de ouro. Vestia um casaco verde-garrafa com gola de veludo preto, calças brancas e trazia uma bengala de bambu debaixo do braço. Pegara um livro da banca e lia-o atentamente como se estivesse em seu gabinete estudando. É possível que tenha se imaginado lá, pois era claro que não via o livreiro, nem a rua, nem os meninos, nem nada além do livro em si, o qual lia compenetrado, virando as páginas quando chegava ao fim delas, começando a ler outra vez na linha superior da próxima e prosseguindo regularmente, com muito interesse e desejo.

Qual foi o horror e o alarme de Oliver quando estava a alguns passos de distância, olhando com as pálpebras tão abertas quanto era possível, para contemplar o Malandro mergulhar a mão no bolso do cavalheiro e tirar um lenço, que seria entregue em seguida a Charley Bates e, por fim, vê-los fugindo a toda velocidade!

Em um instante, todo o mistério dos lenços, dos relógios, das joias e do judeu foi compreendido pelo menino.

Permaneceu imóvel, por um instante, com o sangue fervendo de terror em todas as suas veias, fazendo-o sentir como se estivessem em brasas. Confuso e assustado, sem saber o que fazia, saiu correndo.

Toda a ação durou um minuto. No mesmo instante em que Oliver correu, o cavalheiro colocou a mão no bolso e, sem encontrar o lenço, voltou-se bruscamente. Ao ver o menino correndo, presumiu naturalmente que era o ladrão e começou a gritar:

— Pega ladrão!

O cavalheiro não foi o único a gritar. O Malandro e o mestre Bates, para não atrair a atenção do público, correram até o outro lado da esquina. Assim que ouviram o grito e viram Oliver correndo, presumiram o que estava acontecendo e, como bons cidadãos, também gritaram:

— Pega ladrão!

Embora Oliver fosse educado por filósofos, não estava teoricamente familiarizado com a bela máxima de que a autopreservação é a primeira lei da natureza. Se a conhecesse, talvez estivesse preparado. Porém, na sua ignorância, ficou mais assustado ainda, então correu como o vento, com o cavalheiro e os dois meninos gritando atrás dele:

— Pega ladrão! Pega ladrão!

Há uma magia nesse som. O comerciante deixa o balcão; o carroceiro, a carroça; o açougueiro larga o facão; o padeiro, o cesto; o leiteiro, o balde; o moço de recados, os embrulhos; o menino de escola, os brinquedos; o calceteiro, a picareta; a criança, a raquete e a peteca. Todos correm, gritam, precipitam-se, empurram, derrubam os transeuntes que passam pelas esquinas, agitam os cães e espantam as aves; e as ruas, as praças, e os becos, ecoam o som:

— Pega ladrão! Pega ladrão!

O grito é repetido por cem vozes, e a multidão cresce a cada esquina. As pessoas correm, sujam-se na lama e batem os pés nas calçadas; abrem-se as janelas, mais pessoas correm e unem-se à multidão. O público de uma peça abandona o espetáculo no meio da trama para juntar-se a eles, renovando o coro:

— Pega ladrão! Pega ladrão!

Há uma paixão por *caçar algo* profundamente enraizada no coração do homem. Uma criança miserável, ofegante de cansaço, amedrontada, com um olhar angustiante e grandes gotas de suor escorrendo pelo rosto tenta fugir de seus perseguidores, que, enquanto seguem seu rastro e se aproximam dela, gritam ainda mais:

— Pega ladrão!

Sim, detenham-no pelo amor de Deus, por misericórdia! Enfim foi pego! Um belo baque. Ele está caído no chão, e a multidão reúne-se avidamente ao seu redor. Cada novo espectador tenta empurrar os outros para vislumbrar o ladrãozinho.

— Afastem-se!

— Deem-lhe um pouco de ar!

— Bobagem! Ele não merece.

— Onde está o cavalheiro?

— Lá vem ele.

— Deixem o cavalheiro passar!

— Foi este menino, senhor?

— Sim.

Oliver estava no chão, coberto de lama e poeira, e sangrava pela boca, olhando assustado para a multidão que o cercava quando o cavalheiro foi levado ao círculo dos principais perseguidores.

— Sim — confirmou o cavalheiro —, receio que seja o menino.

— Receia! — murmurou a multidão. — Como é piedoso!

— Pobre garoto! — disse o cavalheiro. — Ele se feriu.

— *Eu* fiz isso, senhor — disse um brutamontes, dando um passo à frente —, e acabei cortando a mão ao dar um soco na boca dele. Eu o detive, senhor.

O sujeito tocou seu chapéu e sorriu, esperando alguma recompensa pelo seu esforço, mas o cavalheiro encarou-o com uma expressão de antipatia e olhou ansiosamente em volta, como se quisesse fugir daquelas pessoas; algo que poderia ter feito e iniciado uma nova perseguição, se não tivesse aparecido um policial (que, em geral, é a última pessoa a chegar nesses casos) naquele momento, que atravessou pela multidão e pegou Oliver pela gola.

— Vamos, levante-se — disse o oficial.

— Não fui eu, senhor. É verdade. Foram outros dois rapazes — disse Oliver, torcendo as mãos e olhando em volta. — Devem estar por perto.

— Ah não, não estão — respondeu o oficial, que embora estivesse sendo irônico, dizia a verdade, pois Malandro e Charley Bates fugiram pela primeira rua que avistaram.

— Vamos, levante-se!

— Não o machuque — disse o cavalheiro, compassivamente.

— Ah, não vou feri-lo — respondeu o oficial, arrancando o casaco do garoto até o meio das costas como prova disso. — Vamos, conheço bem seu tipo. Você não me engana. Fique de pé, pestinha!

Oliver, que mal conseguia se manter de pé, tentou se levantar, e foi imediatamente arrastado pelas ruas, segurado pela gola do casaco, a passos rápidos. O cavalheiro seguiu ao lado do oficial, e todos os que conseguiam alcançar o grupo avançavam um pouco para olhar para trás e ver Oliver. Os rapazes gritavam em triunfo e acompanhavam o cortejo.

XI

O SR. FANG, COMISSÁRIO DE POLÍCIA, E UMA PEQUENA AMOSTRA DE SEU MODO DE FAZER JUSTIÇA

O crime fora cometido no distrito e próximo a uma delegacia metropolitana bem notória. A multidão teve a satisfação de acompanhar Oliver por duas ou três ruas, e por um lugar chamado Mutton Hill, quando ele foi conduzido por baixo de uma abóbada e por um pátio sujo. Lá encontraram um homem robusto de bigode com um molho de chaves na mão.

— Qual é o problema agora? — perguntou o homem displicentemente.

— Um ladrãozinho — respondeu o oficial que conduzira Oliver.

— O senhor foi roubado? — perguntou o homem com as chaves.

— Sim, fui — respondeu o cavalheiro —, mas não estou certo se foi este menino que realmente me roubou o lenço. Gostaria de não prosseguir com o caso.

— É preciso ir perante o juiz, senhor — respondeu o homem. — Não vai demorar. Andando, jovem ladrãozinho!

Este foi um convite para Oliver entrar por uma porta, que o homem destrancou enquanto falava e que levava a uma cela. Lá, o garoto foi revistado, e nada foi encontrado consigo. Ainda assim, foi preso.

A cela tinha o formato e o tamanho de um porão. Estava muito suja, pois era segunda de manhã e fora ocupada por seis bêbados, agora trancados em outro lugar, desde sábado à noite. Mas isso era pouco. Em nossas prisões, homens e mulheres ficam presos todas as noites, devido às acusações mais triviais, em masmorras, que em comparação às prisões de Newgate, ocupadas pelos criminosos mais atrozes, julgados, considerados culpados e sob pena de morte, parecem palácios. Caso alguém duvide disso, compare as duas.

O cavalheiro parecia quase tão pesaroso quanto Oliver quando a chave foi girada na fechadura. Suspirando, olhou o livro, que fora a causa inocente de todo aquele distúrbio.

"Há algo no rosto daquele menino", pensou o cavalheiro, enquanto afastava-se lentamente, batendo de leve a capa do livro no queixo, "que me comove e interessa. *Será* ele inocente? Ele se parece com... Ora, ora", refletiu, parando abruptamente para olhar o céu. "Meu Deus! Onde vi um rosto assim antes?"

Após alguns minutos de reflexão, o cavalheiro caminhou, com a mesma expressão reflexiva, para uma antecâmara que dava para o pátio. Lá, recostou-se em um canto e tentou se lembrar de vários rostos em que não pensava mais há muitos anos.

— Não — disse ele, balançando a cabeça. — É só minha imaginação.

Tentou se lembrar deles novamente. Ele os recordava e não seria fácil esquecê-los outra vez. Havia rostos de amigos e inimigos, e muitos quase desconhecidos, que espreitavam da multidão. Havia rostos de moças que agora eram velhas, rostos que o túmulo mudara e trancara, mas que a mente, superior à sua vontade, ainda recordava com frescor e beleza, evocando o brilho dos olhos, o brilho do sorriso, o brilho da alma por meio de sua máscara de barro e o sussurro da formosura; além do túmulo, eles foram modificados, para serem exaltados e levados da terra transformados em luz, vertendo um brilho tênue e suave no caminho para o paraíso.

Mas o cavalheiro não conseguia lembrar-se de ninguém cujas feições tivessem vestígios da fisionomia de Oliver. Assim, suspirou, por conta das recordações despertadas. Felizmente para si mesmo era um cavalheiro distraído e aprofundou-se novamente na leitura do livro.

Foi despertado por um toque no ombro, e o homem com as chaves pediu que o acompanhasse até o escritório. Fechou o livro apressadamente e foi introduzido na sala do imponente e renomado sr. Fang.

O escritório era um grande salão. O sr. Fang sentava-se ao fundo, na parte superior, e, perto da porta, em um banco, estava Oliver, tremendo muito com aquela horrível cena.

O sr. Fang era magro, de costas largas, pescoço rígido, estatura média, quase calvo, e os poucos cabelos que tinha cresciam na nuca e nos lados da cabeça. Tinha feições severas e a pele ruborizada. Se não tivesse o hábito de beber mais do que deveria, poderia entrar com uma ação contra seu rosto por calúnia e recuperar perdas e danos.

O cavalheiro curvou-se respeitosamente e, aproximando-se da mesa, disse, entregando-lhe o cartão:

— Eis o meu nome e endereço, senhor.

Ele então recuou dois ou três passos e, com outra reverência educada e cavalheiresca, esperou ser interrogado.

Ora, acontece que o sr. Fang estava naquele momento lendo um artigo num jornal matinal, em que se anunciava alguma sentença recente sua e recomendava-o pela milésima vez à Secretaria de Estado Interna. Ele estava impaciente e levantou os olhos com raiva.

— Quem é você? — perguntou o sr. Fang.

Surpreso, o cavalheiro apontou o cartão.

— Oficial! — exclamou o sr. Fang, afastando desdenhosamente o cartão e o jornal. — Quem é este sujeito?

— Meu nome, senhor — disse o cavalheiro, falando *como* um nobre —, é Brownlow. Permita-me perguntar o nome do juiz que insulta gratuitamente um homem respeitável, sob a proteção da lei.

Dizendo isto, o sr. Brownlow olhou ao redor do escritório como se estivesse à procura de alguém que lhe desse as informações necessárias.

— Oficial! — exclamou o sr. Fang, jogando o jornal para um lado. — De que é acusado este sujeito?

— Não é acusado de nada, senhor — respondeu o oficial. — Comparece contra este menino.

O juiz sabia perfeitamente disso, mas era uma boa e segura forma de aborrecer o queixoso.

— Comparece contra o menino, não é? — disse o sr. Fang, olhando o sr. Brownlow de forma desdenhosa dos pés à cabeça. — Jure!

— Antes de jurar, quero dizer uma palavra — disse o sr. Brownlow —, é que eu realmente nunca poderia acreditar...

— Cale-se, senhor! — ordenou o sr. Fang, peremptoriamente.

— Não me calo, senhor! — retrucou o cavalheiro.

— Cale-se agora ou mando-o para fora! — ameaçou o sr. Fang. — O senhor é um insolente impertinente. Como se atreve a intimidar um juiz?

— O quê! — exclamou o cavalheiro, ruborizado.

— Faça-o jurar! — disse Fang ao escrivão. — Não ouvirei mais nada. Jure.

A indignação do sr. Brownlow elevou-se, mas ele refletiu que prejudicaria o menino dando-lhe vazão. Logo, reprimiu seus sentimentos e aceitou jurar.

— Agora — disse Fang —, qual é a acusação contra este menino? O que tem a dizer, senhor?

— Eu estava parado em frente a uma barraca de livros... — disse o sr. Brownlow.

— Cale-se, senhor — interrompeu o sr. Fang. — Oficial! Onde está o policial? Vamos, preste juramento. O que houve?

O policial relatou humildemente como assumira o caso, como revistara Oliver e não encontrara nada com o garoto.

— Há alguma testemunha? — perguntou o sr. Fang.

— Nenhuma, senhor — respondeu o policial.

O sr. Fang ficou em silêncio por alguns minutos e, depois, voltando-se ao promotor, disse irritado:

— Quer dizer qual é sua queixa contra este menino ou não? O senhor prestou juramento. Se ficar aí, recusando-se a dar provas, vou puni-lo por desrespeito ao juiz. Farei isso, em nome de...

Em nome de quem, ninguém soube, pois o escrivão e o carcereiro tossiram bem alto no momento, e o primeiro deixou cair um livro pesado no chão, impedindo assim que a frase fosse ouvida, acidentalmente, é claro.

Com muitas interrupções e repetidos insultos, o sr. Brownlow conseguiu expor seu caso, observando que, na surpresa do momento, correra atrás do menino porque o vira fugir e expressando sua esperança de que, se o juiz acreditasse que ele, embora não fosse realmente o ladrão, conhecia os ladrões, lidaria com o garoto com a clemência que a justiça poderia oferecer.

— Ele foi ferido — disse o cavalheiro, concluindo. — Temo — acrescentou, com grande energia, olhando para o juiz — realmente que ele esteja doente.

— Ah! Sim, percebe-se! — disse o sr. Fang, de forma sarcástica. — Vamos, vagabundo, nenhum de seus truques lhe servirão aqui. Como se chama?

Oliver tentou responder, mas sua língua falhou. Estava mortalmente pálido, e tudo parecia girar.

— Como se chama, patifezinho? — perguntou o sr. Fang. — Oficial, qual é o nome dele?

O juiz dirigiu-se a um velhote gordo, com um colete riscado. Ele curvou-se sobre Oliver e repetiu a pergunta, mas, julgando-o realmente incapaz de entender o que lhe estava sendo perguntado e sabendo que seu silêncio apenas enfureceria ainda mais o juiz e agravaria a sentença, inventou um nome.

— Diz que se chama Tom White, senhor — disse o oficial de bom coração.

— Ah, recusa-se a falar, não é? — disse Fang. — Muito bem, muito bem. Onde mora?

— Onde puder, senhor — respondeu o oficial, novamente fingindo transmitir a resposta de Oliver.

— Tem pais? — perguntou o sr. Fang.

— Diz que eles morreram, senhor — respondeu o oficial, em nome do garoto.

Neste ponto do interrogatório, Oliver ergueu a cabeça e, olhando de forma suplicante ao seu redor, pediu com voz fraca um copo de água.

— Bobagem! — disse o sr. Fang. — Não tente me fazer de idiota.

— Acho que ele está realmente doente, senhor — afirmou o oficial.

— Sei o que estou fazendo — respondeu o sr. Fang.

— Cuidado, oficial — apontou o cavalheiro, levantando as mãos instintivamente —, ele vai cair.

— Afaste-se, oficial — gritou Fang —, deixe-o cair, se ele quiser.

Com essa gentil permissão, Oliver desmaiou e caiu no chão. Os oficiais do escritório se entreolharam, mas ninguém ousou se mover.

— Sabia que ele estava fingindo — disse Fang, como se isso fosse uma prova incontestável do fato. — Deixe-o aí caído, logo se levantará.

— Qual é sua sentença, senhor? — perguntou o escrivão em voz baixa.

— Resumidamente — respondeu o sr. Fang —, está condenado a três meses... de trabalho duro, é claro. Desocupem a sala.

A porta foi aberta para esse fim, e dois homens se preparavam para levar o menino desmaiado à cela quando um idoso de aparência decente, mas pobre, vestido com um velho terno preto, correu precipitadamente ao escritório e aproximou-se da mesa do juiz.

— Parem, parem! Não o levem! Pelo amor de Deus, esperem um pouco! — gritou o indivíduo, sem fôlego e apressadamente.

Oliver ficou surpreso com o modo de “ir trabalhar” de Dodger.

Embora os magistrados exerçam um poder sumário e arbitrário sobre as liberdades, o bom nome, o caráter e até mesmo sobre a vida dos súditos de Sua Majestade, especialmente da classe mais pobre, e embora, dentro de tais paredes, sejam feitos diariamente truques fantásticos suficientes para fazer um anjo perder a fé, os tribunais são fechados ao público, salvo à imprensa cotidiana. O sr. Fang, portanto, indignou-se por ver um espectador não convidado aparecer causando tamanho alvoroço.

— O que é isso? Quem é este homem? Tirem-no daqui! — gritou o sr. Fang.

— Desejo falar — gritou o homem. — Não serei expulso. Eu vi tudo. Sou livreiro. Exijo prestar o juramento. Não serei ignorado, sr. Fang, o senhor precisa me ouvir. Não recuse.

O homem estava certo. Parecia convicto e sério demais para ser calado.

— Faça-o prestar o juramento — resmungou o sr. Fang, de má vontade. — O que tem a dizer?

— Isto — respondeu o homem —: vi três rapazes, dois outros e este prisioneiro, vagando pelo outro lado da rua, quando este senhor estava lendo. O roubo foi cometido por outro menino. Vi tudo acontecer e vi que este menino ficou completamente espantado e embasbacado com o crime.

Após ter recuperado um pouco o fôlego, o sincero livreiro passou a relatar, de forma mais coerente, as circunstâncias precisas do roubo.

— Por que não chegou antes? — indagou Fang, após uma pausa.

— Não tinha ninguém para vigiar minha banca — respondeu o homem. — Todos os que poderiam me ajudar juntaram-se à perseguição. Não consegui arrumar ninguém até há cinco minutos e vim correndo até aqui.

— O acusador estava lendo, não estava? — perguntou Fang, após outra pausa.

— Sim — respondeu o homem. — O livro que ele tem em mãos.

— Ah, este livro? — perguntou Fang. — Está pago?

— Não, não está — respondeu o homem, sorrindo.

— Meu caro, acabei me esquecendo disso! — exclamou o cavalheiro inocentemente.

— Belo indivíduo para fazer uma acusação contra um pobre menino! — disse Fang, com um esforço cômico para parecer que sentia pena. — Acho que o senhor se apoderou deste livro sob circunstâncias muito suspeitas e desonestas e tem muita sorte de o livreiro não o acusar. Que isto lhe sirva de lição, meu caro, ou a lei um dia lhe punirá. O menino está absolvido. Liberem a sala!

— Ora! Maldição! — gritou o cavalheiro, liberando a fúria que tentou conter por muito tempo. — Vou...

— Liberem a sala! — ordenou o juiz. — Estão ouvindo, oficiais? Liberem a sala!

A ordem foi obedecida, e o indignado sr. Brownlow retirou-se, com o livro numa mão e a bengala de bambu na outra, num frenesi raivoso. Ao chegar ao pátio, a raiva dissipou-se. O pequeno Oliver Twist permaneceu de costas no chão, com a camisa desabotoada e as têmporas molhadas. O rosto estava pálido, e o menino estremecia.

— Pobre menino, pobre menino! — disse o sr. Brownlow, curvando-se sobre ele. — Chamem um coche. Depressa!

Chegou um coche, e, após Oliver ser cuidadosamente colocado no banco, o cavalheiro entrou e sentou-se no outro.

— Quer que eu o acompanhe? — perguntou o livreiro.

— Sim, meu caro senhor — disse o sr. Brownlow. — Esqueci-me do senhor. Meu Deus! Ainda estou com este livro! Suba. Pobre menino! Não há tempo a perder.

O livreiro entrou no coche, e eles partiram.

XII

OLIVER É TRATADO COMO NUNCA, E SURGEM NOVAS INFORMAÇÕES SOBRE O GENTIL SENHOR E SEUS JOVENS AMIGOS

O coche seguiu pelo mesmo caminho que Oliver percorrera quando chegou a Londres em companhia de Malandro. Então tomou uma direção diferente quando chegou ao Anjo em Islington e parou diante de uma bela casa, numa rua tranquila e deserta perto de Pentonville. Lá, uma cama logo foi preparada, na qual o sr. Brownlow deitou cuidadosa e confortavelmente o jovem. O garoto foi tratado com muita bondade e gentileza.

Durante muitos dias, Oliver permaneceu insensível a toda bondade de seus novos amigos. O sol nasceu e se pôs, e nasceu e se pôs novamente, e fez isso muitas vezes depois; ainda assim, o menino continuava deitado em seu leito inquieto, ardendo em febre. Um verme não decompõe mais rapidamente um cadáver do que esse lento ardor debilita um corpo vivo.

Fraco, magro e pálido, Oliver enfim acordou do que parecia ser um sonho longo e conturbado. Levantando-se vagarosamente da cama, apoiando a cabeça no braço trêmulo, olhou assustado ao seu redor.

— Que quarto é este? Onde estou? — perguntou Oliver. — Este não é o lugar onde desmaiei.

Pronunciou essas palavras com uma voz fraca, por estar muito debilitado, mas estas logo foram ouvidas. As cortinas acima da cama foram abertas rapidamente, e uma velha senhora, bem-vestida, levantou-se de uma cadeira perto da cama, onde estava sentada tricotando.

— Não fale, querido — disse a senhora com delicadeza. — Poupe-se ou adoecerá outra vez. Você esteve muito mal, tão mal quanto se pode imaginar. Volte a deitar!

Com essas palavras, a velha senhora pôs gentilmente a cabeça de Oliver no travesseiro, afastou-lhe os cabelos da testa e olhou para ele com tanta gentileza e amor no rosto que o garoto não pôde deixar de estender sua mãozinha mirrada para ela e puxá-la para si.

— Meu Deus! — disse a velha senhora, com lágrimas nos olhos. — Como é agradecido! Pobrezinho! O que sentiria sua mãe se estivesse ao lado dele como estou agora!

— Talvez ela esteja me vendo — sussurrou Oliver, juntando as mãos —, talvez esteja ao meu lado. Quase sinto como se estivesse.

— Foi a febre, querido — disse a senhora brandamente.

— Deve ter sido — respondeu Oliver —, pois o céu está muito longe, e eles são muito felizes lá para descer e ficar ao lado da cama de um pobre menino. No entanto, se ela soubesse que eu estava doente, teria pena de mim, mesmo lá, pois ela estava muito doente antes de morrer. Mas ela não pode saber nada sobre mim — acrescentou, após um momento de silêncio. — Se tivesse visto quando me agrediram, ficaria triste; em meus sonhos, seu rosto sempre me pareceu meigo e feliz.

A velha senhora não respondeu; enxugou os olhos e limpou os óculos que estavam na colcha. Depois, trouxe algo refrescante para Oliver beber e, dando-lhe palmadinhas na face, disse-lhe para se aquietar ou voltaria a adoecer.

Oliver manteve-se imóvel, em parte, porque desejava obedecer à velhinha em tudo, e, em parte, porque, para dizer a verdade, ficou completamente exausto por dizer tudo aquilo. Adormeceu suavemente e foi acordado pela luz de uma vela colocada perto da cama, revelando-lhe um cavalheiro com um relógio de ouro bem grande na mão, que sentiu seu pulso e disse que o garoto estava bem melhor.

— Sente-se muito melhor, não é, amiguinho? — disse o cavalheiro.

— Sim, obrigado, senhor — respondeu Oliver.

— Sim, imagino — disse o cavalheiro. — Também está com fome, não é?

— Não, senhor — respondeu Oliver.

— Hum! — disse o cavalheiro. — Pois é, sabia que não teria fome. Ele não tem fome, sra. Bedwin — acrescentou, parecendo muito sábio.

A velha senhora fez uma inclinação respeitosa de cabeça, que parecia dizer que achava o médico muito inteligente. O próprio médico parecia ter a mesma opinião.

— Sente sono, não sente, menino? — indagou o médico.

— Não, senhor — respondeu Oliver.

— Não — disse o médico, com um olhar bem perspicaz e satisfeito. — Não sente sono. Nem sede, não é?

— Na verdade, sim, senhor, tenho sede — respondeu Oliver.

— Tal como eu imaginava, sra. Bedwin — disse o médico. — É natural que tenha sede. Pode dar-lhe um pouco de chá, minha senhora, e umas torradas secas sem manteiga. Não o deixe muito aquecido nem muito gelado, quer ter a bondade?

A senhora fez-lhe uma mesura. O médico, após provar o remédio e expressar a qualidade dele, retirou-se. Suas botas rangiam com ar de importância ao descer os degraus.

Oliver adormeceu outra vez. Quando acordou, era quase meia-noite. Pouco depois, a sra. Bedwin ternamente deu-lhe boa-noite e o deixou aos cuidados de uma velha que acabara de chegar, trazendo consigo, num pequeno pacote, um livrinho de orações e uma grande touca de dormir. Colocando a touca na cabeça e o livro na mesa, a velha, após dizer a Oliver que cuidaria dele, aproximou sua cadeira da lareira e iniciou uma série de sestas curtas, cochilando e acordando de vez em quando.

Assim, a noite passou lentamente. Oliver ficou acordado por algum tempo, contando os pequenos círculos luminosos que o reflexo da sombra da vela lançava no teto ou observando com seus lânguidos olhos o intrincado padrão do papel de parede. A escuridão e o silêncio profundo no quarto eram muito solenes, fazendo o menino pensar na morte que pairara sobre ele por muitos dias e noites. Ela ainda podia assustá-lo com a escuridão e o pavor de sua terrível presença. Logo, virou o rosto sobre o travesseiro e rezou fervorosamente.

Aos poucos, adormeceu, caindo num sono profundo e tranquilo que só o sofrimento recente proporciona: um descanso calmo e pacífico do qual é doloroso despertar. Quem, se isto fosse a morte, despertaria outra vez para enfrentar todas as dificuldades da vida, todas as suas preocupações do presente, suas ansiedades pelo futuro e, mais que tudo, suas lembranças exaustivas do passado?

O dia já estava claro quando Oliver despertou. Sentia-se feliz. A crise da doença estava superada. Ele pertencia novamente a este mundo.

Em três dias, conseguiu sentar-se numa poltrona bem forrada com almofadas. Como ainda estava fraco para andar, a sra. Bedwin mandou que o levassem para baixo até seu próprio quarto. Após acomodá-lo próximo à lareira, a boa velhinha também se sentou e, sentindo-se feliz por vê-lo em melhores condições, começou a chorar copiosamente.

— Não se preocupe, querido — disse a senhora. — Só estou chorando um pouco. Pronto, passou, já estou melhor.

— A senhora é muito, muito gentil comigo — disse Oliver.

— Ora, esqueça isso, querido — disse a velha senhora. — Cuidemos de seu caldo. Você precisa tomá-lo, pois o médico disse que o sr. Brownlow virá vê-lo hoje de manhã. É preciso apresentar uma boa aparência, pois assim ele ficará satisfeito.

Então, ela aqueceu um caldo numa panelinha, farto o suficiente, pensou Oliver, para alimentar pelo menos 350 pobres no asilo.

— Gosta de quadros, querido? — perguntou a velha senhora, vendo que Oliver olhava fixamente para um quadro pendurado na parede em frente à sua cadeira.

— Não sei, senhora — respondeu Oliver, sem tirar os olhos da tela. — Vi tão poucos que não sei responder. Como o rosto da moça é belo e delicado!

— Ah! — exclamou a senhora. — Os pintores sempre pintam as mulheres mais belas do que são ou não conseguiriam viver de seu trabalho, meu filho. O homem que inventasse uma máquina de criar cópias jamais teria sucesso, seria uma reprodução muito fiel — disse, rindo muito da própria perspicácia.

— É um retrato de alguém real? — perguntou Oliver.

— Sim — disse a senhora, deixando de olhar para o caldo —, é um retrato.

— De quem? — perguntou Oliver.

— Ora, realmente não sei, querido — respondeu a velha senhora, bem-humorada. — Não é de alguém que você ou eu conheçamos. Parece que lhe causou uma forte impressão.

— É tão bonito — falou Oliver.

— Você está com medo? — perguntou a velha senhora, observando com surpresa o olhar de espanto com que a criança encarava o quadro.

— Ah não, não — respondeu Oliver, subitamente —, mas os olhos parecem tão tristes, e não importa onde me posiciono parece que eles me seguem. Faz meu coração bater como se a moça estivesse viva e quisesse falar comigo, sem conseguir.

— Meu Deus! — exclamou a velha senhora, estremecendo. — Não diga isso, meu filho. Você está fraco e nervoso após adoecer. Deixe-me virar sua cadeira para outro lado, assim não verá o retrato. Pronto! — disse, adequando a ação à palavra. — Agora não pode vê-lo mais.

Oliver via mentalmente o retrato de uma forma distinta como se não tivesse mudado de lugar, mas achou melhor não incomodar a velhinha, então sorriu gentilmente quando ela olhou para ele, e a sra. Bedwin, satisfeita por deixá-lo mais confortável, salgou e jogou pedaços de pão torrado no caldo com toda a seriedade que esta preparação tão solene exige. Oliver tomou o caldo rapidamente. Mal tomara a última colher quando ouviu uma batida suave na porta.

Oliver se recuperando da febre.

— Entre — disse a senhora, e entrou o sr. Brownlow.

Ele entrou tão rápido quanto necessário, mas não tardou a levantar os óculos na testa e a pôr as mãos atrás das costas para contemplar o menino quando seu rosto se contraiu estranhamente. Oliver parecia muito debilitado, porém tentou se levantar, por respeito ao seu benfeitor, sem sucesso e acabou caindo na cadeira. O fato, verdade seja dita, é que o coração do sr. Brownlow, maior do que o de seis velhos juntos, fez-lhe derramar uma torrente de lágrimas, por algum processo hidráulico que não somos suficientemente filosóficos para explicar.

— Pobre garoto, pobre garoto! — disse o sr. Brownlow, limpando a garganta. — Estou muito rouco hoje, sra. Bedwin. Receio estar gripado.

— Espero que não, senhor — respondeu a sra. Bedwin.

— Não sei, sra. Bedwin. Não sei — falou o sr. Brownlow. — Mas não se preocupe com isso. Como se sente, amiguinho?

— Muito feliz, senhor — respondeu Oliver. — E muito grato por sua gentileza.

— Excelente — afirmou o sr. Brownlow, com firmeza. — Já lhe deu algo para comer, sra. Bedwin?

— Acabou de tomar um caldo bem encorpado — respondeu a sra. Bedwin.

— Argh! — disse o sr. Brownlow, dando de ombros. — Alguns goles de vinho do Porto lhe cairiam bem melhor. Não acha, Tom White?

— Meu nome é Oliver, senhor — respondeu o pequeno enfermo, com um olhar de espanto.

— Oliver — repetiu o sr. Brownlow. — Oliver o quê? Oliver White?

— Não, senhor, Twist. Oliver Twist.

— Que nome peculiar! — exclamou o cavalheiro. — Por que então disse ao juiz que se chamava White?

— Nunca lhe disse isso, senhor — replicou Oliver, espantado.

Isso soou tanto como uma mentira que o cavalheiro encarou Oliver severamente. Mas era impossível duvidar do garoto, pois havia verdade em todos os seus traços.

— Deve ter havido algum engano — concluiu o sr. Brownlow.

Mas, embora não houvesse mais razão para olhar fixamente o menino, a velha impressão de que suas feições lhe lembravam de algum rosto conhecido voltou à sua cabeça de forma tão intensa que ele não pôde deixar de encará-lo.

— Espero que não esteja zangado comigo, senhor — disse Oliver, com olhos suplicantes.

— Não, não — respondeu o cavalheiro. — Ora! O que é aquilo? Sra. Bedwin, olhe ali!

Ao falar, apontou o retrato por cima da cabeça de Oliver e depois o rosto do menino. Era sua cópia viva. Os olhos, a cabeça, a boca, cada traço era o mesmo. A semelhança era tão grande que a menor linha do rosto parecia copiada com uma precisão assustadora!

Oliver não sabia a causa daquela súbita exclamação, pois, não sendo forte o suficiente para suportar o tremor que ela lhe deu, desmaiou. Sua fraqueza dá à narrativa uma oportunidade de aliviar o leitor do suspense, voltando-se aos dois discípulos do gentil senhor...

•••

Quando o Malandro e seu amigo mestre Bates juntaram-se à multidão que perseguia Oliver, como já descrito, em consequência do furto do lenço do sr. Brownlow, foram motivados por autopreservação. Como a liberdade individual é um dos maiores privilégios de um inglês, não preciso lembrar ao leitor que tal ação tende a exaltá-los na opinião de todos os patriotas.

Se eu quisesse qualquer outra prova da natureza estritamente filosófica da conduta desses jovens cavalheiros em sua situação muito delicada, deveria imediatamente encontrá-la no fato — também registrado numa parte anterior desta narrativa — de eles desistirem da perseguição quando a atenção geral se voltou a Oliver e retornarem imediatamente para casa pelo caminho mais curto possível. Embora eu não pretenda afirmar que os sábios renomados e eruditos costumam encurtar o caminho para obter uma grande conclusão, seu curso é, de fato, alongar a distância por várias circunlocuções e escalonamentos discursivos, como aqueles em que os bêbados, sob a pressão de um fluxo muito poderoso de ideias, estão propensos a incorrer. Ainda assim, afirmo que é a prática invariável de muitos filósofos poderosos, ao levar a cabo suas teorias, para evidenciar grande sabedoria e clarividência ao providenciar contra todas as contingências possíveis que possam ser supostamente prováveis de afetar a si mesmos. Assim, para fazer um grande bem, você pode errar um pouco e usar qualquer meio que o fim a ser alcançado justifique; a quantia certa, ou a quantia errada, ou mesmo a distinção entre as duas, sendo deixada inteiramente para o filósofo em questão, para ser resolvida e determinada pela visão clara, abrangente e imparcial de seu próprio caso particular.

Só após os dois meninos correrem por um labirinto intrincado de becos e pátios, pararam sob uma abóbada escura. Tendo permanecido em silêncio neste local apenas tempo o suficiente para recuperar o fôlego, mestre Bates se deleitava de alegria e teve um ataque de risos incontrolável; atirou-se sobre a soleira de uma porta e rolou nela, tomado por uma grande felicidade.

— O que houve? — perguntou o Malandro.

— Ahhh! — bramiu Charley Bates.

— Fique quieto — ordenou o Malandro, agindo cautelosamente. — Quer ser pego, estúpido?

— Não consigo me controlar — disse Charley —, não consigo! Vê-lo correndo, virando as esquinas, esbarrando nos postes... E eu distante, com o lenço no bolso, gritando atrás dele!

A imaginação vívida do mestre Bates apresentou a cena diante dele em tons bem fortes. Após isso, rolou outra vez sobre o degrau da porta e riu mais alto do que antes.

— O que dirá Fagin? — perguntou o Malandro, aproveitando o momento em que o amigo tomava fôlego.

— O quê? — repetiu Charley Bates.

— O que ele dirá? — disse o Malandro.

— Ora, o que poderá dizer? — perguntou Charley, contendo de repente o riso, pois o Malandro parecia sério.

O sr. Dawkins assobiou por alguns minutos, depois, tirou o chapéu, coçou a cabeça e balançou-a três vezes.

— O que você quer dizer com isso? — indagou Charley.

— Lá lá lá lá lá! — disse o Malandro, com um leve desdém em seu semblante sagaz.

Isto foi explicativo, mas não satisfatório. Mestre Bates percebeu e perguntou outra vez:

— O que quer dizer com isso?

O Malandro não respondeu; pôs o chapéu, levantou a aba do casaco, beliscou a ponta do nariz várias vezes de uma forma familiar, mas expressiva, e, girando os calcanhares, entrou no pátio. Mestre Bates acompanhou-o, pensativo.

O barulho dos passos nas escadas, alguns minutos após essa conversa, acordou o gentil senhor que estava sentado perto da lareira com um pãozinho na mão esquerda, um canivete na mão direita e uma panela de estanho no fogão. Um sorriso sinistro apareceu em seu rosto pálido quando se voltou para escutar, inclinando o ouvido para a porta e olhando para fora por baixo de suas espessas sobrancelhas ruivas.

— Quem vem aí? — murmurou o judeu, mudando de expressão. — Ora, são apenas dois? Onde está o terceiro? Será que se meteram em problemas?

Os passos se aproximaram. A porta foi aberta lentamente, e Malandro e Charley Bates entraram, fechando-a atrás deles.

XIII

INTRODUÇÃO DE ALGUNS NOVOS PERSONAGENS RELACIONADOS AO GENTIL SENHOR

— Onde está Oliver? — perguntou o judeu, lançando um olhar ameaçador. — Onde está o menino?

Os ladrõezinhos olharam assustados para o preceptor e se entreolharam inquietos. Mas não responderam.

— O que houve com o menino? — perguntou o judeu, segurando o Malandro pela gola e ameaçando-o com imprecações horríveis. — Fale ou esgano você!

O sr. Fagin parecia tão sério que Charley Bates achou prudente manter certa distância por via das dúvidas e, temendo também ser esganado, ajoelhou e soltou um rugido alto e prolongado, um som semelhante a uma combinação de um mugido de touro e o soar de uma trombeta.

— Fale! — vociferou o judeu, sacudindo o Malandro, quase lhe arrancando o casaco.

— Ora, ele foi pego, foi o que aconteceu — disse o Malandro, amuado. — Agora, solte-me.

E, com um só movimento, desvencilhou-se das mãos do judeu, pegou um garfo, mirou o casaco do gentil senhor e lançou-o em um golpe que, se o tivesse acertado, lhe faria perder a alegria por um bom tempo.

O judeu desviou com mais agilidade do que se poderia imaginar de um homem da sua idade e, pegando uma caneca, preparou-se para atirá-la à cabeça de seu agressor. Mas Charley Bates, neste momento, atraiu sua atenção com um grito, e, mudando subitamente seu destino, a caneca atingiu em cheio o jovem cavalheiro.

— Ora, o que está havendo? — rosnou uma voz grave. — Quem jogou essa coisa em mim? Que bom que só fui atingido com a cerveja e não com a caneca. Jamais imaginei que um velho judeu pudesse desperdiçar uma bebida. O que há com você, Fagin? Maldição! Minha gravata está ensopada de cerveja! Entre, seu verme. Por que está parado aí fora, como se tivesse vergonha de seu dono? Entre!

O homem que vociferou tais palavras era um sujeito robusto, de cerca de 35 anos, vestido com um casaco preto aveludado, calça parda bem suja, botas e meias de algodão cinza, sobre pernas roliças, o tipo de pernas que, em tal traje, parecem sempre incompletas sem um conjunto de grilhões. Trazia um chapéu marrom na cabeça e um lenço sujo ao redor do pescoço, com que enxugava a cerveja do rosto enquanto falava. Apresentava um rosto largo, com a barba por fazer e dois olhos lacrimejantes, em um dos quais havia vários sinais de uma agressão recente.

— Entre logo! — bramiu o rufião.

Um cão peludo branco, com a cara ferida em vinte lugares, entrou no quarto.

— Por que não entrou antes? — perguntou o homem. — Tem vergonha de obedecer a seu dono na frente dos outros? Deite-se!

Esse comando foi acompanhado de um pontapé que mandou o animal para o outro lado da sala. Mas ele parecia acostumado, pois encolheu-se num canto tranquilamente, sem emitir um latido, piscando os olhos vinte vezes por minuto, como se inspecionasse o ambiente.

— O que está fazendo? Por que maltrata os garotos, velho avarento? — perguntou o homem, sentando-se. — Por que eles ainda não o mataram? No lugar deles, eu o faria. Se fosse seu aprendiz, já o teria matado há muito tempo, e... não, não o venderia depois, pois você não serve para nada exceto para ser posto numa garrafa como um prodígio de fealdade, mas presumo que não existam garrafas tão grandes.

— Xiu! Silêncio, sr. Sikes — disse o judeu, tremendo —, não fale tão alto!

— Não me chame de senhor — respondeu o malfeitor —, sempre diz isso quando está armando alguma coisa. Você sabe o meu nome, diga-o! Não vou desonrá-lo quando chegar a hora.

— Certo, se é assim... Bill Sikes — disse o judeu, com humildade abjeta. — Você parece estar de mau humor, Bill.

— Talvez esteja — respondeu Sikes. — Parece-me que você também estava fora de si, a menos que esteja lhe acontecendo algo pior para atirar canecas nos outros...

— Enlouqueceu? — perguntou o judeu, segurando o homem pela manga e apontando para os rapazes.

O sr. Sikes contentou-se em fazer um laço de corda imaginário e inclinar a cabeça sobre o ombro direito, uma encenação tola que o judeu pareceu entender perfeitamente. Então, em termos simples, que costumava usar muito, mas que seriam bastante ininteligíveis para descrever aqui, pediu um copo de licor.

— Cuidado para não me envenenar — disse o sr. Sikes, pondo o chapéu na mesa.

Disse isso brincando, mas se pudesse ver o judeu morder os lábios com um olhar malicioso quando caminhou até o armário, acharia que sua precaução não era completamente desnecessária ou que o desejo (em todo caso) de melhorar a engenhosidade do destilador não estava tão distante do coração do velho.

Após tomar dois ou três copos de licor, o sr. Sikes condescendeu em prestar atenção aos jovens cavalheiros. Esse gracioso ato levou a uma conversa na qual detalhou-se o motivo e as circunstâncias em que Oliver foi preso, com distorções e incrementações a respeito da verdade dos fatos que o Malandro achou mais aconselhável devido às circunstâncias.

— Temo — disse o judeu — que ele abra a boca e nos meta em problemas.

— É bem provável — respondeu Sikes, com um sorriso malicioso. — Está encrencado, Fagin.

— E temo — acrescentou o judeu, como se não tivesse notado a interrupção, encarando o outro sujeito — que, se a situação complicar para nós, complique também para os outros. E sua posição é bem pior do que a minha, meu caro.

O homem estremeceu e voltou-se ao judeu. Mas o velho deu de ombros e seus olhos fixaram-se vagamente na parede oposta.

Fez-se um longo silêncio. Cada membro daquele respeitável bando parecia absorvido em suas próprias reflexões, inclusive o cão, que, ao lamber a boca, aparentava tramar um ataque às pernas do primeiro cavalheiro ou dama que encontrasse na rua.

— Alguém precisa ir até a delegacia para descobrir o que houve — disse o sr. Sikes, num tom bem mais baixo do que usara desde que chegou.

O judeu assentiu com a cabeça.

— Se ele não abriu a boca e estiver preso, não há o que temer até ele ser solto — disse o sr. Sikes —, e então veremos. É preciso pegá-lo de alguma forma.

O judeu assentiu novamente com a cabeça.

A prudência dessa linha de ação era óbvia, mas, infelizmente, havia uma grande objeção à sua adoção: Malandro, Charley Bates, Fagin e o sr. William Sikes tinham um grande receio de se aproximarem de uma delegacia de polícia, não importava o motivo.

É difícil imaginar quanto tempo ficaram parados entreolhando-se num desagradável estado de incerteza. Mas é desnecessário perder tempo com isso, pois a súbita chegada das duas moças que Oliver vira antes fez com que a conversa fosse retomada.

— Está decidido! — exclamou o judeu. — Bet irá, não é, querida?

— Aonde? — perguntou a moça.

— À polícia, meu bem — disse o judeu gentilmente.

Cumpre dizer que a moça não se recusou a ir à delegacia, mas expressou um desejo enfático e sincero de ir a outro lugar, uma justificativa educada e delicada para se livrar do pedido, mostrando ter tido uma boa criação que não lhe permitia infligir a um semelhante a dor de uma recusa direta e contundente.

O judeu mudou de expressão. Voltou-se a outra moça.

— Nancy, meu bem — disse o judeu, delicadamente —, o que diz?

— Não quero, não insista, Fagin — respondeu Nancy.

— O que quer dizer com isso? — perguntou o sr. Sikes, encarando-a de modo agressivo.

— O que você ouviu, Bill — respondeu a moça, rispidamente.

— Você é a pessoa ideal para a tarefa — raciocinou o sr. Sikes. — Ninguém a conhece na vizinhança.

— Não me importo — respondeu Nancy, no mesmo tom. — Minha resposta ainda é não, Bill.

— Ela irá, Fagin — disse Sikes.

— Não, não irei, Fagin — disse Nancy.

— Irá sim, Fagin — disse Sikes.

O sr. Sikes tinha razão. Após ameaças, promessas e subornos, a moça acabou aceitando a missão. Não recebia as mesmas considerações que sua agradável amiga, pois, após se mudar recentemente para o bairro de Field Lane, vinda do remoto, mas gentil subúrbio de Ratcliffe, não tinha o mesmo medo de ser reconhecida por algum de seus muitos conhecidos.

Logo, após colocar um avental branco, bem limpo, amarrado à cintura e um chapéu de palha, ambos artigos de vestuário do estoque inesgotável do judeu, Nancy estava pronta para a tarefa.

— Espere um pouco, querida — disse o judeu, dando-lhe um cestinho. — Leve isto. Dessa forma, parecerá mais respeitável.

— Dê-lhe uma chave, Fagin — falou Sikes. — Assim, parecerá mais natural.

— Sim, sim, é verdade, meu caro — concordou o judeu, colocando uma grande chave no dedo indicador da mão direita da moça.

— Pronto, muito bem! Você está ótima, querida! — disse o judeu, esfregando as mãos.

— Ah, meu irmão! Meu pobre, querido, doce e inocente irmãozinho! — exclamou Nancy, simulando chorar enquanto balançava o cestinho e a chave numa agonia angustiante. — O que houve com ele? Para onde o levaram? Ah, tenham piedade e digam-me o que houve com meu irmãozinho, senhores, por favor!

Após proferir essas palavras num tom lamentoso e comovente, para o deleite incomensurável de seus interlocutores, Nancy calou-se, piscou o olho para o grupo, despediu-se e retirou-se.

— Ah, que moça inteligente, rapazes — disse o judeu, dirigindo-se aos seus jovens amigos e balançando a cabeça com ar grave, como se quisesse que eles seguissem o exemplo.

— Ela honra seu sexo — afirmou o sr. Sikes enchendo o copo e batendo na mesa com seu grande punho. — Um brinde a Nancy!

Enquanto este e muitos outros brindes eram feitos a Nancy, ela chegou à delegacia rapidamente em perfeita segurança apesar de sentir uma timidez natural por andar sozinha e desprotegida pelas ruas.

Entrou por trás, bateu suavemente com a chave na porta de uma cela e prestou atenção. Nada ouviu, então tossiu e atentou-se outra vez. Sem resposta. Então falou:

— Oliver, querido? — murmurou Nancy. — Oliver?

Não havia ninguém a não ser um criminoso miserável descalço que fora preso por tocar flauta e que, após ter sido claramente provado seu crime contra a sociedade, fora condenado pelo sr. Fang a um mês de cadeia, com a devida e jocosa observação de que, já que ele tinha tanto fôlego de sobra, seria melhor empregado fazendo trabalho forçado do que tocando um instrumento musical. Ele não respondeu; lamentava mentalmente a perda da flauta, que fora confiscada. Logo, Nancy passou à próxima cela e bateu lá.

— Quem é? — gritou uma voz trêmula e fraca.

— Há algum garotinho aí? — perguntou Nancy, soluçante.

— Não — respondeu a voz. — Deus me livre.

Quem respondeu foi um andarilho de 65 anos que fora preso por *não* tocar flauta ou, em outras palavras, por pedir dinheiro nas ruas e não fazer nada para se sustentar. Na cela seguinte, estava outro homem, preso por vender panelas sem licença.

Como nenhum desses criminosos respondia ao nome de Oliver ou sabia alguma coisa a seu respeito, Nancy foi direto ao oficial do colete listrado e, lamentando e soluçando copiosamente, dramatizando a cena ainda mais balançando a chave e o cestinho, perguntou onde se encontrava seu querido irmão.

— Não está aqui, querida — disse o velhote.

— Onde está? — indagou Nancy, de modo despreocupado.

— O cavalheiro o levou — respondeu o oficial.

— Que cavalheiro? Ai, meu Deus! Que cavalheiro? — exclamou Nancy.

O oficial respondeu que Oliver chegara doente na delegacia e fora absolvido por conta de uma testemunha ter provado que o roubo fora cometido por outro menino, e que o acusador levara o menino desmaiado para sua própria casa, em Pentonville.

Num estado terrível de dúvida e incerteza, a jovem retirou-se cambaleante. Em seguida, saiu às pressas, voltando pelo caminho mais difícil em que pôde pensar à casa do judeu.

Assim que o sr. Bill Sikes ouviu o relatório da missão cumprida, chamou o cão branco, pôs o chapéu e partiu apressado, sem dedicar tempo algum à formalidade de despedir-se do grupo.

— Precisamos saber onde ele está, meus amigos — disse o judeu, exaltado. — Charley, descubra notícias dele! Nancy, querida, preciso encontrá-lo. Confio em você e no Malandro! Esperem — acrescentou, abrindo uma gaveta com mãos trêmulas —, levem este dinheiro. Fecharei este lugar esta noite. Sabem onde me encontrar! Não percam tempo!

Com essas palavras, conduziu-os para fora e fechou a porta. Tirou de seu esconderijo a caixa que, sem querer, revelara a Oliver. Então, escondeu rapidamente os relógios e as joias na roupa.

No meio dessa ocupação, uma batida na porta o assustou.

— Quem está aí? — gritou o velho.

— Sou eu! — respondeu o Malandro, pelo buraco da fechadura.

— O que foi? — perguntou o judeu com impaciência.

— Nancy perguntou se ele deve ser levado para o outro esconderijo.

— Sim — respondeu o judeu. — Encontrem-no, descubram seu paradeiro, isso é tudo. Saberei o que fazer depois.

O menino murmurou uma resposta e desceu correndo a escada para alcançar seus companheiros.

"Ele ainda não abriu a boca", pensou o judeu, "se quiser nos denunciar aos seus novos amigos, ainda há tempo de calá-lo".

XIV

MAIS DETALHES DA ESTADIA DE OLIVER NA CASA DO SR. BROWNLOW E A NOTÁVEL PROFECIA QUE UM CERTO SR. GRIMWIG FEZ A RESPEITO DELE QUANDO SAIU PARA DAR UM RECADO

Oliver logo se recuperou do desmaio que a exclamação abrupta do sr. Brownlow lhe causara. A menção ao retrato foi cuidadosamente evitada tanto pelo cavalheiro quanto pela sra. Bedwin na conversa que se seguiu, que não fazia nenhuma referência à história ou ao futuro de Oliver, mas voltava-se a temas que poderiam entretê-lo sem alarmá-lo. Ele ainda estava fraco para se levantar para o café da manhã, mas, quando desceu ao quarto da governanta no dia seguinte, sua primeira ação foi olhar ansiosamente para a parede com a esperança de voltar a ver o rosto da bela dama. Suas expectativas, no entanto, foram frustradas, pois o quadro fora removido.

— Ah! — exclamou a governanta, observando o olhar de Oliver. — O retrato foi retirado, como pode ver.

— Sim, percebi, senhora — respondeu Oliver. — Por que o tiraram?

— Pois o sr. Brownlow disse que, como o retrato parecia incomodá-lo, talvez retardasse sua recuperação — explicou a criada.

— Ah, não. Não me incomodava — disse Oliver. — Eu gostava muito de vê-lo.

— Ora, ora! — exclamou a velha senhora, bem-humorada — Recupere-se o mais rápido que puder, querido, e ele será colocado outra vez. Prometo! Agora falemos de outra coisa.

Essa foi toda a informação que Oliver obteve acerca do retrato. Como a senhora fora tão gentil, o menino esforçou-se para não pensar mais no assunto. Ouviu atentamente muitas histórias que ela lhe contou, a respeito de uma filha amável e bonita, que era casada com um homem amável e bonito e vivia no campo, e de um filho, que era escriturário de um comerciante nas Índias Ocidentais e que também era um rapaz bom que lhe escrevia cartas quatro vezes por ano, que lhe traziam lágrimas aos olhos só de mencioná-las. Após a senhora falar por muito tempo das primazias de seus filhos e dos méritos de seu gentil e querido marido, que morrera com apenas 26 anos, chegou a hora do chá. Depois do chá, ela começou a ensinar *cribbage*[7] a Oliver. Ele aprendeu rapidamente, ambos jogaram com grande interesse, até chegar a hora do doente tomar um pouco de vinho quente e água, comer uma torrada e depois ir dormir.

Os dias de recuperação de Oliver foram felizes. Tudo era tão sereno, limpo e ordenado, e todos tão amáveis e gentis que, após

7 Tradicional jogo de cartas inglês. (N.E.)

as inquietações que tivera, parecia viver no paraíso. Assim que teve forças para se vestir, o sr. Brownlow deu-lhe roupas novas, um boné e sapatos. Como foi dito a Oliver que podia fazer o que quisesse com as roupas velhas, deu-as a uma criada que fora muito gentil com ele e pediu-lhe que as vendesse a um judeu e ficasse com o dinheiro. Quando Oliver olhou da janela da sala e viu o judeu enrolá-las em sua bolsa e ir embora, sentiu-se muito feliz por ter se livrado delas e porque agora não havia perigo de voltar a usá-las. Eram trapos lamentáveis para dizer a verdade, e Oliver nunca experimentara roupas novas antes.

Certa noite, cerca de uma semana após o incidente do retrato, quando ele conversava com a sra. Bedwin, chegou um recado do sr. Brownlow de que, se Oliver Twist estivesse disposto, gostaria de recebê-lo em seu gabinete.

— Meu Deus! Lave as mãos e deixe-me pentear seus cabelos, menino — disse a sra. Bedwin. — Minha nossa! Se eu soubesse que ele o convidaria ao gabinete o teria arrumado melhor!

Oliver obedeceu à velha senhora, e, embora ela lamentasse não ter tempo para frisar o babadinho de sua gola, o menino estava tão arrumado e bonito que ela chegou a dizer, olhando-o de modo complacente dos pés à cabeça, que realmente não achava que seria possível arrumá-lo ainda mais.

Após o elogio, Oliver foi bater à porta do gabinete. Quando o sr. Brownlow convidou-o a entrar, o garoto viu-se numa salinha repleta de livros, com uma janela que dava para um belo jardinzinho. Havia uma mesa, posta em frente à janela, na qual seu anfitrião encontrava-se lendo. Ao ver Oliver, afastou o livro e disse ao menino para se aproximar e se sentar. Oliver obedeceu, admirando-se que pudesse existir alguém que lesse tantos livros, que pareciam ter sido escritos para tornar o mundo mais sábio.

Isso espantava pessoas mais experientes do que Oliver Twist todos os dias.

— Muitos livros, não é, menino? — perguntou o sr. Brownlow, observando a curiosidade com que Oliver contemplava as estantes que iam do chão até o teto.

— Muitos, senhor, nunca vi tantos — respondeu Oliver.

— Há de lê-los, se você se comportar bem — disse o cavalheiro, amavelmente. — E gostará mais de ver o miolo do que a capa, isto é, em alguns casos, pois há livros em que a capa é a melhor parte.

— Imagino que sejam aqueles calhamaços — comentou Oliver, apontando para alguns grandes livros de encadernação dourada.

— Nem sempre — falou o cavalheiro, dando tapinhas na cabeça de Oliver e sorrindo ao fazê-lo. — Há alguns igualmente pesados embora sejam de um tamanho bem menor. Gostaria de crescer, tornar-se um homem inteligente e escrever livros?

— Acho que prefiro lê-los, senhor — respondeu Oliver.

— O quê? Não gostaria de ser um autor? — perguntou o cavalheiro.

Oliver refletiu um pouco e disse enfim que achava melhor ser livreiro. O cavalheiro riu e disse que era uma excelente resposta. Oliver alegrou-se, embora não entendesse o que dissera de tão engraçado.

— Ora — disse o cavalheiro, recompondo-se —, não tema! Você não será um autor enquanto houver um ofício honesto ou mais simples a aprender.

— Obrigado, senhor — disse Oliver.

Sua resposta sincera fez o cavalheiro rir outra vez e dizer algo curioso sobre o instinto, que Oliver não deu muita atenção por não entender.

— Agora — disse o sr. Brownlow, falando com mais gentileza, mas ao mesmo tempo de uma forma bem mais séria —, quero que preste muita atenção, rapazinho, ao que vou lhe dizer. Falarei sem qualquer reserva, pois estou certo de que você é perfeitamente capaz de me compreender, como uma pessoa mais velha.

— Ah, não diga que vai me mandar embora, senhor, por favor! — suplicou Oliver, assustado com o tom sério do cavalheiro. — Não me ponha na rua outra vez. Deixe-me ficar e ser seu criado. Não me mande de volta ao lugar miserável de onde vim. Tenha piedade de uma pobre criança!

— Meu filho — disse o cavalheiro, comovido pelo súbito apelo de Oliver —, não precisa temer que o abandone, a menos que me dê um motivo.

— Nunca, nunca irei, senhor — interrompeu Oliver.

— Assim espero — prosseguiu o cavalheiro. — Acho que isso nunca acontecerá. Já me enganei antes em relação a pessoas que tentei ajudar, mas estou muito disposto a confiar em você e interesso-me mais do que consigo explicar. As pessoas a quem mais amei estão mortas, mas, embora a felicidade e a alegria da minha vida também estejam enterradas, não transformei meu coração em um caixão nem o fechei para sempre aos meus melhores afetos. A profunda aflição apenas o fortaleceu e o refinou.

Enquanto o cavalheiro murmurava, mais para si mesmo do que para seu companheiro, e pouco tempo depois permaneceu em silêncio, Oliver manteve-se imóvel.

— Ora! — exclamou o cavalheiro, num tom mais alegre. — Só disse isso, pois você tem um coração jovem e, sabendo que sofri muitas dores e tristezas, talvez tenha mais cuidado para não me magoar de novo. Você diz que é órfão, sem nenhum amigo no mundo. Todas as informações que consegui, confirmam isso.

Deixe-me ouvir sua história; de onde vem, quem o criou e como foi parar na situação em que o encontrei. Diga a verdade e não ficará sem amigos enquanto eu viver.

Os soluços de Oliver impediram-no de falar por alguns minutos. Quando estava prestes a contar como fora criado e levado ao asilo pelo sr. Bumble, ouviram-se batidas impacientes na porta da rua, e o criado veio correndo para anunciar o sr. Grimwig.

— Está subindo? — perguntou o sr. Brownlow.

— Sim, senhor — respondeu o criado. — Perguntou se havia bolinhos e, quando lhe confirmei que sim, disse que vinha tomar chá.

O sr. Brownlow sorriu e, voltando-se para Oliver, comentou que o sr. Grimwig era um velho amigo e que não reparasse no seu jeito meio rústico, pois era, no fundo, um digno cavalheiro.

— Devo me retirar, senhor? — perguntou Oliver.

— Não — respondeu o sr. Brownlow. — Prefiro que fique aqui.

Neste momento entrou na sala, apoiando-se em uma grossa bengala, um cavalheiro robusto, bastante coxo de uma perna, usando casaco azul, colete listrado, calças nanquim, polainas e um chapéu branco de aba larga, com os lados virados para cima esverdeados. Um babado muito pequeno da camisa saía do colete. E uma longa corrente de aço, que trazia uma chave na ponta, pendia abaixo deste . As pontas da gravata branca estavam atadas num laço do tamanho de uma laranja, e a variedade de formas em que seu semblante se contorcia desafia a descrição. Tinha um jeito de pender a cabeça para um lado quando falava e de olhar pelo canto dos olhos que o fazia parecer com um papagaio. Nesta atitude, entrou, segurando um pedacinho de casca de laranja, e exclamou descontente:

— Veja só isto! Não é estranho entrar na casa de um homem e encontrar isto nas escadas? Certa vez, escorreguei numa casca de laranja e sei que um dia uma delas me matará. Juro ou comerei minha cabeça, senhor!

Essa era a bela oferta com que o sr. Grimwig sustentava quase todas suas afirmações e era a mais singular em seu caso. Mesmo admitindo, por uma questão de argumentação, a possibilidade de melhorias científicas que permitiriam a um cavalheiro comer a própria cabeça no caso de estar tão disposto, a cabeça do sr. Grimwig era tão grande que o homem mais disposto vivo dificilmente conseguiria comê-la de uma vez.

— Comerei minha cabeça, senhor — repetiu o sr. Grimwig, batendo com a bengala no chão. — Olá! Quem é ele? — disse, olhando Oliver e recuando dois passos.

— É o pequeno Oliver Twist, de quem lhe falei — disse o sr. Brownlow.

Oliver fez uma reverência.

— Esse é o menino que estava febril? — perguntou o sr. Grimwig, recuando um pouco mais. — Espere! Não diga! Espere... — continuou, abruptamente. — É o menino que comeu a laranja! Se for o menino que comeu a laranja e jogou a casca na escada, comerei minha cabeça e a dele ao mesmo tempo.

— Não, ele não comeu — disse o sr. Brownlow, rindo. — Vamos! Tire o chapéu e fale com meu jovem amigo.

— Estou certo disso, senhor — disse o cavalheiro irritado, tirando as luvas. — Há sempre cascas de laranja em nossa rua, e eu *sei* que foram jogadas pelo filho do médico. Uma moça tropeçou na noite passada e caiu em meu jardim. Levantou-se rapidamente. Vi seu olhar em direção à lamparina vermelha infernal cuja luz mostrava seu semblante confuso. "Não vá", gritei da janela, "ele é um assassino!".

O irascível cavalheiro bateu a bengala com força no chão, o que sempre foi entendido pelos seus amigos como uma forma de impor sua opinião, ainda que não expressa em palavras. Então, ainda com a bengala na mão, sentou-se, pôs os óculos e contemplou Oliver, que, vendo que era objeto de inspeção, corou e fez uma reverência.

— Esse é o menino, não é? — perguntou o sr. Grimwig, enfim.

— Sim, é ele — respondeu o sr. Brownlow.

— Como vai, garoto? — perguntou o sr. Grimwig.

— Muito melhor, obrigado, senhor — respondeu Oliver.

O sr. Brownlow, temendo que seu amigo singular dissesse algo desagradável, pediu a Oliver que descesse e dissesse à sra. Bedwin que estavam prontos para o chá; isso animou muito o garoto por não gostar do jeito do visitante.

— É um menino bonito, não é? — perguntou o sr. Brownlow.

— Não sei — respondeu o sr. Grimwig, irritadiço.

— Não sabe?

— Não, não sei. Não vejo diferença entre os meninos. Só conheço dois tipos: os magrelos e os gorduchos.

— E Oliver se enquadra em qual tipo?

— No dos magrelos. Um amigo meu tem um filho gorducho, um bom menino, dizem, com a cabeça redonda, faces vermelhas e olhos brilhantes. É um menino horrendo, com corpo e membros que parecem rasgar a costura de suas roupas azuis, com a voz enfadonha e a fome de um lobo. Eu bem o conheço! Aquele miserável!

— Ora — disse o sr. Brownlow —, essas não são as características do pequeno Oliver Twist, por isso não precisa se irritar.

— Não são — respondeu o sr. Grimwig. — Mas ele pode ser pior.

O sr. Brownlow tossiu impacientemente, o que parecia proporcionar ao sr. Grimwig o mais requintado deleite.

— Repito, ele pode ser pior — reafirmou o sr. Grimwig. — De onde ele veio? Quem é ele? O que é ele? Teve febre. E daí? Febres não se manifestam apenas em pessoas boas. Pessoas ruins também podem ser acometidas com a febre. Conheci um sujeito que foi enforcado na Jamaica por matar seu patrão. Teve febre seis vezes, não foi perdoado por causa disso. Ora! Bobagem!

Em seu coração, o sr. Grimwig estava muito disposto a admitir que a aparência e o jeito de Oliver causavam, de modo inusitado, uma impressão favorável, mas ele tinha um forte apetite pela contradição, aguçado nessa ocasião pela descoberta da casca de laranja; então, determinando interiormente que nenhum homem lhe ditaria se um menino era bom ou não, estava decidido, desde o início, a opor-se ao amigo. Quando o sr. Brownlow admitiu que ainda não podia lhe dar uma resposta satisfatória e que adiara qualquer investigação sobre o passado de Oliver até achar que o menino estivesse recuperado o suficiente para ouvi-lo, o sr. Grimwig riu com malícia. E perguntou ironicamente se a governanta tinha o costume de contar a prataria à noite, pois, se ela não encontrasse uma ou duas colheres de sopa, ele ficaria contente de comer sua... e assim por diante.

Embora o sr. Brownlow fosse um cavalheiro impetuoso, conhecendo as peculiaridades de seu amigo, tolerou tudo isso com muito bom humor. O sr. Grimwig tomou o chá e ficou feliz em provar os bolinhos. Tudo correu bem. Oliver, que lhes fez companhia, começou a se sentir mais à vontade do que antes na presença do ferrenho cavalheiro.

— E quando terá um relato completo, verídico e particular da vida e das aventuras de Oliver Twist? — perguntou Grimwig ao sr. Brownlow, ao final da refeição, olhando de soslaio para Oliver enquanto retomava a conversa.

— Amanhã de manhã — respondeu o sr. Brownlow. — Prefiro conversar com ele a sós. Venha me encontrar amanhã de manhã às dez horas, menino.

— Sim, senhor — respondeu Oliver, com alguma hesitação, pois estava confuso, já que o sr. Grimwig o encarava fixamente.

— Quer saber — sussurrou o sr. Grimwig ao sr. Brownlow —, ele não virá amanhã. Vi quando hesitou. Ele o está enganando, meu bom amigo.

— Juro que não — respondeu o sr. Brownlow, calorosamente.

— Se não está — disse o sr. Grimwig —, comerei...

— Juro pela minha vida! — exclamou o sr. Brownlow, batendo na mesa.

— E eu pela minha cabeça! — gritou o sr. Grimwig, batendo na mesa também.

— Veremos — disse o sr. Brownlow, controlando sua raiva crescente.

— Veremos — respondeu o sr. Grimwig, com um sorriso provocador.

Como se o destino quisesse, a sra. Bedwin entrou, neste instante, com alguns livros que o sr. Brownlow mandou comprar naquela manhã do mesmo livreiro que já apareceu nesta história. Após tê-los colocado na mesa, preparou-se para deixar a sala.

— Mande o entregador esperar, sra. Bedwin! — exclamou o sr. Brownlow. — Quero que leve algo de volta.

— Já foi, senhor — respondeu a sra. Bedwin.

— Chame-o — disse o sr. Brownlow. — O livreiro é pobre, e não paguei pelos livros. Quero devolver alguns também.

A porta da rua foi aberta. Oliver correu para um lado, e a criada correu para o outro. A sra. Bedwin ficou na porta e chamou o rapaz, mas não havia ninguém à vista. Oliver e a criada voltaram ofegantes sem ter localizado quem procuravam.

— Como lamento por isso — exclamou o sr. Brownlow. — Queria devolver estes livros ainda hoje.

— Mande Oliver levá-los — disse o sr. Grimwig, com um sorriso irônico. — Com certeza, ele os entregará em segurança.

— Sim, deixe-me levá-los, se não se importar, senhor — disse Oliver.

O cavalheiro ia dizer que Oliver não deveria sair por qualquer motivo quando uma tosse muito maliciosa do sr. Grimwig o fez decidir que daria a tarefa ao garoto para livrá-lo das suspeitas de seu amigo.

— Pode ir, menino — disse o cavalheiro. — Os livros estão em cima de uma cadeira perto da minha mesa. Vá pegá-los.

Feliz por se sentir útil, Oliver pôs os livros debaixo do braço com uma grande agitação e esperou, de boné na mão, para ouvir a mensagem que levaria.

— Diga-lhe — disse o sr. Brownlow, olhando firmemente para Grimwig — que está ali para devolver os livros e para pagar as quatro libras que lhe devo. Aqui está uma nota de cinco libras. Traga-me então dez xelins de troco.

— Não demorarei dez minutos, senhor — disse Oliver, ansiosamente.

Após guardar a nota no bolso do casaco e colocar os livros cuidadosamente debaixo do braço, cumprimentou os senhores e retirou-se. A sra. Bedwin acompanhou-o até a porta da rua, dando-lhe muitas indicações sobre o caminho mais curto, o nome do livreiro e o nome da rua, coisas que Oliver afirmou entender perfeitamente.

— Deus o abençoe! — exclamou a senhora, segurando-lhe o rosto. — Não suporto perdê-lo de vista.

Oliver olhou alegremente em volta e assentiu com a cabeça antes de virar a esquina. A velha senhora, sorridente, voltou a saudá-lo e, fechando a porta, retornou para seu quarto.

— Vejamos, ele voltará em vinte minutos, no máximo — disse o sr. Brownlow, tirando o relógio e pondo-o na mesa. — Nessa altura, já será noite.

— Ah! Você realmente acha que ele voltará, não é? — perguntou o sr. Grimwig.

— Não acha? — perguntou o sr. Brownlow, sorrindo.

O espírito de contradição era forte no peito do sr. Grimwig no momento e foi fortalecido pelo sorriso confiante de seu amigo.

— Não — disse ele, esmurrando a mesa. — Não acho que volte. O menino tem roupas novas, livros valiosos debaixo do braço e uma nota de cinco libras no bolso. Ele vai se juntar aos seus velhos amigos ladrões e rir de você. Se algum dia aquele garoto voltar a essa casa, senhor, comerei minha cabeça.

Com essas palavras, aproximou a cadeira da mesa, e os dois amigos aguardaram em silêncio enquanto olhavam para o relógio.

É digno de nota, para ilustrar a importância que atribuímos aos nossos próprios julgamentos e o orgulho com que apresentamos nossas conclusões mais apressadas e precipitadas, que o sr. Grimwig, embora não fosse de forma alguma um homem ruim e não gostasse de ver seu respeitado amigo ser enganado, realmente não esperava naquele momento que Oliver Twist voltasse.

A noite caiu. Mal se podia ver o ponteiro do relógio. Mas os dois velhos amigos permaneceram na sala em silêncio, ainda olhando para o relógio.

XV

A DEMONSTRAÇÃO DE COMO O ALEGRE JUDEU E A SRTA. NANCY ERAM AFEIÇOADOS A OLIVER TWIST

Na escura sala de uma ordinária taverna, na parte mais imunda de Little Saffron Hill, um covil tenebroso, onde uma lamparina ardia todo o dia no inverno e nenhum raio de sol jamais brilhava no verão, encontrava-se, diante de uma caneca de estanho e um copo impregnado do cheiro do licor, um homem vestindo um casaco aveludado e calças pardas, com botas e meias, que, até mesmo naquela luz fraca, nenhum agente experiente da polícia reconheceria como o sr. William Sikes. A seus pés, estava um cão branco de olhos vermelhos, que se ocupava alternadamente em piscar para o dono com os dois olhos ao mesmo tempo e em lamber uma grande e recente ferida num dos lados do focinho, que parecia ser o resultado de alguma luta que acontecera há pouco tempo.

— Quieto! Quieto! — exclamou o sr. Sikes, de repente, rompendo o silêncio.

Se suas reflexões eram tão intensas a ponto de serem interrompidas pelas piscadas do cão ou se seus sentimentos eram tão movidos por seus reflexos que exigiam dar um chute num animal inofensivo para os abrandar, é matéria para discussão e consideração. Independentemente da causa, o efeito foi um chute e um xingamento conferido ao animal simultaneamente.

Cães geralmente não se vingam dos ferimentos infligidos por seus donos, mas o do sr. Sikes tinha problemas de temperamento tal como seu dono e, incitado pelo ferimento, parou de fazer barulho e cravou os dentes numa das botas de seu proprietário. Após ser sacudido pelo dono, o animal retirou-se rosnando para debaixo do banco, escapando da caneca de estanho que o sr. Sikes lhe atirou na cabeça.

— Quer me morder, não quer? — perguntou Sikes, pegando o atiçador com uma mão e deliberadamente abrindo na outra um grande canivete que tirou do bolso. — Venha cá, diabinho! Venha! Está me ouvindo?

O cão sem dúvida ouviu, pois o sr. Sikes falou bem alto, mas, parecendo ter uma objeção a ser degolado, permaneceu onde estava e rosnou mais ferozmente do que antes, mordendo a ponta do atiçador de forma selvagem.

A resistência irritou ainda mais o sr. Sikes que se ajoelhou e começou a agredir o animal com mais fúria. O cão pulava de um lado para o outro, ganindo, rosnando e ladrando; o homem xingava, batia e blasfemava. A luta chegaria a um ponto crítico para um dos dois, quando, de repente, a porta se abriu, e o cão saiu, deixando Bill Sikes com o atiçador e o canivete em mãos.

"Quando um não quer, dois não brigam", diz o velho ditado. O sr. Sikes, desapontado com a retirada do cão, encarou o recém-chegado como seu novo adversário.

— Por que diabo veio se meter entre nós? — perguntou Sikes, com um gesto feroz.

— Não sabia, meu caro, não sabia — respondeu Fagin, humildemente.

— Não sabia, patife? — bradou Sikes. — Não ouviu o barulho?

— Não ouvi nada, Bill — respondeu o judeu.

— Essa não! Você nunca ouve nada — retorquiu Sikes, com um riso feroz. — Entra e sai sorrateiramente para que ninguém ouça quando chega ou vai embora! Queria que estivesse no lugar do cão há trinta segundos.

— Por quê? — perguntou o judeu, com um sorriso forçado.

— Porque o governo que protege a vida de sujeitos como você, deixa um homem matar um cão a seu bel-prazer — respondeu Sikes, fechando o canivete com um olhar muito expressivo. — É por isso.

O judeu esfregou as mãos e sentou-se à mesa, fingindo rir do amigo. No entanto, estava evidentemente muito inquieto.

— Ria longe daqui — falou Sikes, recolocando o atiçador em seu lugar e encarando Fagin com desprezo. — Não se atreva a rir de mim, a menos que seja às minhas costas. Levo vantagem sobre você, Fagin.

— Ora, meu caro — disse o judeu —, sei disso. Temos um interesse mútuo, Bill.

— Hunf — exclamou Sikes, como se achasse que o judeu tinha mais interesse que ele. — Bom, o que tem a me dizer?

— Tudo correu perfeitamente — respondeu Fagin. — Aqui está sua parte. É maior do que deveria ser, mas como sei que me considerará em outra oportunidade...

— Cale-se — interrompeu o ladrão, com impaciência. — Onde está? Passe para cá!

— Claro, Bill, espere um pouco — respondeu o judeu, calmamente. — Está tudo aqui!

Dizendo isto, Fagin tirou um velho lenço de algodão do bolso, desatou um grande nó de uma das pontas, revelando um pacotinho de papel pardo. Sikes, arrancando-o dele, abriu-o apressadamente e passou a contar os soberanos.

— Isso é tudo? — perguntou Sikes.

— Sim — respondeu o judeu.

— Você não abriu o pacote e tirou uma ou duas moedas antes de chegar, não é? — perguntou Sikes, desconfiado. — Não me olhe com essa cara, você já fez isso muitas vezes. Toque a campainha.

Apareceu outro judeu, mais jovem que Fagin, porém de aparência quase tão vil e repulsiva.

Bill Sikes apenas apontou a caneca vazia. O judeu, compreendendo perfeitamente o gesto, retirou-se para enchê-la, trocou um significativo olhar com Fagin, que ergueu a cabeça por um instante, como se estivesse na expectativa, e balançou tão levemente a cabeça em resposta que a ação seria quase imperceptível para um terceiro observador. Sikes não percebeu, pois estava ocupado nesse instante amarrando o cadarço do sapato que o cão desamarrara. Se tivesse observado a breve troca de sinais, poderia ter pensado que isso não lhe traria nenhum bem.

— Chegará alguém, Barney? — perguntou Fagin, falando, agora que Sikes o olhava, após erguer a cabeça.

— Ninguém — respondeu Barney, cujas palavras, viessem ou não do coração, escapuliam do nariz.

— Ninguém? — perguntou Fagin, em tom de surpresa, o que talvez significasse que Barney estava livre para dizer a verdade.

— Apenas a srta. Nancy — respondeu Barney.

— Nancy! — exclamou Sikes. — Onde ela está? Quero elogiar aquela moça por seus grandes talentos.

— Está comendo carne cozida no bar — respondeu Barney.

— Mande-a vir aqui — falou Sikes, colocando licor no copo.

Barney olhou timidamente para Fagin, como para lhe pedir permissão. Como o judeu permaneceu em silêncio fitando o chão, retirou-se e retornou com Nancy, que usava uma touca, um avental, um cesto e trazia uma chave na mão.

— Descobriu algo, Nancy? — perguntou Sikes, oferecendo o copo.

— Sim, Bill — respondeu a moça, bebendo o licor —, e já estou farta disso. O fedelho estava doente e de cama...

— Ah, Nancy, querida! — exclamou Fagin, erguendo os olhos.

Se uma peculiar contração das sobrancelhas ruivas do judeu e um semicerrar de seus olhos profundos advertiram a srta. Nancy que ela havia falado demais, não tem muita importância. O fato é que ela de repente se calou e, após vários sorrisos graciosos ao sr. Sikes, mudou de assunto. Dez minutos depois, o sr. Fagin começou a tossir, e Nancy pôs o xale sobre os ombros e disse que era hora de ir embora. O sr. Sikes afirmou que iria para o mesmo lado e expressou sua intenção de acompanhá-la. Foram juntos, seguidos, a uma certa distância, pelo cachorro, que saiu de um quintal assim que seu dono desapareceu.

O judeu pôs a cabeça para fora da porta da sala quando Sikes a deixou; observou-o enquanto passava pela passagem escura, balançou seu punho cerrado, murmurou uma terrível maldição e então, com um sorriso sinistro, retornou à mesa e começou a ler as páginas de um jornal.

Enquanto isso, Oliver Twist, sem imaginar que estava tão perto do gentil senhor, estava a caminho da livraria. Ao chegar em Clerkenwell, entrou acidentalmente em uma rua que não estava em seu itinerário, mas não descobriu seu engano até ter atravessado metade dela. Sabendo que a rua o levaria na direção certa, achou que não valia a pena voltar e prosseguiu, o mais rápido que pôde, com os livros debaixo do braço.

Seguia pensando como se sentia feliz e contente e o quanto daria para apenas olhar o pobre pequeno Dick, que, faminto e espancado, podia estar chorando amargamente naquele exato momento, quando foi assustado por uma moça que gritava.

— Ah, meu querido irmão!

Ele mal erguera os olhos para ver qual era o problema quando foi parado por braços ao redor do pescoço.

— Não — gritou Oliver, resistindo —, solte-me. Quem é? Por que está me abraçando?

A única resposta a isso foi os inúmeros lamentos da moça que o abraçara e que trazia em mãos um cestinho e uma chave.

— Ah, meu Deus! — exclamou a moça. — Achei você! Ah! Oliver! Oliver! Ah, seu levado, fazendo-me sofrer tanto por sua causa! Vamos para casa, querido. Ah, eu achei você. Graças a Deus, eu achei!

Com essas exclamações incoerentes, a moça desatou a chorar e ficou tão histérica que algumas mulheres que apareceram naquele instante perguntaram a um açougueiro, que também observara a cena, se não era melhor chamar um médico. O açougueiro, que parecia lento, para não dizer indolente, respondeu que achava que não.

— Ah, não, não, não importa — disse a moça, segurando a mão de Oliver. — Estou melhor agora. Vamos para casa, menino levado!

— O que houve? — perguntou uma das mulheres.

— Ah, senhora — respondeu a moça —, ele fugiu, há quase um mês, da casa dos pais, que são trabalhadores e respeitáveis, para se juntar a um bando de ladrões e maus elementos e quase partiu o coração da mãe.

— Pequeno miserável! — exclamou uma mulher.

— Vá para casa, brutinho — disse a outra.

— Não sou eu — respondeu Oliver, muito assustado. — Não a conheço. Não tenho irmã nem pai nem mãe. Sou órfão e moro em Pentonville.

— Vejam só, como se gaba! — gritou a moça.

— Ei, você é a Nancy! — exclamou Oliver, encarando-a enfim e expressando seu espanto.

— Vejam, ele me reconhece! — gritou Nancy, dirigindo-se aos transeuntes. — É incapaz de ajudar a si mesmo. Há alguém para levá-lo para casa? Desse jeito, ele matará o pai e a mãe lhes partindo o coração!

— Que diabo está acontecendo? — perguntou um homem, vindo de uma taverna, acompanhado de um cão branco. — Jovem Oliver! Vá para casa, seu travesso!

— Não conheço vocês! Socorro! Socorro! — gritou Oliver, resistindo ao poderoso domínio do homem.

— Socorro! — repetiu o homem. — Sim, vou socorrê-lo, seu malandrinho! Que livros são estes? Anda roubando, não é? Dê-os para mim.

Oliver reivindicado por seus amigos afetuosos.

Com essas palavras, o homem tomou os livros de sua mão e bateu com eles em sua cabeça.

— Isso mesmo! — gritou um espectador de uma janela. — Essa é a única forma de fazê-lo aprender!

— É verdade! — bramiu um carpinteiro com ar de aprovação.

— Isso vai lhe fazer bem! — exclamaram as duas mulheres.

— Ele será punido! — respondeu o homem, dando outra pancada, segurando Oliver pela gola. — Vamos, patifezinho!

Debilitado pela doença recente, atordoado com os golpes e a brusquidão do ataque, aterrorizado com o latido feroz do cão e a brutalidade do homem, dominado pela convicção dos espectadores de que era realmente o marginalzinho descrito, o que podia fazer uma pobre criança? A noite caíra sobre a vizinhança. Nenhuma ajuda parecia estar por perto. Resistir era inútil. Rapidamente, foi arrastado para um labirinto de vielas escuras a um ritmo que tornou ininteligíveis os poucos gritos a que se atreveu a dar. E pouco importava se eram inteligíveis ou não, pois não havia ninguém para socorrê-lo.

As lamparinas foram acesas. A senhora Bedwin esperava ansiosamente na porta. A criada correra vinte vezes pela rua para ver se havia sinais de Oliver. E, ainda assim, os dois velhos cavalheiros permaneceram obstinados no gabinete com os olhos pregados no relógio.

XVI

O QUE HOUVE COM OLIVER TWIST APÓS SER LEVADO POR NANCY

Os becos e as passagens levaram a um grande espaço aberto que servia como curral e como um local para o mercado de gado. Sikes desacelerou o passo, pois a moça não conseguia mais acompanhá-lo na mesma velocidade. Voltando-se para Oliver, ordenou-lhe que segurasse a mão de Nancy.

— Ouviu o que eu disse? — vociferou Sikes enquanto Oliver hesitava e olhava ao seu redor.

Estavam num canto sombrio, bem longe do caminho dos transeuntes.

Oliver viu claramente que resistir seria inútil. Estendeu a mão, e Nancy apertou-a com firmeza.

— Dê-me a outra — falou Sikes, pegando a mão livre de Oliver. — Aqui, Mosca!

O cão ergueu a cabeça e latiu.

— Aqui, garoto! — falou Sikes, pondo a outra mão na garganta de Oliver. — Se este menino abrir a boca, avance! Entendeu?

O cão ladrou outra vez, lambeu o focinho e olhou para Oliver como se desejasse atacar sua traqueia sem demora.

— O cão está doido para atacá-lo! — falou Sikes, com um tipo de aprovação sombria e feroz. — Já sabe o que esperar, então grite o mais alto que puder se quiser ser mordido pelo cachorro. Vamos, menino!

Mosca balançou o rabo em reconhecimento a esse discurso invulgarmente cativante e, latindo outra vez, seguiu à frente dos demais.

Atravessaram Smithfield, embora pudesse ser a praça Grosvenor. A noite era escura e enevoada. As luzes das lojas mal podiam ser vistas em meio à densa névoa, que a cada momento engrossava e envolvia as ruas e as casas na escuridão, tornando o ambiente ainda mais estranho aos olhos de Oliver e sua incerteza ainda mais sombria e deprimente.

Avançavam apressadamente quando o sino da igreja bateu. À primeira badalada, os dois raptores pararam e voltaram-se para a direção do som.

— Oito horas, Bill — disse Nancy quando o sino parou.

— Por que me disse isso? Consigo ouvir! — respondeu Sikes.

— Pergunto-me se *eles* conseguem ouvir — disse Nancy.

— Claro que sim — respondeu Sikes. — Quando fui preso, era uma época de festa, e não havia um trompete na feira que eu não conseguisse ouvir. Quando eu estava trancado à noite, a agitação de fora tornava tão horrível o silêncio da prisão que tentei bater a cabeça nas grades da porta.

— Pobres coitados! — exclamou Nancy, que ainda olhava para onde se ouvira o sino. — Ah, Bill, que belos rapazes!

— Sim, é só nisso que vocês mulheres pensam — respondeu Sikes. — Belos rapazes! Vão morrer, isso não importa muito.

Com essa afirmação, o sr. Sikes parecia reprimir uma tendência crescente ao ciúme e, apertando o pulso de Oliver com mais firmeza, disse-lhe para se apressar.

— Espere! — exclamou a moça. — Não me apressaria se eu fosse morrer enforcada na próxima vez que o sino badalasse oito horas, Bill, andaria por toda a parte, mesmo com a neve e sem um xale.

— E de que serviria isso? — perguntou o pouco sentimental sr. Sikes. — A não ser que pudesse me passar uma lima e vinte metros de uma boa corda, caminhar oitenta quilômetros ou não andar nada pouco importaria. Vamos, não fiquemos aqui discutindo.

A moça gargalhou, pôs o xale, e eles prosseguiram. Mas Oliver sentiu a mão dela tremer e, olhando seu rosto ao passarem por uma lâmpada a gás, percebeu que estava pálida como um defunto.

Caminharam durante meia hora, encontrando poucas pessoas pelo caminho e alguns indivíduos que pareciam ocupar a mesma posição na sociedade que o sr. Sikes. Enfim, entraram num beco imundo cheio de lojas de roupas usadas. O cão correu à frente, como se tivesse consciência de que não havia mais necessidade de se manter vigilante, e parou diante da porta de uma loja fechada e aparentemente desocupada. O imóvel estava em ruínas, e na porta estava pregado um aviso de disponibilidade para alugar, que parecia estar ali há muitos anos.

— Muito bem — disse Sikes, olhando cautelosamente.

Nancy se abaixou à altura da janela e Oliver ouviu o som de uma campainha. Atravessaram a rua e permaneceram por alguns momentos debaixo de uma lamparina. Um ruído, como se uma janela fosse suavemente levantada, foi ouvido e logo em seguida a porta se abriu. O sr. Sikes agarrou sem cerimônia o menino assustado pela gola, e os três entraram no imóvel.

A passagem estava completamente escura. Eles esperaram enquanto a pessoa que os deixara entrar fechava a porta.

— Há alguém? — perguntou Sikes.

— Não — respondeu uma voz que Oliver julgou ter ouvido antes.

— O velho está? — perguntou o ladrão.

— Sim — respondeu a voz —, e anda bem quieto. Ficará feliz em vê-lo.

O estilo de resposta e a voz pareciam familiares aos ouvidos de Oliver, mas era impossível distinguir o corpo do interlocutor no escuro.

— Traga uma vela — falou Sikes — ou vamos acabar quebrando o pescoço ou pisando no cão. E cuidado onde pisa!

— Espere um pouco, já vou buscar — respondeu a voz.

Ouviram-se os passos do interlocutor afastando-se. Um minuto depois, apareceu Jack Dawkins, o Malandro. Trazia na mão direita uma vela colocada na ponta de um pedaço de madeira.

O rapaz deu um sorriso irônico para Oliver e pediu aos outros que o acompanhassem. Atravessaram uma cozinha vazia e, abrindo a porta de uma sala com cheiro de umidade, que parecia ser construída num pequeno quintal, foram recebidos com gargalhadas.

— Ah, meu Deus! — exclamou mestre Charles Bates, que continuava rindo. — Aí está ele! Fagin, veja só isso! Não consigo me controlar, que engraçado!

Com essa irresistível ebulição de alegria, mestre Bates deitou-se no chão, chutando convulsivamente o ar por cinco minutos em êxtase. Enfim ficou de pé, tomou a vela do Malandro e, aproximando-se de Oliver, examinou-o, enquanto o judeu, tirando a touca de dormir, fez várias reverências ao pobre menino. O Malandro, que tinha um jeito soturno e raramente demonstrava alegria quando se tratava de negócios, conferiu os bolsos de Oliver com muita dedicação.

— Veja as roupas dele, Fagin! — exclamou Charley, aproximando tanto a vela do casaco novo de Oliver que quase o incendiou. — Que belo tecido, e que corte delicado! Que coisa! E os livros! Parece até um cavalheiro em miniatura, Fagin!

— Que prazer vê-lo vestido tão bem, amiguinho — disse o judeu, curvando-se humildemente. — O Malandro lhe dará outra roupa para não estragar esta. Por que não escreveu para avisar que vinha? Prepararíamos algo para o jantar.

A estas palavras, mestre Bates riu outra vez, tão alto que fez Fagin gargalhar. Até o Malandro sorriu, mas, como pegou a nota de cinco libras nesse momento, seria difícil saber qual foi a real causa de sua alegria.

— Ora, o que é isso? — perguntou Sikes, avançando enquanto o judeu pegava a nota. — Isto é meu, Fagin.

— Não, nada disso — disse o judeu. — É meu, Bill. Fique com os livros.

— Se isso não for meu — exclamou Bill Sikes, pondo seu chapéu com um ar determinado —, digo, meu e de Nancy, levo o garoto.

O judeu estremeceu. Oliver também, embora por um motivo bem diferente, pois esperava que a briga resultasse na sua liberdade.

— Vejamos! Vai me dar isso? — perguntou Sikes.

— Não é justo, Bill. Não acha, Nancy? — perguntou o judeu.

Recepção de Oliver por Fagin e os meninos.

— Justo ou não — retorquiu Sikes —, dê-me isso agora! Você acha que Nancy e eu não temos mais nada a fazer do que perder tempo espiando e raptando um garotinho por sua causa? Entregue-me logo isso, seu velho esquelético avarento!

Com essa amigável observação, o sr. Sikes tomou a nota da mão do judeu e, encarando o velho com frieza, dobrou-a e guardou.

— Isto é pela nossa parte — falou Sikes — e não vale nem a metade. Pode ficar com os livros, se gostar de ler. Caso contrário, venda-os.

— São muito bons — disse Charley Bates, fingindo ler um dos volumes de forma afetada. — Bela escrita, não acha, Oliver?

Ao ver o olhar consternado de Oliver, mestre Bates, que via graça em tudo, gargalhou novamente, de forma mais barulhenta do que antes.

— Os livros pertencem ao cavalheiro — disse Oliver, torcendo as mãos. — Ao bom e gentil senhor que me levou para casa e cuidou de mim quando eu estava quase morrendo de febre. Por favor, devolvam-lhe os livros e o dinheiro. Fico aqui por toda a vida, mas, por favor, devolvam-lhe tudo. Ele vai achar que os roubei. A velha senhora e todos os que foram tão amáveis comigo pensarão que os roubei. Ah, tenham pena de mim!

Com essas palavras pronunciadas com um grande pesar, Oliver ajoelhou aos pés do judeu, juntando as mãos em perfeito desespero.

— O menino tem razão — comentou Fagin, com um ar dissimulado e franzindo o cenho. — Tem razão, Oliver, *vão* pensar que você os roubou. Ha Ha — disse esfregando as mãos. — Não poderia ser melhor!

— Sem dúvida — respondeu Sikes. — Pensei nisso logo que o vi em Clerkenwell com os livros debaixo do braço. Estava tudo bem claro: são gente de coração mole ou não o teriam acolhido de forma alguma. Não virão procurá-lo, pois temem serem obrigados a levar o menino à prisão. Ele está seguro.

Oliver olhava para os dois enquanto essas palavras eram ditas, como se estivesse desnorteado sem compreender o que estava acontecendo, mas, quando Bill Sikes concluiu, o menino levantou-se de repente e saiu correndo pela sala, pedindo socorro, despertando ecos na velha casa.

— Segure seu cão, Bill! — gritou Nancy, saltando diante da porta e fechando-a enquanto o judeu e seus dois pupilos se atreviam a persegui-lo. — Ou ele vai partir o garoto em pedaços.

— Muito bem! — gritou Sikes, tentando se desvencilhar da moça. — Afaste-se de mim ou parto-lhe a cabeça contra a parede.

— Tanto faz, Bill — gritou a moça, lutando violentamente com o homem. — A criança não será atacada pelo cão, a menos que me mate primeiro.

— Farei isso, se você não sair da frente — falou Sikes, rilhando os dentes.

O ladrão jogou a moça para o fundo do quarto, assim que o judeu e os dois rapazes voltaram trazendo Oliver.

— O que aconteceu? — exclamou Fagin, olhando em volta.

— Acho que a moça enlouqueceu — respondeu Sikes, com ferocidade.

— Não, nada disso — defendeu-se Nancy, pálida e ofegante. — Não estou louca.

— Cale-se, está bem? — ordenou o judeu, com um olhar ameaçador.

— Não, também não me calarei — respondeu Nancy, num tom alto. — Vamos! O que acha disso?

O sr. Fagin conhecia suficientemente bem as mulheres para não prolongar a conversa. Com o objetivo de desviar a atenção do grupo, voltou-se para Oliver.

— Queria fugir, amiguinho? — perguntou o judeu, pegando um bastão que estava perto da lareira.

Oliver não respondeu. Ofegante, observou os movimentos do judeu.

— Queria pedir ajuda, chamar a polícia, não é? — zombou o judeu, pegando o menino pelo braço. — Vamos cuidar de você, jovenzinho.

O judeu desferiu uma paulada nos ombros de Oliver e estava levantando o bastão para dar outro golpe quando a moça correu até ele e tirou-lhe o bastão das mãos. Ela o atirou ao fogo com tal força que algumas brasas rodopiaram pelo quarto.

— Não ficarei parada vendo isso, Fagin — gritou a moça. — Você já tem o menino, o que mais deseja? Deixe-o em paz... ou irei à forca antes do tempo.

A moça bateu o pé no chão com violência enquanto proferia essa ameaça. Com os lábios e os punhos cerrados, pálida de raiva, encarou o judeu e o outro ladrão.

— Ora, Nancy! — exclamou o judeu, num tom manso, após uma pausa, durante a qual ele e o sr. Sikes entreolharam-se desconcertados. — Você me parece mais esperta do que nunca. Ha Ha Ha! Querida, está agindo muito bem.

— Sim! — exclamou a moça. — E não me provoque. Você se dará mal, Fagin, se tentar algo. E digo-lhe isso a tempo de se afastar de mim.

Há algo numa mulher irritada, especialmente se ela nutrir fortes paixões, os impulsos ferozes da imprudência e do desespero, que faz com que poucos homens ousem provocá-la. O judeu percebeu que seria inútil cometer outro erro em relação à veracidade da raiva da srta. Nancy e, recuando involuntariamente alguns passos, lançou um olhar meio suplicante e meio receoso a Sikes, como se insinuasse que ele era o mais apto a prosseguir o diálogo.

O sr. Sikes compreendeu esse mudo apelo e, possivelmente intuindo que seria interessante para manter seu orgulho pessoal e sua influência que a srta. Nancy cedesse, proferiu duas dúzias de pragas e ameaças, cuja rapidez e variedade refletiam sua fértil criatividade. Como não produziram efeito, recorreu a argumentos mais tangíveis.

— O que você quer dizer com isso? — perguntou Sikes, continuando a discussão rogando uma praga muito comum a respeito das mais belas características humanas, que, se fosse atendida apenas uma vez a cada cinquenta mil vezes que é proferida, tornaria a cegueira algo tão comum quanto o sarampo. — Não sabe quem é e o que é?

— Ah, sim, claro que sei — respondeu a moça, rindo histericamente e balançando a cabeça de um lado ao outro, com ares de indiferença.

— Pois bem, então acalme-se — disse Sikes, rosnando como quando se dirigia ao cão — ou vou acalmá-la por um bom tempo.

A moça riu outra vez, ainda menos composta do que antes e, dando um olhar furtivo a Sikes, virou o rosto de lado e mordeu os lábios até sangrarem.

— Você é muito boa — acrescentou Sikes, encarando-a com desprezo — para mostrar esse lado tão gentil e humano! Parece até que é amiga do garoto!

— Que Deus me ajude. Eu sou! — gritou a moça. — E preferiria morrer na rua ou trocar de lugar com aqueles de quem passamos tão perto esta noite a ter trazido este menino aqui. A partir de hoje, ele será visto como um ladrão, um mentiroso, um demônio, tudo de pior. E o velho maldito ainda quer agredi-lo?

— Certo, Sikes — disse o judeu, em tom de censura e encarando os rapazes, que ouviam tudo atentamente —, precisamos agir de forma civilizada, Bill.

— Agir de forma civilizada! — gritou a moça, cuja raiva era notória. — Seu patife! Sim, você deve me tratar com respeito. Roubo para você desde que era criança e não tinha a metade da idade deste garoto! Trabalho para você há doze anos. Estou mentindo?

— Ora, ora — respondeu o judeu, tentando acalmá-la —, mas este é seu sustento!

— Sim, é! — retrucou a moça, não falando, mas despejando as palavras num grito contínuo e veemente. — Essa é minha vida, e as ruas frias, molhadas e sujas são minha casa, e você é o desgraçado que me levou para isso e que me mantém vivendo desse jeito todos os dias até que eu morra!

— Poderá lhe acontecer algo pior — interrompeu o judeu, provocado por essas censuras — se continuar falando!

A moça não disse mais nada, mas, dominada pela raiva, arrancava os cabelos e rasgava o vestido. Avançou contra o judeu e provavelmente ficaria com marcas de sua vingança, se suas mãos não fossem contidas por Sikes no momento certo. Ela tentou resistir inutilmente e desmaiou.

— Ela se acalmou agora — falou Sikes, deitando-a num canto. — Tem muita força nos braços quando fica irritada.

O judeu enxugou a testa e sorriu, como se estivesse aliviado pela discussão ter acabado, mas nem ele, nem Sikes, nem o cão, nem os rapazes pareciam considerá-la sob qualquer outra luz que não fosse um incidente comum do ofício.

— É terrível ter de lidar com mulheres — disse o judeu, guardando o bastão —, mas são espertas, e não conseguimos seguir em frente sem elas. Charley, leve Oliver à cama.

— Suponho que é melhor ele não usar sua roupa nova amanhã — disse Charley Bates.

— Claro que não — respondeu o judeu, rindo.

Mestre Bates, aparentemente muito feliz com sua missão, pegou a vela e levou Oliver para uma cozinha contígua, onde havia duas ou três das camas em que ele dormira antes. Lá, após gargalhar incontrolavelmente, deu a Oliver a mesma roupa velha que a pobre criança se sentira tão feliz em se livrar na casa do sr. Brownlow e cuja exibição acidental, para Fagin, feita pelo judeu que as comprou, fora a primeira pista de seu paradeiro.

— Tire a roupa nova — disse Charley —, vou dá-la a Fagin. Que divertido!

O pobre Oliver obedeceu contra a vontade. Mestre Bates enrolou as roupas novas, colocou-as debaixo do braço e saiu, deixando Oliver trancado no escuro.

As risadas de Charley e a voz da srta. Betsy, conhecida como Bet, que oportunamente chegou para borrifar água na amiga e realizar outros cuidados femininos para ajudá-la a se recompor, poderiam manter muitas pessoas acordadas em circunstâncias mais felizes do que aquelas em que Oliver se encontrava. Mas ele se sentia mal e cansado e não demorou a dormir profundamente.

XVII

O DESTINO DESFAVORÁVEL DE OLIVER TRAZ A LONDRES UM GRANDE HOMEM PARA ARRUINAR SUA REPUTAÇÃO

É comum, no palco de todos os bons melodramas, alternar entre cenas trágicas e cômicas. O herói afunda em seu leito de palha, sobrecarregado por grilhões e infortúnios. Na cena seguinte, seu fiel e ignorante escudeiro alegra o público com uma canção cômica. Contemplamos a heroína à mercê de um barão orgulhoso e impiedoso, com sua honra e vida em perigo, pegando um punhal para preservar uma à custa da outra. Como as nossas expectativas aumentam, ouve-se um apito, e somos logo transportados ao grande salão de um castelo, onde um sujeito de cabelo empoado canta uma alegre canção com um divertido grupo de vassalos, que saem de todos os lugares, desde abóbadas de igrejas a palácios.

Tais mudanças parecem absurdas, mas não são tão incomuns e antinaturais quanto parecem à primeira vista. As transições na vida real não são menos assustadoras. Somos atores em vez de espectadores passivos, o que faz uma grande diferença. Os atores no teatro são contra as transições violentas e os impulsos abruptos de raiva ou paixão que, apresentados diante dos olhos de meros espectadores, são ao mesmo tempo vistos como ultrajantes e absurdos.

As mudanças bruscas de cena e as mudanças rápidas de tempo e lugar não são apenas utilizadas nos livros, mas também consideradas por muitos como a grande característica da arte da autoria. A habilidade de um autor no seu ofício, sendo considerada por tais críticos, perpassa pela estimada relação dos dilemas em que ele deixa seus personagens no final de cada capítulo; e esta breve introdução talvez seja considerada desnecessária. Se assim for, considere-a uma delicada insinuação por parte do autor, que retorna a história à cidade onde Oliver Twist nasceu. O leitor assume que existem boas e substanciais razões para fazer a viagem ou ele não seria convidado a continuar.

•••

O sr. Bumble saiu do asilo de manhã cedo, subindo a rua de forma majestosa. Andava orgulhoso, com seu chapéu de três bicos e seu casaco banhados pelos raios de sol, e segurava a bengala com a vigorosa tenacidade da saúde e do poder. Ele sempre mantinha a cabeça erguida, mas naquele dia estava mais aprumada que o normal. Havia uma profundidade em seu olhar, uma altivez, que podia anunciar a um estranho observador que os pensamentos do bedel eram grandes demais para se expressar.

O sr. Bumble não parou para conversar com os pequenos comerciantes e outras pessoas que costumavam falar com ele. Apenas respondeu às saudações com um aceno de mão e não afrouxou o passo até chegar à casa onde a sra. Mann cuidava das crianças pobres.

— Maldito bedel! Só pode ser ele a essa hora da manhã! — exclamou a sra. Mann ouvindo as familiares batidas na porta do jardim. — Olá, sr. Bumble, sabia que era o senhor! Que prazer em vê-lo, meu caro! Entre, por favor.

As primeiras frases foram dirigidas a Susan, e as exclamações de alegria foram proferidas ao sr. Bumble, enquanto a boa senhora abria a porta do jardim e acompanhava o bedel, com grande atenção e respeito, para dentro da casa.

— Bom dia, sra. Mann — disse o sr. Bumble, sentando-se lentamente numa poltrona.

— Bom dia, sr. Bumble — disse a sra. Mann, sorrindo —, espero que esteja bem!

— Mais ou menos, sra. Mann — respondeu o bedel. — Uma vida paroquial não é um mar de rosas.

— Ah, imagino, sr. Bumble — falou a senhora. — Todas as pobres crianças fariam coro se o tivessem ouvido.

— A vida paroquial — continuou o sr. Bumble, batendo na mesa com a bengala — é cansativa, entediante e difícil, e todos os funcionários públicos, como dizem, sofrem perseguições.

A sra. Mann, sem saber muito bem o que o bedel queria dizer, ergueu as mãos com um olhar de simpatia e suspirou.

— Ah! Isso é realmente motivo para suspirar, sra. Mann! — exclamou o bedel.

Percebendo que reagira bem, a sra. Mann suspirou outra vez, evidentemente para agradar o bedel, que, reprimindo um sorriso complacente e olhando com seriedade para seu chapéu de três bicos, disse:

— Sra. Mann, partirei para Londres.

— O quê? — indagou a sra. Mann.

— Partirei para Londres — repetiu o inflexível bedel. — Irei de coche, levando dois pobres! Uma ação legal foi tomada, e o conselho encarregou-me de acompanhar o processo perante o tribunal de Clerkenwell. Pergunto-me — acrescentou o sr. Bumble — se o tribunal de Clerkenwell pode lidar comigo.

— Ah! Não seja muito duro com eles, senhor — disse a sra. Mann.

— O tribunal se encarregará disso, senhora — respondeu o sr. Bumble —, e, se tudo correr pior do que o imaginado, o tribunal de Clerkenwell só terá a si mesmo para culpar.

Havia tanta determinação e profundidade de propósito na forma ameaçadora com que o sr. Bumble proferia essas palavras que a sra. Mann parecia bastante impressionada. Ela enfim respondeu:

— Vai de coche, senhor? Pensei que os pobres iam de carroça.

— Sim, estes levaremos de coche. Quando estão doentes, os transportamos em carroças abertas para que não fiquem resfriados — afirmou o bedel.

— Ah! — exclamou a sra. Mann.

— Estes vão de coche, por um preço baixo — disse o sr. Bumble. — Estão num estado muito deplorável, e achamos que seria duas libras mais barato transportá-los do que enterrá-los, isto é, se pudermos alocá-los em outra paróquia, o que acho que conseguiremos, a menos que morram no caminho para zombarem de nós. Ha Ha Ha!

Quando o sr. Bumble riu, seus olhos se voltaram ao chapéu de três bicos, e ele ficou sério.

— Estamos esquecendo os negócios — disse o bedel. — Eis seu subsídio mensal da paróquia.

O sr. Bumble tirou da carteira algumas moedas de prata enroladas num papel e pediu um recibo, que a sra. Mann entregou.

— Obrigada, sr. Bumble, agradeço — disse ela.

O sr. Bumble assentiu com a cabeça em reconhecimento ao agradecimento da sra. Mann e perguntou como estavam as crianças.

— Deus abençoe os pequeninos! — exclamou a sra. Mann, emocionada. — Vão muito bem! Exceto dois que morreram na semana passada. E o pequeno Dick.

— Ele não melhorou? — perguntou o sr. Bumble.

A sra. Mann balançou a cabeça.

— É uma criança mal condicionada, perversa e de índole ruim — disse o sr. Bumble, irritado. — Onde ele está?

— Vou chamá-lo — respondeu a sra. Mann. — Dick! Venha até aqui!

Após algum tempo, ela encontrou o menino. Depois de lhe lavar o rosto e enxugá-lo com seu vestido, a sra. Mann conduziu-o até o sr. Bumble.

A criança estava pálida e magra; as faces estavam encovadas, e os olhos eram grandes e brilhantes. A roupa da paróquia, o uniforme da miséria, apresentava-se largo no corpo fraco, e os braços e as pernas pareciam os membros de um velho.

Tal era o estado em que se encontrava a criaturinha que tremia sob o olhar do sr. Bumble, sem ousar erguer os olhos e temendo até mesmo ouvir a voz do bedel.

— Por que não olha para o cavalheiro, menino teimoso? — perguntou a sra. Mann.

A criança levantou humildemente a cabeça e encarou o sr. Bumble.

— Qual é seu problema, garoto? — perguntou o sr. Bumble, com ar de troça.

— Nenhum, senhor — respondeu a criança vagamente.

— Pois é — disse a sra. Mann, que, claro, rira da graça do sr. Bumble. — Não lhe falta nada.

— Eu queria... — balbuciou a criança.

— Veja só! — interrompeu a sra. Mann. — Vai dizer que precisa de alguma coisa?

— Espere, sra. Mann! — exclamou o bedel, erguendo a mão para demonstrar autoridade. — O que deseja?

— Eu queria — murmurou a criança — que alguém escrevesse algumas palavras num pedaço de papel, dobrasse-o, selasse-o e guardasse-o para mim quando eu estiver enterrado.

— Ora, mas o que significa isso, menino? — perguntou o sr. Bumble, impressionado com o jeito sincero e o desejo da criança.

— Eu queria — disse a criança — dizer ao meu amigo Oliver Twist quantas vezes chorei sozinho imaginando-o andando pelas ruas sem ninguém para ajudá-lo. E queria lhe dizer — continuou, juntando as mãozinhas e falando com grande fervor — que estou feliz por morrer jovem, pois, talvez, se eu crescesse e envelhecesse, minha irmãzinha que está no céu não me reconhecesse. É melhor que nos reencontremos como duas crianças.

O sr. Bumble encarou o pequeno orador dos pés à cabeça com um espanto indescritível e, voltando-se à sua companheira, disse:

— São todos iguais, sra. Mann. Aquele atrevido do Oliver desmoralizou a todos!

— Não acredito — disse a sra. Mann, levantando as mãos e lançando um olhar maligno a Dick. — Nunca vi um miserável tão reincidente!

— Leve-o daqui, senhora! — ordenou o sr. Bumble. — Isso precisa ser informado ao conselho.

— Espero que entendam que a culpa não é minha — falou a sra. Mann, choramingando de modo patético.

— Eles entenderão, senhora, e saberão a verdade — disse o sr. Bumble. — Agora, leve-o, não suporto vê-lo.

Dick foi levado e trancado no depósito de carvão. O sr. Bumble partiu pouco depois para se preparar para a viagem.

Às seis horas da manhã seguinte, o sr. Bumble, após ter trocado o chapéu de três bicos por um chapéu redondo e vestido um grande casaco azul, acompanhado dos pobres, acomodou-se no coche que o levaria a Londres.

Não encontrou contratempos no caminho, a não ser os provocados pelo comportamento perverso dos dois, que tremiam e reclamavam do frio, de uma maneira que fez o sr. Bumble comentar que era a reclamação deles que causava o frio, embora ele mesmo trajasse um grande casaco.

Após ter-se livrado daquelas pessoas mal-intencionadas durante a noite, o sr. Bumble hospedou-se numa estalagem onde o coche parara e comeu um jantar moderado, composto de filés com molho de ostras. Encheu um copo de gim, aproximou a cadeira da lareira e, depois de refletir a respeito dos aspectos morais do pecado da queixa, começou a ler um jornal.

O primeiro texto que viu foi o seguinte anúncio:

RECOMPENSA DE CINCO GUINÉUS

Um menino, chamado Oliver Twist, desapareceu de casa, na última quinta-feira à noite, em Pentonville, e desde então não se tem notícias dele. A recompensa acima será paga a qualquer pessoa que dê informações que levem ao paradeiro da criança ou esclareçam sua história, que o anunciante, por muitas razões, tem bastante interesse em saber.

Tal texto era seguido de uma descrição completa das roupas, da aparência e das circunstâncias do desaparecimento de Oliver, além do nome e do endereço do sr. Brownlow.

O sr. Bumble arregalou os olhos, leu e releu três vezes o anúncio de forma lenta e atenciosa; cinco minutos depois, estava a caminho de Pentonville, sem beber o gim.

— O sr. Brownlow está? — perguntou o sr. Bumble à criada que abriu a porta.

A essa pergunta, a criada respondeu de forma evasiva:

— Não sei, quem é o senhor?

Quando o sr. Bumble mencionou o nome de Oliver, a sra. Bedwin, que escutava da porta da sala, veio correndo e chegou ofegante para falar com o bedel.

— Entre, entre — disse a velha senhora. — Eu sabia que teríamos notícias dele. Pobrezinho! Eu sabia! Graças a Deus!

Dizendo isso, a digna senhora voltou apressadamente para a sala, sentou-se num sofá e irrompeu em lágrimas. A criada, que não era tão suscetível, subiu para avisar o sr. Brownlow e voltou para pedir ao sr. Bumble que a acompanhasse.

Ele foi conduzido ao pequeno gabinete onde se encontravam o sr. Brownlow e seu amigo, o sr. Grimwig, com copos diante deles. O sr. Grimwig exclamou:

— Um bedel. Um bedel ou como minha cabeça.

— Por favor, não nos interrompa agora — disse o sr. Brownlow. — Sente-se, por gentileza.

O sr. Bumble sentou-se, bastante confuso com a estranheza dos modos do sr. Grimwig. O sr. Brownlow posicionou a lamparina de modo a enxergar com clareza o rosto do bedel e disse, com um pouco de impaciência:

— O senhor veio por causa do anúncio?

— Sim, senhor — respondeu o sr. Bumble.

— O senhor é bedel, não é? — perguntou o sr. Grimwig.

— Sou um bedel de paróquia, cavalheiros — afirmou o sr. Bumble, orgulhoso.

— Mas é claro — observou o sr. Grimwig ao ouvido do amigo —, eu sabia disso. É claramente um bedel!

O sr. Brownlow balançou suavemente a cabeça para impor silêncio e continuou:

— Sabe onde se encontra aquele pobre menino?

— Não — respondeu o sr. Bumble.

— Ora, então o que sabe dele? — perguntou o cavalheiro. — Fale, meu amigo, se tiver alguma coisa a dizer. O que sabe?

— Imagino que nada positivo — comentou o sr. Grimwig, com sarcasmo, após olhar atentamente para o sr. Bumble.

O sr. Bumble balançou a cabeça com uma solenidade portentosa.

— Está vendo? — perguntou o sr. Grimwig, com um olhar de triunfo para o sr. Brownlow.

O sr. Brownlow encarou apreensivamente o sr. Bumble e pediu-lhe que dissesse o que sabia a respeito de Oliver, com o mínimo de palavras possível.

O sr. Bumble pousou o chapéu, desabotoou o casaco, cruzou os braços, inclinou a cabeça para trás e, após alguns momentos de reflexão, começou a falar.

Seria enfadonho transcrever as palavras do bedel, que demorou vinte minutos para contar seu relato. Em resumo, afirmou que Oliver era um enjeitado, nascido de pais baixos e vis. Que, desde seu nascimento, não mostrou qualidades melhores do que traição, ingratidão e malícia. Que ele terminara sua breve estada em sua cidade natal realizando um ataque sanguinário e covarde a um menino inofensivo e fugindo à noite da casa de seu amo. Como prova de que ele realmente era a pessoa que descrevia, o sr. Bumble pôs na mesa alguns papéis que trouxera à cidade. Cruzando os braços outra vez, esperou a reação do sr. Brownlow.

— Temo que tudo seja verdade — disse o cavalheiro, com pesar, após olhar os papéis. — Eis a recompensa por suas informações, mas eu lhe daria de bom grado o triplo deste valor, se o que dissesse fosse favorável ao menino.

É provável que, se o sr. Bumble soubesse disso antes, teria mudado seu relato. Mas era tarde demais para fazê-lo, então ele balançou a cabeça gravemente, guardou no bolso os cinco guinéus e retirou-se.

O sr. Brownlow andou de um lado para o outro durante alguns minutos, evidentemente tão abalado pela história do bedel que até mesmo o sr. Grimwig desistiu de irritá-lo ainda mais.

Parou e tocou a campainha vigorosamente.

— Sra. Bedwin — disse o sr. Brownlow quando a governanta apareceu —, aquele menino, Oliver, é um impostor.

— Impossível, senhor — disse a senhora, energicamente.

— É verdade — retorquiu o cavalheiro. — O que quer dizer com "impossível"? Acabamos de ouvir um relato completo desde seu nascimento, e ele tem sido um bandido a vida toda.

— Jamais acreditarei nisso — respondeu a velha senhora, com firmeza. — Jamais!

— Vocês velhas nunca acreditam em nada a não ser em médicos charlatães e em livros de histórias fantasiosas — vociferou o sr. Grimwig. — Eu sempre soube disso. Por que não me ouviram desde o início? Agiriam diferente se ele não estivesse com febre, não é? Parecia inocente, não é? Bobagem!

— Ele é uma criança boa, grata e gentil — retorquiu a sra. Bedwin, indignada. — Cuido de crianças há quarenta anos, e quem não faz o mesmo não devia dizer nada a respeito delas. Essa é minha opinião!

Este foi um golpe duro para o sr. Grimwig, que era solteiro. Como não obteve nada desse cavalheiro senão um sorriso, a velha balançou a cabeça e preparou-se para dar outro discurso quando foi detida pelo sr. Brownlow.

— Silêncio! — exclamou o cavalheiro, fingindo uma raiva que estava longe de sentir. — Nunca mais mencione o nome do menino. Isso é uma ordem. Nunca, sob pretexto algum! Agora saia, sra. Bedwin. E lembre-se, falo sério.

Alguns corações ficaram tristes na casa do sr. Brownlow naquela noite.

O coração de Oliver pesou ao pensar em seus bons amigos. Foi bom para ele desconhecer o que fora dito a seu respeito ou ficaria ainda mais abalado.

XVIII

COMO OLIVER PASSAVA O TEMPO NA COMPANHIA DE SEUS RESPEITÁVEIS AMIGOS

No dia seguinte, por volta do meio-dia, quando Malandro e mestre Bates saíram para suas ocupações habituais, o sr. Fagin aproveitou a oportunidade para dar a Oliver um longo sermão acerca do terrível pecado da ingratidão, no qual demonstrou claramente que o garoto era culpado por abandonar seus amigos e por tentar fugir, após cuidarem dele. O sr. Fagin deu grande ênfase ao fato de ter acolhido Oliver; afirmou que, sem sua ajuda oportuna, o garoto morreria de fome. Depois, contou-lhe a história tenebrosa de um menino que ele ajudara em outro momento e que, provando-se indigno de confiança e demonstrando um desejo de se comunicar com a polícia, infelizmente veio a ser enforcado. O sr. Fagin não procurou esconder sua parte na catástrofe, mas lamentou com lágrimas nos olhos que o comportamento errôneo e traiçoeiro do garoto em questão tornara necessário que ele fosse vítima de certas provas à coroa, que, se não fossem precisamente verdadeiras, eram indispensáveis à sua segurança — do sr. Fagin — e de alguns seletos amigos. O sr. Fagin concluiu descrevendo de forma bem desagradável o enforcamento e, de forma gentil e delicada, expressou seus desejos de que não queria ser obrigado a submeter Oliver Twist a tal desagradável punição.

O sangue do pequeno Oliver gelou ao ouvir as palavras do judeu, e o menino entendeu parcialmente as ameaças tenebrosas que lhe foram feitas. Que era possível que até mesmo a justiça confundisse os inocentes com os culpados, quando estavam em companhia acidental, ele já sabia; e que planos para liquidar pessoas que sabiam ou falavam de mais eram realmente elaborados pelo judeu, ele também não achava improvável, ao se lembrar da natureza das discussões entre aquele cavalheiro e o sr. Sikes, que pareciam ter referência a alguma conspiração incomum. Quando Oliver ergueu timidamente a cabeça e encontrou o olhar do judeu, o garoto sentiu que seu rosto pálido e seus membros trêmulos não passavam despercebidos por aquele velho e cauteloso cavalheiro.

O judeu, sorrindo asquerosamente, deu um tapinha na cabeça de Oliver e disse que, se continuasse em silêncio e se dedicasse aos negócios, eles seriam bons amigos. Então, pegando o chapéu e colocando um velho casaco remendado, saiu e trancou a porta.

Assim, Oliver permaneceu aquele dia inteiro e a maior parte dos dias seguintes sem ver ninguém da manhã até a noite. O garoto ficou só com seus pensamentos, os quais voltavam-se a seus amáveis amigos e à opinião negativa que deviam ter dele.

Uma semana depois, o judeu deixou a porta do quarto destrancada, e Oliver pôde vagar pela casa.

Era um lugar muito sujo. Os quartos de cima tinham grandes chaminés e portas largas, com paredes revestidas de painéis que, apesar de estarem escuras pelo tempo e empoeiradas, eram ornamentadas de várias maneiras. Oliver concluiu que há muito tempo, antes do nascimento do velho judeu, a casa pertencia a pessoas abastadas e talvez fosse mais alegre e bonita, e não sombria e triste como agora.

As aranhas tinham tecido suas teias nos ângulos das paredes e no teto. Às vezes, quando Oliver entrava num cômodo, ratos corriam pelo chão, voltando assustados para seus buracos. Com a exceção dele, não vira nem ouvira nenhum ser vivo. Muitas vezes, quando escurecia e ele estava cansado de vagar de quarto em quarto, agachava-se no canto da passagem para a porta da rua para ficar o mais perto possível das pessoas e ficava lá prestando atenção e contando as horas até o judeu ou os meninos voltarem.

Em todos os cômodos, as janelas permaneciam fechadas. Eram pregadas com madeira, e a única luz que penetrava no ambiente vinha de alguns buracos no teto, tornando os quartos mais escuros e os enchendo de estranhas sombras. Havia um sótão com uma janela gradeada. Lá, Oliver olhava melancólico para longe por horas, mas via apenas uma massa amorfa de telhados e chaminés enegrecidas. Às vezes, via uma cabeça empoada espreitando sobre o muro de uma casa distante, mas logo desaparecia. Como a janela do observatório de Oliver estava pregada e suja pela chuva e pelo tempo, o máximo que ele podia fazer era ver as formas dos diferentes objetos, sem fazer qualquer tentativa de ser visto ou ouvido.

Certo dia, em que o Malandro e o mestre Bates passariam a noite fora, o Malandro pensou em se arrumar mais do que de costume (para fazer-lhe justiça, ele não costumava demonstrar essa fraqueza). Assim, chamou Oliver para ajudá-lo.

Oliver sentiu-se feliz por ser útil. Alegrava-se em ver rostos, por piores que fossem. Desejava se conciliar com aqueles que o rodeavam, então atendeu ao pedido. Expressando seu desejo de ser útil, ajoelhou-se no chão, enquanto Malandro sentava-se em cima da mesa, para limpar-lhe as botas.

Sem saber se foi a sensação de liberdade e independência que um animal racional sente quando se senta numa mesa tranquilamente fumando cachimbo, balançando uma perna descuidadamente de um lado para o outro e após ter suas botas limpas, sem se dar ao trabalho de tirá-las ou de calçá-las para abalar suas reflexões ou se foi o tabaco que acalmou os sentimentos do Malandro ou a cerveja que apaziguou seus pensamentos, ele demonstrou um comportamento estranho ao seu jeito de ser habitual. Encarou Oliver, com um semblante pensativo, brevemente, e então, erguendo a cabeça e suspirando, disse, metade em abstração e metade para mestre Bates:

— É uma pena ele não ser como nós!

— Ah! — exclamou mestre Bates. — Ele não sabe o que está perdendo.

Malandro suspirou outra vez e pegou seu cachimbo, assim como Charley Bates. Ambos fumaram em silêncio por alguns instantes.

— Acho que você nem sabe o que fazemos para viver — disse o Malandro.

— Faço ideia — respondeu Oliver, erguendo a cabeça. — Vocês são... ladrões. Não é? — perguntou Oliver, certificando-se.

— Sim — respondeu Malandro. — E eu odiaria fazer qualquer outra coisa.

Mestre Bates explica um tecnicismo profissional.

O sr. Dawkins pôs o chapéu na cabeça após expressar esse sentimento e olhou para o mestre Bates, como se o desafiasse a dizer o contrário.

— Sou ladrão — afirmou Malandro. — Charley também. Tal como Fagin. Tal como Sikes. Tal como Nancy. Tal como Bet. Todos somos, até mesmo o cão!

— Que é o menos provável de nos trair — acrescentou Charley Bates.

— Não ladraria num banco de testemunhas por medo de se comprometer. Não, nem se o prendessem por quinze dias ele abriria o focinho — disse o Malandro.

— Verdade — observou Charley.

— É um cachorro esquisito. Fica feroz quando alguém ri ou canta perto dele! — prosseguiu o Malandro. — Mas não late quando ouve violino! E não gosta de outros cães que não são da sua raça!

— É um verdadeiro cristão — disse Charley.

Essa foi apenas uma homenagem aos atributos do animal, mas poderia ser entendida de outra forma, se o mestre Bates soubesse que há muitas damas e cavalheiros que se dizem verdadeiros cristãos e não guardam nenhuma semelhança com o cão do sr. Sikes.

— Ora, ora — disse o Malandro, retomando o ponto do qual se desviara, dando atenção ao seu ofício —, isso não poderia ser feito por este ingenuozinho aqui.

— Sem dúvida — disse Charley. — Por que não trabalha para Fagin, Oliver?

— E ganhar mais do que já imaginou — acrescentou o Malandro.

— E assim poderia aposentar-se e viver como um fidalgo algum dia — disse Charley Bates.

— Não quero — respondeu Oliver, timidamente. — Prefiro ir embora daqui.

— E Fagin prefere que fique! — retorquiu Charley.

Oliver sabia disso, mas, imaginando que seria perigoso expressar abertamente seus sentimentos, suspirou e continuou a limpar as botas.

— Vá! — exclamou Malandro. — Onde está sua coragem? Não tem orgulho próprio? Quer viver dependendo de seus amigos?

— Ah, esqueça isso! — exclamou mestre Bates, tirando dois ou três lenços de seda do bolso e pondo-os no armário — Isso é terrível.

— Não consigo entender — disse Malandro, com um ar de altivez.

— Vocês podem abandonar seus amigos — disse Oliver, esboçando um sorriso —, e deixarem que sejam punidos pelo que fizeram.

— Isso — respondeu Malandro, fumando o cachimbo — foi por consideração a Fagin, pois a polícia sabe que trabalhamos juntos, e ele se meteria em problemas se fugíssemos, não é, Charley?

Mestre Bates assentiu com a cabeça e teria falado, mas, lembrando-se de repente da fuga de Oliver, engoliu a fumaça que estava inalando e começou a tossir e a rir por cerca de cinco minutos.

— Olhe isto aqui! — exclamou Malandro, tirando do bolso um punhado de xelins e pence. — Isto é uma boa vida! Como consegui isto? Veja, pegue, há bem mais. Não quer, não é? Ah, seu tonto!

— Você acha errado, não é, Oliver? — perguntou Charley Bates. — Ele vai acabar esperneando lá do alto, não é?

— Não entendo — respondeu Oliver.

— Algo assim, amiguinho — disse Charley.

Mestre Bates pegou uma ponta do lenço e, segurando-a reta no ar, deixou cair a cabeça sobre o ombro e rilhou os dentes, indicando assim, por uma vívida representação pantomímica, que espernear do alto e ser enforcado era a mesma coisa.

— Entendeu? — indagou Charley. — Veja como ele me encara, Jack! Nunca vi alguém tão inocente. Desse jeito, ele me mata.

Mestre Bates, após gargalhar novamente, continuou a fumar, com lágrimas nos olhos.

— Você não recebeu a instrução correta — disse Malandro, levantando as botas com muita satisfação, após serem polidas por Oliver. — Fagin lhe encontrará alguma utilidade ou você será o primeiro a quem ele não encontrou uma forma de ganhar dinheiro. É melhor aprender algo rápido, você está perdendo tempo, Oliver.

Mestre Bates apoiou esse conselho com diversas advertências morais. Depois, ele e o sr. Dawkins começaram a descrever os diversos prazeres incidentais à vida que levavam, aconselhando a Oliver que o melhor que ele poderia fazer era cair nas graças de Fagin o quanto antes pelos meios que eles haviam empregado.

— E tenha isso bem guardado na cachola, Oliver — disse Malandro quando ouviram o judeu abrir a porta.

— Ele não entende — interrompeu o mestre Bates.

— Se você não pegar lenços e relógios — disse Malandro — outros o farão.

— Com certeza! — exclamou o judeu, que entrara sem ser visto por Oliver. — Ouça o Malandro. Ha Ha Ha! Ele sabe tudo.

O velho esfregou as mãos alegremente, apoiando o raciocínio de Malandro, e riu com deleite com a proficiência de seu discípulo.

A conversa não prosseguiu, pois o judeu voltara para casa acompanhado da srta. Betsy e de um senhor que Oliver nunca vira antes, mas que foi chamado de Tom Chitling pelo Malandro e que, após ter parado na escada para cortejar a moça, enfim entrou.

O sr. Chitling era mais velho do que o Malandro, talvez tivesse dezoito anos, mas havia um grau de deferência em seu comportamento em relação ao jovem cavalheiro que parecia indicar que ele se sentia consciente de uma ligeira inferioridade sua em relação à genialidade e às habilidades profissionais do outro. Tinha pequenos olhos cintilantes e um rosto marcado por espinhas, usava um gorro de pele, um casaco de camurça escuro, calças e um avental. Sua vestimenta, na verdade, não combinava muito, mas ele se desculpou ao grupo declarando que acabara o tempo uma hora antes e que, por ter usado por seis semanas a roupa que ditava o regulamento, não dera atenção ao que vestira. O sr. Chitling acrescentou, irritadiço, que lá haviam adotado uma nova forma de fumigar as roupas infernalmente inconstitucional, pois queimava-as. Também se queixou do método que usavam para cortar o cabelo, o qual ele julgava ilegal. O sr. Chitling concluiu afirmando que não bebera nada por 42 longas horas de trabalho forçado e que estava com a boca seca.

— De onde acha que veio o cavalheiro, Oliver? — perguntou o judeu, sorrindo, enquanto os outros rapazes colocavam uma garrafa de bebida alcoólica na mesa.

— Não sei, senhor — respondeu Oliver.

— Quem é ele? — perguntou Tom Chitling, olhando Oliver com desprezo.

— Um novo amigo meu — respondeu o judeu.

— Tem sorte então — disse o rapaz, lançando um olhar significativo a Fagin. — Não importa de onde eu venho, você acabará lá em breve. Aposto uma coroa!

Os rapazes riram. Após mais algumas piadas a respeito do mesmo assunto, trocaram alguns pequenos sussurros com Fagin e se retiraram.

Depois de Tom e Fagin conversarem em particular, aproximaram as cadeiras da lareira, e o judeu, que chamou Oliver para vir se sentar ao seu lado, começou a falar acerca das grandes vantagens do ofício, da proficiência de Malandro, da amabilidade de Charley Bates e da sua liberdade. A srta. Betsy retirou-se para descansar.

Desse dia em diante, Oliver raramente ficou sozinho. Estava sempre em contato com os dois rapazes, que faziam a velha encenação com o judeu todos os dias. Se para seu aperfeiçoamento ou para o de Oliver, somente o sr. Fagin sabia. Às vezes, o velho lhes contava histórias de roubos que cometera na juventude de um jeito tão engraçado e curioso que Oliver não podia conter o riso e mostrar que se divertia apesar de tudo o que sentia.

Em resumo, o velho judeu astuto preparava o menino para seu ofício. Após preparar sua mente, promovendo-lhe solidão e tristeza, para preferir qualquer sociedade à companhia de seus pensamentos tristes em um lugar tão sombrio, estava lentamente instilando em sua alma o veneno que, como ele esperava, fosse capaz de corrompê-lo e mudá-lo para sempre.

XIX

DISCUSSÃO E ADOÇÃO DE UM PLANO NOTÁVEL

Era uma noite fria, chuvosa e com muito vento, quando o judeu, após abotoar seu sobretudo em seu corpo enrugado e levantar bem a gola de modo a esconder completamente a parte inferior de seu rosto, saiu de seu covil. Parou na soleira para trancar a porta e seguiu pela rua o mais rápido que pôde.

A casa onde Oliver fora enviado ficava no bairro de Whitechapel. O judeu parou por um instante na esquina da rua e, olhando com desconfiança ao seu redor, atravessou e seguiu para Spitalfields.

A lama se espalhava sobre a calçada, e uma névoa pairava sobre as ruas. A chuva caía lentamente, e tudo parecia frio e úmido. Era como se a noite estivesse adequada para aquele judeu agir.

Enquanto se esgueirava furtivamente, caminhando próximo às paredes, o velho horrendo parecia um réptil odioso engendrado na lama e nas sombras, buscando vísceras para se alimentar.

Continuou por muitas ruas sinuosas e estreitas até chegar a Bethnal Green. Então, virando de repente à esquerda, seguiu por um labirinto de ruas sujas que abundam naquele quarteirão vizinho e densamente povoado.

O judeu estava evidentemente familiarizado com o chão que percorria para sentir-se perdido pela escuridão da noite ou pelos meandros do caminho. Andou por vários becos até chegar em uma rua iluminada apenas por uma única lamparina num ponto distante. Bateu à porta de uma casa desta rua e, após conversar com a pessoa que a abriu, subiu a escada.

Um cão rosnou enquanto tocava no ferrolho da porta de um quarto, e a voz de um homem perguntou quem chegara.

— Sou eu, Bill — disse o judeu, olhando para dentro do quarto.

— Entre — falou Sikes. — Quieto, animal estúpido! Não reconhece o diabo vestido com um grande casaco?

Aparentemente, o cão enganara-se pela roupa do sr. Fagin, pois depois que o judeu desabotoou o casaco e o atirou sobre as costas de uma cadeira, o animal retirou-se para o canto de onde se levantara, balançando o rabo para mostrar que estava feliz.

— E então? — falou Sikes.

— Então, meu caro... — respondeu o judeu. — Ah! Nancy.

Isso foi dito com um tom de embaraço suficiente para implicar uma dúvida a respeito de sua recepção, pois o sr. Fagin e a moça ainda não tinham se encontrado desde que ela interferira a favor de Oliver. Todas as dúvidas acerca do assunto, se é que ele tinha alguma, foram rapidamente dissipadas pelo comportamento da moça. Ela tirou os pés do guarda-fogo, recuou a cadeira e pediu a Fagin que se aproximasse, sem dizer mais nada, pois era uma noite fria.

— Que frio, Nancy — disse o judeu, aquecendo as mãos magras no fogo.

— Dê-lhe algo para beber, Nancy — disse o sr. Sikes. — Vamos! Basta um homem adoecer para ver sua carcaça velha e magra estremecer, como um fantasma assustado que acabou de se levantar da cova.

Nancy trouxe rapidamente do armário uma garrafa. Sikes encheu um copo de conhaque para o judeu.

— Muito obrigado, Bill — respondeu o judeu, pousando o copo após apenas encostar os lábios.

— Ora! Está com medo? — perguntou Sikes, encarando o judeu. — Argh!

Com um grunhido rouco de desprezo, o sr. Sikes pegou o copo e descartou o conteúdo, como uma cerimônia preparatória para enchê-lo outra vez para si mesmo, o que fez logo depois.

O judeu olhou ao redor da sala enquanto seu companheiro enchia o segundo copo. Não o fazia por curiosidade, pois já o vira muitas vezes, mas da forma inquieta e desconfiada que lhe era habitual. Era um apartamento pouco mobiliado, com nada mais que o conteúdo do armário para induzir a crença de que seu ocupante não passava de um trabalhador e sem mais artigos suspeitos expostos além de dois ou três porretes robustos que estavam num canto e um salva-vidas pendurado sobre a chaminé.

— Vamos — disse Sikes. — Agora estou pronto.

— Para falar de negócios? — perguntou o judeu.

— Sim — respondeu Sikes. — Diga o que deseja.

— É a respeito daquela casa em Chertsey — disse o judeu, aproximando a cadeira e falando em voz baixa.

— Sim. O que tem ela? — perguntou Sikes.

— Ah! Você sabe o que quero dizer — disse o judeu. — Ele sabe, não é, Nancy?

— Não, ele não sabe — zombou o sr. Sikes. — Ou não quer saber, dá no mesmo. Fale e chame as coisas pelo nome certo. Não fique aí parado, dando piscadelas e falando em enigmas, como se você não fosse o primeiro a pensar nesse roubo. O que quer dizer?

— Silêncio, Bill! — exclamou o judeu, que em vão tentara conter a indignação de Sikes. — Alguém pode estar nos ouvindo.

— Que ouçam! — falou Sikes. — Não me importa.

Mas como o sr. Sikes na verdade se importava, ao pensar melhor, abaixou o tom e acalmou-se.

— Ora — disse o judeu, persuasivo. — Quis apenas ser cauteloso, só isso. Bem, sobre aquela casa em Chertsey, quando agiremos, Bill? Quando? Que prataria, meu amigo, que prataria! — exclamou, esfregando as mãos e erguendo as sobrancelhas num êxtase antecipado.

— Não faremos nada — respondeu Sikes com frieza.

— Não faremos nada?! — repetiu o judeu, inclinando-se para trás em sua cadeira.

— Não, não faremos — confirmou Sikes. — Pode não ser o que esperamos.

— Não me diga! — exclamou o judeu, empalidecendo de raiva.

— Digo, sim — retorquiu Sikes. — Quem é você para me dizer o contrário? Digo-lhe que Toby Crackit anda rondando o local há quinze dias e não consegue tornar cúmplice nenhum criado.

— Você quer me dizer, Bill — disse o judeu, acalmando-se à medida que o outro se irritava —, que nenhum dos dois criados pode ser comprado?

— Sim — respondeu Sikes. — Trabalham para a velha há vinte anos e não se venderiam nem por quinhentas libras.

— Mas, meu caro — insistiu o judeu —, nem as mulheres podem ser compradas?

— Não — respondeu Sikes.

— Nem se fossem cortejadas por Toby Crackit? — perguntou o judeu incrédulo. — Você sabe como as mulheres são, Bill.

— Não, nem se fossem seduzidas por Toby Crackit — respondeu Sikes. — Ele disse que usou suíças postiças e um colete canário, vadiou pelo local por um bom tempo e não serviu para nada.

— Devia tentar bigodes e usar uma calça militar — disse o judeu.

— Ele já tentou e não adiantou — explicou Sikes.

O judeu ficou sem reação. Após refletir por alguns minutos com o queixo afundado no peito, levantou a cabeça e disse, após um suspiro profundo, que se o relato do galante Toby Crackit fosse verdadeiro, o negócio estaria frustrado.

— No entanto — disse o velho, levando as mãos aos joelhos — é triste perder tanto quando pensávamos que poderíamos ganhar.

— Pois é — disse o sr. Sikes. — Que azar!

Seguiu-se um longo silêncio, durante o qual o judeu mergulhou em pensamentos profundos, com o rosto enrugado numa expressão de maldade bastante demoníaca. De tempos em tempos, Sikes o olhava furtivamente. Nancy, temendo irritar o malfeitor, permaneceu parada observando a lareira, como se não ouvisse nada da conversa.

— Fagin — falou Sikes, rompendo o silêncio prevalecente —, ganharei cinquenta soberanos a mais se decidir participar?

— Sim — disse o judeu, empolgando-se de repente.

— Trato feito? — perguntou Sikes.

— Sim — afirmou o judeu, com os olhos brilhando e contraindo cada músculo do rosto, empolgado pelo acordo.

— Então — falou Sikes, repelindo a mão do judeu, com algum desdém —, vamos quando quiser. Na noite passada, Toby e eu escalamos o muro do jardim e sondamos as portas e as janelas. A casa de noite fica protegida como se fosse uma prisão, mas há um local por onde podemos tentar entrar sem perigo.

— Por onde, Bill? — perguntou o judeu, avidamente.

— Ora — sussurrou Sikes —, atravessando o gramado...

— Mesmo? — perguntou o judeu, inclinando a cabeça para a frente, com os olhos quase saltando.

— Hunf! — exclamou Sikes, parando quando a moça apontou com um sinal de cabeça para que olhasse a cara do judeu. — Não importa por onde. Você não fará nada sem mim. Sei que é melhor ser cauteloso quando se trata de você.

— Como quiser, meu caro — respondeu o judeu. — Ninguém mais participará além de você e Toby?

— Bem, ainda precisamos de um garoto — falou Sikes.

— Um garoto! — exclamou o judeu. — Ah! Há algum lugar estreito para atravessar?

— Não importa! — respondeu Sikes. — Preciso de um menino magro. Meu Deus! Se ao menos tivesse ficado com aquele rapazinho do Ned, o limpador de chaminés! Ele se oferecia para esse tipo de serviço, mas o pai deixou-se agravar, e depois o garoto foi levado pela sociedade dos jovens delinquentes para ser ensinado a ler e a escrever e com o tempo transformado em um aprendiz. É o que eles fazem — disse o sr. Sikes, irritando-se ao lembrar de seus erros. — Se tivessem dinheiro suficiente, graças a Deus eles não têm, nós não teríamos meia dúzia de crianças por ano conosco.

— Não teríamos — concordou o judeu, que se distraíra refletindo durante o discurso e só ouvira a última frase. — Bill!

— O que foi? — perguntou Sikes.

O judeu fez um sinal com a cabeça apontando para Nancy, que ainda contemplava a lareira, sugerindo que ele a mandasse se retirar. Sikes encolheu os ombros impacientemente, como se achasse desnecessária a precaução, mas obedeceu, pedindo à srta. Nancy que lhe fosse buscar uma garrafa de cerveja.

— Você não quer cerveja — disse Nancy, cruzando os braços, sem sair do lugar.

— É claro que quero! — respondeu Sikes.

— Bobagem — replicou a moça com frieza. — Vamos, Fagin. Sei o que ele vai dizer, Bill, ele não precisa se preocupar comigo.

O judeu ainda hesitava. Sikes olhou para os dois com alguma surpresa.

— Ora, você não se importa com a presença dela, não é, Fagin? — perguntou enfim. — Conhece-a há tempo suficiente para confiar nela. Ela ficará de boca fechada, não é, Nancy?

— Não direi nada — respondeu a moça, aproximando a cadeira da mesa e pondo os cotovelos sobre o móvel.

— Não, não, eu sei — disse o judeu — Mas...

O velho calou-se outra vez.

— Mas o quê? — perguntou Sikes.

— Não sei se ela ainda está fora de si, como na outra noite — respondeu o judeu.

Após essa confissão, a srta. Nancy irrompeu numa gargalhada e, bebendo um copo de conhaque, balançou a cabeça com ar de desafio e proferiu diversas exclamações como "Vamos em frente!" e "A vida continua!". Isso pareceu tranquilizar ambos os senhores, pois o judeu assentiu com a cabeça com um ar satisfeito e voltou a se sentar, bem como o sr. Sikes.

— Fagin — disse Nancy, rindo —, fale de Oliver a Bill!

— Ah! Você é esperta, querida, a moça mais sagaz que já vi! — exclamou o judeu, dando-lhe palmadinhas no pescoço. — *Era* precisamente de Oliver que ia falar. Ha Ha Ha!

— O que tem ele? — indagou Sikes.

— Ele é perfeito para o que você pretende — respondeu o judeu, num sussurro rouco, gesticulando como se a informação devesse permanecer em sigilo e dando um sorriso assustador.

— Ele! — exclamou Sikes.

— Leve-o, Bill! — disse Nancy. — Eu o levaria. Ele pode não ser tão esperto quanto os outros, mas não é disso que você precisa. Ele só precisará abrir uma porta. Para isso, pode contar com ele.

— É mesmo — comentou Fagin. — Ele tem treinado nas últimas semanas e está na hora de começar a trabalhar. Além disso, os outros são grandes demais.

— Bem, ele realmente tem a estatura ideal — disse o sr. Sikes.

— E fará tudo o que quiser, Bill — interrompeu o judeu —, ele não decide por si mesmo. Isto é, se você o assustar o suficiente.

— Assustá-lo! — repetiu Sikes. — Vai se assustar com certeza. Se agir de forma suspeita, não voltará vivo. Pense nisso, antes de enviá-lo. Guarde minhas palavras — disse o ladrão, apontando-lhe um pé de cabra, que tirara de debaixo da cama.

— Já pensei em tudo — disse o judeu, com energia. — Tenho vigiado o menino de perto. Ao perceber que é um de nós, ele se convencerá de que é um ladrão e ficará do nosso lado para sempre! Oh! Não podia ter acontecido algo melhor!

O velho cruzou os braços sobre o peito, abaixou a cabeça e estremeceu de alegria.

— Nosso? — indagou Sikes. — Seu, você quis dizer.

— Talvez, meu caro — disse o judeu, com um risinho estridente. — Meu, se preferir.

— Por que — perguntou Sikes, encarando ferozmente o velho — fica tão feliz por cooptar aquele garoto, quando sabe que há cinquenta meninos como ele circulando por Common Garden todas as noites?

— Porque esses não me servem de nada, meu caro — respondeu o judeu, um pouco confuso. — Não valem a pena ser aliciados. A aparência deles já os condena quando se metem em problemas e perco todos. Mas esse menino, quando estiver bem treinado, poderá fazer o que vinte deles não conseguiriam. Além disso — disse o judeu, recuperando o autocontrole —, ele está conosco agora e, se fugir, estaremos perdidos. Basta ele participar de um assalto para permanecer conosco, é tudo o que eu quero. Isso é bem melhor do que nos livrarmos dele. Perderíamos com isso e seria muito perigoso.

— Quando ocorrerá o roubo? — perguntou Nancy, interrompendo o sr. Sikes, que ia expressar o desgosto que sentia com a humanidade de Fagin.

— Ah, é mesmo — disse o judeu. — Quando será, Bill?

— Combinei com Toby que seria depois de amanhã — replicou Sikes, com a voz soturna —, a menos que recebesse ordens diferentes.

— Bom — disse o judeu —, não há luar.

— Não — respondeu Sikes.

— Aceitará levar o pequenino, não é? — perguntou o judeu.

Sikes assentiu com a cabeça.

— E a respeito...

— Ah, tudo já está combinado — respondeu Sikes, interrompendo-o. — Não importa os detalhes. É melhor trazer o menino aqui amanhã à noite. Sairei de madrugada.

Após uma conversa entre os três, ficou acordado que Nancy iria à casa do judeu na noite seguinte para buscar Oliver. Fagin observou que, se o menino demonstrasse qualquer relutância à tarefa, estaria mais disposto a acompanhar a moça que intercedera a seu favor. Foi também combinado que o pobre Oliver deveria, para os fins da expedição contemplada, ser entregue sem reservas aos cuidados e à custódia do sr. William Sikes e, ainda, que o dito Sikes deveria tratá-lo como julgasse conveniente e não seria responsabilizado pelo judeu por qualquer infortúnio ou mal que lhe ocorresse, sendo entendido que, para tornar o pacto a esse respeito vinculativo, quaisquer representações feitas pelo sr. Sikes no seu retorno seriam confirmadas e corroboradas em todos os detalhes importantes pelo testemunho de Toby Crackit.

Acordadas essas condições, o sr. Sikes bebeu seu conhaque com avidez e começou a cantar e a praguejar. Empolgado, insistiu em examinar sua caixa de ferramentas para arrombar a casa. Apenas a tinha aberto para explicar a natureza e as propriedades dos vários objetos e suas belezas peculiares quando caiu no chão e dormiu.

— Boa noite, Nancy — disse o judeu, vestindo o casaco.

— Boa noite.

Entreolharam-se, e o judeu a escrutinou. A moça não hesitou. Revelava-se tão verdadeira e sincera no assunto quanto Toby Crackit.

O judeu desejou-lhe boa-noite outra vez, deu um pontapé no corpo inerte do sr. Sikes enquanto ela estava de costas e retirou-se.

"É sempre assim!", pensou o judeu, no caminho para casa. "O pior nas mulheres é que uma coisinha à toa evoca um sentimento esquecido há muito tempo, o bom é que isso não dura muito. Ha Ha! O homem contra uma criança, por um saco de ouro!"

Com essas reflexões agradáveis, o sr. Fagin seguiu pela lama até seu soturno lar, onde Malandro esperava impacientemente seu retorno.

— Oliver está dormindo? Quero falar com ele — disse o judeu ao entrar.

— Deitou-se já faz tempo — respondeu Malandro, abrindo uma porta. — Ele está ali.

O menino dormia em um colchão posto no chão. Encontrava-se tão pálido devido à ansiedade, à tristeza e ao cativeiro que parecia um cadáver; não como se mostra no sudário e no caixão, mas no disfarce que usa quando a vida acaba de partir, quando uma alma jovem e pura voa até o céu, sem que o ar grosseiro do mundo tenha tido tempo de lançar seu hálito sobre as partículas que ela santificava.

— Agora não — disse o judeu, afastando-se. — Amanhã. Amanhã.

XX

OLIVER É ENTREGUE AO SR. WILLIAM SIKES

Quando Oliver acordou de manhã, ficou muito surpreso ao descobrir que um novo par de sapatos, com solas grossas e fortes, fora colocado ao pé da cama e que seus sapatos velhos foram retirados. A princípio, ficou feliz com a descoberta, esperando que isso fosse o prelúdio de sua liberdade, mas tais pensamentos dissiparam-se rapidamente durante o café da manhã com o judeu, que lhe disse, num tom e num jeito que aumentou seu receio, que seria levado à casa de Bill Sikes naquela noite.

— Irei morar lá, senhor? — perguntou Oliver, apreensivo.

— Não, nada disso, amiguinho — respondeu o judeu. — Não queremos perdê-lo. Não tema, você voltará. Ha Ha Ha! Não somos tão cruéis a ponto de mandá-lo embora.

O velho, que se inclinava sobre a lareira para tostar uma fatia de pão, riu para mostrar que sabia que o garoto adoraria escapar dali.

— Suponho — disse o judeu, olhando fixamente para Oliver — que queira saber por que irá para a casa de Bill, não é?

Oliver enrubesceu involuntariamente, percebendo que o velho ladrão lera seus pensamentos. Mas, de forma ousada, respondeu que queria saber o motivo.

— Ora, não faz ideia? — perguntou Fagin.

— Na verdade, não, senhor — respondeu Oliver.

— Ah! — exclamou o judeu, voltando-se desapontado após uma leitura atenta do rosto do menino. — Espere até que Bill lhe explique tudo.

O judeu pareceu se irritar por Oliver não expressar mais curiosidade a respeito do assunto, mas a verdade é que, embora Oliver se sentisse muito ansioso, estava muito abalado com os olhares de Fagin e suas próprias especulações para fazer qualquer outra pergunta naquele momento. Não teve outra oportunidade, pois o judeu permaneceu calado até a noite, quando se preparou para sair.

— Pode acender uma vela — disse o judeu, pondo uma na mesa. — E aqui está um livro para você ler até que venham buscá-lo. Boa noite!

— Boa noite! — respondeu Oliver, baixinho.

O judeu caminhou até à porta, olhando por cima do ombro para o menino. De repente, parou e chamou-o pelo nome.

Oliver ergueu a cabeça. O judeu, apontando para a vela, fez-lhe um gesto para pegá-la. Ao pôr o candelabro na mesa, viu que o judeu o olhava fixamente, franzindo as sobrancelhas.

— Cuidado, Oliver! — exclamou o velho, apertando a mão direita diante dele, como um gesto de alerta. — Ele é um bruto e não raciocina direito. Seja lá o que aconteça, não diga nada e faça tudo o que ele pedir. Lembre-se disso!

Ao enfatizar as últimas palavras, revelou um sorriso horrível e, balançando a cabeça, saiu da sala.

Oliver encostou a cabeça nas mãos quando o velho saiu e ponderou, com o coração trêmulo, sobre as palavras que acabara de ouvir. Quanto mais pensava no aviso do judeu, mais se sentia perdido para adivinhar seu verdadeiro propósito e significado.

Não conseguia imaginar nenhum objetivo maléfico a ser alcançado ao ser enviado à casa de Sikes. Após refletir por um longo tempo, concluiu que fora escolhido para fazer funções domésticas, até que outro menino, mais adequado, fosse contratado. Estava acostumado a sofrer e sofrera muito onde estava para lamentar a perspectiva de uma mudança muito severa. Permaneceu perdido em pensamentos por alguns minutos e, após suspirar, aproximou a vela do livro que o judeu lhe deixara e começou a ler.

Folheou as páginas. Displicentemente a princípio, até encontrar uma passagem que lhe chamou a atenção. Acabou interessado no livro. Era a história da vida e do julgamento de grandes criminosos. As páginas estavam velhas e manchadas. Leu a respeito de crimes terríveis que gelam o sangue, de assassinatos secretos realizados em emboscadas, de ocultação de cadáveres em poços profundos, que não os ocultavam por muito tempo e após muitos anos sua visão enlouquecia completamente os assassinos que, horrorizados, confessavam seus crimes e clamavam pela forca para acabar com sua agonia. Também leu a respeito de homens que, deitados em sua cama, sentiam-se tentados (assim diziam) e levados, por pensamentos ruins, a um derramamento de sangue tão horrível que lhe fez ter calafrios só de imaginar. As terríveis descrições eram tão reais e vívidas que as páginas pareciam ficar vermelhas de sangue, e as palavras sobre elas soavam em seus ouvidos como se fossem sussurradas em murmúrios ocos pelos espíritos dos mortos.

Num paroxismo de medo, o menino fechou o livro e o afastou. Então, caindo de joelhos, rezou aos céus para poupá-lo de tais atos e para morrer imediatamente, em vez de viver para cometer tais crimes tão temerosos e terríveis. Aos poucos, acalmou-se e suplicou aos céus, com voz fraca, que fosse salvo dos perigos atuais e que ajudassem um pobre menino órfão que jamais tivera o amor de amigos ou parentes.

Concluída a prece, ainda se encontrava com a cabeça nas mãos quando um barulho o despertou.

— Quem está aí? — perguntou ele, levantando e vendo alguém na soleira.

—Sou eu. Apenas eu — respondeu uma voz trêmula.

Oliver levantou a vela acima da cabeça e olhou para a porta. Era Nancy.

— Afaste a vela — disse a moça, virando a cabeça. — Dói-me os olhos.

Oliver percebeu que ela estava muito pálida e perguntou gentilmente se estava doente. A moça sentou-se numa cadeira de costas para ele, torceu as mãos, mas não lhe respondeu.

— Deus me perdoe! — gritou ela após um tempo. — Jamais havia pensado nisso.

— O que houve? — perguntou Oliver. — Posso ajudá-la com algo?

Ela se balançou de um lado para o outro, agarrou a garganta e emitiu um som gutural e ofegante.

— Nancy! — gritou Oliver. — O que você tem?

A moça bateu com as mãos nos joelhos e com os pés no chão e, de repente, parou, enrolou-se no xale e tremeu de frio.

Oliver atiçou o fogo. Aproximando-se da cadeira, sentou-se ali, por um tempo sem falar, mas logo levantou a cabeça e olhou em volta.

— Não sei o que é isto que às vezes sinto — disse ela. — Deve ser por causa deste quarto úmido e sujo. Oliver, querido, você está pronto?

— Irei com você? — perguntou Oliver.

— Sim. Venho da parte de Bill — respondeu a moça. — Você irá comigo.

— Para quê? — perguntou Oliver, recuando.

— Para quê? — repetiu a moça, levantando os olhos e evitando os do menino. — Ah! Para nada de mal.

— Não acredito — disse Oliver, que a observara de perto.

— Como quiser — replicou a moça, rindo de forma afetada. — Então, para nada de bom.

Oliver percebeu que tinha algum poder sobre os melhores sentimentos da moça e, por um instante, pensou em apelar à compaixão dela pelo seu estado indefeso. Mas, então, lembrou-se de que eram apenas onze da noite e que ainda havia muitas pessoas na rua. Alguém certamente acreditaria em sua história. Ao pensar nisso, deu um passo à frente e disse que estava pronto.

Nem sua breve reflexão nem seu propósito passaram despercebidos por sua companheira. Ela o olhou com atenção enquanto ele falava e lhe lançou um olhar que mostrava saber o que passava em sua cabeça.

— Silêncio! — exclamou a moça, inclinando-se sobre ele e apontando-lhe à porta enquanto olhava ao seu redor com cautela. — Você não pode fugir. Esforcei-me muito por você, mas não adiantou. Você está cercado. Se alguma vez tiver a chance de fugir, não será agora.

Oliver encarou-a perplexo. Ela parecia dizer a verdade. Estava pálida, agitada e estremecia muito.

— Já o salvei uma vez e estou lhe ajudando agora — continuou a moça em voz alta —, pois se os outros viessem buscá-lo, seriam muito violentos. Prometi que você me acompanharia sem causar problemas, caso contrário, fará mal a si mesmo e a mim também. Talvez eu até morra por isso. Veja como sofro por sua causa! Só Deus sabe o quanto.

Ela mostrou-lhe apressadamente alguns hematomas lívidos no pescoço e nos braços e continuou:

— Lembre-se disso! E não me faça sofrer mais por você. Se pudesse ajudá-lo, eu o faria, mas não posso. Não querem feri-lo, e você não é responsável pelo que lhe obrigarem a fazer. Não é sua culpa. Agora, cale-se! Cada palavra sua é um golpe para mim. Dê-me a mão. Vamos!

Ela pegou a mão que Oliver estendeu-lhe instintivamente, apagou a vela e conduziu-o escada acima. A porta foi aberta rapidamente por alguém encoberto pela escuridão e foi fechada assim que eles saíram. Uma carruagem estava à espera. A moça entrou com o garoto e fechou as cortinas. O condutor não pediu instruções, e o cavalo trotou a toda velocidade.

A moça ainda segurava a mão de Oliver e continuava a repetir em seu ouvido seus avisos. Tudo aconteceu tão rápido que o garoto mal teve tempo para se lembrar onde estava ou como chegou lá quando a carruagem parou na casa onde o judeu estivera na noite anterior.

Por um instante, Oliver lançou um olhar apressado à rua deserta e um grito de socorro estava sufocado em sua garganta. Mas a moça falava em seu ouvido, suplicando-lhe em tais tons de agonia que o fizeram desistir de gritar. À medida que hesitava, a oportunidade desaparecia, e ele já estava dentro da casa, com a porta fechada.

— Por aqui — disse a moça, largando a mão do menino. — Bill!

— Olá! — respondeu Sikes, surgindo no alto da escada, com uma vela. — Ah! Que bom vê-los! Venham!

Essa foi uma recepção particularmente calorosa para alguém com o temperamento do sr. Sikes. Nancy, parecendo muito agradecida por isso, cumprimentou-o com cordialidade.

— O Mosca ficou com Tom — observou Sikes, enquanto os iluminava. — Poderia atrapalhar.

— É verdade — concordou Nancy.

— Então você trouxe mesmo o garoto — disse Sikes, fechando a porta após todos terem entrado no quarto.

— Sim, aqui está ele — respondeu Nancy.

— Veio tranquilo? — perguntou Sikes.

— Como um cordeiro — replicou Nancy.

— Fico feliz em ouvir isso — falou Sikes, olhando para Oliver —, pela segurança da sua pele, assim como a de quem sofreria por sua causa. Agora, venha cá, garoto, e ouça com atenção. É melhor que eu lhe explique tudo logo.

Dirigindo-se assim ao seu novo pupilo, o sr. Sikes tirou o boné de Oliver e atirou-o para um canto. Depois, puxando-o pelos ombros, sentou-se à mesa e pôs o menino à sua frente.

— Primeiro: você sabe o que é isto? — perguntou Sikes, pegando uma pistola que estava em cima da mesa.

Oliver respondeu que sim.

— Bem, então, veja isto — continuou Sikes. — Isto é pólvora, isto é uma bala e isto é um trapo para servir de bucha.

Oliver murmurou que sabia o que eram aqueles objetos, e o sr. Sikes começou a carregar a pistola, com muito cuidado.

— Agora está carregada — disse o sr. Sikes, ao terminar.

— Sim, estou vendo, senhor — respondeu Oliver.

— Pois bem — disse o ladrão, apertando o pulso de Oliver e aproximando o cano da têmpora da criança, que não conseguiu reprimir um calafrio —, se você disser uma palavra depois que sairmos, exceto quando eu falar com você, atirarei em sua cabeça sem aviso prévio. Portanto, se decidir abrir a boca, reze primeiro.

Após fazer cara feia para aumentar o efeito do aviso, o sr. Sikes continuou:

— Pelo que sei, ninguém perguntaria por você, se morresse. Só estou me dando ao trabalho de lhe explicar tudo para seu próprio bem. Está me ouvindo?

— Em resumo — disse Nancy, falando enfaticamente e franzindo um pouco a testa para Oliver como se quisesse chamar sua atenção para as palavras dela —, é que, se ele resistir neste trabalho, você vai impedi-lo de abrir a boca para sempre, atirando-lhe na cabeça e correndo o risco de ser enforcado por isso, como sempre faz por conta de seu ofício.

— Exatamente! — concordou o sr. Sikes. — As mulheres sempre sabem dizer as coisas usando poucas palavras, exceto quando se enfurecem. E agora que o garoto está a par da tarefa, vamos jantar e dormir um pouco antes de partir.

Em resposta, Nancy estendeu rapidamente a toalha na mesa, saiu por alguns instantes, voltou com uma garrafa de cerveja e um prato de cabeça de carneiro, o que provocou vários gracejos agradáveis por parte do sr. Sikes. O distinto cavalheiro, estimulado talvez pela perspectiva imediata do trabalho, mostrava-se alegre e de bom humor. Julgou engraçado beber toda a cerveja num trago e proferiu, em um cálculo rudimentar, mais de oitenta xingamentos durante todo o jantar.

Terminado o jantar, é bastante compreensível que Oliver não tivesse fome, o sr. Sikes bebeu dois copos de cerveja e foi se deitar, ordenando a Nancy, com muitas ameaças em caso de fracasso, que o acordasse precisamente às cinco. Oliver se deitou vestido, por ordem da mesma autoridade, num colchão no chão, e a moça, atiçando o fogo, sentou-se diante dele para acordá-lo na hora marcada.

Oliver permaneceu acordado por muito tempo, pensando que talvez Nancy aproveitasse aquela oportunidade para lhe sussurrar mais alguns conselhos, mas a moça permaneceu imóvel diante do fogo. Ansioso e cansado de observar, o menino enfim adormeceu.

Quando acordou, encontrou a mesa posta e viu que Sikes colocava vários objetos nos bolsos de seu casaco grande, que estava sobre as costas de uma cadeira. Nancy estava ocupada preparando o café da manhã. Ainda não era dia, pois uma vela permanecia acesa e estava bastante escuro lá fora. Uma chuva forte também batia contra os vidros das janelas, e o céu parecia negro e nublado.

— Vamos! — vociferou Sikes, enquanto Oliver se levantava. — São cinco e meia! Depressa ou não tomará o café da manhã, pois já vamos sair.

Oliver não demorou muito para se arrumar. Após tomar o café da manhã, respondeu a uma pergunta rude de Sikes, dizendo que estava pronto.

Nancy, sem olhar para o menino, atirou-lhe um lenço para enrolar no pescoço, Sikes deu-lhe uma grande capa áspera para cobrir os ombros. Assim vestido, deu a mão ao ladrão, que parou para mostrar-lhe com um gesto ameaçador que estava com a pistola num bolso lateral de seu casaco grande, apertou com firmeza a mão do garoto, despediu-se de Nancy e saiu.

Oliver voltou-se, por um instante, quando chegaram à porta, na esperança de encontrar o olhar da moça. Mas ela voltara ao seu lugar e permanecia imóvel diante da lareira.

XXI
A EXPEDIÇÃO

Era triste a madrugada em que saíram. Ventava forte, chovia muito e o céu apresentava nuvens sombrias. A noite fora chuvosa, formando grandes poças de água na rua. Havia um leve vislumbre no céu do nascer do dia, mas isso mais agravava do que aliviava a escuridão da cena. A luz tênue servia apenas para enfraquecer a iluminação do caminho, sem clarear as casas molhadas e as ruas sombrias. Parecia que não havia ninguém na vizinhança; as janelas estavam fechadas e as ruas por onde passavam, desertas e silenciosas.

Quando atravessaram Bethnal Green Road, o dia já começara a nascer. Muitas lamparinas já estavam apagadas; algumas carroças dirigiam-se lentamente para Londres; de vez em quando, ao passar por uma carroça coberta de lama, um cocheiro apressado dava uma chicotada para advertir o condutor de que, mantendo-se na mão errada da rua, ameaçava-o de se atrasar pelo menos cinco minutos para chegar ao gabinete. As tavernas, com as luzes internas acesas, já estavam abertas. Aos poucos, abriram-se outros comércios, e algumas pessoas dispersas passavam aqui e ali. Depois, surgiram grupos de operários que iam para o trabalho; e então, homens e mulheres com cestos de peixe na cabeça, carroças de legumes puxadas por burros, carrinhos que traziam carne, mulheres ordenhadoras com baldes de leite, ou seja, um fluxo ininterrupto de pessoas, que se deslocavam com várias provisões para os subúrbios a leste da cidade. À medida que se aproximavam da cidade, o barulho e o trânsito de pessoas aumentavam gradativamente, e, quando seguiram pelas ruas entre Shoreditch e Smithfield, encontraram-se em meio a uma multidão. Já era dia claro e metade da população londrina já iniciara seus afazeres.

Após atravessarem a Sun Street, a Crown Street e a Finsbury Square, o sr. Sikes seguiu por Chiswell Street, Barbican, Long Lane e Smithfield, de onde se ouviam sons dissonantes que espantaram Oliver Twist.

Era dia de mercado. O chão estava coberto, quase até os tornozelos, de lama e sujeira; um vapor espesso, que se elevava perpetuamente dos corpos fedorentos do gado e se misturava com o nevoeiro, parecia repousar sobre o topo das chaminés. Todos os currais no centro da área estavam cheios de ovelhas. Amarradas aos postes, havia longas fileiras de animais. Camponeses, açougueiros, vendedores ambulantes, crianças, ladrões, vadios e vagabundos de todas as classes baixas misturavam-se numa massa confusa. O mugir dos bois, o latir dos cães, o balir das ovelhas, o grunhir dos porcos, os gritos dos vendedores ambulantes, os berros, os xingamentos e as brigas que se ouviam por todo lado, o tilintar dos sinos e o bramido das vozes, que vinham de todas as tavernas, a multidão, os empurrões, as batidas, os gritos, a covardia hedionda e perturbadora que ressoava de todos os cantos do mercado e homens sujos, barbados e esquálidos, correndo sem parar de um lado para o outro, entrando e saindo da multidão, formavam uma cena deslumbrante e desconcertante, que confundia bastante os sentidos.

O sr. Sikes, arrastando Oliver atrás dele, abriu caminho pela multidão dando pouca atenção a tudo aquilo que parecia tão surpreendente ao menino. Cumprimentou duas ou três vezes amigos que avistara e, resistindo a muitos convites para tomar um trago, seguiu obstinadamente em frente, até sair do tumulto e entrar em Hosier Lane e Holborn.

— Garoto! — berrou Sikes, olhando para o relógio da igreja de Santo André. — Já são quase sete horas! Depressa! Não fique para trás, preguiçoso!

O sr. Sikes deu sequência a esse discurso sacudindo o braço de seu pequeno companheiro, e Oliver, acelerando o passo numa espécie de trote entre uma caminhada rápida e uma corrida, acompanhou o ladrão o melhor que pôde.

Seguiram a esse ritmo até passarem por Hyde Park, a caminho de Kensington, quando Sikes afrouxou o passo para que uma carroça vazia que estava a uma pequena distância atrás deles os alcançasse. Vendo que estava escrito "Hounslow" na carroça, perguntou ao condutor, com o máximo de civilidade que podia assumir, se poderia levá-los até Isleworth.

— Subam — disse o homem. — Este menino é seu filho?

— Sim, é meu garoto — respondeu Sikes, encarando Oliver e pondo a mão no bolso em que estava a pistola.

— Seu pai anda muito depressa, não é? — perguntou o condutor, vendo Oliver ofegante.

— Longe disso — respondeu Sikes. — Ele já está acostumado. Segure minha mão, Ned. Suba!

Assim, dirigindo-se a Oliver, ajudou-o a subir na carroça. O condutor, apontando para um monte de sacos, disse ao garoto para se deitar neles.

À medida que passavam os marcos dos quilômetros, Oliver se perguntava, cada vez mais, aonde seu companheiro o estava levando. Passaram por Kensington, Hammersmith, Chiswick, Kew Bridge e Brentford, mesmo assim continuaram em frente como se tivessem apenas começado a viagem. Enfim chegaram a uma taverna chamada Coach and Horses; um pouco adiante, havia outra estrada. A carroça parou.

Sikes desceu com precipitação, segurando a mão de Oliver o tempo todo. Ajudando-o a descer, encarou-o furiosamente, levando a mão ao bolso de um jeito significativo.

— Adeus, menino — disse o homem.

— Ele está emburrado — respondeu Sikes, cumprimentando o condutor. — Não ligue.

— Claro que não! — replicou o condutor, subindo na carroça. — O dia está muito bonito, afinal de contas.

E partiu. Sikes esperou até que ele estivesse longe e então, dizendo a Oliver para tomar cuidado, mais uma vez seguiu em frente.

Viraram à esquerda, um pouco depois da taverna. Depois, seguiram pela direita, caminharam por muito tempo, passando por muitos jardins e casas de fidalgos e pararam para tomar um pouco de cerveja. Chegaram a uma cidade. Lá, no muro de uma casa, Oliver viu escrito em letras bem grandes: "Hampton".

Seguiram pelo campo por algumas horas. Voltaram enfim à cidade, entraram numa taverna e jantaram na cozinha.

A cozinha era uma sala antiga e baixa, com uma grande viga no meio do teto e bancos com encosto alto diante do fogo em que estavam sentados vários homens bebendo e fumando. Não deram atenção a Oliver e olharam brevemente para Sikes. Sem dar nenhuma atenção a eles, o ladrão e seu pequeno companheiro sentaram-se num canto sozinhos, sem serem incomodados.

Comeram carne fria e permaneceram sentados, enquanto o sr. Sikes fumava três ou quatro cachimbos. Oliver começou a acreditar que não iriam muito mais longe. Cansado da viagem e atordoado com o fumo, o menino adormeceu.

Estava bem escuro quando foi acordado por Sikes. Ao despertar, viu o companheiro tomando cerveja e conversando com um trabalhador.

— Então, você vai para Halliford, não é? — perguntou Sikes.

— Sim — respondeu o homem, que parecia um pouco animado devido à bebida. — Não é longe. Meu cavalo não traz tanta carga quanto trouxe pela manhã e seguirá rapidamente. É um animal incrível!

— Poderia nos levar até lá? — perguntou Sikes, oferecendo cerveja ao amigo.

— Claro — falou o homem. — Vai para Halliford?

— Vou para Shepperton — respondeu Sikes.

— Pode ir comigo, até onde eu for — disse o homem. — Está tudo pago, Becky?

— Sim, este cavalheiro já pagou — respondeu a moça.

— Ora! — exclamou o homem. — Isso não me parece certo.

— Por quê? — indagou Sikes. — Você vai nos fazer um favor. Não posso lhe pagar uma bebida?

O estranho refletiu sobre esse argumento. Então, apertou a mão de Sikes, declarando que era um bom companheiro. O sr. Sikes respondeu que seu elogio não passava de uma brincadeira, e, se estivesse sóbrio, o homem teria bons motivos para acreditar nele.

Depois de trocarem algumas gentilezas, deram boa-noite e saíram, enquanto a criada arrumava as garrafas e os copos e, com as mãos cheias, via-os partir.

O cavalo, a cuja saúde brindaram, estava do lado de fora, atrelado à carroça. Oliver e Sikes subiram sem cerimônia, e o homem, após enaltecer o animal por um ou dois minutos, subiu também. Então, o criado da hospedaria segurou o arreio do cavalo e o levou para a estrada. Solto, o bicho fez mal uso da liberdade, deu pinotes e disparou a galope.

A noite estava escura. Uma neblina úmida pairava sobre o rio e o terreno pantanoso ao redor, espalhando-se sobre os campos sombrios. Também fazia muito frio. Tudo era tenebroso. Nada disseram, pois o condutor ficara sonolento, e Sikes não queria conversar. Oliver, encolhido e assustado num canto da carroça, observava as árvores, cujos galhos se balançavam de forma sinistra de um lado para o outro.

Quando passaram pela igreja de Sunbury, o relógio bateu sete horas. Havia uma luz junto à janela da casa em frente, que iluminava a estrada. Ouvia-se o som de uma cascata e a folhagem da velha árvore balançava suavemente ao vento da noite. Parecia uma música tranquila para o descanso dos mortos.

Atravessaram Sunbury e chegaram à estrada solitária. A carroça parou após percorrer mais quatro ou cinco quilômetros. Sikes desceu segurando a mão de Oliver e seguiram adiante.

Não pararam em Shepperton, como o cansado menino esperava, e seguiram, na lama e na escuridão, até avistarem as luzes de uma cidade que não estava tão longe. Olhando atentamente, Oliver percebeu que o rio estava a seus pés e que estavam se aproximando de uma ponte.

Sikes prosseguiu até chegarem perto dessa ponte. De repente, virou à esquerda.

"O rio!", pensou Oliver, amedrontado. "Trouxe-me aqui para me matar!"

Ia jogar-se ao chão e tentar salvar sua vida quando viu que estavam diante de uma casa solitária, arruinada e decadente. Havia uma janela em cada lado da porta e em um andar acima, mas nenhuma luz era visível. A casa era aparentemente desabitada.

Sikes, segurando a mão de Oliver, aproximou-se lentamente da entrada e levantou o trinco. A porta cedeu, e entraram juntos.

XXII

O ROUBO

Quem está aí? — gritou uma voz rouca, assim que entraram.

— Não ligue para isso — falou Sikes, fechando a porta. — Acenda uma vela, Toby.

— Arrá! Meu amigo! — gritou a mesma voz. — Traga uma vela, Barney! Acorde e acompanhe o cavalheiro, por favor.

O falante atirou uma descalçadeira ou algum item parecido contra a pessoa a quem se dirigia para despertá-la, pois o ruído de um objeto de madeira, que caiu violentamente, foi ouvido seguido de um resmungo indistinto de um homem recém-acordado.

— Ouviu o que eu disse? — gritou a mesma voz. — Bill Sikes está no corredor sem ninguém para recebê-lo, e você está aí dormindo. Já acordou ou quer que lhe atire o castiçal de ferro?

Ouviu-se passos no assoalho, depois surgiu a luz fraca de uma vela e, em seguida, apareceu um indivíduo que já apresentamos como alguém que fala pelo nariz e trabalha na taverna de Saffron Hill.

— Senhor Sikes! — exclamou Barney, com uma alegria real ou fingida. — Entre!

— Vamos! Você primeiro — disse Sikes, pondo Oliver à frente dele. — Depressa!

Praguejando devido à lentidão do menino, Sikes empurrou Oliver, e entraram numa sala pequena, escura e enfumaçada, com duas ou três cadeiras quebradas, uma mesa e um sofá muito velho, no qual, com as pernas elevadas bem acima da cabeça, um homem encontrava-se deitado fumando um longo cachimbo de barro. Vestia um casaco castanho, com grandes botões de bronze, gravata laranja, um colete grosso e calças pardas. O sr. Crackit — era ele — não tinha muitos cabelos nem na cabeça nem no rosto, mas os que tinha eram ruivos e encaracolados como saca-rolhas, nos quais ele ocasionalmente passava os dedos muito sujos, ornamentados com grandes anéis ordinários. Sua estatura era acima da média e parecia ter as pernas fracas, mas isso de forma alguma diminuía sua admiração pelas botas, que contemplava satisfeito.

— Bill, meu caro! — exclamou, voltando a cabeça à porta. — Prazer em vê-lo. Temi que desistisse, nesse caso, eu me arriscaria sozinho. Quem é?

Proferiu essa pergunta num tom de surpresa ao se deparar com Oliver. O sr. Toby Crackit sentou-se e esperou ser apresentado ao garoto.

— É apenas o garoto! — respondeu Sikes, aproximando a cadeira da lareira.

— Um dos meninos de Fagin — acrescentou Barney, rindo.

— De Fagin? — disse Toby, examinando Oliver. — Deve ser muito bom em esvaziar os bolsos de velhos na igreja!

— Chega — interrompeu Sikes, impaciente, e, inclinando-se sobre o amigo, sussurrou-lhe ao ouvido algumas palavras, que fizeram rir o sr. Crackit, que olhava perplexo para Oliver.

— Agora — falou Sikes, sentando-se —, se pudesse nos oferecer algo para comer e beber enquanto esperamos, não seria ruim. Fique perto da lareira, menino, e descanse, pois sairá conosco à noite embora não iremos para longe.

Oliver olhou surpreso para Sikes, sem dizer nada. Aproximou um banco da lareira, pôs a cabeça nas mãos e permaneceu imóvel, sem saber o que estava acontecendo ao seu redor.

— Vamos — disse Toby, enquanto o jovem judeu colocava comida e uma garrafa na mesa —, brindemos ao sucesso!

Levantou-se para honrar o brinde e, pondo cuidadosamente seu cachimbo vazio num canto, aproximou-se da mesa, encheu um copo com aguardente e bebeu. O sr. Sikes fez o mesmo.

— Um trago para o menino — disse Toby, enchendo um copo até a metade. — Beba isto, garoto.

— Na verdade, eu... — disse Oliver, olhando piedosamente para o homem.

— Beba logo! — incentivou Toby. — Acha que não sei o que é bom para você? Diga-lhe para beber, Bill.

— Que diabo! — falou Sikes, levando a mão ao bolso. — Este garoto é mais problemático que um bando de Malandros. Vamos, beba, seu pirralho!

Assustado com os gestos ameaçadores dos dois homens, Oliver bebeu precipitadamente o conteúdo do copo e logo começou a tossir, o que divertiu Toby Crackit e Barney e até arrancou um sorriso do terrível sr. Sikes.

Feito isto, e após Sikes ter saciado sua fome — Oliver só comeu uma pequena fatia de pão que o fizeram engolir —, os dois homens se acomodaram em cadeiras para dormir um pouco. Oliver ficou junto ao fogo, e Barney, enrolado num cobertor, estendeu-se no chão.

Dormiram ou fingiram dormir. Só Barney levantou-se uma ou duas vezes para pôr carvão no fogo. Oliver dormia um sono profundo, imaginando-se a vagar por ruas escuras ou pelo cemitério ou refazendo cenas do dia anterior, quando foi acordado por Toby Crackit.

Num instante, os outros dois estavam de pé e todos se prepararam. Sikes e seu companheiro enrolaram no pescoço um grande xale escuro e vestiram seu sobretudo, enquanto Barney, abrindo um armário, pegava vários objetos e enfiava nos bolsos deles.

— Dê-me as berradeiras, Barney — disse Toby Crackit.

— Aqui estão — respondeu Barney, dando-lhe duas pistolas. — Foi você que as carregou.

— Ótimo! — disse Toby, guardando-as. — E os petardos?

— Já estão comigo — respondeu Sikes.

— Não esqueceu nada? — perguntou Toby, colocando um pequeno pé de cabra no bolso do casaco.

— Não — replicou ao companheiro. — Só nos faltam os porretes, Barney.

Com essas palavras, tirou um porrete das mãos de Barney, que, após entregar outro a Toby, dedicou-se a pôr uma capa em Oliver.

— Agora vamos! — disse Sikes, estendendo sua mão.

Oliver, que estava completamente cansado pela viagem e zonzo pela bebida que fora obrigado a beber, pôs mecanicamente a mão na que Sikes lhe estendera.

— Segure a outra mão dele, Toby — falou Sikes. — Veja como está lá fora, Barney.

O homem foi até a porta e voltou para anunciar que tudo estava calmo. Os dois ladrões saíram com Oliver. Barney, após ter obedecido, enrolou-se como antes e logo voltou a dormir.

Estava muito escuro. O nevoeiro era bem mais denso do que no início da noite e o ar tão úmido que, embora não tivesse chovido, deixou o cabelo e as sobrancelhas de Oliver molhados pouco depois de sair da casa. Atravessaram a ponte e continuaram em direção às luzes que ele vira antes. Não estavam muito longe e, como andavam rápido, logo chegaram a Chertsey.

— Vamos atravessar a cidade — sussurrou Sikes —, ninguém nos verá.

Toby concordou, e eles seguiram pela rua principal da cidadezinha, que a essa hora estava completamente deserta. Uma luz fraca brilhava em intervalos na janela de algum quarto e o latido rouco dos cães ocasionalmente rompia o silêncio da noite. Mas não havia ninguém nas ruas. Saíram da cidade quando o sino da igreja bateu duas horas.

Apressaram o passo e viraram à esquerda. Após caminharem cerca de quatrocentos metros, pararam diante de uma casa isolada cercada por um muro, que Toby Crackit escalou num piscar de olhos.

— O menino é o próximo — disse Toby. — Levante-o, vou pegá-lo.

Antes de Oliver ter tempo para olhar em volta, Sikes o pegou por debaixo dos braços, e, em três ou quatro segundos, ele e Toby estavam deitados na grama do outro lado. Sikes pulou logo depois. Então seguiram em silêncio até a casa.

Pela primeira vez, Oliver, quase louco de desgosto e de medo, percebeu que o arrombamento da casa e o roubo, e talvez o assassinato, eram as causas daquela expedição. Torceu as mãos e involuntariamente lhe escapuliu um grito sufocado de terror. Uma neblina passou por seus olhos, um suor frio lhe cobriu o rosto, suas pernas enfraqueceram e ele caiu de joelhos.

— Levante-se! — murmurou Sikes, tremendo de raiva e sacando a pistola do bolso. — Levante-se ou espalho seus miolos no gramado.

— Pelo amor de Deus, deixe-me ir! — gritou Oliver. — Deixe-me fugir e morrer nos campos. Jamais voltarei a Londres, jamais! Ah! Tenha piedade de mim, não quero ser ladrão. Pelo amor de todos os anjos do Céu, tenha piedade de mim!

O homem a quem o menino apelou proferiu uma praga horrível e já tinha apontado a pistola quando Toby agarrou-a, pôs a mão sobre a boca do menino e o arrastou à casa.

— Cale-se! — disse o homem. — Não diga nada. Diga mais uma palavra e eu mesmo lhe acertarei a cabeça com este porrete. Não faz barulho e é tão eficiente quanto a pistola. Vamos, Bill, abra a janela. Já vi garotos mais velhos agirem da mesma forma numa noite fria.

Amaldiçoando Fagin por ter lhe enviado Oliver para o serviço, Sikes pôs o pé de cabra por baixo da janela, fazendo pouco barulho. Após algum tempo e com a ajuda de Toby, enfim conseguiu abri-la.

Era uma pequena janela de treliça, a cerca de um metro e meio do chão, localizada nos fundos da casa, que dava para uma copa ou uma pequena despensa no fim do corredor. A abertura era tão pequena que os moradores provavelmente não consideraram que valia a pena protegê-la, mas era suficientemente grande para um menino do tamanho de Oliver passar por ela. Um exercício muito breve da arte do sr. Sikes foi suficiente para soltar o ferrolho que prendia a janela.

— Agora, preste atenção, fedelho — sussurrou Sikes, tirando uma lanterna do bolso e iluminando o rosto de Oliver —, vou fazê-lo passar pela janela. Pegue a lanterna, suba em silêncio os degraus, atravesse o vestíbulo e vá até a entrada para abrir a porta para nós.

— Há um ferrolho que não conseguirá alcançar — interrompeu Toby. — Suba em uma cadeira. Há três cadeiras no vestíbulo.

— Cale-se — ordenou Sikes, com um olhar ameaçador. — A porta do quarto está aberta, não está?

— Sim — respondeu Toby, após espreitar para conferir. — O bom é que sempre a deixam aberta para que o cão possa passar quando acorda. Ha Ha! Barney deu um jeito no cão!

Embora o sr. Crackit falasse num sussurro pouco audível e risse sem fazer barulho, Sikes ordenou-lhe imperiosamente que se calasse e começasse a trabalhar. Toby obedeceu, primeiro colocando a lanterna no chão, depois encostando-se contra a parede debaixo da janela com as mãos sobre os joelhos, de modo a usar suas costas de escada. Sikes subiu em cima dela, pôs Oliver gentilmente pela abertura e só o largou quando ele pisou no chão do quarto.

— Pegue a lanterna — disse Sikes, olhando para o quarto. — Está vendo a escada?

Oliver, mais morto do que vivo, respondeu que sim. Sikes, apontando-lhe a porta de entrada com o cano da pistola, aconselhou-o brevemente a refletir que estava no alcance da arma e, se vacilasse, cairia morto.

— Tudo acaba num minuto — sussurrou Sikes. — Agora, vou soltá-lo. Vá, faça o combinado. E tenha atenção!

— O que foi? — sussurrou o outro homem.

Ouviram atentamente.

— Nada — falou Sikes, soltando Oliver. — Vamos!

No pouco tempo que teve para recuperar os sentidos, o menino decidira que, morresse ou não, tentaria subir a escada e avisar a família. Com esta ideia, avançou furtivamente.

— Volte! — disse de repente Sikes. — Venha aqui!

Assustado pela súbita quebra do silêncio e pelo grito, Oliver deixou cair a lanterna e não sabia se devia avançar ou recuar.

Repetiu-se o grito, uma luz apareceu, depois dois homens apavorados e semivestidos no alto da escada. Houve um lampejo, um flash, um barulho, uma fumaça, uma detonação em algum lugar, mas ele não sabia onde e caiu para trás.

Sikes desapareceu por um instante, mas logo voltou e o agarrou pela gola antes que a fumaça tivesse se dissipado. Disparou a pistola contra os dois homens, que já corriam em retirada, e arrastou o garoto para cima.

— Pressione o braço — falou Sikes, enquanto o passava pela janela. — Dê-me um xale. Ele foi atingido. Rápido! O menino está sangrando!

Em seguida, veio o ruído de um sino com o barulho das armas de fogo, os gritos dos homens e a sensação de ser carregado por um terreno irregular a passos rápidos. Então, os ruídos se confundiram à distância e uma sensação de frio mortal rastejou sobre o coração do menino, e ele não conseguiu ver nem ouvir mais nada.

O roubo.

XXIII

A CONVERSA AGRADÁVEL ENTRE O SR. BUMBLE E UMA SENHORA, E COMO ATÉ MESMO UM BEDEL PODE NUTRIR BONS SENTIMENTOS

A noite estava fria. A terra estava coberta por uma espessa camada de neve, de modo que apenas os montes que haviam se precipitado nas ruas e esquinas eram afetados pelo vento forte. Era uma daquelas noites frias e escuras em que as pessoas bem abastadas se reúnem ao redor do fogo e dão graças a Deus por estar em casa; e em que os desabrigados e famintos se deitam para dormir e morrem. Muitos párias famintos fecham os olhos nas ruas em tais momentos para só abri-los em uma hora menos inoportuna, independentemente dos crimes que cometeram.

A situação era esta quando a sra. Corney, a matrona do asilo ao qual nossos leitores já foram apresentados, sentou-se diante da lareira em seu quartinho e olhou para uma mesinha redonda sobre a qual estava uma bandeja com todo o material necessário para a melhor refeição possível para uma matrona. Na verdade, a sra. Corney ia beber uma xícara de chá. Enquanto olhava da mesa para a lareira, na qual chiava um bule, sua satisfação interior evidentemente aumentava, e a sra. Corney sorria.

— Pois bem! — exclamou a matrona, pondo o cotovelo na mesa e contemplando o fogo. — Temos muito pelo que agradecer! Ah!

A sra. Corney balançou a cabeça, como se lamentasse a cegueira mental dos pobres que não sabem disso. Então, introduzindo uma colher de prata, que lhe pertencia, em uma lata de chá, continuou a preparar a bebida.

Como uma coisinha basta para perturbar a equanimidade de nossa mente frágil! O bule preto, que era bem pequeno e estava cheio, começou a transbordar enquanto a sra. Corney refletia, e a água escaldou ligeiramente sua mão.

— Maldito bule! — exclamou a matrona, pondo-o sobre o fogão. — Coisinha estúpida que serve apenas duas xícaras! A quem poderia servir? Apenas a mim, uma pobre coitada. Ah, meu Deus!

A estas palavras, a matrona se sentou na cadeira e pôs novamente o cotovelo na mesa pensando em seu destino solitário. O pequeno bule e a xícara despertaram em sua mente tristes lembranças do sr. Corney, que estava morto há mais de 25 anos.

— Jamais conseguirei outro igual! — exclamou a sra. Corney.

Não se sabe se essa observação se referia ao marido ou ao bule de chá. Talvez fosse ao bule, pois a sra. Corney olhava-o enquanto falava. Acabara de tomar seu primeiro gole quando ouviu uma leve batida na porta.

— Entre! — gritou a sra. Corney. — Deve ser alguma velha à beira da morte, imagino. Morrem sempre quando estou ocupada. Não fique aí deixando o ar frio entrar. O que foi?

— Nada, minha senhora, nada — respondeu a voz de um homem.

— Nossa! — exclamou a matrona, num tom bem mais doce. — É o sr. Bumble?

— Ao seu dispor — disse o sr. Bumble, que parara do lado de fora para enxugar os sapatos e sacudir a neve do casaco e que agora entrava, levando o chapéu de três bicos numa mão e um pacote na outra. — Devo fechar a porta?

A senhora hesitou modestamente em responder para que não houvesse qualquer inconveniência em conversar com o sr. Bumble com as portas fechadas. O sr. Bumble aproveitou-se da hesitação e, como estava com muito frio, fechou-a sem esperar sua permissão.

— Que tempo ruim, sr. Bumble — disse a matrona.

— Pois é, minha senhora — respondeu o bedel. — Um tempo antiparoquial. Distribuímos 25 pães e um queijo e meio nesta tarde tão abençoada. No entanto, os pobres não ficarão contentes.

— Claro que não. E como ficariam, sr. Bumble? — perguntou a matrona, bebendo o chá.

— Nem me fale! — replicou o sr. Bumble. — Há um sujeito que, em consideração à sua família numerosa, recebeu um pão de quatro libras e mais meia libra de queijo. Ele ficou grato, minha senhora? Ficou? Não! Pediu um pouco de carvão, mesmo que fosse dentro de um lenço! Carvão! O que ele faria com carvão? Talvez assasse o queijo e depois voltasse para pedir mais. É assim que essas pessoas são; dê-lhes um avental cheio de carvão hoje, e eles voltarão amanhã para pedir outro, esses descarados.

A matrona concordou, e o bedel continuou.

— Nunca vi nada assim antes — disse o sr. Bumble. — Anteontem, um homem... a senhora foi casada, então posso dizer isso, um homem trajando poucos trapos — a sra. Corney olhou para o chão — foi até a porta do nosso supervisor, quando oferecia um jantar, para pedir ajuda. Como não queria ir embora e espantou os convidados, nosso supervisor mandou que lhe dessem um quilo de batatas e meio litro de mingau de aveia. "Minha nossa!", disse o ingrato, "o que farei com isso? Seria melhor ganhar óculos de ferro!" "Pois bem", retrucou nosso supervisor, pegando tudo de volta, "então você não receberá nada". "Morrerei na rua!", gritou o vagabundo. "Ah não, não vai", disse nosso supervisor.

— Ha Ha! Muito bem! Deve ter sido o sr. Grannett, não é? — indagou a matrona. — E então, sr. Bumble?

— Então, senhora — replicou o bedel —, ele foi embora e morreu na rua. Que teimoso!

— Inacreditável — observou a matrona enfaticamente. — Mas o senhor não acha que auxílios dados fora do asilo são uma péssima ideia? O senhor tem experiência, deve ter uma opinião formada.

— Sra. Corney — disse o bedel, sorrindo como um homem consciente de sua superioridade —, tais auxílios, quando oferecidos de forma adequada, são a salvaguarda da paróquia. O grande princípio do auxílio fora do asilo é dar aos pobres precisamente o que eles não querem para eles se cansarem de pedir.

— É mesmo! — exclamou a sra. Corney. — Que boa ideia!

— Sim. Cá entre nós — respondeu o sr. Bumble —, esse é o grande princípio da coisa, e, por essa razão, se alguém lê qualquer caso que aparece nos jornais, observará que as famílias doentes são socorridas com fatias de queijo. Esse é o princípio em todo o país. Contudo — disse o bedel, abrindo o pacote —, esses são segredos oficiais, não devemos comentá-los, exceto entre colegas da paróquia, como nós. Aqui está o vinho do Porto que o conselho enviou à enfermaria. Vinho do Porto legítimo, fresco e puro!

Após segurar a primeira garrafa embaixo da luz, agitando-a bem para testar sua excelência, o sr. Bumble pôs ambas em cima da cômoda, dobrou o lenço que as envolvia, colocou-o no bolso e pegou o chapéu como se fosse embora.

— Sentirá frio na rua, sr. Bumble — disse a matrona.

— Também está ventando muito, senhora — respondeu o sr. Bumble, levantando a gola do casaco.

A matrona olhou do pequeno bule para o bedel que se dirigia à porta. Como o bedel tossiu, preparando-se para despedir-se, acanhada, ela lhe perguntou se aceitaria uma xícara de chá.

O sr. Bumble dobrou instantaneamente a gola, pôs o chapéu e a bengala em uma cadeira e aproximou outra cadeira da mesa. Enquanto se sentava lentamente, olhava para a senhora. Ela fixou os olhos no pequeno bule. O sr. Bumble tossiu de novo e sorriu ligeiramente.

A sra. Corney levantou-se para pegar outra xícara e um pires no armário. Ao se sentar, seus olhos encontraram-se com os do bedel. Ela corou e começou a preparar o chá. O sr. Bumble tossiu outra vez, nessa ocasião mais forte.

— Açúcar? — perguntou a matrona, pegando o açucareiro.

— Sim, bastante — respondeu o sr. Bumble.

Ele não parava de olhar para a sra. Corney. Um bedel jamais parecera tão afável quanto o sr. Bumble naquele momento.

O chá foi preparado e servido. O sr. Bumble, após ter posto um lenço nos joelhos para evitar que as migalhas lhe sujassem as calças, começou a comer e a beber. Ocasionalmente suspirava, o que, entretanto, não teve nenhum efeito prejudicial sobre seu apetite, mas, pelo contrário, parecia facilitar sua refeição.

O Sr. Bumble e a Sra. Corney tomando chá.

— A senhora tem uma gata — afirmou o sr. Bumble, olhando para uma cercada de filhotes diante da lareira — e gatinhos também!

— Gosto muito deles, o senhor não imagina — respondeu a matrona. — São *tão* felizes, *tão* brincalhões e *tão* alegres, e servem de companhia para mim.

— Excelentes animais — respondeu o sr. Bumble. — Muito domésticos.

— Ah, sim! — exclamou a matrona, empolgada. — Realmente, muito.

— Sra. Corney — disse o sr. Bumble, batendo a colher de chá em um ritmo compassado —, se um gato pudesse viver com a senhora e *não* gostasse de sua casa, seria um burro.

— Ah, sr. Bumble! — exclamou a sra. Corney.

— Não adianta negar os fatos — disse o sr. Bumble, balançando lentamente a colher de chá com uma certa dignidade amorosa. — Eu mesmo afogaria tal animal, com prazer.

— O senhor é cruel — disse a matrona vivamente, estendendo a mão para pegar a xícara do bedel. — Tem um coração de pedra.

— Coração de pedra? — perguntou o sr. Bumble.

O sr. Bumble resignou-se sem dizer mais nada; apertou o dedo mindinho da sra. Corney enquanto ela o servia e, levando a mão ao colete, suspirou de forma profunda e afastou um pouco a cadeira da lareira.

A mesa era redonda, e, como a sra. Corney e o sr. Bumble estavam sentados próximos e diante do fogo, percebe-se que o sr. Bumble, ao se afastar da lareira, aumentava a distância entre ele e a sra. Corney. Em seguida, alguns leitores prudentes sem dúvida estarão dispostos a admirar e a considerar um grande ato de heroísmo do bedel. A hora, o lugar e a ocasião poderiam levá-lo a certos bons sentimentos, uma vez que o amor, na boca de um inconsequente, está abaixo da dignidade dos juízes, membros do Parlamento, ministros, prefeitos e outros grandes funcionários públicos, e mais particularmente abaixo da imponência e da seriedade de um bedel, que (como todos sabem) é o mais severo e inflexível entre todos eles.

Quaisquer que fossem as intenções do sr. Bumble — e sem dúvida eram as melhores —, infelizmente, a mesa era redonda, logo o sr. Bumble, aproximando pouco a pouco a cadeira, começou a diminuir a distância entre ele e a matrona até que, de tanto aproximar, acabou com sua cadeira ao lado da cadeira da matrona.

As duas cadeiras se encostaram, e o sr. Bumble parou.

Se a matrona movesse a cadeira para a direita, seria queimada pelo fogo; se optasse por mover-se para a esquerda, cairia nos braços do sr. Bumble. Assim, sendo uma matrona discreta e prevendo as consequências num relance, permaneceu onde estava e entregou ao sr. Bumble outra xícara de chá.

— Coração de pedra, sra. Corney? — perguntou o sr. Bumble, mexendo o chá e encarando a matrona. — A *senhora* tem coração de pedra?

— Meu Deus! — exclamou a matrona. — Que pergunta curiosa de um homem solteiro. Por que quer saber, sr. Bumble?

O bedel bebeu o chá até a última gota, comeu um pedaço de torrada, tirou as migalhas dos joelhos, limpou os lábios e beijou deliberadamente a matrona.

— Sr. Bumble! — sussurrou a discreta senhora, pois o susto foi tão grande que ela perdera a voz. — Vou gritar!

O sr. Bumble não respondeu, mas, de forma lenta e digna, pôs o braço ao redor da cintura da matrona.

A senhora declarara sua intenção de gritar, e claro que teria gritado, mas isso se tornou desnecessário quando ouviram uma batida na porta. O sr. Bumble correu às garrafas de vinho, enquanto a matrona perguntou quem batia.

É digno de nota, que sua voz recuperara a habitual aspereza.

— Por favor, senhora — disse uma velha mendiga, horrivelmente feia, espiando pela porta —, a velha Sally está morrendo.

— Bem, o que posso fazer? — perguntou a matrona, irritadiça. — Não posso impedi-la de morrer, não é?

— Não, não, senhora — respondeu a velha —, ninguém pode. Qualquer ajuda lhe seria inútil. Já vi muitas pessoas morrerem, crianças pequenas e homens grandes e fortes, e sei quando a morte está próxima. Mas ela está agitada, e quando param seus surtos, o que já não é frequente, pois está quase morrendo, diz que tem algo a lhe dizer, que precisa ouvi-la. Não morrerá tranquila até vê-la, senhora.

Com essa informação, a digna sra. Corney murmurou várias invectivas contra as velhas que não conseguem sequer morrer sem incomodar as superioras. E, enrolando-se num xale grosso que se apressou a apanhar, pediu ao sr. Bumble que a esperasse até que ela voltasse. Intimando a mensageira a ir mais rápido e não ficar mancando a noite toda, acompanhou-a de má vontade até o quarto da moribunda.

A conduta do sr. Bumble ao ficar sozinho foi bastante inexplicável. Abriu o armário, contou as colheres de chá, pesou a pinça do açúcar, inspecionou uma colher de prata para conferir se era verdadeira e, depois de satisfazer sua curiosidade a respeito desses pontos, pôs o chapéu e dançou com muita gravidade quatro vezes ao redor da mesa.

Após esse exercício extraordinário, tirou outra vez o chapéu de três bicos e, sentando-se de costas para o fogo, parecia estar mentalmente empenhado em fazer um inventário preciso da mobília.

XXIV

UM ASSUNTO DESAGRADÁVEL, MAS BREVE E IMPORTANTE PARA A HISTÓRIA

Era uma legítima mensageira da morte que resolvera perturbar o sossego da matrona. Estava curvada devido à idade; seus membros tremiam e seu rosto contraía-se, assemelhando-se mais a uma grotesca caricatura do que a uma obra da natureza.

Quão poucos rostos preservam sua beleza! Os cuidados, as tristezas e a fome do mundo os transformam assim como mudam os corações. Somente quando essas paixões adormecem e perdem sua força para sempre é que as nuvens se dissipam e deixam o céu limpo. É comum que o rosto dos mortos, mesmo nesse estado fixo e rígido, revele a expressão da infância adormecida e da mocidade. O morto parece tão calmo, tão pacífico que aqueles que os conheceram na infância ajoelham-se ao lado do caixão com admiração e veem um anjo na Terra.

A velha subiu a escada mancando e, caminhando pelos corredores, resmungou algumas respostas indistintas à sua companheira. Sendo obrigada a parar para respirar, entregou a lamparina à matrona e ficou para trás, acompanhando-a como podia, enquanto a superiora, que caminhava mais depressa, seguiu até o quarto onde a moribunda se encontrava.

O quarto era iluminado por uma luz fraca. Havia outra velha velando a moribunda perto da cama; o aprendiz do farmacêutico da paróquia estava perto da lareira, aparando um palito.

— Que noite fria, sra. Corney — disse o rapaz quando a matrona entrou.

— Muito fria, rapaz — respondeu a senhora, num tom polido e fazendo-lhe uma reverência.

— A senhora devia exigir carvão de melhor qualidade — disse o aprendiz, atiçando o fogo. — Este aqui não serve para uma noite fria.

— O conselho é que o escolhe — respondeu a matrona. — O mínimo que poderia fazer seria nos manter bem aquecidos, pois nosso trabalho já é árduo o suficiente.

A conversa foi interrompida por um gemido da moribunda.

— Ah! — exclamou o rapaz, olhando para a cama, como se tivesse esquecido a paciente. — Ela está morrendo, sra. Corney.

— É mesmo, senhor? — perguntou a matrona.

— Se ela viver por mais algumas horas, ficarei surpreso — disse o aprendiz do farmacêutico. — Não há mais nada a ser feito. Ela está dormindo, senhora?

A enfermeira inclinou-se sobre o leito para conferir e confirmou com um gesto de cabeça.

— Talvez ela morra se não fizerem alvoroço — disse o rapaz. — Coloque a lamparina no chão. Ela não a verá desse jeito.

A enfermeira obedeceu, balançando a cabeça para informar que a mulher não morreria tão facilmente. Depois disso, sentou-se ao lado da outra enfermeira, que já retornara. A matrona, com ar de impaciência, enrolou-se no xale e sentou-se ao pé da cama.

O aprendiz do farmacêutico, após ter terminado de aparar o palito, sentou-se diante da lareira. Permaneceu assim por dez minutos. Então, entediado, desejou boa-noite à sra. Corney e saiu na ponta dos pés.

Após ficarem paradas em silêncio por algum tempo, as duas velhas afastaram-se da cama e aproximaram-se da lareira, estendendo as mãos para aquecê-las. A chama projetava uma luz terrível em seus rostos enrugados e parecia deixá-las ainda mais feias. Então, começaram a conversar em voz baixa.

— Disse ela mais alguma coisa enquanto estive fora, Anny? — perguntou a mensageira.

— Nada — respondeu a outra. — Torceu os braços, mas segurei-lhe as mãos e ela logo se acalmou. Faltam-lhe forças, assim consegui acalmá-la facilmente. Não sou tão fraca apesar de ser velha!

— Ela bebeu o vinho quente que o médico lhe receitou?

— Tentei fazê-la tomá-lo. Mas ela cerrou os dentes e segurou a caneca com tanta força que não consegui fazê-la beber. Então eu mesma bebi o vinho, o que me fez bem!

Atentando-se para ter certeza de que não estavam sendo ouvidas, as duas velhas aproximaram-se mais do fogo e riram.

— Recordo-me de um tempo — disse a primeira — em que ela faria o mesmo e riria da situação.

— Verdade — respondeu a outra —, era bem alegre. Quantos cadáveres ela cobriu, tão brancos quanto cera! Sim, testemunhei com meus velhos olhos, e estas velhas mãos também os tocaram, pois a ajudei dezenas de vezes.

Estendendo os dedos trêmulos enquanto falava, a velha balançou-os diante de seu rosto e tirou do bolso uma latinha antiga de rapé descolorida pelo tempo, da qual jogou alguns grãos na mão da companheira e mais alguns na sua. Enquanto isso, a matrona, que aguardava impacientemente a moribunda acordar do estupor, aproximou-se delas e perguntou-lhes rispidamente quanto tempo teria que esperar.

— Não muito, senhora — respondeu a segunda mulher, olhando-a no rosto. — Não esperamos muito pela morte. Paciência, paciência! Em breve, ela chega para todos nós.

— Cale-se, sua idiota! — exclamou a matrona. — Fale você, Martha. Ela já esteve assim antes?

— Muitas vezes — respondeu a primeira.

— Mas agora é diferente — acrescentou a segunda. — Ela só acordará mais uma vez e não tardará muito!

— Muito ou pouco — disse a matrona —, não me achará aqui quando acordar. Tomem cuidado, vocês duas, e não me incomodem outra vez por nenhum motivo. Não faz parte do meu trabalho visitar velhas moribundas, isso é demais. Portanto, cuidado, velhas insolentes. Se me fizerem de tola outra vez, eu lhes darei o troco!

Ia saindo quando um grito das duas mulheres chamou sua atenção. A moribunda despertara e estendia os braços para ela.

— O que foi? — disse a sra. Corney.

— Deite-se, deite-se! — ordenaram as mulheres, inclinando-se sobre ela.

— Só me deitarei quando morrer! — exclamou a mulher. — Quero falar-lhe! Aproxime-se! Chegue mais perto! Quero falar-lhe ao ouvido.

Agarrou a matrona pelo braço e a fez sentar-se na cadeira ao lado da cama. Ia falar quando viu as duas velhas inclinando-se para frente como espectadoras curiosas.

— Mande-as sair — pediu a moribunda. — Saiam! Saiam!

As duas velhas começaram a lamentar que a pobre doente não reconhecia mais suas melhores amigas e a protestar que jamais a abandonariam quando a matrona as expulsou do quarto, fechou a porta e voltou à cabeceira da cama. Ao serem expulsas, as velhas mudaram o tom e gritaram pelo buraco da fechadura que a velha Sally estava bêbada, o que não era improvável, já que, além de uma dose moderada de ópio prescrita pelo farmacêutico, ela enfrentava os efeitos do gim que fora oferecido às escondidas, por pura bondade de coração, pelas velhas e dignas senhoras.

— Agora ouça — disse a moribunda em voz alta, como se fizesse muito esforço para reavivar uma centelha de vida latente. — Neste mesmo quarto, nesta mesma cama, cuidei de uma moça, que fora trazida para o asilo com os pés machucados e toda suja de poeira e sangue. Ela deu à luz um menino e morreu. Deixe-me lembrar qual foi o ano...

— Não importa o ano — disse a matrona, impaciente. — O que tem ela?

— Ah — murmurou a moribunda, recaindo na sonolência —, ela? Pois bem...

Dizendo isto, levantou-se. Estava corada e com os olhos esbugalhados.

— Eu a roubei! Ela ainda não esfriara... quando eu a roubei!

— Roubou o quê, pelo amor de Deus? — indagou a matrona, com um gesto como se chamasse por socorro.

— *Aquilo*! — respondeu a mulher, tapando a boca da outra. — A única coisa que ela tinha. Ela queria roupas para se aquecer e comida para se alimentar, mas ela o protegeu em segurança em seu seio. Era ouro! Ouro genuíno, que podia ter-lhe salvado a vida!

— Ouro! — repetiu a matrona, inclinando-se avidamente sobre a moribunda. — Continue, continue... E então? Quem era a mãe? Quando foi isso?

— Ela me encarregou de mantê-lo seguro — respondeu a mulher, gemendo — e confiou apenas em mim. Mas eu já o desejava desde que o vi em seu pescoço. Quanto ao destino da criança, talvez eu tenha sido a culpada! Teriam tratado o menino melhor se soubessem de tudo!

— Soubessem o quê? — perguntou a matrona. — Diga!

— O menino era tão parecido com a mãe — disse a moribunda, divagando e sem dar atenção à pergunta — que não me deixava esquecê-la ao ver seu rosto. Pobre moça! Pobre menina! Tão jovem! Tão gentil! Espere, ainda não terminei, não lhe contei tudo.

— Não — respondeu a matrona, curvando-se para captar as palavras, pois vinham cada vez mais fracas. — Seja breve ou será tarde demais!

— A mãe — disse a mulher, fazendo um esforço mais violento do que antes —, quando sentiu que ia morrer, sussurrou em meu ouvido que, se seu filho vivesse e recebesse educação, ele poderia não se sentir tão miserável ao ouvir o nome de sua pobre mãezinha um dia. "Ah, meu Deus!", disse ela, juntando as mãos magras, "quer seja menino ou menina, dai-lhe alguns amigos neste mundo turbulento e tende piedade de uma criança solitária e desolada!"

— O nome do menino? — perguntou a matrona.

— Oliver — respondeu a mulher, fracamente. — O ouro que eu roubei era...

— Sim, sim, era o quê? — perguntou a outra.

A matrona inclinou-se sobre a moribunda para ouvir a resposta, mas recuou instintivamente ao vê-la se levantar mais uma vez lentamente; então, segurando o cobertor com as mãos, murmurou alguns sons indistinguíveis e caiu morta na cama.

●●●

— Morta! — exclamou uma das velhas, precipitando-se no quarto assim que a porta foi aberta.

— E não disse nada no fim das contas — comentou a matrona, retirando-se.

As duas megeras estavam muito ocupadas com seus terríveis deveres para responder e ficaram a sós velando o cadáver.

XXV
DE VOLTA A FAGIN E SEU BANDO

Enquanto esses acontecimentos se passavam no asilo, o sr. Fagin encontrava-se em seu covil, o mesmo para onde Oliver fora levado pela moça, diante da lareira. Segurava um fole nos joelhos com o qual aparentemente se esforçava para avivar o fogo. Mas caíra em devaneios e, com os braços cruzados e o polegar no queixo, meditava, com os olhos fixos nas grades enferrujadas.

Numa mesa atrás dele, estavam sentados o Malandro, o mestre Charles Bates e o sr. Chitling. Eles jogavam cartas. Malandro fazia o morto contra o mestre Bates e o sr. Chitling. Seu rosto, peculiarmente inteligente em todos os momentos, adquiriu um ar mais interessado, observando o jogo e lendo atentamente a mão do sr. Chitling. Por ser uma noite fria, Malandro usava seu chapéu, o que, aliás, já era um costume. Também tinha na boca um cachimbo de barro, que só retirava brevemente quando bebia.

Mestre Bates também estava atento, mas, sendo de natureza mais excitável que o amigo, era notório que bebia mais. Além disso, fazia mais piadas e observações irrelevantes, todas bem inconvenientes. O Malandro, devido à intimidade que os dois tinham, mais de uma vez comentou com o companheiro essas impropriedades. Em resposta, mestre Bates simplesmente pedia ao amigo que se divertisse um pouco ou fosse plantar batata, ou reagia com algum outro gracejo, que entretinha o sr. Chitling. Era notável que esse cavalheiro e seu companheiro perdiam invariavelmente e que isso, longe de irritar mestre Bates, parecia diverti-lo ainda mais, já que ele ria de forma mais efusiva no fim de cada rodada e afirmava que jamais jogara uma partida tão divertida.

— Perdemos a partida dupla — disse o sr. Chitling, desapontado, enquanto tirava meia coroa do bolso do colete. — Nunca vi alguém ganhar tanto quanto você, Jack. Mesmo quando Charley e eu temos boas cartas, você vence.

Essa observação, expressa com muito pesar, empolgou tanto Charley Bates que ele começou a gargalhar, despertando o judeu do devaneio e levando-o a perguntar o que estava acontecendo.

— Fagin! — disse Charley. — Queria que você tivesse visto a partida. Tommy Chitling não fez nenhum ponto, e eu era seu parceiro contra o Malandro e o morto.

— Ora, ora! — exclamou o judeu, com um sorriso, que mostrava que ele não estava tão distraído a ponto de não compreender a razão daquilo. — Tente de novo, Tom.

— Para mim, já basta, obrigado, Fagin — respondeu o sr. Chitling, — Já estou farto. Malandro tem muita sorte.

— Ha Ha! Meu caro — respondeu o judeu —, é preciso acordar muito cedo para vencer o Malandro.

— Cedo! — exclamou Charley Bates. — É preciso calçar as botas na noite anterior, pôr um telescópio em cada olho e uma luneta nos ombros para vencê-lo.

O sr. Dawkins recebeu esses belos elogios com muita modéstia e ofereceu-se para tirar do baralho qualquer carta que o cavalheiro lhe dissesse, a um xelim por cada vez. Como ninguém aceitou o desafio e já terminara de fumar o cachimbo, Malandro resolveu se divertir desenhando na mesa uma planta de Newgate com um pedaço de giz que usara para marcar os pontos. Enquanto desenhava, assobiava com uma estranha estridência.

— Como você é chato, Tommy! — disse Malandro, rompendo um longo silêncio e dirigindo-se ao sr. Chitling. — Em que ele está pensando, Fagin?

— Como hei de saber? — respondeu o judeu, largando o fole. — Em suas perdas, talvez, ou no pequeno retiro de onde acabou de sair. Ha Ha! Será isso?

— Não mesmo — respondeu Malandro, interrompendo o sr. Chitling, que ia responder. — O que diz, Charley?

— Digo — respondeu mestre Bates, rindo — que está apaixonado por Betsy. Vejam como ele ficou vermelho! Quem diria! Tommy Chitling está apaixonado! Ah, Fagin, Fagin! Que piada!

Completamente dominado pela ideia do sr. Chitling ser vítima da terna paixão, mestre Bates sentou-se na cadeira com tanta força que perdeu o equilíbrio e caiu no chão, onde permaneceu deitado até parar de rir — afinal, o acidente não interferiu em sua alegria. Então voltou a sentar-se e começou a rir de novo.

— Não ligue para ele — disse o judeu, piscando para o sr. Dawkins e censurando mestre Bates, atingindo-o com o fole. — Betsy é uma boa moça. Namore com ela, Tom.

— O que eu queria dizer, Fagin — respondeu o sr. Chitling, corando —, é que isso não é da conta de ninguém.

— Sim — respondeu o judeu —, mas Charley é um linguarudo. Não ligue para ele. Betsy é uma boa moça. Faça o que ela lhe disser, e vocês serão felizes.

— *Faço tanto* o que ela me diz para fazer — respondeu o sr. Chitling — que acabei me envolvendo com vocês por ouvir os conselhos dela. Mas isso acabou sendo ótimo para você, não é, Fagin? Afinal, o que são seis semanas na cadeia? Mais cedo ou mais tarde, acabaremos presos. E por que não no inverno, quando estiver menos disposto a sair a passeio?

— Sem dúvida, meu caro — respondeu o judeu.

— Você não se importaria de ir de novo, não é — perguntou Malandro, piscando para Charley e o judeu —, se estivesse com Bet?

— Não — respondeu Tom, irritadiço. — E quem poderia dizer o mesmo?

— Ninguém — respondeu o judeu. — Ninguém mesmo. Você é o único, Tom.

— Poderia ter ido embora, se tivesse me separado dela, não é, Fagin? — continuou o pobre rapaz. — Bastava dizer uma palavra, não é verdade?

— Sim — respondeu o judeu.

— Mas eu não disse nada, não é mesmo? — indagou Tom, lançando uma pergunta atrás da outra.

— Não, não — respondeu o judeu —, você foi muito corajoso. Muito corajoso, meu caro!

— Talvez — disse Tom, olhando ao seu redor —, mas, se sou tão corajoso, por que riem de mim, Fagin?

O judeu, percebendo que o sr. Chitling estava bastante agitado, apressou-se em assegurar-lhe que ninguém estava rindo e, para provar isso, apelou para mestre Bates, o principal agressor. Mas, infelizmente, Charley, ao abrir a boca para responder que nunca estivera tão sério em sua vida, foi incapaz de conter a risada, o que irritou o sr. Chitling. Este, sem quaisquer cerimônias preliminares, correu pela sala e desferiu um soco no ofensor, que, de forma evasiva, abaixou-se para desviar do golpe num momento tão preciso que o soco acertou, em cheio, no peito do velho, fazendo-o mancar até a parede, onde permaneceu sem fôlego enquanto o sr. Chitling parecia muito consternado.

— Atenção! — gritou Malandro, repentinamente. — Ouvi a campainha.

Pegando a vela, ele subiu lentamente a escada.

A campainha foi tocada outra vez, com certa impaciência. Após um breve intervalo, Malandro voltou e sussurrou misteriosamente a Fagin:

— O quê! — exclamou o judeu. — Sozinho?

Malandro confirmou e, ocultando a chama da vela com a mão, avisou a Charley Bates que não era o melhor momento para rir. Após fazer esse favor ao amigo, olhou para o judeu e aguardou suas instruções.

O velho mordeu seus dedos amarelados e refletiu por alguns segundos. A agitação de seu rosto anunciava que ele temia o pior. Enfim, levantou a cabeça.

— Onde ele está? — perguntou.

Malandro apontou para cima e fez um gesto, como se quisesse sair da sala.

— Sim — disse o judeu, em resposta a uma pergunta subentendida. — Mande-o descer. Silêncio! Charley, Tom, saiam!

Charley Bates e seu recente antagonista obedeceram imediatamente. Tudo estava em silêncio quando Malandro desceu a escada segurando a vela, acompanhado de um homem vestido com uma bata ordinária, que, após lançar um olhar apressado ao redor do quarto, removeu uma grande capa que lhe escondia a parte inferior do rosto e revelou as feições de Toby Crackit, que estava pálido, sujo e com a barba por fazer.

— Como está, Fagin? — perguntou Toby, acenando ao judeu. — Malandro, guarde esta capa para que eu saiba onde encontrá-la quando eu for embora. Você será um excelente ladrão, melhor do que todos nós.

Com essas palavras, levantou a bata, aproximou uma cadeira da lareira e pôs os pés na grade.

— Veja lá, Fagin — disse ele, apontando desconsoladamente para suas botas — nem uma gota de graxa desde você sabe quando. Mas não me olhe assim. Tudo virá a seu tempo. Não posso falar de negócios sem ter comido e bebido, pois isso nos dá sustentação. Há três dias que não como direito!

O judeu fez sinal a Malandro para pôr a mesa. Então, sentando-se em frente ao ladrão, esperou que ele começasse a falar.

Julgando pela aparência, Toby não estava com pressa para iniciar uma conversa. A princípio, o judeu contentou-se em observar pacientemente seu semblante, como se esperasse que alguma notícia se revelasse em seu rosto, mas foi em vão.

Toby parecia cansado, mas seu rosto dizia que estava calmo como sempre, e, apesar da sujeira, da barba e das suíças, o sorriso do rapaz ainda se revelava. O judeu, sofrendo uma crise de impaciência, observava cada bocado que Toby punha na boca, andando ansioso de um lado para o outro. Era inútil. Toby continuou comendo, indiferente a Fagin. Quando acabou, pediu que Malandro se retirasse, fechou a porta, encheu um copo de gim e começou a falar.

— Em primeiro lugar, Fagin... — disse Toby.

— Sim, sim! — interrompeu o judeu, aproximando a cadeira.

O sr. Crackit parou para tomar um gole da bebida e declarou que o gim era excelente. Em seguida, pondo os pés no guarda-fogo, de modo a colocar as botas ao nível dos olhos, disse:

— Em primeiro lugar, Fagin, como está Bill?

— O quê! — exclamou o judeu, espantado.

— Quer dizer que... — falou Toby, empalidecendo.

— Onde estão eles? — gritou o judeu, batendo o pé furiosamente no chão. — Sikes e o menino! Onde estão? Onde estavam? Onde estão escondidos? Por que não voltaram?

— O roubo fracassou — disse Toby, vagamente.

— Eu sei — respondeu o judeu, pegando um jornal do bolso e apontando para ele. — E o que mais aconteceu?

— Atiraram e atingiram o menino. Fugimos pelo campo, levando o garoto e pulando cercas e valas. Perseguiram-nos. Raio! Todos acordaram, e cães foram soltos para nos caçar.

— E o menino?

— O Bill carregou-o às costas e correu como o vento. Paramos para levá-lo entre nós, sua cabeça pendia, e ele estava gelado. Estavam perto de nós, e foi cada um por si, cada um por sua vida! Nós nos separamos e deixamos o menino deitado numa vala. Vivo ou morto... é tudo o que sei dele.

O judeu não ouviu mais nada. Berrou, puxou os cabelos e saiu correndo do quarto e da casa.

XXVI

ENTRA EM CENA UM PERSONAGEM MISTERIOSO

O velho chegara à esquina da rua antes de se recobrar do efeito da notícia de Toby Crackit. Não diminuíra os passos e ainda seguia rapidamente, de forma agitada e desordenada, quando uma carruagem quase o atropelou, e os gritos dos transeuntes, que perceberam o perigo, fizeram-no seguir pela calçada. Evitando, na medida do possível, todas as principais vias e seguindo apenas por vielas, chegou finalmente a Snow Hill. Lá, caminhou ainda mais rápido do que antes, sem parar, até chegar a um pátio, onde, como se estivesse consciente de que estava em um lugar familiar, diminuiu o ritmo dos passos e pareceu respirar mais livremente.

Perto de onde Snow Hill e Holborn Hill se encontram, à direita da saída da cidade, há um beco estreito e sombrio, que leva a Saffron Hill. Em suas lojas sórdidas estão expostos para venda enormes montes de lenços de seda usados, de todos os tamanhos e padrões, pois ali residem os comerciantes que os compram dos ladrões. Centenas desses lenços estão pendurados nas janelas ou nas portas. No interior, ficam empilhados em prateleiras. Confinados aos limites de Field Lane, os moradores têm sua barbearia, sua cafeteria, sua cervejaria e sua peixaria. É uma colônia comercial por si só: o empório dos pequenos furtos, visitado de manhã e à noite por mercadores silenciosos, que traficam na surdina e partem sorrateiramente. Lá, o alfaiate, o sapateiro e o vendedor de panos exibem suas mercadorias.

O judeu entrou nesse local. Ele era bastante conhecido pelos miseráveis do lugar, pois todos que estavam à espreita para comprar ou vender o cumprimentaram com um sinal de cabeça enquanto ele passava. Respondeu do mesmo modo, mas não parou até chegar ao fim do beco para se dirigir a um vendedor de baixa estatura, que tentava se manter sentado numa cadeira de criança e fumava um cachimbo na porta de seu armazém.

— Que bom vê-lo, sr. Fagin — disse o respeitável comerciante.

— A vizinhança estava um pouco quente demais — disse Fagin, levantando as sobrancelhas e cruzando os braços.

— Bem, já ouvi reclamarem disso algumas vezes — respondeu o comerciante —, mas logo esfriará, não acha?

Fagin assentiu com a cabeça. Apontando para Saffron Hill, perguntou se havia alguém lá.

— No Coxos? — perguntou o homem.

O judeu assentiu com a cabeça.

— Deixe-me pensar — respondeu o comerciante, refletindo. — Sim, acho que estão lá uns seis. Mas não creio que seu amigo esteja.

— Sikes não está? — perguntou o judeu, parecendo desapontado.

— *Non istwentus*,[8] como dizem os advogados — respondeu o homenzinho, balançando a cabeça e com um ar dissimulado. — Tem algo para mim hoje?

— Nada — disse o judeu, virando-lhe as costas.

— Vai ao Coxos? — indagou o homenzinho. — Espere! Adoraria tomar algo com o senhor!

Mas como o judeu, olhando para trás, fez um sinal de que preferia ir sozinho, e, como o homenzinho não podia sair facilmente da cadeira, o Coxos ficou, por um tempo, desprovido da presença do sr. Lively. Quando ele conseguiu se levantar, o judeu desaparecera. Logo, o sr. Lively, após ficar inutilmente na ponta dos pés na esperança de vê-lo, sentou-se outra vez na cadeirinha e, após cumprimentar uma senhora que residia na loja oposta, com quem trocou um olhar de dúvida e desconfiança, voltou a fumar o cachimbo.

O Três Coxos ou melhor, o Coxos, como era conhecido por todos que o frequentavam, era a taverna na qual o sr. Sikes e seu cão já se apresentaram. Fagin, limitando-se a fazer um sinal a um homem no balcão, subiu a escada, abriu a porta de uma sala, entrou e olhou ao seu redor, sombreando os olhos com a mão, como se procurasse alguém.

A sala era iluminada por duas lamparinas de gás, cuja luz não se podia ver de fora por conta de persianas e cortinas fechadas

8 *Non istventus* é a grafia correta em latim. Há a hipótese de que a pronúncia da letra v no latim era ensinado em inglês como w. Talvez Dickens tenha usado o termo com essa grafia para apontar que quem fala não está familiarizado com o latim, mas conhece a expressão, que aqui significaria "não se sabe o paradeiro". (N.E.)

sobre as janelas. O teto era pintado de escuro para evitar que sua cor manchasse com a fuligem das lamparinas. O ambiente estava envolvido numa espessa nuvem de tabaco, que quase não permitia discernir coisa alguma. Aos poucos, à medida que saía um pouco de fumaça quando a porta era aberta, podia ser visto um punhado de cabeças, um ambiente tão confuso quanto o som que chegava aos ouvidos. À medida que os olhos se acostumavam à cena, o espectador tomava consciência da presença de um grande grupo de homens e mulheres dispostos ao redor de uma grande mesa, em cuja extremidade superior estava o presidente com um martelo na mão. Um músico de nariz vermelho e com o rosto enfaixado por conta de uma dor de dente tocava piano num canto.

Quando Fagin entrou, o músico, passando os dedos nas teclas a modo de prelúdio, ocasionou um grito geral de pedido de canção. Após o barulho cessar, uma moça começou a entreter o público cantando uma música em quatro versos, entre os quais o acompanhante tocava a melodia o mais alto que podia. Quando isso acabou, o presidente fez um gesto de aprovação. Depois os músicos iniciaram um dueto que foi recebido com muitos aplausos.

Era curioso observar alguns rostos que se destacavam naquele grupo. Havia o presidente (o dono do estabelecimento), um sujeito atlético e robusto que, enquanto as canções eram tocadas, vigiava tudo ao seu redor. Perto dele estavam os cantores, recebendo com indiferença os elogios e bebendo uma dúzia de copos de gim, oferecidos por seus admiradores mais bizarros, cujos semblantes expressivos de quase todos os vícios, em quase todos os graus, atraíam irresistivelmente a atenção devido à sua repulsa. A astúcia, a ferocidade e a embriaguez, em todos os sentidos, estavam ali em seu aspecto mais duro. As mulheres, algumas moças quase no fim da juventude, outras marcadas pela vida, crimes, vícios e devassidões, formavam a parte mais sombria e triste desse quadro.

Fagin, pouco abalado pela cena, observava cada rosto que via, sem encontrar aparentemente o que procurava. Atraindo a atenção do presidente, cumprimentou-o com um gesto e saiu da sala tão sorrateiramente quanto entrara.

— Como posso lhe ajudar, sr. Fagin? — perguntou o homem, que o seguiu até a porta. — Não quer se juntar a nós? Todos ficariam encantados.

O judeu balançou a cabeça impacientemente e murmurou:

— *Ele* está aqui?

— Não — respondeu o homem.

— E não há notícias de Barney? — perguntou Fagin.

— Nenhuma — respondeu o dono do Coxos. — Ele não virá até que tudo esteja seguro. Estão à sua procura; se ele aparecesse seria preso na hora. Deve estar bem, senão eu já teria recebido notícias.

— *Ele* virá esta noite? — perguntou o judeu, enfatizando outra vez o respectivo pronome.

— Monks? — perguntou o senhorio, em dúvida.

— Xiu! — disse o judeu. — Sim.

— Com certeza — respondeu o homem, tirando do bolso um relógio de ouro. — Eu esperava por ele mais cedo. Espere dez minutos, talvez ele...

— Não, não — disse o judeu, rispidamente, como se, embora quisesse ver a pessoa em questão, estivesse aliviado por não a encontrar. — Diga-lhe que vim vê-lo e que vá até a minha casa hoje. Não, é melhor amanhã.

— Perfeito — disse o homem. — Algo mais?

— Por enquanto, não — disse o judeu, descendo a escada.

— Ora — sussurrou o outro, inclinando a cabeça —, que bom momento para uma venda! Phil Barker está aqui e tão bêbado que até uma criança poderia com ele!

— Ah! Mas a hora de Phil Barker ainda não chegou — disse o judeu. — Phil tem mais coisas a fazer antes que lidemos com ele. Volte a seus amigos, meu caro, e diga-lhes para aproveitarem a vida enquanto puderem. Ha Ha Ha!

O senhorio também riu e voltou a se reunir com os convidados. Assim que ficou sozinho, o semblante do judeu voltou a parecer inquieto e reflexivo. Após pensar um pouco, subiu em um pequeno coche e mandou o cocheiro seguir para Bethnal Green. Desceu a cerca de quatrocentos metros da casa do sr. Sikes e fez o resto do trajeto a pé.

"Agora", pensou o judeu, batendo na porta, "se estiver acontecendo alguma grande conspiração, mocinha esperta, arrancarei a verdade de você".

Disseram-lhe que ela estava em seu quarto. Fagin subiu a escada e entrou sem cerimônia. A moça estava sozinha, com a cabeça apoiada na mesa e os cabelos soltos.

"Parece-me bêbada ou triste", pensou o judeu.

O velho voltou-se para fechar a porta, e esse barulho despertou a moça. Ela o encarou e perguntou-lhe se havia novidades, então foi informada das notícias que Toby Crackit trouxera. Quando concluiu, ela voltou a seu estado anterior, sem dizer uma palavra.

Durante esse silêncio, o judeu parecia inquieto. Olhava ao redor da sala, como se quisesse assegurar-se de que Sikes não voltara e estivesse escondido. Aparentemente satisfeito, tossiu duas ou três vezes e tentou iniciar uma conversa, mas a moça o ignorou por completo. Resolveu tentar mais uma vez. Esfregando as mãos, disse, num tom conciliador:

— Onde acha que Bill está, querida?

A moça murmurou uma resposta quase ininteligível, afirmando que não sabia.

— E o menino? — indagou o judeu, esforçando os olhos para vislumbrar o rosto da moça. — Pobrezinho! Deixado numa vala! Nancy, o que acha disso?

— O menino — disse a moça, erguendo subitamente a cabeça — está melhor onde está do que entre nós. E se não aconteceu nada de mal a Bill, espero que o menino tenha morrido na vala e que seus ossos apodreçam lá.

— O quê! — exclamou o judeu, espantado.

— Disse isso mesmo que você ouviu — retrucou a moça, encarando-o. — Ficarei feliz em não o ver mais e saber que o pior já passou. Não suporto vê-lo. Ao olhá-lo, passo a me odiar e a todos vocês.

— Bobagem! — disse o judeu, com desdém. — Você está bêbada.

— Estou? — disse a moça, com amargura. — É culpa sua se estou! Você gostaria que eu estivesse sempre bêbada, exceto agora... Meu humor atual não lhe agrada, não é?

— Não! — replicou o judeu, furiosamente. — Não me agrada nada.

— Esqueça então! — respondeu a moça, rindo.

— Esquecer? — exclamou o judeu, exasperado com a obstinação inesperada da companheira. — Vou *agir*! Ouça-me, sua sonsa: com seis palavras, posso mandar estrangular Sikes com tanta certeza como se tivesse agora a garganta do touro entre as mãos. Se ele voltar sem o menino, se o deixou escapar, se não o trouxer vivo ou morto, pode matá-lo você mesma, se quiser que ele escape à forca. Faça isso assim que ele pisar neste quarto ou será tarde demais!

— O que você quer dizer com isso? — perguntou a moça.

— O que quero dizer? — continuou Fagin, louco de raiva. — Uma vez que o menino vale centenas de libras para mim, devo perder uma garantia de segurança por causa dos caprichos de um bando de bêbados a quem eu, tranquilamente, poderia esganar! E também me submeter a um pobre diabo que só tem intenção, mas não tem o poder de...

Sem fôlego, o velho começou a balbuciar. Então, deu-se conta da própria raiva e conteve-se. Pouco antes, tinha as mãos cerradas, os olhos dilatados e o rosto vermelho de raiva; agora, deixou-se cair numa cadeira, estremecendo ao pensar que revelara uma vilania oculta. Após um breve silêncio, aventurou-se a olhar para sua companheira. Ele parecia um pouco mais tranquilo ao vê-la tão indiferente quanto se encontrava ao chegar.

— Nancy, querida! — disse o judeu, no tom de costume. — Ouviu o que eu disse?

— Não me perturbe, Fagin! — respondeu a moça, erguendo a cabeça. — Se Bill fracassou desta vez, conseguirá na próxima oportunidade. Tem trabalhado bem e continuará a fazê-lo enquanto puder.

— E quanto ao menino? — perguntou o judeu esfregando as mãos.

— O menino corre os mesmos riscos que os demais — disse Nancy. — Repito: espero que ele esteja morto, isto é, se nada de mau aconteceu a Bill. Se Toby se safou, Bill também deve estar a salvo, pois ele vale por dois Toby.

— E sobre aquilo que acabei de dizer? — indagou o judeu, encarando-a fixamente.

— Se é a respeito de algo que quer que eu faça, repita — retrucou Nancy. — De todo modo, é melhor esperar até amanhã. Você me despertou por um instante, mas agora estou zonza novamente.

Fagin perguntou ainda várias outras vezes para assegurar se a moça percebera suas insinuações, mas ela respondeu-lhe tão prontamente e de forma impassível que sua impressão original de que ela estaria bêbada foi confirmada. Nancy não era isenta dessa falha tão comum entre os discípulos do judeu e, nos seus anos mais tenros, era mais encorajada do que controlada. Sua aparência desordenada e um forte cheiro de gim que permeava o aposento sustentavam a suposição do judeu. Logo caiu num estado de torpor e depois num composto de emoções sob a influência das quais derramava lágrimas num minuto e, no minuto seguinte, proferia várias exclamações incoerentes. O sr. Fagin, que tivera vasta experiência em tais assuntos em sua mocidade, percebeu, com grande satisfação, que ela estava realmente muito distante.

Após ter ficado aliviado com essa descoberta e ter cumprido seus dois objetivos, o de transmitir à moça o que ele ouvira naquela noite e o de se assegurar que Sikes não regressara, o sr. Fagin voltou para casa, deixando sua jovem amiga dormindo, com a cabeça apoiada na mesa.

Era quase meia-noite. Com a escuridão e o frio penetrante da noite, ele não sentia muita vontade para vadiar. O vento forte que soprava nas ruas parecia livrá-las de transeuntes, pois poucas pessoas caminhavam por ali. O vento soprava nas costas do judeu, que tremia a cada rajada em seu caminho para casa.

Na esquina de sua rua, já procurava no bolso a chave quando uma figura sombria saiu de algum canto, atravessou a rua e aproximou-se dele.

— Fagin! — sussurrou uma voz aos ouvidos.

— Ah! — disse o judeu, voltando-se rapidamente. — É você que...

— Sim! — interrompeu o estranho. — Estou esperando há duas horas. Onde diabo você esteve?

— Cuidando dos seus assuntos — respondeu o judeu, olhando desconfortavelmente para seu companheiro e diminuindo o ritmo dos passos.

— Ah, claro! — disse o estranho, de forma irônica. — Pois bem, e então?

— Nenhuma notícia boa — afirmou o judeu.

— Nem ruim, espero — falou o estranho, olhando assustado para seu companheiro.

O judeu balançou a cabeça e ia responder quando o estranho, interrompendo-o, dirigiu-se à casa, observando que era melhor que conversassem lá dentro, pois seu sangue estava congelando por esperar fora tanto tempo.

Fagin não achava que era um bom momento para receber visitas, logo insinuou que não havia fogo, mas, como seu companheiro insistia, abriu a porta e pediu-lhe que a fechasse suavemente enquanto ia atrás de uma vela.

— Aqui é tão escuro quanto uma tumba — disse o homem, dando alguns passos à frente. — Depressa!

— Feche a porta — sussurrou Fagin.

Depois que disse isso, ouviu-se um forte barulho da porta sendo fechada.

— Não fui eu — disse o outro homem. — Foi o vento ou a porta fechou sozinha. Traga uma vela ou vou acabar arrebentando os miolos tropeçando em algum lugar.

Fagin desceu furtivamente os degraus da cozinha. Após uma curta ausência, voltou com uma vela. Sabendo que Toby Crackit dormia no quarto dos fundos e os demais meninos, no quarto da frente, pediu ao homem que o seguisse e subiu a escada.

— Podemos trocar algumas poucas palavras aqui mesmo — disse o judeu, abrindo uma porta no primeiro andar. — Como há buracos nas persianas e não queremos ser vistos pelos vizinhos, deixarei a vela na escada!

Com essas palavras, o judeu pôs a vela num degrau superior em frente à porta do quarto. Então, ele entrou no cômodo, cuja mobília constituía-se apenas de uma cadeira com os braços quebrados e um sofá velho sem cobertura disposto atrás da porta. Cansado, o estranho sentou-se no sofá. O judeu pegou a cadeira e sentou-se à sua frente. Não estava tão escuro. Como a porta ficara entreaberta, a vela iluminava tenuamente o ambiente.

Apesar de cochicharem, e embora nada da conversa fosse distinguível além de algumas palavras desarticuladas aqui e ali, um ouvinte poderia facilmente perceber que Fagin parecia se defender de algumas observações do estranho, que parecia irritado. Conversaram assim por cerca de quinze minutos quando Monks, o estranho, disse, erguendo a voz:

— Repito: foi um péssimo plano. Por que não o deixou aqui para torná-lo um batedor de carteiras?

— Você devia tê-lo visto — disse o judeu, dando de ombros.

— Quer dizer que não queria fazer isso? — perguntou Monks, com firmeza. — Você já não fez isso várias vezes com outros garotos? Se tivesse mais paciência, em um ano, no máximo, não conseguiria condená-lo, livrando-se dele para sempre?

— E a quem isso beneficiaria? — perguntou o judeu, humildemente.

— A mim — respondeu Monks.

— Mas não a mim — disse o judeu, de modo submisso. — Ele poderia se tornar útil para mim. Quando há duas partes num acordo, é razoável que os interesses de ambas sejam consultados, não é, meu bom amigo?

— Como assim? — indagou Monks.

— Percebi que não seria fácil treiná-lo — respondeu o judeu. — Ele não é como os outros.

— Claro que não! — murmurou o homem. — Ou já teria se tornado ladrão há muito tempo.

— Não consegui persuadi-lo — continuou o judeu, observando ansiosamente a face do companheiro. — Não nasceu para o ofício. Não tinha nada com que assustá-lo, o que sempre devemos fazer a princípio ou qualquer esforço é em vão. O que eu podia fazer? Mandá-lo sair com o Malandro e Charley? Já tentei, meu caro. Agora sinto calafrios por todos nós.

— Não tive nada a ver com *isso* — observou Monks.

— Não, não! — disse o judeu. — E não quero discutir esse assunto agora, pois, se isso jamais tivesse acontecido, talvez você nunca teria se interessado pelo menino e percebesse que ele é exatamente o que você procura. Pois bem! Quem o trouxe foi uma moça, e, por fim, *ela* começou a favorecê-lo.

— Mate a garota! — exclamou Monks, com impaciência.

— Não podemos fazer isso agora — respondeu o judeu, sorrindo. — Além disso, não fazemos esse tipo de coisa ou eu já o teria feito. Sei como essas moças são, Monks. Assim que o menino crescer, ela não se importará mais com ele. Você quer que ele se torne um ladrão. Se ele estiver vivo, posso fazê-lo se tornar um, mas, se estiver morto... — disse o judeu, aproximando-se do outro.

— Não será culpa minha! — interrompeu o outro, aterrorizado e apertando o braço do judeu com as mãos trêmulas. — Não se esqueça disso, Fagin! Não me envolva nisso. Tudo menos a morte, foi o que lhe disse desde o início. Não derramo sangue, isso é sempre descoberto e assombra um homem para o resto da vida. Se ele morreu, não fui o responsável, ouviu bem? Maldito luar infernal! O que é aquilo?

— O quê? — perguntou o judeu, segurando o covarde pela cintura. — Onde?

— Ali! — respondeu o homem, olhando para a parede. — Uma sombra! Vi a sombra de uma mulher, de capa e touca, passando pela parede como uma brisa!

O judeu o soltou, e eles saíram correndo da sala. A vela estava onde fora colocada. Iluminava apenas a escada vazia e seus próprios rostos pálidos. Ouviram atentamente, e um silêncio profundo reinava por toda a casa.

— Você está delirando — disse o judeu, pegando a vela e voltando-se ao companheiro.

— Juro que a vi! — respondeu Monks, tremendo. — Estava inclinando-se e, quando disse que a vi, fugiu.

O judeu olhou com desprezo para o rosto pálido do parceiro e sugeriu que subissem a escada. Olharam em todos os quartos e estavam vazios. Desceram a escada e chegaram ao porão. Tudo estava impassível.

— E então? — perguntou o judeu, ao subirem novamente. — Além de nós, Toby e os rapazes, não há ninguém em casa. Veja!

Para assegurá-lo disso, o judeu tirou duas chaves do bolso e explicou que, quando desceu, ele os trancara para evitar qualquer intrusão na reunião entre os dois.

Isso tranquilizou o sr. Monks. Seus protestos foram-se tornando cada vez menos veementes à medida que prosseguiam a busca sem fazer qualquer descoberta. Ele começou a rir e admitiu que aquilo só podia ser fruto da sua imaginação. Mas recusou retomar a conversa, pois já passava de uma hora da madrugada. Então, os dois amigos se separaram.

XXVII

REPARAÇÃO A UMA DESCORTESIA DE UM CAPÍTULO ANTERIOR EM QUE SE ABANDONOU SEM CERIMÔNIA UMA SENHORA

Não seria de forma alguma conveniente a um humilde autor fazer esperar um personagem tão importante como um bedel com as costas para o fogo e as abas do casaco debaixo dos braços, e sendo também descortês tratar com negligência uma senhora a quem o bedel olhara com ternura e afeto e a cujos ouvidos sussurrou doces palavras, que, vindas de tal homem, bem poderiam emocionar uma dama ou uma matrona de qualquer condição. O historiador cuja pena escreve estas palavras, crendo que sabe seu lugar e que é respeitado por aqueles que exercem neste mundo uma grande e importante autoridade, vem prestar-lhes a homenagem que sua posição reclama e tratá-las com toda a cerimônia que seu elevado posto e, consequentemente, grandes virtudes exigem. Com essa finalidade, o autor tinha a intenção de introduzir aqui uma dissertação sobre o direito divino dos bedéis e explicar que um bedel nunca pode fazer mal, algo que seria agradável e proveitoso ao leitor atento, mas infelizmente, por falta de tempo e de espaço, o autor é obrigado a adiar essa intenção para outra oportunidade mais conveniente e adequada. Quando essa ocasião surgir, o autor mostrará que um bedel devidamente constituído, ou seja, um bedel paroquial, que trabalha num asilo paroquial e servindo a uma igreja paroquial, é, em direito e em virtude do ofício, detentor de todas as melhores qualidades da humanidade e que os bedéis que trabalham nas administrações, nos tribunais e em capelas apresentam as mais elevadas qualidades possíveis.

•••

O sr. Bumble tinha recontado as colheres de chá, pesado a pinça de açúcar, inspecionado de forma mais detalhada a leiteira e averiguado a condição precisa da mobília, inclusive dos assentos das cadeiras, e repetira cada processo seis vezes antes de começar a pensar quando a sra. Corney voltaria. Como não havia sinal dela, o sr. Bumble pensou que seria uma forma inocente e virtuosa de passar o tempo se saciasse sua curiosidade verificando o conteúdo da cômoda.

Após encostar o ouvido na fechadura para se assegurar de que ninguém se aproximava da sala, o sr. Bumble, começando por baixo, procedeu a verificar o conteúdo de três grandes gavetas, cheias de várias peças de roupa em bom estado, cuidadosamente conservadas entre duas camadas de jornais antigos, salpicadas com lavanda seca, o que pareceu deixá-lo muito contente. Ao chegar à gaveta do canto direito, na qual estava a chave, e vendo nela uma caixinha fechada, que, ao ser sacudida, fazia um som agradável, o sr. Bumble voltou à lareira, sentou-se e disse, com ar grave e determinado:

— Já me decidi!

Após essa notável declaração, ele balançou a cabeça durante dez minutos e, depois, com muito prazer e interesse, de perfil, começou a contemplar as pernas.

Ainda fazia isso quando a sra. Corney entrou correndo na sala, sentou-se ofegante numa cadeira perto da lareira, cobriu os olhos com uma mão e pôs a outra sobre o coração.

— Sra. Corney — disse o sr. Bumble, inclinando-se sobre a matrona —, o que houve? Aconteceu algo? Por favor, responda. Estou sobre...

Em sua inquietação, o sr. Bumble não conseguia se lembrar da palavra "brasas", logo disse "garrafas quebradas".

— Ah, sr. Bumble! — exclamou a senhora. — Fiquei perplexa!

— Perplexa? — repetiu o sr. Bumble. — Quem se atreveria a... Já entendi! Foram aquelas velhas pobres perversas!

— Só de pensar fico horrorizada! — exclamou a senhora, tremendo.

— Então *não* pense nisso — recomendou o sr. Bumble.

— Não consigo evitar — lamentou-se a senhora.

— Beba alguma coisa — disse o sr. Bumble, calmamente. — Que tal um pouco de vinho?

— Não! — respondeu a sra. Corney. — Não posso... Ah! Na prateleira de cima, no canto direito.

Proferindo essas palavras, a boa senhora apontava distraidamente para o armário enquanto sofria espasmos. O sr. Bumble correu ao armário, pegou uma garrafa verde da prateleira indicada, encheu uma xícara com seu conteúdo e levou-a aos lábios da senhora.

— Estou me sentindo melhor agora — disse a sra. Corney, recostando-se na cadeira, após beber metade da xícara.

O sr. Bumble levantou os olhos piedosamente ao teto em agradecimento, depois olhou para a xícara e a ergueu até o nariz.

— É hortelã — disse a sra. Corney, com a voz fraca e sorrindo gentilmente para o bedel. — Prove!

O sr. Bumble provou a bebida em dúvida, estalou os lábios, tomou outro gole e esvaziou a xícara.

— É muito reconfortante — disse a sra. Corney.

— Muito — concordou o bedel, aproximando sua cadeira à da matrona.

Então, perguntou gentilmente o que tinha acontecido para angustiá-la.

— Nada — respondeu a sra. Corney. — É que sou tola, impressionável e fraca.

— Fraca não — disse o sr. Bumble, aproximando mais a cadeira. — A senhora se acha fraca, sra. Corney?

— Somos todos fracos — afirmou a sra. Corney estabelecendo um princípio geral.

— É verdade — concordou o bedel.

Permanecera em silêncio por um ou dois minutos. Então, o sr. Bumble tirou o braço esquerdo das costas da cadeira da sra. Corney para posicioná-lo na cintura da matrona.

— Somos todos fracos — disse o sr. Bumble.

A sra. Corney suspirou.

— Não suspire, sra. Corney — pediu o sr. Bumble.

— Não consigo evitar — respondeu a sra. Corney, suspirando outra vez em seguida.

— Este quarto é muito confortável — disse o sr. Bumble, olhando ao redor. — Se tivesse outro quarto contíguo seria excelente.

— Seria demais para uma pessoa — murmurou a senhora.

— Mas não para duas — falou o sr. Bumble, com voz terna. — O que acha?

A sra. Corney abaixou a cabeça quando o bedel disse isso. Ele também abaixou a cabeça para ver a da sra. Corney. Ela, com muita propriedade, virou a cabeça e tirou a mão para procurar o lenço e então voltou a pousá-la na do sr. Bumble.

— O conselho lhe dá carvão, sra. Corney? — perguntou o bedel, apertando-lhe carinhosamente a mão.

— E velas — respondeu a sra. Corney, devolvendo-lhe levemente o aperto de mão.

— Carvão, velas e casa — disse o sr. Bumble. — Ah, a senhora é um anjo, sra. Corney!

A senhora não resistiu a essa explosão de sentimentos. Caiu nos braços do sr. Bumble, e o cavalheiro, em sua agitação, deu-lhe um beijo apaixonado no nariz.

— Que perfeição paroquial! — exclamou o sr. Bumble. — Sabia que o sr. Slout piorou?

— Sim — respondeu a sra. Corney, acanhada.

— Ele não durará uma semana, segundo o médico — continuou o sr. Bumble. — Ele é o dono deste estabelecimento. Sua morte deixará uma vaga em aberto e será preciso preenchê-la. Ah, sra. Corney, que perspectiva! Que oportunidade para unir dois corações!

A sra. Corney soluçou.

— O que me diz? — perguntou o sr. Bumble, inclinando-se para aquela beleza tímida. — Diga essa doce palavrinha, querida Corney?

— S... sim! —suspirou a matrona.

— Mais uma coisa — disse o bedel. — Controle suas emoções e responda: quando nos casaremos?

A sra. Corney tentou falar duas vezes, sem sucesso. Reunindo toda sua coragem, lançou os braços ao redor do pescoço do sr. Bumble e respondeu que seria quando quisesse, pois ele era irresistível.

Assim decidido de forma amigável e satisfatória, a união foi solenemente ratificada ao beberem outra xícara com a bebida de hortelã, o que se tornou ainda mais necessário por conta do estado de agitação da senhora. Enquanto isso, ela informou o sr. Bumble do falecimento da velha.

— Muito bem — disse o cavalheiro, tomando a bebida. — Passarei pela casa de Sowerberry e lhe direi para tomar as providências amanhã. Foi isso que a assustou, meu amor?

— Não foi nada de especial, querido — disse a senhora, evasivamente.

— Deve ter acontecido alguma coisa — falou o sr. Bumble. — Não dirá ao seu querido Bumble?

— Agora não — respondeu a dama. — Algum dia, depois de nos casarmos.

— Depois de nos casarmos! — exclamou o sr. Bumble. — Espero que nenhum desses mendigos tenha se atrevido a...

— Não, não, amor! — interrompeu a senhora, precipitadamente.

— Se isso fosse verdade — continuou o sr. Bumble —, se um deles ousasse olhar de forma atrevida para seu belo rosto...

— Não se atreveriam, amor — respondeu a senhora.

— É melhor não! — bradou o sr. Bumble, cerrando o punho. — Queria ver qualquer homem, paroquial ou extraparoquial, atrever-se a fazê-lo. Asseguro-lhe que não o faria uma segunda vez!

Sem a presença dos gestos violentos, a senhora poderia achar tais palavras pouco lisonjeiras, mas, como o sr. Bumble proferia essas ameaças fazendo muitos gestos bélicos, ela ficou muito comovida com essa prova de devoção.

O sr. Bumble levantou a gola do casaco, pôs o chapéu de três bicos e, após trocar um longo e afetuoso abraço com sua noiva, mais uma vez enfrentou o vento frio da noite. Parou somente por alguns minutos na ala dos pobres para maltratá-los um pouco, com o intuito de conferir se tinha toda a severidade necessária ao cargo de diretor do asilo. Convencido de suas qualificações, o sr. Bumble saiu da instituição com o coração leve e com a brilhante perspectiva de sua futura promoção. Continuou pensando em seu futuro até chegar ao estabelecimento do agente funerário.

O sr. e a sra. Sowerberry haviam saído para tomar chá, e, como Noah Claypole nunca fazia qualquer esforço maior além do que o necessário para se alimentar, a loja ainda não estava fechada, embora passasse do horário habitual de funcionamento. O sr. Bumble deu várias bengaladas no balcão, mas ninguém veio atendê-lo. Então, ele viu uma luz brilhando pela janela de vidro da salinha do fundo da loja e resolveu conferir o que estava acontecendo. Quando viu, ficou surpreso.

A mesa estava posta. Havia pão, manteiga, pratos, copos, cerveja e vinho. Na cabeceira da mesa, o sr. Noah Claypole estava sentado displicentemente numa poltrona, com as pernas em cima de um dos braços do móvel, um canivete aberto numa mão e uma fatia de pão com manteiga na outra. Ao seu lado estava Charlotte, tirando ostras de um barril, abrindo-as e dando-as ao sr. Claypole, que as engolia com voracidade. Seu nariz estava mais vermelho do que nunca e um certo piscar de olho direito denotava que ele estava ligeiramente ébrio. Tais sintomas eram confirmados pelo intenso prazer com que engolia as ostras, o que demonstrava um conhecimento de suas propriedades refrigerantes em casos de inflamação interna.

— Esta está gorda e apetitosa, Noah! — disse Charlotte. — Prove-a.

— Que delícia! — comentou o sr. Claypole, após tê-la engolido. — Que pena não poder comer muito sem passar mal, não é, Charlotte?

— É uma crueldade e tanto — disse Charlotte.

— Verdade — concordou o sr. Claypole. — Não gosta de ostras?

— Não muito — respondeu Charlotte. — Prefiro vê-lo comê-las.

— Que peculiar! — disse Noah.

— Tome outra — disse Charlotte. — Esta aqui é muito bonita!

— Não consigo comer mais — disse Noah. — Sinto muito. Venha aqui, Charlotte, quero lhe dar um beijo.

— O quê! — exclamou o sr. Bumble, invadindo a sala. — Repita isso, senhor.

Charlotte gritou e escondeu o rosto no avental. O sr. Claypole, após se levantar, olhou para o bedel com ar de bêbado assustado.

— Repita isso, atrevido! — exclamou o sr. Bumble. — Como se atreve a dizer uma coisa dessas, senhor? E como se atreve a encorajá-lo, sua sirigaita? Dar-lhe um beijo!

— Eu não ia beijá-la — disse Noah, choramingando. — É ela que quer sempre me beijar, quer eu queira ou não.

— Ah, Noah — disse Charlotte, em tom de reprovação.

— Você sabe que é verdade! — respondeu Noah. — Ela sempre faz isso, sr. Bumble, faz-me cócegas debaixo do queixo e outros afagos, senhor!

Sr. Claypole, como ele apareceu quando seu mestre estava fora.

— Silêncio! — ordenou o sr. Bumble. — Vá para a cozinha, menina. Noah, feche a loja. Quando seu patrão voltar, diga-lhe que o sr. Bumble veio para avisá-lo de que amanhã, após o café da manhã, deve enviar um caixão a uma velha, ouviu? Um beijo! — gritou, erguendo as mãos. — O pecado e a imoralidade das classes baixas neste distrito paroquial é assustador! Se o Parlamento não tomar em consideração esses horrores, o país estará perdido e os velhos costumes desaparecerão!

Com essas palavras, o bedel, com ar sublime e sombrio, retirou-se. E agora que o acompanhamos até seu caminho para casa e fizemos todos os preparativos necessários ao funeral da velha, vamos apurar o que aconteceu com o pequeno Oliver Twist e descobrir se ele ainda se encontra na vala onde Toby Crackit o deixou.

XXVIII

O ESTADO DE OLIVER E A SEQUÊNCIA DE SUAS AVENTURAS

Que lobos rasguem suas gargantas! — murmurou Sikes, rangendo os dentes. — Quem me dera estar entre vocês, eu os faria gritar ainda mais.

Enquanto Sikes rosnava tais imprecações, com a ferocidade mais desesperada que sua natureza era capaz, pôs no joelho o menino ferido e voltou a cabeça para ver se conseguia enxergar os perseguidores.

Não era possível enxergá-los no meio da neblina e da escuridão, mas ouviam-se de todos os lados gritos de homens, latidos de cães e sons de sinos em sinal de alarme.

— Pare, cão medroso! — gritou o ladrão para Toby Crackit, que, tirando vantagem das pernas longas, já estava bem à frente. — Pare!

Toby parou, pois não estava fora do alcance de um tiro de pistola, e Sikes não estava de bom humor.

— Ajude-me a levar o menino — gritou Sikes, acenando furiosamente para seu cúmplice. — Venha aqui.

Toby voltou, mas resmungando, ofegante e relutante.

— Mais rápido! — ordenou Sikes, pondo o menino numa vala seca e sacando uma pistola do bolso. — Não brinque comigo.

Neste momento, o barulho aumentou. Sikes, olhando ao seu redor, percebeu que os homens que os perseguiam já haviam entrado no campo em que estavam e soltaram dois cães à frente deles.

— Agora é cada um por si, Bill! — disse Toby. — Deixe o garoto aí e fuja.

Com esse conselho de despedida, o sr. Crackit, preferindo a hipótese de ser alvejado pelo amigo à certeza de ser levado pelos inimigos, deu-lhe as costas e fugiu correndo. Sikes, rangendo os dentes, olhou ao seu redor, jogou sobre Oliver a capa em que o envolvera, correu ao longo da cerca, como se quisesse desviar a atenção dos perseguidores do lugar onde o menino estava deitado, parou um segundo diante de outra sebe, atirou para o alto e fugiu.

— Ali! — gritou uma voz trêmula. — Pincher! Netuno! Venham, venham!

Os cães, que como seus donos não pareciam ter mais gosto pela caça em que estavam envolvidos, obedeceram prontamente ao comando. Três homens, que a essa altura avançaram uma relativa distância do campo, pararam para deliberar.

— Meu parecer, ou melhor, minha *ordem* — disse o mais gordo do grupo — é que voltemos para casa imediatamente.

— Apoio tudo o que o sr. Giles disser — falou um sujeito baixinho e gordinho, muito pálido e muito cordial, como são geralmente os medrosos.

— Não quero parecer deselegante, senhores — disse o terceiro, que chamara os cães. — O sr. Giles sabe o que faz.

— Com certeza — respondeu o baixinho —, e, seja lá o que o sr. Giles diga, não nos compete contradizê-lo. Não, não, conheço o meu lugar!

Para falar a verdade, o homenzinho parecia conhecer bem seu lugar e saber perfeitamente que não era desejável, pois seus dentes rangiam enquanto ele falava.

— Você está com medo, Brittles — afirmou o sr. Giles.

— Não — respondeu Brittles.

— Está — afirmou Giles.

— Está errado, sr. Giles — falou Brittles.

— Você mente, Brittles — acusou-lhe o sr. Giles.

Essa discussão originou-se da provocação do sr. Giles, que surgiu de sua indignação por ter a responsabilidade da retirada imposta a ele sob forma de elogios. O terceiro encerrou a discussão com um comentário filosófico.

— A verdade, cavalheiros — disse ele —, é que todos nós estamos com medo.

— Fale por si, senhor — retrucou o sr. Giles, que era o mais pálido do grupo.

— É o que estou fazendo — respondeu o homem. — É natural e apropriado ter medo em tais circunstâncias. Eu tenho.

— Eu também — admitiu Brittles —, mas não se deve dizer isso a um homem.

Essas confissões francas abrandaram o sr. Giles, que também tinha medo. Assim, os três deram as costas e retrocederam, com a mais completa unanimidade, até que o sr. Giles — que tinha menos fôlego que os demais, por carregar um forcado — insistiu em parar para desculpar-se pelo que dissera.

— É incrível — disse o sr. Giles, após dar suas explicações — o que um homem é capaz de fazer quando o sangue ferve. Mataria um daqueles patifes se o apanhasse.

Como os outros dois compartilhavam da mesma opinião e também estavam mais calmos, começaram a especular a causa dessa súbita mudança de temperamento.

— Eu sei o que foi — disse o sr. Giles. — Foi a cerca.

— Não me admira — assentiu Brittles.

— Acreditem — continuou Giles —, a cerca freou nossa fúria. Senti que perdi todo o meu ardor depois que a transpassei.

Por uma notável coincidência, os outros dois tiveram a mesma impressão naquele exato momento. Era evidente, portanto, que a cerca fora a causa, pois não havia dúvidas quanto ao momento em que a mudança ocorrera, uma vez que os três se lembravam de que avistaram os ladrões ao saltarem a cerca.

Tal diálogo aconteceu entre os dois homens que haviam surpreendido os ladrões e um funileiro que havia dormido e fora acordado, com seus cães, para juntar-se à perseguição. O sr. Giles trabalhava como mordomo na casa da velha dona da propriedade onde ocorreria o roubo. Brittles fazia qualquer tipo de serviço; começara a trabalhar na casa quando era criança e ainda era tratado como um jovem promissor embora já tivesse mais de trinta anos.

Encorajavam-se uns aos outros com tal conversa, mas seguiam juntos, olhando apreensivamente ao seu redor sempre que uma brisa balançava os galhos. Os três voltaram correndo até uma árvore ao pé da qual tinham deixado a lanterna, para que a luz não informasse aos ladrões em que direção atirar. Após recolherem a lanterna, seguiram de volta para a casa.

O ar arrefecia à medida que o dia se aproximava lentamente e a neblina cobria o solo como uma nuvem densa de fumaça. A grama estava molhada, os caminhos, lamacentos. Soprava um vento lânguido. Ainda assim, Oliver continuava inerte no local onde Sikes o deixara.

O dia nasceu. O ar ficou mais penetrante. O céu iluminava-se, anunciando o fim da noite e o raiar do dia. Os objetos que pareciam soturnos na escuridão tornavam-se cada vez mais distintos e readquiriam gradualmente suas formas familiares. A chuva caiu, espalhando-se ruidosamente entre os arbustos sem folhas. Mas Oliver não a sentiu, pois ainda estava deitado, desamparado e inconsciente sobre sua cama de barro.

Um grito distante de dor rompeu o silêncio que prevalecia. Ao proferi-lo, o menino acordou. Seu braço esquerdo, grosseiramente enfaixado com um xale, pendia sem força e coberto de sangue. A criança estava tão fraca que mal conseguia se sentar. Quando conseguiu se erguer, olhou ao seu redor em busca de socorro, gemendo de dor. Trêmulo de frio e exaustão, tentou se levantar, mas, tremendo dos pés à cabeça, caiu no chão.

Após um breve retorno do estupor em que estivera tanto tempo, Oliver, impelido por uma dor no coração, que parecia adverti-lo de que, se continuasse ali deitado, certamente morreria, levantou-se e tentou andar. Sentia-se tonto e cambaleava de um lado para o outro como um bêbado. Mas conseguiu ficar de pé e, com a cabeça inclinada sobre o peito, seguiu mancando, sem saber aonde ia.

Várias ideias desconcertantes e confusas vieram-lhe à cabeça. Parecia-lhe que ainda estava entre Sikes e Crackit, que discutiam com raiva, e que as palavras deles lhe agrediam os ouvidos. E tentando manter-se alerta, por assim dizer, fazendo um esforço violento para não cair, percebeu que falava com eles. Logo em seguida, estava sozinho com Sikes, afligindo-se como no dia anterior e, quando os perseguidores passavam por eles, sentia o ladrão apertando-lhe o pulso. De repente, voltou-se ao ouvir os disparos e os gritos e viu luzes diante de seus olhos. Havia muito barulho, enquanto uma mão invisível o afastava de todo aquele alvoroço. A essas breves visões rápidas, vinha uma consciência de dor vaga e penosa que o cansava e atormentava sem cessar.

Assim, seguiu cambaleante quase mecanicamente entre as grades dos portões ou pelas cercas, à medida que avançava até chegar a uma estrada. Lá, a chuva começou a cair tão forte que o despertou.

Olhou ao seu redor e viu que a pouca distância havia uma casa, que talvez pudesse alcançar. Vendo sua condição, poderiam ter pena dele. Se não tivessem, seria melhor, pensou ele, morrer perto de humanos do que em ermos campos. Reuniu todas as suas forças e caminhou rumo à casa.

Ao aproximar-se, teve a impressão de que já a vira antes. Não se lembrava dos detalhes, mas a forma e o aspecto da propriedade lhe pareciam familiares.

Aquele muro do jardim! Na relva, ele caíra de joelhos na noite anterior e pedira misericórdia aos dois homens. Era a casa que tentaram roubar.

Oliver sentiu tanto medo ao reconhecer o lugar que, por um instante, esqueceu as dores de seu ferimento e pensou apenas em fugir. Fugir! Mal podia ficar de pé; e se estivesse em plenas condições para onde iria? Empurrou a porta do jardim; estava aberta. Seguiu cambaleando pelo gramado, subiu os degraus, bateu levemente à porta e, faltando-lhe as forças, caiu contra uma das colunas da entrada.

A essa altura, o sr. Giles, Brittles e o funileiro estavam se recuperando, após a fadiga e os terrores da noite, com chá e bolo, na cozinha. Não que o sr. Giles demonstrasse habitualmente grande intimidade com criados inferiores, embora se dirigisse com grande afabilidade a eles, e isso fosse gratificante, não podia deixar de lhes lembrar sua posição social superior. Contudo, a morte, os incêndios e os roubos igualam todos os homens. Portanto, o sr. Giles encontrava-se sentado com as pernas estendidas diante do fogão, apoiando o braço esquerdo na mesa enquanto usava a mão direita para ilustrar um relato circunstancial e minucioso do roubo, ao qual seus espectadores, especialmente a cozinheira e a criada, ouviam atentamente.

— Era por volta de duas e meia — disse o sr. Giles —, juro que não eram três, quando acordei e, voltando-me na cama assim — o sr. Giles voltou-se na cadeira e puxou a ponta da toalha de mesa para simular um lençol —, achei que ouvira um barulho.

Neste ponto da narração, a cozinheira empalideceu e pediu à criada que fechasse a porta, que pediu a Brittles, que pediu ao funileiro, que fingiu não ouvir.

— Achei que ouvira um barulho — continuou o sr. Giles. — "Devo ter me enganado", pensei. Ia voltar a dormir quando ouvi novamente o barulho.

— Que tipo de barulho? — perguntou a cozinheira.

— Um tipo de baque surdo — respondeu o sr. Giles, olhando para os ouvintes.

— Ou o barulho de algo batendo em uma barra de ferro — sugeriu Brittles.

— Deve ter sido quando o *senhor* o ouviu — disse o sr. Giles —, mas, a essa altura, era o som de um baque surdo. Tirei o lençol de cima de mim — continuou Giles, enrolando a toalha de mesa —, sentei-me na cama e prestei atenção.

A cozinheira e a criada exclamaram juntas:

— Meu Deus!

E aproximaram as cadeiras.

— Ouvi e era bem claro — prosseguiu o sr. Giles. — "Alguém", pensei, "está tentando arrombar a porta ou a janela". O que fazer? Fui prevenir o pobre Brittles para evitar que fosse assassinado na cama. Poderia ser degolado durante o sono.

Aqui, todos os olhos voltaram-se para Brittles, que olhava para o orador, boquiaberto e com a fisionomia expressando terror absoluto.

— Afastei os lençóis — disse Giles, atirando a toalha de mesa e olhando para a cozinheira e a criada —, pulei da cama, calcei um par de...

— Há senhoras presentes, sr. Giles — murmurou o funileiro.

— Um par de *sapatos* — disse Giles, voltando-se a ele e dando grande ênfase à palavra —, peguei a pistola carregada que sempre está na escada perto da porta e fui até o quarto do rapaz. "Brittles", chamei-lhe, após acordá-lo, "não se assuste!"

— Você me assustou — observou Brittles, em voz baixa.

— "Acho que somos homens mortos", falei — continuou Giles —, "mas não tenha medo."

— Ele *teve* medo? — perguntou a cozinheira.

— Longe disso — respondeu o sr. Giles. — Mostrou-se firme! Tão firme quanto eu.

— Se fosse eu, cairia morta, com certeza — observou a criada.

— Pois você é uma mulher — replicou Brittles.

— Brittles tem razão — disse o sr. Giles, assentindo com a cabeça. — Não se pode esperar nada diferente de uma mulher.

Nós, que somos homens, pegamos uma lanterna com luz fraca que estava no quarto de Brittles e descemos a escada na penumbra, apalpando o ambiente, desse jeito.

O sr. Giles levantou-se e deu dois passos com os olhos fechados, para acompanhar sua descrição com a ação apropriada, quando começou a estremecer, assim como todos, e voltou a sentar-se. A cozinheira e a criada gritaram.

— Bateram na porta — disse o sr. Giles, recompondo-se. — Alguém vá abri-la.

Ninguém se mexeu.

— Que estranho, baterem à porta a essa hora da manhã — disse o sr. Giles, encarando os rostos pálidos que o cercavam e empalidecendo também. — Mas é preciso abrir a porta. Alguém se habilita?

O sr. Giles olhou para Brittles ao dizer essas palavras, mas o rapaz, sendo naturalmente modesto, não se considerava alguém e por isso achou que o pedido não lhe dizia respeito. Em todo caso, não respondeu. O sr. Giles dirigiu um olhar apelativo ao funileiro, mas este adormecera subitamente. As mulheres estavam fora de questão.

— Se Brittles decide abrir a porta, na presença de testemunhas — disse o sr. Giles, após um breve silêncio —, estou pronto a acompanhá-lo.

— Eu também — disse o funileiro, acordando tão repentinamente quanto adormecera.

Brittles assentiu, e o grupo de certa forma tranquilizou-se ao abrir as janelas e perceber que já era dia e desceu as escadas. Os cães iam na frente, as duas mulheres, que tinham medo de ficar sozinhas, iam atrás. O sr. Giles recomendou que elas falassem alto para intimidar qualquer suspeito mal-intencionado, achando que estavam em bom número. O genial cavalheiro ainda teve a ideia de beliscar o rabo dos cães, no corredor, para fazê-los latir selvagemente.

Após tomar essas precauções, o sr. Giles segurou o braço do funileiro, para evitar que fugisse, e ordenou que a porta fosse aberta. Brittles obedeceu. O grupo, espreitando timidamente por cima dos ombros uns dos outros, viu apenas o pequeno Oliver Twist, mudo e exausto, que clamava com os olhos por um pouco de compaixão.

— Um menino! — exclamou o sr. Giles, empurrando corajosamente o funileiro para um canto. — O que houve com... Espere... É ele, não é Brittles?

Brittles, que ficara atrás da porta para abri-la, assim que viu Oliver, proferiu um grito estridente. O sr. Giles, agarrando o menino por uma perna e um braço — felizmente não o membro quebrado —, arrastou-o até o vestíbulo e o largou deitado no chão.

— É ele! — gritou o sr. Giles, bastante alterado, subindo a escada. — Um dos ladrões está aqui, senhora! Está ferido! Eu mesmo atirei nele, enquanto Brittles iluminava o caminho.

— Isso mesmo, senhora — gritou Brittles, aplicando a mão ao lado da boca, para que sua voz ecoasse melhor.

As duas mulheres subiram correndo para avisar que o sr. Giles capturara um ladrão e o funileiro tentava recobrar os sentidos de Oliver, para que ele não morresse antes de ir à forca. No meio de todo esse alvoroço, ouviu-se uma delicada voz feminina, que fez todos se calarem.

— Giles! — sussurrou a voz no topo da escada.

— Estou aqui — respondeu o sr. Giles. — Não se assuste, senhorita, não me feri. Ele não ofereceu resistência! Capturei-o rapidamente.

Oliver na porta da Sra. Maylie.

— Silêncio! — exclamou a senhorita. — Desse jeito, você assustará minha tia, achando que é um dos ladrões. O miserável está muito ferido?

— Bastante, senhorita — respondeu Giles, com uma complacência indescritível.

— Parece que está quase morrendo — berrou Brittles, da mesma forma que antes. — Não quer ver o estado em que ele se encontra, senhorita?

— Acalmem-se! — ordenou a senhorita. — Façam silêncio enquanto falo com minha tia.

Com passos tão delicados quanto sua voz, a senhorita retirou-se. Ela logo retornou, ordenando que o ferido fosse levado cuidadosamente para o quarto do sr. Giles e que Brittles deveria selar o cavalo e ir imediatamente até Chertsey chamar um policial e um médico.

— Não quer vê-lo primeiro, senhorita? — perguntou o sr. Giles, orgulhoso, como se Oliver fosse uma ave rara que ele acabara de abater. — Nem um pequeno vislumbre?

— Agora não — respondeu a moça. — Pobre infeliz! Ah! Trate-o com gentileza, por favor!

O velho criado olhou para a senhorita enquanto ela se afastava, com um olhar de orgulho e admiração como se fosse sua filha. Então, inclinando-se sobre Oliver, ajudou a levá-lo para cima, com o cuidado e a preocupação de uma mulher.

XXIX

APRESENTAÇÃO DOS MORADORES DA CASA QUE ACOLHERA OLIVER

Em uma bela sala, embora sua mobília parecesse mais antiga e confortável do que elegante e moderna, duas senhoras tomavam o café da manhã em uma mesa farta. O sr. Giles, vestindo um elegante terno preto, estava a serviço delas. Postava-se ao lado da mesa, mantendo uma postura ereta, com a cabeça curvada para trás, a perna esquerda à frente e a mão direita enfiada no colete enquanto a esquerda segurava uma bandeja. Parecia alguém que trabalhava com grande consciência de seu mérito e importância.

Uma das senhoras tinha idade avançada. Porém, sua postura era tão ereta quanto a cadeira de carvalho em que estava sentada. Vestida com muita decência e precisão, com uma pitoresca mistura de roupas antigas e algumas ligeiras concessões à moda predominante que mais serviam para sugerir o velho estilo do que para enfraquecer seu efeito, assentava-se de forma imponente com as mãos cruzadas sobre a mesa. Seus olhos, cujo brilho o tempo diminuíra um pouco, observavam atentamente sua jovem companheira.

A moça estava no belo desabrochar da primavera da feminilidade, naquela idade em que, se algum dia os anjos assumissem formas mortais, eles se pareceriam com ela.

Tinha por volta de dezessete anos. Era tão fina e delicada, tão meiga e gentil, tão pura e bela que parecia não haver criatura semelhante. A inteligência que brilhava dos seus profundos olhos azuis parecia incomum para sua idade ou para este mundo. Alternando doçura e bom humor, a luz que seu rosto irradiava e, acima de tudo, seu sorriso alegre e feliz pareciam ter sido criados para trazer paz e felicidade para a casa.

Estava ocupada com os talheres da mesa. Ao perceber que era observada pela velha senhora, jogou os cabelos trançados para trás e apresentou tal expressão radiante de afeto e ternura que até os espíritos benditos lhe sorririam.

— Já passou uma hora da saída de Brittles? — perguntou a senhora.

— Uma hora e doze minutos — respondeu o sr. Giles conferindo o relógio de prata que tirou do bolso.

— Ele é sempre lento — observou a senhora.

— Brittles sempre foi lento — concordou o criado. — Tendo sido lento por mais de trinta anos, seria pouco provável que ele se tornasse ligeiro agora.

— Ele piora em vez de melhorar — disse a senhora.

— Deve ter parado no meio do caminho para conversar com alguém — comentou a moça, sorrindo.

O sr. Giles considerava a possibilidade de sorrir também quando uma charrete parou na entrada do jardim e dela saltou um cavalheiro de compleição robusta, que veio correndo até a casa. Entrou na residência de algum jeito misterioso e quase derrubou o sr. Giles e a mesa.

— Jamais ouvi nada parecido! — disse o cavalheiro. — Sra. Maylie, nem na calada da noite, *jamais* ouvi nada parecido!

Com essas expressões, o cavalheiro saudou as senhoras e, aproximando uma cadeira, perguntou como elas estavam.

— As senhoras poderiam ter morrido de susto — disse o cavalheiro. — Por que não me chamaram? Meu Deus, eu e meus homens chegaríamos em um minuto. Meu assistente também estaria disposto a ajudar, ou qualquer um, tenho certeza, sob tais circunstâncias. Meu Deus! Que coisa inesperada! E ainda por cima na calada da noite!

O médico parecia especialmente espantado pelo fato de o roubo ser inesperado e ter ocorrido durante a noite, como se fosse uma norma dos ladrões agirem à luz do dia e enviarem um aviso por correio um ou dois dias antes do roubo.

— E a senhorita — disse o médico, voltando-se à moça. — Eu...

— Ah! Vou muito bem — falou Rose, interrompendo-o —, mas há um pobre coitado lá em cima que minha tia gostaria que o senhor examinasse.

— Está bem — respondeu o médico. — Isso foi obra sua, Giles, imagino.

O sr. Giles, que arrumava os talheres irrequieto, enrubesceu e disse que tivera a honra.

— Honra? — perguntou o médico. — Bem, não sei. Talvez seja muito honroso bater num ladrão caído na cozinha ou acreditar que travou um duelo com o homem que atirou para o alto, Giles.

O sr. Giles achava que tratar a questão dessa forma diminuía injustamente sua glória, então respondeu respeitosamente que não lhe cabia julgar, mas pensava que tal assunto não permitia brincadeiras.

— Tem razão! — disse o médico. — Onde ele está? Mostre-me o caminho. Após vê-lo, volto para lhe falar, sra. Maylie. Foi por essa janelinha que ele entrou? Inacreditável!

O médico então acompanhou o sr. Giles até o andar de cima. O leitor talvez queira saber que o sr. Losberne, um médico conhecido por toda a vizinhança, engordara mais pelo bom humor do que por fartura. Era um cavalheiro solteirão muito gentil, cordial e um tanto excêntrico.

O médico esteve ausente bem mais tempo do que ele ou as senhoras previram. Mandou trazer uma grande caixa da charrete. No quarto, ouvia-se a sineta ser tocada várias vezes, e os criados subiam e desciam escadas sem parar, especulando que algo importante estava acontecendo no andar de cima. Enfim voltou. Quando as duas mulheres perguntaram ansiosamente o estado do paciente, o médico fechou a porta, parecendo muito misterioso.

— É extraordinário, sra. Maylie — disse o médico, de costas à porta, como se quisesse mantê-la fechada.

— Ele corre perigo? — perguntou a senhora.

— Ora, isso *não* seria uma surpresa dadas as circunstâncias — respondeu o médico —, embora eu pense que ficará bem. A senhora já viu o ladrão?

— Não — replicou a senhora.

— Nem ouviu nada a respeito dele?

— Não.

— Perdoe-me, senhora — falou o sr. Giles —, mas estava para falar-lhe dele quando o dr. Losberne chegou.

O fato é que o sr. Giles não fora capaz de revelar que disparara em uma criança. Foram feitos tantos elogios à sua bravura que ele decidira adiar essa revelação para não perder sua recente reputação adquirida de homem corajoso e destemido.

— Rose queria vê-lo — disse a sra. Maylie —, mas achei que seria melhor não o fazer.

— Hunf! — exclamou o médico. — Ele não é nem um pouco assustador. Gostaria de visitá-lo na minha presença?

— Se não for realmente necessário — respondeu a velha senhora —, prefiro não o ver.

— Acho que é — disse o médico. — Em todo caso, tenho certeza de que a senhora se arrependeria profundamente se não o visse. Ele encontra-se bem tranquilo agora. Gostaria de me acompanhar, srta. Rose? Não há o menor perigo, palavra de honra!

XXX

O QUE OS NOVOS VISITANTES ACHARAM DE OLIVER

Ao assegurar, loquaz, que as duas mulheres ficariam muito surpresas ao ver o ladrão, o médico amparou a senhorita com o braço e ofereceu o outro à sra. Maylie, conduzindo-as com muita cerimônia e imponência ao quarto do andar superior.

— Agora — sussurrou o médico, enquanto girava lentamente a maçaneta da porta do quarto —, vejamos o que acham dele. Apesar de não ter se barbeado recentemente, não parece nem um pouco feroz. No entanto, esperem. Deixem-me ver se está em condições para receber visitas.

Então, o médico entrou no quarto. Após pedir às mulheres que entrassem, fechou a porta quando passaram e afastou gentilmente as cortinas da cama. Em vez do rufião assustador que esperavam encontrar, havia uma mera criança, vencida pela dor e pelo cansaço, dormindo profundamente. O braço ferido estava enfaixado sobre o peito. A cabeça estava apoiada sobre o outro braço, que estava semioculto pelos longos cabelos.

O digno cavalheiro, que segurava a cortina, observou-o por alguns instantes em silêncio. Enquanto isso, a moça sentou-se em uma cadeira perto da cama e afastou os cabelos de Oliver de seu rosto. Enquanto se inclinava sobre ele, suas lágrimas caíram sobre a testa da criança.

O menino se mexeu e sorriu, ainda dormindo, como se esses gestos de piedade e compaixão despertassem algum sonho agradável de amor e afeto que ele nunca tivera. Assim, o som de uma doce melodia, o correr de um rio num lugar silencioso, o cheiro de uma flor ou a menção de uma palavra carinhosa lhe suscitavam lembranças esquecidas de cenas que ele nunca vira.

— O que é isto? — indagou a senhora. — Esta pobre criança não pode fazer parte de um bando de ladrões!

— O vício — disse o médico, puxando a cortina — habita em muitos templos; quem garante que sua fachada não o oculte?

— Mas ele é tão pequeno! — instou Rose.

— Minha jovem — comentou o médico, balançando a cabeça com pesar —, o crime, assim como a morte, não se limita apenas aos velhos. Os mais jovens e justos muitas vezes também são suas vítimas.

— O senhor realmente acredita que esse delicado garotinho se associou por vontade própria aos piores párias da sociedade? — perguntou Rose.

O médico assentiu com a cabeça, sinalizando que era bem possível. Então, sugeriu que todos deveriam ir para o quarto ao lado para não perturbar o paciente.

— Mesmo que ele seja mau — insistiu Rose —, ele é jovem. Talvez nunca tenha recebido o amor de uma mãe ou desfrutado do conforto de um lar. As más companhias, os golpes da vida ou a fome podem tê-lo levado a se unir com homens que o forçaram a roubar. Tia, querida tia, por misericórdia, pense nisso, antes de mandar essa pobre criança para a prisão, que é, em todo caso, a sepultura de todas as suas possibilidades de se redimir. Ah! Como a senhora me ama e sabe que nunca me senti desamparada por conta de sua bondade e afeto, sabe que eu poderia ter me sentido assim e ter me tornado tão desamparada e desprotegida quanto essa pobre criança, portanto tenha piedade dele antes que seja tarde demais!

— Querida — disse a velha senhora, amparando a moça, que chorava —, acha que eu faria mal a um fio de cabelo dessa criança?

— Ah, claro que não! — respondeu Rose, avidamente.

— Não faria — disse a velha senhora. — Meu fim está próximo. Que me seja oferecida misericórdia como ofereço aos outros! O que posso fazer para salvá-lo, senhor?

— Deixe-me pensar, senhora — disse o médico. — Deixe-me pensar.

O sr. Losberne enfiou as mãos nos bolsos e andou de um lado para o outro, parando muitas vezes e franzindo a testa de forma exagerada. Após exclamar diversas vezes "Já sei" e "Não, não sei", enfim parou e disse:

— Se me der permissão para intimidar Giles e Brittles, conseguirei. Giles é um companheiro leal e um velho criado, eu sei, mas podemos compensá-lo de mil maneiras, por ser tão bom atirador. O que acha?

— Pode ser, a menos que haja outra forma de preservar a criança — respondeu a sra. Maylie.

— Não há — disse o médico. — Acredite.

— Minha tia o autorizou — disse Rose, sorrindo —, mas não seja muito cruel com os pobres criados.

— A senhorita parece pensar — replicou o médico — que todos são cruéis exceto a senhorita. Espero, para o bem de todos os homens, que, quando se apaixonar por um rapaz, esteja tão vulnerável quanto hoje e que eu esteja por perto para desfrutar dessa oportunidade tão favorável.

— É tão bobo quanto o pobre Brittles — respondeu Rose, corando.

— Bem — concordou o médico, rindo — não é tão difícil. Mas voltemos ao menino. O grande ponto de nosso acordo ainda está por vir. Ele deve acordar daqui a uma hora ou mais. Embora tenha dito àquele policial cabeça-dura lá embaixo que o garoto não pode se mexer nem falar sem correr riscos, acho que podemos conversar com ele sem problemas. Então, se julgarmos que ele é completamente mau, o que é mais do que provável, será deixado à sua sorte, sem qualquer outra interferência de minha parte.

— Ah não, tia! — exclamou Rose.

— Ah sim, tia! — exclamou o médico. — Combinado?

— Ele não pode ser mau — disse Rose. — É impossível.

— Muito bem — retorquiu o médico —, mais uma razão para aceitar minha proposta.

O acordo enfim foi selado. As partes interessadas permaneceram ali esperando, com certa impaciência, até que Oliver acordasse.

A paciência das duas senhoras estava se esgotando, pois o prazo previsto pelo doutor já havia passado há um bom tempo. Oliver continuou dormindo por muitas horas. Era noite quando o gentil doutor foi lhes avisar que o garoto havia se restabelecido o suficiente para falar. Oliver se encontrava muito doente e fraco pela perda de sangue, mas estava tão inquieto e ansioso que achou melhor falar logo do que esperar até a manhã seguinte.

A conversa foi longa. Oliver contou-lhes toda a sua história. Muitas vezes foi obrigado a parar devido à dor e à fraqueza. Era solene ouvir, naquele quarto escuro, a voz fraca da criança doente contando os vários males e calamidades que homens cruéis lhe impuseram. Ah! Se, ao oprimirmos nossos semelhantes, pensássemos nas evidências nefastas das falhas humanas, que, como nuvens densas e pesadas, elevam-se aos céus, derramando sua vingança sobre nossas cabeças; se ouvíssemos apenas por um instante, na imaginação, o testemunho profundo das vozes dos mortos, que poder algum pode reprimir e orgulho algum pode calar, onde estariam a injustiça, o sofrimento, a miséria, a crueldade e o mal que se revelam a cada dia!

O travesseiro de Oliver foi amaciado por mãos delicadas naquela noite, e a gentileza e a virtude o velavam enquanto dormia. O menino sentia-se sereno e feliz. Morreria sem se lamentar.

O importante interrogatório não terminou cedo, e Oliver quis descansar outra vez. O médico, após enxugar os olhos e reprimi-los por derramarem lágrimas, desceu a escada para procurar o sr. Giles. Como não encontrou ninguém na sala, lembrou-se que o criado talvez estivesse na cozinha e para lá seguiu.

Estavam reunidos numa salinha as criadas, o sr. Brittles, o sr. Giles, o funileiro, que recebera um convite especial para se regalar durante o resto do dia em consideração aos seus serviços, e o policial. Este último cavalheiro trazia um imenso cassetete; tinha a cabeça grande, feições largas e imensos coturnos e parecia ter tomado mais cerveja do que deveria.

As desventuras da noite anterior ainda estavam em discussão, pois o sr. Giles exprimia sua presença de espírito quando o médico entrou. O sr. Brittles, que segurava uma caneca de cerveja, corroborava tudo o que seu superior dizia.

— Sentem-se — disse o médico.

— Obrigado, senhor — disse o sr. Giles. — A senhorita me solicitou que servisse cerveja a todos. Como não queria voltar para meu quarto e queria companhia, decidi me juntar a eles.

Brittles murmurou agradecendo. O sr. Giles olhou ao seu redor com um ar paternalista, a ponto de afirmar que, se eles se comportassem bem, nunca os deixaria.

— Como está o paciente, doutor? — perguntou Giles.

— Mais ou menos — respondeu o médico. — Mas receio que o senhor esteja encrencado, sr. Giles.

— Espero que o senhor não esteja dizendo — disse o sr. Giles, estremecendo — que ele vai morrer. Se isso for verdade, jamais voltarei a ser feliz. Jamais quis matar um menino. Nem eu nem o sr. Brittles.

— Não é essa a questão — disse o médico, misteriosamente. — Sr. Giles, o senhor é protestante?

— Sim, senhor — respondeu o sr. Giles, que empalidecera.

— E *você*, rapaz? — perguntou o médico, voltando-se a Brittles.

— Deus me abençoe, senhor! — respondeu Brittles, estremecendo perturbado. — Sou o mesmo que o sr. Giles.

— Então me respondam — prosseguiu o médico —: juram que foi aquele garoto que entrou pela janela ontem à noite? Vamos! Respondam!

O médico, que era considerado por todos um dos homens mais calmos da Terra, fez essa pergunta num tom tão carregado de raiva que Giles e Brittles, que estavam consideravelmente confusos pela cerveja e pela excitação, entreolharam-se estupefatos.

— Policial, por favor, atente-se ao que vão responder — disse o médico, apontando de forma solene para o policial, de modo a instigá-lo a agir. — Algo importante pode vir à tona.

O policial mostrou-se prudente e agarrou seu cassetete, que estava encostado perto da chaminé.

— É uma simples questão de identidade, como o senhor verá — disse o médico.

— Deve ser — respondeu o policial, tossindo, pois tomara a cerveja depressa.

— Uma casa foi invadida — disse o médico —, e dois homens viram um menino no meio da fumaça e da escuridão. Um menino surge na mesma casa na manhã seguinte, e, como por acaso está com o braço ferido, esses homens agarraram-no com violência, colocando a vida do menino em grande perigo, e juraram que era o ladrão. A questão é: esses homens têm certeza de que o menino é o ladrão? Caso contrário, como justificam seus atos?

O policial assentiu com a cabeça. Disse ainda que, se não fosse essa a lei, adoraria saber qual seria.

— Perguntarei de novo — disse o médico —: conseguem identificar o menino?

Brittles e o sr. Giles entreolharam-se em dúvida. O policial levou a mão atrás da orelha para captar a resposta. As duas criadas e o funileiro inclinaram-se à frente para ouvir. E o médico encarava-os atentamente quando ouviram o som de rodas se aproximando da porta.

— São os guardas! — gritou Brittles, aliviado.

— Quem? — exclamou o médico, assustando-se.

— Os guardas de Bow Street, senhor — respondeu Brittles, pegando uma vela. — Eu e o sr. Giles mandamos chamá-los hoje de manhã.

— O quê? — gritou o médico.

— Sim — respondeu Brittles. — Enviei uma mensagem pelo cocheiro. Admira-me que não tenham chegado antes.

— O senhor fez isso, não é? Pois maldito seja! — exclamou o médico, retirando-se.

XXXI
UMA SITUAÇÃO CRÍTICA

Quem é? — perguntou Brittles, entreabrindo a porta para espreitar e trazendo a vela à mão.

— Abra a porta — respondeu o homem do outro lado. — Somos os guardas que mandaram chamar.

Reconfortado por essa certeza, Brittles abriu a porta para receber o homem imponente com um grande casaco que entrou, sem dizer nada, e limpou os sapatos no capacho como se morasse na casa.

— Poderia mandar um criado para cuidar do cavalo, rapaz? — perguntou o guarda. — Há aqui uma cocheira que poderíamos usar por cinco ou dez minutos?

Brittles respondeu que sim e apontou-lhe a direção. O homem corpulento voltou à porta do jardim e ajudou seu companheiro com o animal, enquanto Brittles observava com muita admiração. Então, voltaram à casa e, acomodados na sala, tiraram o casaco e o chapéu, revelando-se.

O homem que batera à porta era robusto, de estatura média, e tinha cerca de cinquenta anos; os cabelos eram pretos, brilhantes e aparados bem rentes à cabeça, tinha suíças, rosto redondo e olhos penetrantes. O outro era ruivo, magro, feio e tinha o nariz arrebitado, o qual o deixava com um aspecto sinistro.

— Diga a seu patrão que Blathers e Duff chegaram — disse o homem corpulento, pondo um par de algemas na mesa. — Ah! Boa noite, senhor. Posso dar-lhe uma palavrinha em particular, por gentileza?

Dirigiu-se ao sr. Losberne, que acabara de entrar na sala. Este cavalheiro, que pediu a Brittles que se retirasse, trouxe as duas senhoras e fechou a porta.

— Esta é a dona da casa — disse o sr. Losberne, indicando-lhes a sra. Maylie.

O sr. Blathers fez uma reverência. Desejando sentar-se, pôs o chapéu de lado e pegou uma cadeira. Pediu a Duff que fizesse o mesmo. Este, que não parecia muito acostumado a ficar entre nobres, pegou uma cadeira, embaraçado.

— Como aconteceu o roubo, senhora? — perguntou Blathers.

O sr. Losberne, que parecia querer ganhar tempo, narrou todo o incidente, incluindo muitos detalhes. Os senhores Blathers e Duff mostraram-se muito atentos e, ocasionalmente, um fazia um gesto de entendimento com a cabeça para o outro.

— Não posso afirmar com certeza até estudar o local, é claro — disse Blathers —, mas imagino que o roubo não foi planejado por ladrões inexperientes, não é, Duff?

— Claro que não — respondeu Duff.

— O senhor acha que o roubo não foi planejado por gente da região? — perguntou o sr. Losberne.

— Isso mesmo — respondeu Blathers. — Algo mais a falar sobre o roubo, senhor?

— Não — respondeu o médico.

— E quanto ao menino de quem os criados não param de falar? — perguntou Blathers.

— Ele não é importante — respondeu o médico. — Assustado, um dos criados imaginou que o garoto estava envolvido com essa tentativa de roubo, mas isso é uma bobagem, um grande absurdo.

— Se foi isso que aconteceu, podemos ir — comentou Duff.

— O que ele diz faz sentido — observou Blathers, assentindo com a cabeça e balançando as algemas, como se fossem castanholas. — Quem é esse menino? O que ele disse? De onde veio? Não caiu das nuvens, imagino.

— Claro que não — respondeu o médico, olhando nervoso para as duas senhoras. — Conheço todo o passado dele, mas podemos falar disso em outra oportunidade. Os senhores não gostariam de verificar primeiro o lugar por onde os ladrões tentaram entrar?

— Mas é claro — disse o sr. Blathers. — Sempre inspecionamos o local primeiro e depois ouvimos as testemunhas. É nosso método habitual de proceder.

Em seguida, as luzes foram acesas. Os senhores Blathers e Duff, seguidos pelo policial, Brittles, Giles e os demais entraram na salinha ao final da passagem, vasculharam a janela, contornaram o gramado e procuraram pistas, pegadas e marcas. Os espectadores acompanhavam ofegantes a busca. Entraram novamente na casa, e os senhores Giles e Brittles começaram a relatar, com uma representação melodramática, suas aventuras na noite anterior, confundindo e contradizendo-se. Enfim, Blathers e Duff pediram aos demais que se retirassem da sala e realizaram uma longa reunião, que fazia, devido ao sigilo e à solenidade, uma conferência de grandes médicos a respeito da questão mais complexa da Medicina parecer uma brincadeira de criança.

Enquanto isso, o médico andava de um lado para o outro, e a sra. Maylie e a srta. Rose observavam-no, inquietas.

— Eu juro — disse ele, parando, após completar várias voltas —, já não sei mais o que fazer.

— Acho — disse Rose — que a história da pobre criança, se contada fielmente a esses homens, será suficiente para salvá-la.

— Duvido, senhorita — disse o médico, balançando a cabeça. — Não creio que isso o salvaria. Nem eles nem outros funcionários da lei acreditariam. O que, afinal de contas, eles diriam? É um fugitivo. Será julgado por meras considerações mundanas e probabilidades, e sua história é muito duvidosa.

— Acredita nela? — interrompeu Rose.

— Acredito, por mais estranha que seja. Talvez porque eu seja um velho tolo — respondeu o médico —, mas não acho que os guardas acreditem.

— Por que não? — indagou Rose.

— Porque, minha bela inquisidora — respondeu o médico —, sob a perspectiva deles, há muitos pontos obscuros. Ele só pode provar as partes contra si e nenhuma a seu favor. Confusos, os guardas terão as circunstâncias, mas não tomarão nada como verdade. Analise: o garoto esteve com ladrões por muito tempo; foi preso por um oficial de polícia sob a acusação de furtar um cavalheiro; foi levado à força da casa desse cavalheiro, para um lugar que ele não consegue descrever, indicar ou tem a mínima ideia de sua localização. Foi levado para Chertsey por homens que parecem gostar de violência e forçado a passar por uma janela para roubar uma casa. Então, no exato momento em que ia fazer a coisa certa e avisar os moradores, houve uma grande confusão e teve que fugir de um cachorro ensandecido e de um mordomo que atirou nele! Não entende isso?

— Entendo, é claro — respondeu Rose, sorrindo para a impetuosidade do médico —, mas ainda não vejo nada que possa incriminar a pobre criança.

— Não — respondeu o médico —, claro que não! Abençoados sejam os olhos das mulheres! Jamais enxergam, seja para o bem ou para o mal, mais de um lado de qualquer questão, que é sempre a primeira que se apresenta a elas.

Após compartilhar sua experiência, o médico pôs as mãos nos bolsos e caminhou de um lado para o outro mais rápido do que antes.

— Quanto mais penso nisso — disse o médico —, mais vejo que haverá muitos problemas e dificuldades se colocarmos estes homens a par da verdadeira história do menino. Sei que não acreditarão e mesmo que não lhe façam nada, ainda assim, a publicidade de todas as dúvidas que serão lançadas sobre ele interferirá no seu plano benevolente de salvá-lo da miséria.

— Ah! O que fazer? — perguntou Rose. — Meu Deus! Por que chamaram essas pessoas?

— Realmente! — exclamou a sra. Maylie. — Não os teria chamado por nada neste mundo.

— Só sei — disse o sr. Losberne, enfim, parando com uma expressão de calma e desespero — que precisamos agir com audácia. A causa é boa, e essa é nossa desculpa. O menino tem febre alta e não se encontra em condições de falar, isso lhe é favorável. Faremos nosso melhor. Entrem!

— Senhora — disse Blathers, entrando na sala seguido por seu colega e fechando rapidamente a porta, antes que ele dissesse mais alguma coisa —, não foi uma armação?

— Como assim uma armação? — perguntou o médico, impacientemente.

— Chamamos armação — disse Blathers, voltando-se para todos, como se tivesse pena da ignorância alheia, com um certo desprezo pelo médico — quando os criados tomam parte no crime.

— Jamais suspeitamos deles neste caso — disse a sra. Maylie.

— É claro que não, senhora — respondeu Blathers —, mas, mesmo assim, eles podem ter participado.

— É bem provável — disse Duff.

— Achamos que foram ladrões da cidade — disse Blathers, continuando o relatório —, pois o estilo de trabalho foi de primeira classe.

— Precisamente — murmurou Duff.

— Havia dois deles — continuou Blathers —, mais um menino, é claro, constatado pelo tamanho da janela. É tudo o que tenho a dizer agora. Se me permitem, desejo ver agora o menino que está no andar de cima.

— Talvez os senhores gostariam de beber algo primeiro, não é, sra. Maylie? — sugeriu o médico, com o semblante irradiante, como se acabasse de pensar em uma ideia.

— Ah! Claro! — exclamou Rose, com entusiasmo. — Mandaremos trazer as bebidas imediatamente se quiserem.

— Obrigado, senhorita! — disse Blathers, enrolando a manga do casaco. — O cumprimento do dever é um árduo trabalho. Aceitamos qualquer coisa. Mas não se incomode conosco.

— O que desejam? — perguntou o médico, acompanhando a moça até o aparador.

— Um pouco de vinho, se não for incomodar — respondeu Blathers. — Faz frio nas ruas de Londres, e acho que beber aquece o espírito.

Essa interessante informação foi dirigida à sra. Maylie, que a recebeu muito graciosamente. Enquanto conversavam, o médico retirou-se da sala.

— Ah! — exclamou Blathers, sem segurar a taça pela haste, mas sustentando a base entre o polegar e o indicador esquerdo e mantendo-a à frente do peito. — Já vi muitos casos como este antes, senhoras.

— Como aquele roubo em Edmonton, Blathers — disse Duff, ajudando o colega a se lembrar.

— É mesmo, não é? — disse Blathers. — Foi obra de Conkey Chickweed.

— Você sempre lhe atribui aquele crime — respondeu Duff. — Acho que foi Family Pet. Conkey participou tanto quanto eu.

— Não diga bobagem! — retorquiu Blathers. — Lembra-se daquela vez em que roubaram o dinheiro de Conkey? Que história! Melhor do que a de qualquer romance que já li!

— O que aconteceu? — perguntou Rose, ansiosa por revelar qualquer sintoma de bom humor nos visitantes indesejados.

— Foi um roubo inimaginável, senhorita — disse Blathers. — Esse tal Conkey Chickweed...

— Que é narigudo — interrompeu Duff.

— A senhorita deve imaginar, não é? — disse Blathers. — Você sempre me interrompe, parceiro! Certo, esse tal Conkey Chickweed era dono de uma taverna em Battlebridge e de um porão onde vários jovens nobres iam assistir brigas de galo e outras disputas similares. Certa noite, roubaram-lhe 327 guinéus de seu quarto na calada da noite. O ladrão era um sujeito alto de tapa-olho preto, que se escondera debaixo da cama. Após cometer o roubo, saltou pela janela, que ficava apenas a um andar do chão. Ele agiu rápido. Mas Conkey também foi rápido, pois disparou com a arma, acordando a vizinhança inteira. Perseguiram-no e descobriram que Conkey atingira o ladrão, pois havia uma considerável trilha de sangue até os vestígios sumirem. Mesmo assim, o ladrão conseguiu fugir. Logo, o nome do sr. Chickweed apareceu nos jornais entre outros falidos e todos os tipos de infortúnios caíram sobre o pobre homem, que devastado pela perda vagou pelas ruas por dias arrancando os cabelos de um jeito tão desesperado que muitas pessoas receavam que ele se matasse. Certo dia, ele foi até a delegacia para falar com o magistrado. Este tocou a campainha e mandou Jem Spyers entrar, Jem era um oficial ativo e disse-lhe para ajudar o sr. Chickweed a prender o homem que lhe roubou. "Eu o vi, Spyers", disse Chickweed, "ele passou em frente à minha casa ontem de manhã". "Então por que não o capturou?", perguntou Spyers. "Porque fiquei muito impressionado", disse o pobre homem, "mas sei que o capturaremos, pois ele passa entre dez e onze horas da noite". Spyers, ao ouvir isso, preparou a roupa de cama e pôs um pente no bolso para o caso de ter que passar um ou dois dias fora e se hospedou num dos quartos da taverna, e postou-se atrás de uma cortina vermelha, com o chapéu na cabeça, preparado para prender o homem num piscar de olhos. Ele fumava cachimbo, tarde da noite, quando, de repente, Chickweed gritou: "É ele! Pare, ladrão! Assassino!". Jem Spyers saiu correndo e encontrou Chickweed gritando na rua. Todas as pessoas ao redor começam a gritar: "Ladrão!", e Chickweed continua gritando sem parar como louco. Spyers perde-o de vista, ao dobrar uma esquina. "Onde ele está? Maldito!", disse Chickweed, "perdi-o outra vez!" Sem encontrá-lo, voltaram à taverna. Na manhã seguinte, Spyers encontrava-se novamente em sua posição e avistou, de trás da cortina, um homem alto de tapa-olho preto. Então ouviu Chickweed gritando: "É ele!". Mais uma vez, com Chickweed saindo à frente pelas ruas e após correrem duas vezes mais do que no dia anterior, o homem conseguiu fugir outra vez! Isso aconteceu mais uma ou duas vezes, até que metade dos vizinhos começou a comentar que o sr. Chickweed fora roubado pelo diabo, que estava lhe pregando peças; a outra metade comentava que o pobre sr. Chickweed enlouquecera de desgosto.

— O que Jem Spyers disse? — perguntou o médico, que regressara à sala pouco depois do início da história.

— Jem Spyers — resumiu o guarda — permaneceu em silêncio por muito tempo, atento a todos os acontecimentos, isso mostrava que sabia o que estava fazendo. Mas, certa manhã, ele entrou no bar e, pegando sua caixa de rapé, disse: "Chickweed, descobri quem o roubou". "Descobriu?", perguntou Chickweed. "Ah, meu caro Spyers, só queria me vingar dele para morrer feliz! Onde ele está?" "Pegue!", disse Spyers, oferecendo-lhe uma pitada de rapé. "Ora, foi você mesmo". De fato, ele era o culpado. Tinha desviado o dinheiro e ninguém jamais teria descoberto, se não fizesse tanto escândalo — concluiu o sr. Blathers, abaixando sua taça de vinho e balançando as algemas.

— Muito curioso — observou o médico. — Agora, por favor, subamos a escada.

— Claro, senhor — respondeu o sr. Blathers.

Logo atrás do sr. Losberne, os dois guardas dirigiram-se ao quarto de Oliver. O sr. Giles ia à frente, com uma vela acesa.

Oliver parecia sonolento, pior e ainda mais febril do que antes. Assistido pelo médico, sentou-se na cama e olhou para os estranhos sem entender o que estava acontecendo e onde estava.

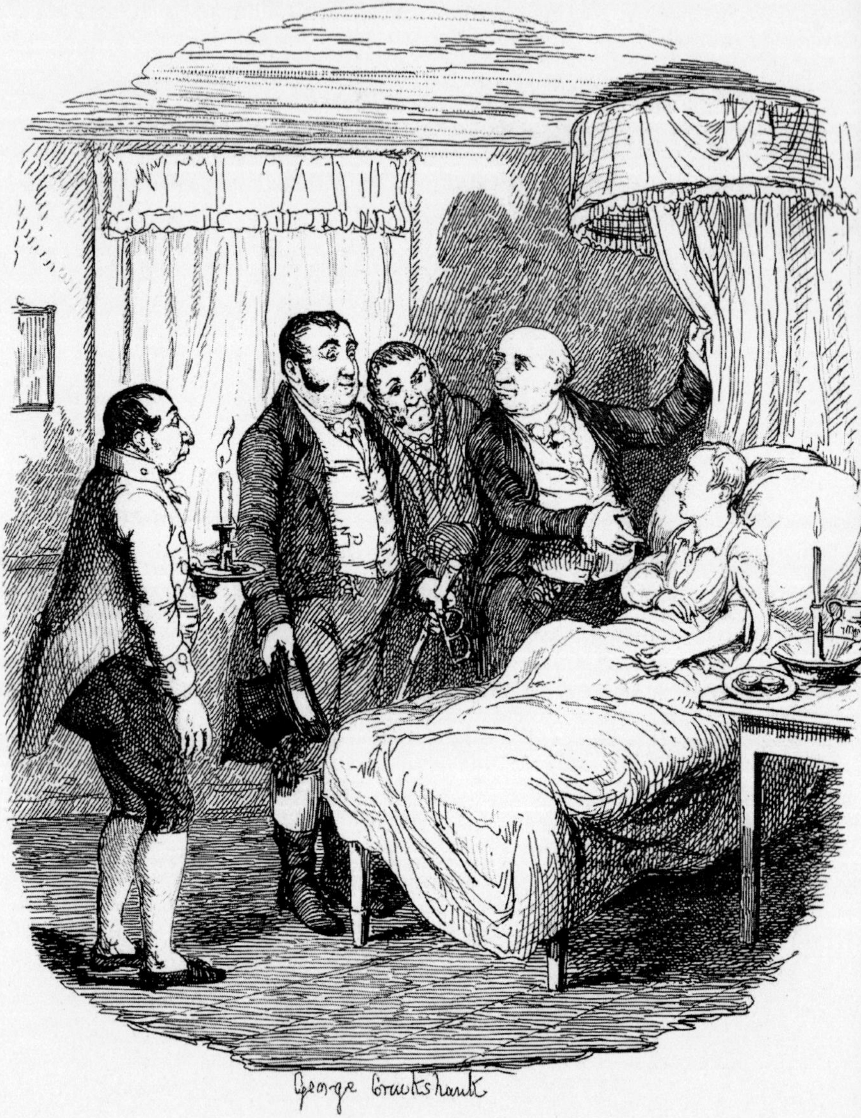

Os guardas entram no quarto de Oliver

— Este — disse o sr. Losberne, falando suavemente, mas de forma veemente — é o menino que se feriu acidentalmente e veio até a casa para receber ajuda de manhã quando foi imediatamente agarrado e maltratado por este gentil cavalheiro que segura a vela, que pôs sua vida em grande perigo, como pude atestar como médico.

Os senhores Blathers e Duff encararam o sr. Giles, após este ser citado pelo médico. Desconcertado, o mordomo olhou para Oliver e depois para o sr. Losberne, com uma expressão de medo e perplexidade.

— Não vai negar, não é? — perguntou o médico enquanto deitava Oliver suavemente.

— Fiz o melhor que pude, senhor — respondeu Giles. — Tinha a certeza de que o menino era o ladrão ou não teria agido dessa forma. Não sou desumano.

— Que ladrão? — perguntou o guarda mais velho.

— O que invadiu a casa, senhor! — respondeu Giles. — Eles com certeza tinham um menino entre eles.

— É mesmo? É o que pensa? — perguntou Blathers.

— Penso em quê? — respondeu Giles, olhando vagamente para o inquisidor.

— Ora, que é o mesmo menino, estúpido! — disse Blathers, impacientemente.

— Não sei, realmente, não sei — disse Giles, parecendo arrependido. — Não poderia jurar isso.

— O que acha? — perguntou o sr. Blathers.

— Não sei o que pensar — respondeu o pobre Giles. — Não acho que seja o menino, na verdade, estou quase certo de que não é.

— Este homem andou bebendo, senhor? — perguntou Blathers, voltando-se ao médico.

— Que sujeito atrapalhado! — exclamou Duff, dirigindo-se ao sr. Giles com muito desprezo.

O sr. Losberne sentira o pulso do paciente durante esse breve diálogo. Então, levantou-se da cadeira ao lado da cama e observou que, se os guardas tivessem dúvidas sobre o assunto, talvez quisessem se dirigir ao quarto ao lado e interrogar Brittles.

Seguindo essa sugestão, foram para o quarto vizinho. O sr. Brittles, tal qual seu respeitado superior, revelou nada mais que novas contradições e impossibilidades, exceto que não sabia se era de fato o menino. Só afirmara que Oliver era o ladrão porque o sr. Giles assim dissera.

Entre outras engenhosas suposições, levantou-se a possibilidade de conferir se o sr. Giles atingira realmente alguém. Ao examinar a pistola do criado, os guardas acabaram descobrindo apenas um pouco de pólvora, uma descoberta que espantou a todos, menos o médico, que removera a munição dez minutos antes. No entanto, ninguém ficou mais impressionado do que o sr. Giles, que, após passar horas temendo que tivesse ferido mortalmente um semelhante, abraçou com fervor essa nova ideia e a sustentou ao máximo. Enfim, os guardas, sem darem muita atenção a Oliver, deixaram o policial de Chertsey na casa e passaram a noite na cidade, prometendo voltar de manhã.

No dia seguinte, ouviram o rumor de que dois homens e um menino estavam presos em Kingston e que foram detidos durante a noite em circunstâncias suspeitas, e para lá os senhores Blathers e Duff se dirigiram. As circunstâncias suspeitas, segundo a investigação, residiam apenas no único fato de que foram encontrados dormindo sobre uma montanha de feno. Essa ocorrência, embora seja um crime grave, é punida apenas com prisão, aos olhos misericordiosos da lei inglesa e de seu amor abrangente por todos os súditos do rei, se o dorminhoco ou dorminhocos cometessem roubo seguido de violência seriam, portanto, passíveis de punição de morte. Assim, os senhores Blathers e Duff voltaram, sabendo tanto quanto antes.

Em suma, após mais interrogatórios e discussões, um magistrado da vizinhança foi prontamente induzido a assegurar a guarda conjunta de Oliver por parte da sra. Maylie e do sr. Losberne. Blathers e Duff, recompensados com alguns guinéus, retornaram à cidade com opiniões divididas sobre o caso. Duff, apresentando sábias considerações acerca de todas as circunstâncias, acreditava que a autoria do roubo era de Family Pet, já Blathers estava convencido que todo o mérito era do sr. Conkey Chickweed.

Enquanto isso, Oliver recuperava-se pouco a pouco sob os cuidados da sra. Maylie, da srta. Rose e do bondoso sr. Losberne. Parece que as preces do garoto foram ouvidas! Enfim, o pobre órfão recebeu as bênçãos que pedira: paz e felicidade.

XXXII

A VIDA FELIZ QUE OLIVER COMEÇOU A LEVAR COM SEUS AMÁVEIS AMIGOS

Oliver continuava a se sentir mal. Além da dor do braço quebrado, sua exposição ao frio e à chuva lhe deixou com febre, o que o fez ficar de cama por muitas semanas. Mas aos poucos foi melhorando e conseguia agradecer, soluçante, às duas gentis senhoras por sua bondade e dizer o quanto adoraria fervorosamente, quando se recuperasse outra vez, fazer algo para mostrar sua gratidão. Queria fazer algo que lhes permitisse enxergar o amor e a dívida que sentia em seu peito, algo, por menor que fosse, que lhes provasse que sua bondade não fora em vão, e que o pobre menino a quem sua caridade salvara da miséria ou da morte estava ansioso para servi-las de coração e alma.

— Pobrezinho — disse Rose quando Oliver tentara, certo dia, expressar sua gratidão —, você terá muitas oportunidades para nos servir, se quiser. Vamos ao campo, e minha tia deseja que nos acompanhe. A tranquilidade, o ar puro e a beleza da primavera farão bem para sua saúde. Quando estiver recuperado, poderá nos ajudar de inúmeras maneiras.

— Ajudar? — disse Oliver. — Ah! Eu adoraria trabalhar para a senhorita, regar suas flores, cuidar das aves ou correr de um lado para o outro o dia todo para fazê-la feliz!

— Não precisa nos oferecer absolutamente nada — disse a srta. Rose sorrindo —, pois, como já lhe disse, poderá nos ajudar de inúmeras maneiras se desejar. Caso faça metade das coisas que disse que faria, já me deixaria muito feliz.

— Feliz! — exclamou Oliver. — Que gentileza de sua parte dizer isso!

— Você me fará mais feliz do que posso imaginar — respondeu a moça. — Só de saber que minha querida tia se prontificou a ajudar uma criança em uma situação tão miserável como a sua, sinto um prazer indescritível. Mas saber que você se sente tão grato me alegra mais ainda. Consegue entender? — perguntou ela, observando o rosto pensativo de Oliver.

— Ah, sim, senhorita, claro que sim! — respondeu Oliver ansiosamente. — Mas, talvez, pense que sou ingrato.

— A quem? — perguntou a moça.

— Ao generoso cavalheiro e à gentil criada que cuidaram tão bem de mim — replicou Oliver. — Se soubessem como estou feliz, ficariam contentes.

— Tenho certeza disso — disse a benfeitora de Oliver —, e o sr. Losberne já teve a gentileza de prometer que, quando você estiver totalmente recuperado, ele o levará para visitá-los.

— Verdade? — disse Oliver, animando-se. — Adoraria revê-los!

•••

Em pouco tempo, Oliver recuperou-se o suficiente para conseguir fazer a viagem. Certa manhã, ele e o sr. Losberne partiram numa pequena carruagem que pertencia à sra. Maylie. Quando chegaram a Chertsey Bridge, Oliver empalideceu e soltou um grito.

— O que houve, menino? — perguntou o médico, como sempre, fazendo alarde. — Viu alguma coisa? Ouviu algo? O que está sentindo?

— Ali, senhor — gritou Oliver, apontando para fora. — É aquela casa!

— Sim, está bem. Pare, condutor. Pare aqui. — ordenou o médico. — Qual o problema com aquela casa, garoto?

— É a casa dos ladrões! É onde me mantinham preso! — sussurrou Oliver.

— Malditos! — gritou o médico. — Alto! Deixe-me descer!

Mas, antes que o condutor pudesse descer da carruagem, o médico já correra até a casa e dava pontapés na porta, como um louco.

— Olá? — perguntou um homem baixo, feio e corcunda, abrindo a porta tão repentinamente que o médico, devido ao impulso do último pontapé, quase caiu à frente na entrada. — Qual o motivo de tanto alvoroço?

— O motivo? — exclamou o médico, agarrando-lhe sem parar para pensar. — Tenho um bom motivo. Vim por causa de um assalto.

— Se não me soltar, também haverá um assassinato — respondeu o corcunda, friamente.

— Escute aqui — disse o médico, dando-lhe um safanão. — Onde está... esqueci seu maldito nome... Sikes? Onde está Sikes, seu bandido?

O corcunda olhava-o fixamente, como se estivesse bastante espantado e indignado. Então, desvencilhando-se das mãos do médico, gritou vários palavrões horríveis e voltou para dentro de casa. Antes que pudesse fechar a porta, porém, o médico entrou sem pedir permissão.

Olhou ansiosamente ao seu redor. Não havia mobília nem outro vestígio de qualquer objeto que correspondesse à descrição feita por Oliver!

— Que ideia é essa de invadir minha casa com tanta violência? Pretende me matar ou me roubar? O que acha que está fazendo?

— Já viu algum ladrão ou assassino chegar numa carruagem como aquela, velho imbecil? — respondeu o médico, irritado.

— O que deseja então? — perguntou o corcunda. — Vá embora antes que eu tome as devidas providências! Maldito!

— Irei quando eu quiser — disse o sr. Losberne, olhando para a outra sala, que, como a primeira, não tinha nenhuma semelhança com a descrição feita por Oliver. — Você receberá o que merece algum dia, meu amigo.

— É mesmo? — zombou o homenzinho. — Quando quiser, estarei aqui. Moro sozinho neste lugar há 25 anos para temer alguém como o senhor. O senhor pagará por isso.

O corcunda disse isso aos gritos e dando voltas pela sala, como se estivesse louco de raiva.

— Quanta estupidez — murmurou o médico. — O menino deve ter se enganado. Tome! Fique com isso e cale-se.

Dizendo essas palavras, o médico deu algumas moedas ao corcunda e voltou à carruagem.

O homenzinho seguiu-o, proferindo as mais terríveis imprecações e maldições, mas, quando o sr. Losberne voltou-se para falar com o condutor, o corcunda olhou para dentro da carruagem e encarou Oliver por um instante com um olhar tão penetrante e feroz e, ao mesmo tempo, tão furioso e vingativo que o menino não o esqueceu durante meses. O sujeito continuou a proferir xingamentos, até o condutor voltar a seu assento. Quando enfim partiram, ainda podiam vê-lo ao longe batendo os pés no chão e puxando os cabelos num frenesi de raiva real ou dissimulada.

— Sou um idiota! — exclamou o médico, após um longo silêncio. — Sabia disso, Oliver?

— Não, senhor.

— Não se esqueça disso. Um idiota — repetiu o médico após mais alguns instantes de silêncio. — Mesmo que aquele fosse o lugar e os bandidos estivessem lá, o que eu poderia fazer sozinho? E, se estivesse acompanhado, apenas conseguiria expor como abafei o caso. Contudo, espero que isso me sirva de lição. Estou sempre me envolvendo em confusões por agir impulsivamente.

O fato é que o bom médico sempre agia impulsivamente. Porém, longe de se envolver em grandes problemas, era bastante respeitado por todos que o conheciam. A verdade é que ele ficou um pouco fora de si por alguns instantes por ter se decepcionado ao não ter conseguido as evidências que comprovavam a história de Oliver. Como as respostas do menino às suas perguntas ainda eram simples, consistentes e ditas com muita sinceridade e verdade aparente, o médico acreditou totalmente na credibilidade do garoto daí em diante.

Como Oliver sabia o nome da rua onde morava o sr. Brownlow, seguiram o caminho sem problemas. Quando a carruagem virou a esquina, seu coração batia com tanta força que o garoto mal conseguia respirar.

— Qual é a casa? — perguntou o sr. Losberne.

— Aquela! Aquela! — respondeu Oliver, apontando com entusiasmo para fora da janela. — A casa branca. Ah! Vamos rápido! Sinto-me como se estivesse morrendo.

— Está bem! — exclamou o bom doutor, dando-lhe uma palmadinha no ombro. — Logo irá encontrá-los, e eles ficarão muito contentes por vê-lo salvo e com saúde.

— Ah! Espero que sim! — gritou Oliver. — Eles foram tão bons para mim.

A carruagem parou. Oliver olhou pela janela com lágrimas de felicidade lhe escorrendo pelo rosto. Infelizmente, a casa branca estava vazia e trazia uma placa na janela: "Aluga-se."

— Vamos bater na porta da casa vizinha — disse o sr. Losberne, conduzindo Oliver. — Poderia me informar o que aconteceu com o sr. Brownlow da casa ao lado?

A criada não sabia, mas foi averiguar. Ao retornar, disse que o sr. Brownlow vendera seus bens e partira para as Índias Ocidentais seis semanas antes. Oliver cerrou os punhos e deixou-se abater.

— A governanta também partiu? — perguntou o sr. Losberne.

— Sim, senhor — respondeu a criada. — O cavalheiro, a governanta e um amigo do sr. Brownlow; foram todos.

— Vamos voltar — disse o sr. Losberne ao condutor — e não pare antes de sairmos de Londres!

— Podemos visitar o livreiro? — perguntou Oliver. — Sei onde fica. Por favor!

— Meu pobre menino, já tivemos decepções suficientes para um dia — disse o médico. — Se formos procurar o livreiro, com certeza, descobriremos que ele morreu, que sua casa pegou fogo ou que ele fugiu. Esqueça, vamos para casa!

Obedecendo à ordem do médico, o condutor os levou de volta para casa. Essa amarga decepção deixou Oliver muito triste. Durante o período em que esteve doente, o menino alegrava-se imaginando o que o sr. Brownlow e a sra. Bedwin lhe diriam ao reencontrá-lo e que prazer seria contar-lhes quantos dias e noites ele passara pensando no que haviam feito por ele e como se lamentara ao ser separado deles. A esperança de poder enfim se justificar e explicar como fora forçado a se afastar animara o menino. A ideia de terem ido para tão longe acreditando que ele era um impostor e um ladrão era uma carga maior do que ele podia suportar.

Entretanto, essas adversidades não provocaram qualquer mudança no comportamento de seus benfeitores. Duas semanas depois, quando a primavera chegou e em cada árvore e em cada flor brotavam folhas e flores, prepararam-se para partir de Chertsey por alguns meses.

Após depositarem no banco a riqueza que atraíra a atenção de Fagin e deixarem Giles e outro criado cuidando da casa, partiram com Oliver para uma cabana no campo.

Quem poderia descrever o prazer e o deleite, a paz de espírito e a tranquilidade que o menino sentia ao respirar o ar puro entre as colinas verdes e os bosques ricos de uma aldeia do campo! Quem poderia descrever como cenas de paz e quietude tranquilizam a mente daqueles que vivem abatidos pela dor! Homens que vivem em ruas apinhadas de gente, trabalham arduamente e jamais desejaram mudanças. Homens que seguem hábitos e quase chegam a amar cada tijolo e cada pedra que pavimentam suas caminhadas diárias. Até mesmo estes, quando estão prestes a morrer, enfim têm um breve vislumbre da face da natureza e, afastados das cenas de suas velhas dores e prazeres, parecem passar imediatamente para um novo estado de existência. Seguindo, dia após dia, por algum local verde e ensolarado, eles teriam tais memórias despertadas ao contemplar o céu, a colina, a planície e a água resplandecente, esse prelúdio do paraíso abrandaria sua rápida decadência e repousariam em seus túmulos tão pacificamente quanto o sol cujo crepúsculo observaram da janela do quarto solitário, mas que, algumas horas antes, desvaneceu-se de sua débil e ofuscada visão! As lembranças que a tranquilidade do campo suscitam não são deste mundo nem seus pensamentos e esperanças. Sua delicada influência pode ensinar-nos a tecer grinaldas para o túmulo daqueles que amamos, a purificar nossos pensamentos e a tolerar as velhas inimizades e o ódio. Contudo, sob tudo isso, permanece, na mente menos reflexiva, uma consciência vaga e semiformada de ter guardado tais sentimentos por muito tempo em alguma época remota e distante, o que leva a pensamentos solenes de tempos vindouros.

Encontravam-se em um local encantador. Oliver, que vivera entre pobres esquálidos e em meio à inquietação e à violência, parecia renascer ali. Rosas e madressilvas prendiam-se aos muros da casa de campo. A hera rastejava ao redor dos troncos das árvores. As flores do jardim perfumavam o ar com deliciosos odores. Perto dali, havia um pequeno cemitério em que jaziam os velhos da aldeia. Oliver passeava pelo cemitério e, pensando no pobre túmulo de sua mãe, chorava. Porém, quando olhava para o céu, deixava de pensar nela debaixo da terra e seu choro vinha com pesar, mas sem sentir dor.

Eram tempos felizes. Os dias eram pacíficos e serenos. As noites não evocavam medo nem apreensão; nada de envelhecer numa prisão miserável nem de se associar com ladrões. Tinha apenas pensamentos agradáveis e felizes. Todas as manhãs, ia à casa de um senhor de cabeça branca, perto da igrejinha, que lhe dava aulas de leitura e escrita. O velho o tratava com tanta gentileza que Oliver não tinha palavras para agradecê-lo. Depois, o garoto passeava com a sra. Maylie e a srta. Rose e as ouvia conversar sobre livros. Às vezes, sentava-se para ouvir o que a moça lia até ficar escuro demais para prosseguir a leitura. Então, preparava suas lições no dia seguinte. Empenhava-se bastante nisso, numa salinha que dava para o jardim, até o final da tarde, quando as senhoras saíam outra vez levando-o com elas. Ouvia com tanto prazer tudo o que elas diziam e ficava feliz em pegar uma flor que pudesse escalar para alcançar ou em correr para buscar qualquer coisa se elas esquecessem. Ao anoitecer, a moça sentava-se ao piano e tocava uma melodia agradável ou cantava, com a voz baixa e delicada, uma velha canção que a tia gostava de ouvir. Não havia velas acesas em tais momentos, e Oliver sentava-se perto da janela ouvindo a doce música, em completo êxtase.

Domingo era um dia diferente dos outros e, também, muito feliz. De manhã, iam à igrejinha, com folhas verdes entrando pelas janelas, pássaros cantando, e o doce aroma da entrada invadia todo o ambiente. Os pobres apareciam limpos e asseados e ajoelhavam-se para orar com tanto respeito que pareciam se reunir ali por prazer e não por obrigação. Embora sua cantoria fosse rudimentar, era autêntica e soava mais musical, aos ouvidos de Oliver, pelo menos, do que qualquer outra que ele já ouvira na igreja. Depois, saíam para passear, como sempre, e visitavam a casa dos trabalhadores, que era bem asseada. À noite, Oliver lia um ou dois capítulos da Bíblia, que estudava durante toda a semana. Ao cumprir esse dever, sentia-se tão orgulhoso e satisfeito consigo quanto se fosse o padre.

De manhã, Oliver acordava às seis horas. Passeava pelos campos, pulava as cercas, caminhava por um bom tempo e coletava flores silvestres, com as quais voltava para casa e tentava arrumar, da melhor forma possível, a mesa do café da manhã. Ele também coletava flores para os pássaros da sra. Maylie, com as quais Oliver, que estudava o assunto, sob a orientação do clérigo da aldeia, decorava as gaiolas. Após isso, o menino geralmente fazia alguma pequena ação de caridade na aldeia. Às vezes, jogava críquete. Sempre havia algo para fazer no jardim. Oliver dedicava-se às plantas, tinha estudado essa ciência também, com o mesmo professor, que era jardineiro de profissão, com muita boa vontade, até a srta. Rose aparecer para lhe fazer milhares de elogios por seus serviços prestados.

Assim, passaram-se três meses. Três meses que, para os mais abençoados e favorecidos dos mortais, poderiam ser uma felicidade inigualável e que, para Oliver, representavam a verdadeira felicidade. Com a mais pura e amável generosidade de um lado e a mais genuína, calorosa e comovente gratidão do outro, não é de admirar que, ao fim desse breve período, Oliver Twist tivesse se afeiçoado completamente à velha senhora e a sua sobrinha e que o apego fervoroso de seu coraçãozinho sensível fosse recompensado pelo orgulho que sentiam do menino e pela lealdade dele.

XXXIII

A FELICIDADE DE OLIVER E SEUS AMIGOS É POSTA À PROVA

A primavera passou depressa, e chegou o verão. Se a aldeia parecia bonita antes, agora apresentava-se radiante e exuberante. As árvores exibiam vida e saúde e, estendendo seus galhos, transformavam pontos abertos em recantos, onde havia uma sombra agradável de onde se podia admirar a perspectiva ampla, banhada de sol, que se estendia além do campo de visão. A terra vestira seu manto verde e brilhante e borrifara seus mais opulentos perfumes. Era o ponto alto do ano; tudo era alegre e florescente.

Ainda assim, a vida seguia tranquila na casa de campo, e todos os seus moradores continuavam felizes. Oliver estava forte e saudável, mas a saúde ou a doença não fazia diferença em seus sentimentos calorosos. Ainda era a mesma criança gentil, afeiçoada e afetuosa que fora quando a dor e o sofrimento privaram-lhe de suas forças e quando dependia de cada pequena mostra de atenção e conforto daqueles que cuidavam dele.

Certa noite, passearam por mais tempo do que o habitual, pois fora um dia muito quente, havia uma lua brilhante e soprava uma brisa suave e refrescante. Rose também estava muito disposta, e eles seguiram caminhando e conversando. Como a sra. Maylie estava cansada, voltaram lentamente para casa. A moça retirou o chapéu e sentou-se ao piano, como sempre. Após dedilhar as teclas por alguns minutos, pareceu ficar séria. E, enquanto tocava, era como se estivesse chorando.

— Rose, minha querida! — disse a senhora.

Rose não respondeu e tocou um pouco mais rápido, como se as palavras a despertassem de pensamentos dolorosos.

— Rose, meu amor! — gritou a sra. Maylie erguendo-se apressadamente e curvando-se sobre ela. — O que foi? Está chorando! Querida, o que a aflige?

— Nada, tia, nada — respondeu a moça. — Não sei o que é, não consigo descrever, mas sinto...

— Sente-se doente, meu amor? — interrompeu a sra. Maylie.

— Não, não estou — respondeu Rose, estremecendo. — Logo me sentirei melhor. Por favor, feche a janela.

Oliver correu para atender seu pedido. A moça, buscando recobrar a alegria, tentou tocar uma melodia mais feliz, mas seus dedos tombaram impotentes sobre as teclas. Cobrindo o rosto com as mãos, caiu no sofá e não conseguiu conter as lágrimas.

— Querida! — exclamou a senhora, abraçando-a. — Nunca a vi assim antes.

— Não queria alarmá-la — respondeu Rose —, mas fugiu do meu controle. Receio estar doente, tia.

De fato, estava. Quando as velas foram acesas, eles constataram que, no pouco tempo que passou desde seu retorno para casa, a moça empalidecera. Não perdera sua beleza, mas seu rosto parecia diferente e apresentava um aspecto ansioso e abatido, que jamais tinham visto antes. Pouco depois, enrubesceu. Mais um minuto e seu rosto foi sufocado por um rubor carmesim, e uma grande inquietação revelava-se em seus delicados olhos azuis. No entanto, isso desapareceu, como a sombra lançada por uma nuvem que passava, e ela tornou a empalidecer.

Oliver, que olhava ansioso para a senhora, percebeu que a tia estava assustada, assim como ele. Rose foi persuadida por sua tia a ir se deitar. A moça parecia melhor, garantindo que estaria recuperada no dia seguinte.

— Espero — disse Oliver quando a sra. Maylie voltou — que não seja nada. Ela não parece bem, contudo...

A senhora pediu-lhe que não falasse e, sentada num canto escuro da sala, permaneceu em silêncio por algum tempo. Com a voz trêmula, ela respondeu:

— Também espero que não seja nada grave, Oliver. Nós duas vivemos felizes há anos, talvez, mais do que felizes. Um dia pode acontecer alguma desgraça, mas espero que não seja agora.

— Como assim? — perguntou Oliver.

— Perder minha querida sobrinha — disse a velha senhora —, que tem sido meu consolo e felicidade, seria um golpe duro.

— Ah! Deus me livre! — exclamou Oliver.

— Deus ouça seu apelo, meu filho! — exclamou a velha senhora, torcendo as mãos.

— Não há perigo de algo tão horrível acontecer — disse Oliver. — Duas horas atrás, ela sentia-se bem.

— Mas sente-se muito mal agora — replicou a sra. Maylie — e pode piorar... Minha querida Rose! Ah, o que farei sem ela?

Ela parecia tão desesperada que Oliver, reprimindo sua emoção, aproximou-se e pediu-lhe, para o bem da senhorita, que se acalmasse.

— Pense, senhora — disse Oliver, enquanto suas lágrimas rolavam, a despeito de si mesmo. — Ela é jovem, gentil e nos proporciona felicidade e conforto. Tenho certeza de que ela não morrerá. Os céus nunca permitiriam que morresse tão jovem.

— Silêncio! — exclamou a sra. Maylie, pondo a mão na cabeça de Oliver. — Você é apenas uma criança, pobre menino. Apesar disso, tenta me ensinar uma lição. Eu esqueci por um momento, Oliver, mas espero que me perdoe, pois sou velha e já vi morte e doença o suficiente para conhecer a agonia de nos separar de nossos entes queridos. Também já vi o suficiente para saber que nem sempre os mais jovens e bons são poupados. Isso deveria nos confortar, pois o céu é justo, e tais coisas nos ensinam que existe um mundo melhor do que este e que a passagem para ele é rápida. Que seja feita a vontade de Deus! Eu a amo, e Ele sabe o quanto!

Oliver surpreendeu-se ao perceber que, após dizer essas palavras, a sra. Maylie mostrava-se firme e recomposta. Ficou ainda mais surpreso ao constatar que essa firmeza perdurou. A sra. Maylie continuou a desempenhar firmemente todos os deveres que lhe eram confiados. Para os olhos externos, parecia até mesmo alegre. O garoto era muito novo e não sabia do que era capaz uma mente forte em situações difíceis.

Seguiu-se uma noite de ansiedade. Ao amanhecer, a previsão da sra. Maylie se concretizou. Rose sentia uma febre alta e perigosa.

— Devemos ser ativos, Oliver, e não ceder ao sofrimento inútil — disse a sra. Maylie, levando o dedo à boca enquanto o encarava.

— Essa carta precisa chegar o quanto antes ao sr. Losberne. Deve ser levada até o mercado da cidade, que fica a seis quilômetros de distância, e despachada por cavalo para Chertsey. Os funcionários da estalagem se encarregarão disso, e posso confiar em você para levá-la até eles.

Oliver não respondeu, mas parecia que sua ansiedade desaparecera.

— Tenho outra carta — disse a sra. Maylie, parando para refletir —, mas não sei se devo enviá-la ou esperar. Não a enviaria, a menos que temesse o pior.

— Também vai para Chertsey? — perguntou Oliver, impaciente para executar sua missão e estendendo sua mão trêmula para receber a carta.

— Não — respondeu a velha senhora, entregando-lhe o envelope.

Oliver percebeu que a carta era endereçada a Harry Maylie, na casa de algum grão-senhor que ele desconhecia.

— Quer que eu a envie? — perguntou Oliver, ansioso.

— Melhor não — respondeu a sra. Maylie, pegando-a. — Esperarei até amanhã.

Com essas palavras, ela lhe entregou uma bolsinha de moedas, e ele partiu apressadamente.

O garoto correu em grande velocidade pelos campos e pelas pequenas travessas que às vezes os dividiam. Escondido pelo trigo ou passando por ceifeiros que labutavam, parava apenas por alguns segundos para recuperar o fôlego, até chegar cansado e empoeirado na pracinha do mercado da cidade.

Fez uma pausa e procurou pela estalagem. Viu um banco branco, uma taverna vermelha e a sede amarela da prefeitura. Na esquina, havia um casarão, com toda a madeira da fachada pintada de verde, diante da qual estava escrito em uma placa: "The George". Ao vê-la, para lá seguiu.

Falou com um garoto que cochilava sob o portal, que, após ouvi-lo, encaminhou-o ao criado da estrebaria, que, após ouvi-lo, encaminhou-o ao proprietário, que era um cavalheiro alto, usando lenço no pescoço, chapéu branco, calças pardas e botas, encostado na porta do estábulo com um palito nos dentes.

O cavalheiro entrou com muita deliberação no bar para fazer as contas, o que demorou muito tempo. Depois que tudo estava pago, selou um cavalo e designou um homem para a tarefa, o que demorou mais dez minutos. Enquanto isso, Oliver estava tão impaciente e ansioso que desejava ele mesmo montar no cavalo e galopar até a próxima estação. O homem recebeu a carta e, após ouvir muitas injunções e súplicas para entregá-la com urgência, galopou pelas ruas irregulares até sair da cidade.

Como havia alguma certeza de que a ajuda viria e que não se perdera tempo, Oliver deixou a estalagem um pouco mais aliviado. Estava saindo quando esbarrou acidentalmente em um sujeito alto enrolado em uma capa.

— Ah! — gritou o homem, encarando Oliver e recuando subitamente. — Mas que diabo foi isso?

— Perdoe-me, senhor — disse Oliver. — Estou com muita pressa e acabei não o enxergando.

— À morte! — bradou o sujeito, encarando o menino com seus grandes olhos negros. — Onde já se viu? Vou reduzi-lo a cinzas! Parece que saiu de uma tumba para se meter em meu caminho!

— Sinto muito — balbuciou Oliver, confuso com o olhar feroz do estranho. — Espero não o ter ferido!

— Maldito seja! — murmurou o homem, irritadiço, entre os dentes cerrados. — Se eu pudesse, acabaria com você hoje mesmo. Que tudo de mal lhe aconteça, moleque! O que faz aqui?

O homem balançava o punho enquanto pronunciava essas palavras de modo incoerente. Aproximou-se de Oliver, como se tivesse a intenção de lhe desferir um soco, mas caiu no chão com um baque violento, contorcendo-se e espumando em um ataque.

Oliver olhou para o louco — pois era essa a impressão que teve do sujeito — por um instante e depois voltou à estalagem em busca de ajuda. Após tê-lo visto ser levado em segurança para dentro, correu o mais rápido que podia de volta à casa para compensar o tempo perdido, recordando com muito espanto e certo medo o comportamento peculiar do sujeito de quem acabara de se separar.

O incidente, porém, não permaneceu muito tempo em sua cabeça, pois quando chegou à cabana havia outras questões para preocupá-lo e fazê-lo esquecer de seus próprios problemas.

Rose Maylie piorara rapidamente. Antes da meia-noite, já estava delirante. Um médico da vizinhança a assistia. Após os primeiros cuidados, conversou com a sra. Maylie em particular e lhe informou que seu estado era preocupante.

— Na verdade — disse ele —, seria um milagre se ela se recuperasse.

Quantas vezes Oliver se levantou da cama naquela noite e aproximou-se, com passos silenciosos, do quarto da enferma para escutar algo! Quantas vezes sentiu calafrios, e um suor frio escorria por seu rosto ao ouvir passos que o faziam temer que algo pior já tinha ocorrido! E com qual fervor suplicava pela vida da moça gentil!

Ah! O suspense, o temeroso suspense de ficar parado enquanto a vida de uma pessoa amada está em jogo! Ah! Os pensamentos que povoam a mente e fazem o coração bater com força e a respiração tornar-se irregular por influência das imagens que se revelam; a *ansiedade causada pelo desespero de fazer algo* para aliviar a dor ou diminuir o perigo, que não temos poder para aliviar, a depressão da alma e do espírito, que a triste lembrança de nosso desamparo produz; que torturas podem igualá-la, que reflexos ou esforços podem acalmá-la!

A manhã chegou, e a pequena cabana parecia vazia. As pessoas sussurravam; de vez em quando, surgiam rostos ansiosos à porta; mulheres e crianças partiam chorando. Durante todo o dia e durante horas após escurecer, Oliver vagou pelo jardim olhando a cada instante para o quarto da doente e estremecendo ao observar a janela escura, como se a morte estivesse por trás dela. Mais tarde, naquela noite, chegou o sr. Losberne.

— É difícil — disse o bom doutor. — Tão jovem, tão amada, mas há bem pouca esperança.

Outra manhã. O sol brilhava com tanta intensidade que dava a impressão de que não havia tristeza. Com as folhas e as flores crescendo saudáveis por toda parte, a bela moça jazia, definhando rapidamente. Oliver foi até os arredores da velha igrejinha, sentou-se em um monte verdejante e chorou e rezou pela moça em silêncio.

Havia tanta paz e beleza no lugar, tanta luminosidade e alegria na paisagem ensolarada, tanta música alegre nos cantos dos pássaros, tanta liberdade, tanta vida e alegria em tudo que, quando o menino ergueu a cabeça e olhou ao seu redor, ocorreu-lhe instintivamente que aquele não era um momento de morte, que Rose não morreria enquanto as menores coisas pareciam tão alegres e vívidas e que os túmulos eram para o inverno sem alegria e não para a luz do sol. Chegou a pensar que a morte era para os velhos e que jamais dizia respeito aos jovens.

O badalar do sino da igreja afastou esses pensamentos juvenis. Outro! Mais um! Era um funeral. Um grupo de humildes enlutados atravessou o portão. O falecido era jovem. Pararam diante de uma cova. Uma mãe chorava ao lado do caixão. Mas o sol brilhava intensamente e os pássaros cantavam.

Oliver voltou para casa pensando em como a moça fora gentil com ele, desejando que o tempo voltasse para poder mostrar a ela o quanto era grato. Não tinha motivos para sentir remorso, pois sempre fora dedicado ao servi-la. No entanto, centenas de situações lhe passaram pela cabeça, nas quais imaginava que poderia ter sido mais zeloso e agido de forma mais séria. Devemos cuidar daqueles que nos cercam, pois a morte traz aos sobreviventes pensamentos de omissão e pouca generosidade de muitas coisas esquecidas e de tantas outras que poderiam ser reparadas! Não há remorsos tão profundos quanto os prevalecentes; se quisermos nos poupar de tais torturas, lembremo-nos disto a seu tempo.

Quando chegou à casa, a sra. Maylie repousava na sala. Oliver estremeceu ao vê-la, pois ela jamais deixaria seu lugar ao lado do leito da sobrinha. O menino imaginou que mudança poderia tê-la feito se afastar. Descobriu então que a moça caíra num sono profundo, do qual ou acordaria viva e recuperada ou para despedir-se deles e morrer.

Permaneceram sentados e em silêncio por horas. Sequer tocaram no jantar. Seus olhares revelavam que seus pensamentos estavam em outro lugar. Observaram o sol enquanto ia se pondo; enfim, pôs-se sobre o céu e a Terra, revelando os tons brilhantes que anunciam a sua partida. Ouviram o som de passos que se aproximavam. Ambos correram à porta quando o sr. Losberne entrou.

— O que aconteceu com Rose? — gritou a senhora. — Diga-me de uma vez! Eu aguento tudo menos o suspense! Fale! Pelo amor de Deus!

— A senhora precisa se recompor — disse o médico, amparando-a. — Acalme-se, por favor.

— Diga-me em nome de Deus! Minha querida sobrinha! Ela morreu?

— Não! — exclamou o médico. — Como o Senhor é bom e misericordioso, ela viverá, para nossa bênção, por muitos anos mais.

A senhora ajoelhou-se e tentou juntar as mãos, mas não tinha mais forças e caiu nos braços amistosos que se estenderam para socorrê-la.

XXXIV

ALGUNS DETALHES INTRODUTÓRIOS RELATIVOS A UM JOVEM CAVALHEIRO QUE ENTRA EM CENA E A NOVA AVENTURA DE OLIVER

Era felicidade demais para suportar. Oliver sentiu-se chocado e embasbacado com a notícia inesperada. Não conseguia chorar, falar ou descansar. Mal pudera compreender o que acontecera até que, após um longo passeio respirando o ar calmo da noite, debulhou-se em lágrimas aliviado e parecia ter despertado subitamente para uma sensação plena da feliz virada que ocorrera e da quase insuportável carga de angústia que lhe fora tirada do peito.

A noite caíra quando o menino voltou para casa, carregado de flores que ele colhera com muito cuidado para enfeitar o quarto da convalescente. No caminho, ouviu atrás de si o som de algum veículo aproximando-se. Voltando-se, viu que era uma carruagem conduzida a toda velocidade. Como os cavalos galopavam e a estrada era estreita, o garoto permaneceu encostado em um portão até que o veículo tivesse passado.

Oliver avistou um homem de touca branca, cujo rosto lhe parecia familiar, mas não conseguiu identificá-lo por ter passado tão rápido. Pouco depois, a touca surgiu na janela da carruagem e uma voz gritou ao condutor para parar. Então, a touca apareceu mais uma vez, e a mesma voz chamou Oliver pelo nome.

— Venha aqui! — gritou a voz. — Oliver, quais são as novidades? Como vai a srta. Rose?

— É você, sr. Giles? — perguntou Oliver, correndo até a janela da carruagem.

Giles apareceu de novo com sua touca, preparando-se para responder, quando foi repentinamente puxado de volta por um jovem cavalheiro que estava sentado do outro lado da carruagem e que perguntou avidamente como a moça estava.

— Diga apenas uma palavra! — gritou o cavalheiro. — Melhor ou pior?

— Melhor, bem melhor! — respondeu Oliver, prontamente.

— Graças a Deus! — exclamou o cavalheiro. — Tem certeza?

— Tenho, senhor — respondeu Oliver. — Ela melhorou há apenas algumas horas, e o sr. Losberne disse que a vida de Rose já não corre mais perigo.

O cavalheiro não disse mais nada. Abriu a porta da carruagem, saltou para fora e, tomando Oliver nos braços, ajudou-o a subir.

— Tem certeza? Não há nenhuma possibilidade de você ter se enganado, não é? — perguntou o cavalheiro. — Não me engane despertando falsas esperanças.

— Não faria isso por nada neste mundo — respondeu Oliver. — Acredite em mim. O sr. Losberne disse que ela ainda viverá por muitos anos.

As lágrimas rolaram dos olhos de Oliver quando se lembrou da cena que originou tanta felicidade. O cavalheiro virou o rosto e permaneceu em silêncio por alguns minutos. Oliver julgou tê-lo ouvido soluçar mais de uma vez, mas temia incomodá-lo com qualquer comentário novo, pois conseguia presumir quais eram seus sentimentos. Assim, fingiu estar ocupado com as flores.

Durante todo esse tempo, o sr. Giles esteve sentado nos degraus da carruagem, apoiando um cotovelo em cada joelho e enxugando os olhos com um lenço. Ele expressava uma emoção genuína, o que era comprovado por seus olhos avermelhados com os quais contemplava o jovem cavalheiro, quando se voltou e se dirigiu a ele.

— Acho melhor você ir para casa da minha mãe na carruagem, Giles — disse ele. — Prefiro ir a pé para ganhar um pouco de tempo antes de vê-la. Pode avisar que estou chegando.

— Perdoe-me, sr. Harry — disse Giles, ainda tentando se recompor com o lenço —, mas se o senhor enviasse um mensageiro para dizer isso, eu lhe seria muito grato. Não seria apropriado que as criadas me vissem neste estado. Jamais recuperaria a autoridade que tenho sobre elas.

— Está bem — respondeu Harry Maylie, sorrindo —, faça o que quiser. Deixe o condutor levar a bagagem e acompanhe-nos. Só tire essa touca e escolha um chapéu mais apropriado ou acharão que somos loucos.

O sr. Giles, lembrando-se do traje impróprio, tirou e guardou sua touca de dormir, substituindo-a por um chapéu grave e solene que tirou da carruagem. Feito isso, o veículo parou, e Giles, o sr. Maylie e Oliver seguiram caminhando.

Enquanto caminhavam, Oliver olhava de vez em quando com muito interesse e curiosidade para o recém-chegado. Parecia ter uns 25 anos, tinha estatura média, o semblante franco e bonito e aparentava ser dócil e agradável. Apesar da diferença de idade, parecia tanto com a sra. Maylie que Oliver não teria muita dificuldade para imaginar a relação entre eles se o rapaz já não tivesse se referido a ela como sua mãe.

A sra. Maylie aguardava ansiosamente a chegada do filho. O encontro aconteceu com grande emoção de ambas as partes.

— Mãe! — sussurrou o rapaz. — Por que não escreveu antes?

— Escrevi — respondeu a sra. Maylie —, mas achei melhor guardar a carta até ouvir a opinião do sr. Losberne.

— Mas por quê? — perguntou o rapaz. — Por que correr esse risco? Se Rose tivesse... não ouso dizer a palavra agora... se a doença terminasse de uma forma diferente, a senhora jamais perdoaria a si mesma! E eu nunca mais seria feliz de novo!

— Se *fosse* esse o caso, Harry — disse a sra. Maylie —, receio que sua felicidade seria efetivamente prejudicada e que sua chegada aqui, um dia antes ou um dia depois, faria bem pouca diferença.

— E quem poderia duvidar disso, mãe? — questionou o rapaz. — A senhora deveria saber!

— Sei que ela merece o melhor e mais puro amor que o coração de um homem pode oferecer — disse a sra. Maylie. — Sei que a devoção e o afeto de sua natureza não exigem um retorno comum, mas um que seja profundo e duradouro. Também sei que uma mudança de comportamento em alguém que ela ama lhe partiria o coração, por isso me senti tão inquieta ao fazer o que achava melhor na ocasião.

— Isso é cruel, mãe — disse Harry. — A senhora ainda acha que sou um menino ignorante que age por impulso?

— Acho, meu querido filho — replicou a sra. Maylie, pondo a mão sobre o ombro dele —, que os jovens têm muitos impulsos de generosidade que não duram e que, entre eles, há alguns que, após saciados, tornam-se apenas os mais fugazes. Acima de tudo, acho — disse a senhora, encarando o filho — que, se um homem entusiasmado, ardente e ambicioso se casar com uma mulher em cujo nome há uma mancha, a qual, embora não seja culpa dela, pode ser relembrada e lançada por pessoas frias e sórdidas sobre ela e também sobre seus filhos, e, na exata proporção de seu sucesso no mundo, pode ser lançada contra ele, o marido poderá, por mais generoso e bom que seja, arrepender-se de ter-se casado quando jovem. E ela poderá sentir a dor de saber de seu arrependimento.

— Mãe — disse o rapaz, impacientemente —, ele seria um bruto egoísta, indigno tanto de ser chamado de homem quanto de estar ao lado da mulher que a senhora descreveu.

— É o que você acha, Harry? — respondeu sua mãe.

— É o que sempre acharei! — exclamou o rapaz. — A agonia que sofri nos últimos dois dias obrigou-me a confessar uma paixão que, como a senhora bem sabe, não é de ontem. Meu coração não se engana quanto a Rose, aquela doce e gentil mulher! Não penso, nem vejo, nem espero nada na vida além dela. E se a senhora se opuser à nossa união, tomará nas mãos minha paz e felicidade e as lançará ao vento. Mãe, pense nisso, e em mim, e não despreze essa felicidade que parece considerar tão pouco.

— Harry — disse a sra. Maylie —, faço isso porque penso muito nos corações calorosos e sensíveis, logo quero poupá-los de se magoarem. Mas já discutimos bastante.

— Que Rose decida então — interrompeu Harry. — Não irá se opor?

— Não — replicou a sra. Maylie —, mas gostaria que considerasse...

— Já considerei! — respondeu o rapaz, com impaciência. — Mãe, considerei isso anos e anos e anos. Considerei desde que era capaz de uma reflexão séria. Meus sentimentos permanecem inalterados, como sempre permanecerão. Por que sofrer mais? Chega! Só irei embora depois que Rose me ouvir.

— Ela irá ouvi-lo — disse a sra. Maylie.

— Há algo em seus modos que dá a entender que ela me tratará com frieza, mãe — disse o jovem.

— Não, com frieza não — replicou a senhora. — Longe disso.

— Como então? — insistiu o rapaz. — Ela gosta de outro?

— Não — respondeu a mãe —, você já tem muita certeza de seus sentimentos. O que eu diria — resumiu a senhora, impedindo seu filho quando ele ia falar — é o seguinte: antes de apostar tudo nessa oportunidade, antes que você sofra por ter muita esperança, pense por alguns instantes, meu querido filho, na história de Rose e considere que efeito o conhecimento de sua origem duvidosa pode ter sobre sua decisão. Dedicada como ela é a nós, com toda a intensidade de sua mente nobre e com aquele perfeito autossacrifício que em todas as questões, importantes ou insignificantes, sempre lhe foi característico.

— O que quer dizer?

— Que o deixarei refletindo — respondeu a sra. Maylie. — Preciso voltar a ela. Deus o abençoe!

— Tornarei a vê-la hoje à noite? — perguntou o rapaz, ansioso.

— Claro — respondeu a senhora —, quando eu deixar Rose.

— Dirá que estou aqui? — indagou Harry.

— Sim — respondeu a sra. Maylie.

— E dirá como estou ansioso, o quanto sofro e como desejo vê-la? Não se recusará a fazer isso, não é, mãe?

— Não — disse a senhora. — Eu lhe contarei tudo.

Após pressionar carinhosamente a mão do filho, a mãe retirou-se da sala.

O sr. Losberne e Oliver permaneceram do outro lado do aposento enquanto mãe e filho conversavam. O médico estendeu a mão para Harry Maylie para cumprimentá-lo e respondeu as várias perguntas do rapaz, dando-lhe um relato preciso da situação da paciente, que foi tão consolador e promissor quanto a declaração de Oliver que lhe trouxera esperança. O sr. Giles, que estava ocupado com a bagagem, ouvia tudo atentamente.

— Andou atirando ultimamente, Giles? — perguntou o médico.

— Não, senhor — respondeu o sr. Giles, corando até os olhos.

— Nem esteve capturando ou identificando ladrões? — indagou o médico.

— Também não, senhor — respondeu o sr. Giles, com muita gravidade.

— Bem — disse o médico —, lamento saber, pois você é realmente muito bom nisso. E como vai Brittles?

— O rapaz vai muito bem, senhor — disse o sr. Giles, recuperando seu tom patronal de sempre —, e lhe manda seus cumprimentos.

— Excelente — disse o médico. — Ao vê-lo aqui, lembrei-me que, no dia anterior àquele em que fui chamado às pressas, executei, a pedido de sua patroa, uma pequena missão. Acompanhe-me, por favor.

O sr. Giles acompanhou-o com muita imponência e teve uma breve conversa em voz baixa com o médico. Depois, ele fez muitas reverências ao doutor e se retirou. O tema da conversa não foi revelado no salão, mas a cozinha foi rapidamente informada, pois o sr. Giles foi direto para lá e, após pedir uma caneca de cerveja, anunciou, com ares de majestade que, em reconhecimento ao seu comportamento valente durante a tentativa de roubo, a patroa lhe recompensara com 25 libras. Ao saberem disso, as duas criadas ergueram as mãos aos céus, e o sr. Giles, abandonando seu ar presunçoso, pediu que não o reverenciassem e que, se achassem que ele estivesse se exibindo perante os subordinados, ficaria agradecido se o informassem a respeito disso. Também fez muitas outras observações, não menos ilustrativas de sua humildade, que foram recebidas com igual reconhecimento e aplausos, e eram, sem dúvida, tão originais e objetivas quanto normalmente são as observações dos grandes homens.

No andar de cima, o resto da noite transcorreu alegremente, pois o médico estava bem-humorado; e, por mais cansado ou pensativo que Harry Maylie aparentasse estar à primeira vista, ele não era contra o bom humor do digno cavalheiro, que se manifestava numa grande variedade de casos e lembranças profissionais e numa abundância de piadinhas, que Oliver achava as mais engraçadas que ele já ouvira e o faziam rir muito, para a grande satisfação do médico, que ria sem reservas de si mesmo e fazia Harry rir pela força da simpatia. Assim, formavam um grupo muito agradável, dadas as circunstâncias. Já era tarde quando se recolheram, com o coração mais leve e grato, após os momentos de dúvida e suspense a que foram submetidos.

Oliver levantou-se renovado na manhã seguinte e foi fazer suas tarefas habituais com mais esperança e prazer do que tivera há dias. Os pássaros cantavam e as mais belas flores silvestres que podiam ser encontradas foram mais uma vez reunidas para alegrar Rose com sua beleza. A melancolia que parecia perdurar nos olhos tristes do menino durante dias, ao contemplar cada objeto, dissipou-se como mágica. O orvalho parecia brilhar de forma mais intensa sobre as folhas verdes. A brisa soprava como a música mais agradável. O céu parecia mais azul e brilhante. Tal é a influência que a condição de nossos pensamentos exerce, mesmo sobre a aparência de objetos externos. As pessoas que olham para a natureza e para seus semelhantes e lamentam que tudo é escuro e sombrio estão em seu direito, mas as cores sombrias são os reflexos de seus olhos e de seu coração maculados. Os tons reais são delicados e precisam de um olhar mais apurado.

É digno de nota, e Oliver não deixou de observar na época, que já não fazia suas expedições matinais sozinho. Harry Maylie, depois da primeira manhã, quando encontrou Oliver voltando carregando flores para casa, revelou gostar tanto de flores e demonstrou tanto apreço pelo seu arranjo que conseguia deixar seu jovem companheiro para trás. Harry sabia onde encontrar as melhores flores, e, a cada manhã, eles vasculhavam os campos juntos e traziam para casa as mais belas. A janela do quarto da moça agora ficava aberta, pois ela gostava de sentir a brisa do verão que a reanimava com seu frescor. Sempre havia na água, dentro de um vaso, um pequeno buquê em particular, que era montado com muito cuidado todas as manhãs. Oliver não podia deixar de notar que as flores murchas jamais eram jogadas fora, embora o pequeno vaso fosse regularmente reabastecido, nem podia deixar de observar que sempre que o médico entrava no jardim ele invariavelmente lançava os olhos para aquele canto específico e acenava com a cabeça de forma mais expressiva ao passo que se dirigia à sua caminhada matinal. Enquanto isso, os dias passavam voando e Rose recuperava-se rapidamente.

O correr dos dias não era um fardo para Oliver; embora Rose ainda não tivesse deixado seus aposentos, e eles não saíssem à noite para caminhar ao ar livre, de vez em quando ela dava passeios de curta distância acompanhada da sra. Maylie. O garoto dedicou-se, com perseverança redobrada, às instruções do cavalheiro de cabeça branca e esforçou-se tanto que seu rápido progresso surpreendeu até a si mesmo. Foi enquanto estava empenhado nessa atividade que ele ficou muito assustado e angustiado com um fato inesperado.

O quartinho onde ele estudava ficava nos fundos da casa. Tinha uma janela de treliça, ao redor da qual havia cachos de jasmim e madressilva que perfumavam o ambiente com seu delicioso aroma. Atrás do jardim, havia apenas mato. Não havia outra casa próxima naquela direção.

Uma bela tarde, quando as primeiras sombras do crepúsculo começavam a cair, Oliver sentou-se ao lado da janela para estudar. Ele se dedicou a essa atividade por um bom tempo; e, como o dia fora invulgarmente quente e ele se esforçara demais, não é menosprezo para os autores, sejam quais forem, afirmar que, aos poucos, o menino adormeceu.

Há uma espécie de sono que nos toma às vezes que, apesar de dominar o corpo, tornando-o prisioneiro, deixa a mente liberta e lhe permite divagar a seu bel-prazer. Até onde um peso avassalador, uma prostração de força e uma total incapacidade de controlar nossos pensamentos ou movimentos pode ser chamado de sono, ainda assim, temos consciência de tudo o que está acontecendo conosco, de modo que, mesmo se sonharmos em tal momento, palavras que são realmente ditas ou sons que de fato existem no momento acomodam-se com surpreendente prontidão às nossas visões, até que a realidade e a imaginação se tornem tão estranhamente misturadas que depois é quase impossível separar as duas coisas. Também não é esse o fenômeno mais marcante incidente a tal estado. É um fato indubitável que, embora privados dos nossos sentidos de tato e visão, nossos pensamentos adormecidos e as cenas visionárias que passam diante de nós são influenciados pela *mera presença silenciosa* de algum objeto externo, que pode não ter estado perto de nós quando fechamos os olhos e de cuja proximidade não tivemos consciência.

Oliver sabia, perfeitamente bem, que estava em seu quartinho, que seus livros estavam na mesa diante dele, que a doce brisa soprava as plantas lá fora. No entanto, dormia. De repente, a cena mudou, o ar tornou-se sufocante e ele pensou, aterrorizado, que estava outra vez na casa do judeu. Lá estava aquele velho horrível, recostado em um canto, apontando para ele e sussurrando para outro homem de cara feia, que estava ao seu lado.

— Cale-se, meu caro! — julgou ter ouvido o judeu dizer. — Com certeza, é ele. Vamos embora.

— É ele! — julgou ter ouvido o outro homem responder. — Poderíamos ter nos enganado? Se uma multidão de fantasmas se colocasse em sua forma exata e ele estivesse entre eles, haveria algo que me diria como encontrá-lo. Se você o tivesse enterrado a cinquenta metros de profundidade e me levasse até seu túmulo, eu saberia, mesmo sem uma marca acima dele, que ele estava enterrado ali.

O homem parecia dizer isso com tanto ódio que Oliver acordou tremendo de medo.

Céus! O que foi isso, que gelou seu coração e o privou da voz e dos movimentos?! Ali, na janela, tão perto dele que quase podia ter-lhe tocado, estava o judeu! E ao seu lado, branco de raiva, ou medo, ou ambos, estava o homem com quem esbarrara na estalagem.

Bastou apenas um instante, um olhar, um lampejo diante de seus olhos para eles desaparecerem. Mas os reconheceu, e o olhar deles ficou tão firmemente impresso em sua memória que parecia ter sido esculpido em pedra e colocado diante dele desde seu nascimento. Oliver ficou paralisado por um momento, então pulou da janela para o jardim e clamou em voz alta por socorro.

O judeu encontra Oliver.

XXXV

O RESULTADO INSATISFATÓRIO DA AVENTURA DE OLIVER E UMA CONVERSA IMPORTANTE ENTRE HARRY MAYLIE E ROSE

Quando os criados da casa, atraídos pelos gritos de Oliver, correram para o local de onde vinha o barulho, encontraram-no pálido e agitado, apontando na direção do mato atrás da casa, mal conseguindo articular as palavras: "O judeu! O judeu!"

O sr. Giles não conseguia compreender o significado desse grito, mas Harry Maylie, cuja percepção era mais veloz e que ouvira, de sua mãe, a história de Oliver, compreendeu-o imediatamente.

— Para onde ele foi? — perguntou, pegando um porrete que estava num canto.

— Para lá — respondeu Oliver, apontando o curso que o homem tomara. — Perdi-os de vista num instante.

— Então devem estar no canal! — exclamou Harry. — Sigam-me e fiquem perto de mim!

Harry saltou por cima da cerca e correu tão rápido que os outros quase não conseguiam acompanhá-lo.

Giles e Oliver o seguiram e, pouco depois, o sr. Losberne, que havia saído e estava voltando, pôs-se a acompanhá-los com mais agilidade do que aparentemente parecia dispor, perguntando o que estava acontecendo.

Correram sem parar para respirar, até que Harry chegou ao canal. O rapaz começou a procurar nos arredores, o que deu tempo para o resto do grupo chegar e para Oliver contar ao sr. Losberne as circunstâncias que levaram a uma perseguição tão vigorosa.

A caçada foi em vão. Não havia nenhuma pegada recente. Estavam no cume de uma pequena colina, que permitia observar os campos abertos em todas as direções, por cinco ou seis quilômetros. Havia a aldeia no vale à esquerda, mas, para a alcançarem, os homens precisariam percorrer um terreno aberto, o que era impossível em tão pouco tempo. Uma mata densa cercava o prado em outra direção, mas eles não poderiam tê-lo atravessado pela mesma razão.

— Deve ter sonhado, Oliver — disse Harry Maylie.

— Não, senhor — respondeu Oliver, tremendo ao lembrar do rosto do velho infeliz. — Vi claramente. Vi os dois, tão claramente quanto lhe vejo agora.

— Quem era o outro? — perguntaram Harry e o sr. Losberne juntos.

— O mesmo homem com quem esbarrei na estalagem — disse Oliver. — Juro que chegamos a nos encarar.

— Eles vieram por aqui? — perguntou Harry. — Tem certeza?

— Sim — respondeu Oliver. — O homem alto saltou logo ali, e o judeu fugiu pela direita.

Os dois cavalheiros observaram o rosto sincero de Oliver enquanto ele falava e entreolharam-se, parecendo acreditar no que o menino dizia. Ainda assim, não havia nenhum sinal de homens em fuga. A grama estava alta e não parecia ter sido pisada em nenhum lugar exceto onde havia pegada dos seus próprios pés. A borda do canal estava úmida, mas não conseguiram encontrar a marca dos sapatos dos homens em lugar algum.

— Que estranho! — disse Harry.

— Estranho? — repetiu o médico. — Nem Blathers e Duff poderiam descobrir algo aqui.

Apesar da natureza evidentemente inútil da busca, não pararam até o cair da noite e, mesmo assim, desistiram com relutância. Giles foi despachado para diferentes tavernas da aldeia, munido da melhor descrição que Oliver conseguiu fazer da aparência e dos trajes dos sujeitos. Destes, o judeu dificilmente passaria despercebido, supondo que fosse visto bebendo ou vadiando, mas Giles voltou sem qualquer novidade que resolvesse o mistério.

Na manhã seguinte, foi feita uma nova busca, e as investigações continuaram, mas sem maior sucesso. No outro dia, Oliver e o sr. Maylie foram até a cidade esperando ver ou ouvir alguma coisa, mas esse esforço também foi infrutífero. Após alguns dias, o incidente foi esquecido, como a maioria dos casos que sem novidades é encerrado.

Enquanto isso, Rose recuperava-se rapidamente. Já deixara o quarto e reunira-se de novo com sua família, trazendo alegria ao coração de todos.

Mas, embora essa feliz mudança causasse um efeito visível no pequeno círculo e embora vozes e risos alegres fossem ouvidos de novo na casa, havia, por vezes, um comedimento indesejado de alguns, até de Rose, o que Oliver não podia deixar de observar. A sra. Maylie e seu filho conversavam em particular muitas vezes, e, em mais de uma ocasião, Rose apareceu com vestígios de lágrimas no rosto. Quando o sr. Losberne fixou um dia para regressar a Chertsey, tais circunstâncias tornaram-se mais frequentes e era evidente que acontecia algo que afetava a paz da moça e, talvez, também, de mais alguém.

Certa manhã, quando Rose estava sozinha na sala de jantar, Harry Maylie entrou e, um tanto hesitante, pediu permissão para conversar com ela por alguns instantes.

— Serei breve, Rose — disse o rapaz, aproximando uma cadeira para sentar-se ao lado dela. — Deve imaginar o que tenho a lhe dizer. As ternas esperanças que nutro em meu coração não lhe são desconhecidas, embora não as tenha ouvido de minha boca.

Rose empalideceu desde o momento em que o rapaz entrara, mas podia ser um efeito de sua recente doença. Ela simplesmente assentiu com a cabeça e, inclinando-se sobre algumas plantas, esperou em silêncio que ele prosseguisse.

— Eu já deveria ter partido — disse Harry.

— Deveria mesmo — respondeu Rose. — Perdoe-me por dizer isso, mas é o que penso.

— O que me trouxe aqui foi o mais terrível e agonizante de todos os receios — disse o jovem —: o medo de perder a única criatura amada que carrega todos os meus desejos e esperanças. Você estava morrendo, oscilando entre o Céu e a Terra. Sabemos que, quando os jovens, belos e justos adoecem, seu espírito puro volta inanimado para seu lar resplandecente de descanso duradouro. Sabemos que os melhores e mais belos de nossa espécie, muitas vezes, desvanecem no auge de sua exuberância.

Brotaram lágrimas nos olhos da moça gentil quando ela ouviu essas palavras. E quando uma lágrima caiu na flor sobre a qual ela se curvava, brilhou em seu cálice tornando a flor ainda mais bela. Era como se a efusão de seu coração jovem reivindicasse um parentesco natural com as coisas mais belas da natureza.

— Uma criatura — continuou o rapaz, apaixonadamente — tão justa e inocente quanto um anjo do Senhor, que esteve entre a vida e a morte. Ah! Quem imaginaria que ela voltaria a fazer parte deste mundo! Rose, saber que você estava falecendo, ter pouca esperança de que seria poupada, não ter a certeza de que viveria, sentir que você faria parte do outro mundo para onde os belos e justos vão tão cedo e ainda rezar em meio a todas essas consolações para que você voltasse para as pessoas que a amam: essas eram distrações quase grandes demais para suportar. Eram minhas, dia e noite, e com elas vinha uma torrente contínua de medos, receios e arrependimentos egoístas de que você morresse e partisse sem saber o quanto eu a amo. Você se recuperou. Eu a vi escapar da morte e renascer, não me diga que desejava que eu não tivesse vindo.

— Não foi o que quis dizer — disse Rose, chorando. — Só queria que você voltasse para as suas importantes atividades.

— Nada é mais importante para mim do que lutar para conquistar seu coração — disse o rapaz, segurando a mão dela. — Rose, querida Rose! Há anos que eu a amo. Esperava alcançar o sucesso e então voltar orgulhoso para casa e dizer que fiz isso apenas para compartilhar tudo com você. Pensava em meus devaneios como poderia lembrá-la, nesse momento feliz, dos muitos sinais silenciosos que eu lhe dera e pediria sua mão, como se fosse em redenção a algum velho contrato silencioso que fora selado entre nós! Esse dia não chegou, mas aqui estou, sem ter conquistado o sucesso, oferecendo-lhe meu coração.

— Você sempre foi nobre e gentil — disse Rose, controlando suas emoções. — Como acredita que não sou insensível ou ingrata, ouça a minha resposta.

— Sim, para que eu possa tentar merecê-la, não é querida Rose?

— Não — respondeu Rose —, é para que tente me esquecer, não como sua velha e querida amiga, pois isso me magoaria profundamente, mas como o objeto do seu amor. Olhe para o mundo. Pense em quantos corações há para se conquistar. Procure um novo amor. Se quiser, serei a amiga mais verdadeira, calorosa e fiel que terá.

Houve uma pausa durante a qual Rose, que cobrira o rosto com uma mão, derramou lágrimas. Harry segurou a outra mão da moça.

— Quais motivos a levaram a decidir isso? — murmurou o rapaz.

— Você tem o direito de saber — replicou Rose. — Não há nada que possa dizer que mude minha decisão. É uma obrigação que tenho com os outros e comigo mesma.

— Consigo mesma?

— Sim, Harry. Comigo mesma. Eu, uma moça sozinha, sem riquezas, nascida em uma família sem nome, não deveria dar aos seus amigos motivos para suspeitar que cedi sordidamente ao seu amor e que me prendi aos seus planos e desejos, como um empecilho. Tenho a obrigação de não ser esse grande obstáculo ao seu sucesso.

— Se seus desejos estão relacionados com um senso de dever... — disse Harry.

— Não estão — respondeu Rose, corando profundamente.

— Então você me ama? — perguntou Harry. — Responda apenas isso, querida Rose, e me alivie da amargura da desilusão!

— Se fosse possível, sem prejudicá-lo, amaria — respondeu Rose. — Poderia...

— Receber essa declaração de forma diferente? — indagou Harry. — Pelo menos não esconda isso de mim.

— Poderia — disse Rose. — Chega! — acrescentou ela, soltando a mão do rapaz. — Por que prolongamos essa dolorosa conversa? Mais dolorosa para mim; ainda assim, fico feliz em saber que já fui tão estimada por você, e cada conquista que alcançar na vida me animará bastante. Adeus, Harry! É melhor não termos mais esse tipo de conversa. Mas podemos manter uma amizade longa e feliz, e que cada bênção das orações de um coração verdadeiro e sincero caia sobre você e possa animá-lo e ajudá-lo a alcançar o sucesso!

— Mais uma coisa, Rose — disse Harry. — Diga-me suas razões. Deixe-me ouvi-las de sua boca!

— Você — respondeu Rose, firmemente — tem um futuro brilhante. Todas as honras que grandes talentos e fortes conexões ajudam os homens na vida pública lhe estão reservadas. Mas tais conexões são orgulhosas, e não me misturarei com quem possa desprezar minha mãe nem trarei vergonha ou fracasso ao filho daquela que tão bem supriu o lugar dela. Em poucas palavras — disse a moça, afastando-se, enquanto sua firmeza temporária a abandonava —, há uma mancha em meu nome, que o mundo lança sobre cabeças inocentes. Não farei outra pessoa além de mim carregar esse fardo.

— Só mais uma coisa, Rose. Querida Rose! Mais uma! — disse Harry, atirando-se diante dela. — Se eu fosse menos favorecido, se tivesse uma vida modesta e pacífica, se fosse pobre, doente e indefeso, poderia me aceitar? Ou meu provável destino à riqueza e à honra ainda originaria essa inquietação?

— Não me pressione a responder isso — respondeu Rose. — Tal questão não se sustenta e jamais se sustentará. É injusto, quase indelicado, fazer essa pergunta.

— Se responder do jeito que imagino — retorquiu Harry —, sua resposta trará um brilho de felicidade à minha solidão e iluminará minha vida. Não seria inútil dar uma resposta àquele que a ama acima de tudo. Ah, Rose, em nome da minha paixão ardente e eterna, em nome de tudo o que sofri por você e por tudo o que me condena a sofrer, responda-me a essa única pergunta.

— Então, se sua sorte fosse lançada de forma diferente — replicou Rose —, se estivesse mesmo um pouco, mas não tão acima de mim, se eu pudesse ser uma ajuda e conforto para você em qualquer situação e não uma mancha, seria poupado disso. Tenho todos os motivos para ser feliz, muito feliz, agora, mas então, Harry, eu seria mais feliz ainda.

As recordações de velhas esperanças fizeram Rose derramar lágrimas ao dizer essas palavras.

— Sei que isso é uma fraqueza, o que torna o meu propósito mais forte — disse Rose, estendendo a mão. — Agora precisa ir.

— Prometa-me apenas uma coisa — disse Harry —: daqui a um ano, ou antes, posso voltar a conversar a respeito disso com você?

— Não para me fazer mudar de ideia — respondeu Rose, com um sorriso melancólico. — Isso seria inútil.

— Não — disse Harry —, para ouvi-la repetir sua decisão! Eu me colocarei diante de você, seja qual for minha situação, e, se ainda não tiver mudado de ideia, deixarei você em paz.

— Que assim seja — replicou Rose. — Será apenas uma aflição a mais, e, a essa altura, serei capaz de suportá-la melhor.

Ela estendeu a mão outra vez. Mas o rapaz a puxou para perto e imprimiu-lhe um beijo em sua bela testa e, então, retirou-se da sala.

XXXVI

UMA CENA CURTA, MAS DE CERTA IMPORTÂNCIA PARA O DESENVOLVIMENTO DA HISTÓRIA

E então, decidiu hoje de manhã ser meu companheiro de viagem? — perguntou o médico, enquanto Harry Maylie se juntava a ele e a Oliver à mesa do café da manhã. — Você não parecia ter a mesma intenção duas horas atrás!

— Um dia, você me dirá algo diferente — disse Harry, corando sem qualquer razão perceptível.

— Espero ter boas razões para fazê-lo — respondeu o sr. Losberne —, embora admita que não acredito que o farei. Ontem de manhã, você decidiu ficar aqui e acompanhar sua mãe, como um bom filho obediente, até o litoral. Antes do meio-dia, disse que ficaria honrado em me acompanhar até onde eu fosse em sua viagem para Londres. E, à noite, insistiu misteriosamente que partíssemos antes de as senhoras se levantarem. Como consequência, Oliver está aqui, quando deveria estar no campo colhendo flores. É uma pena, certo, Oliver?

— Lamentaria muito se não estivesse em casa quando o senhor e o sr. Maylie partissem — respondeu Oliver.

— Você é um bom garoto — disse o médico. — Pode me visitar quando eu voltar. Mas, falando sério, Harry, você recebeu alguma notícia de pessoas ilustres para querer partir assim tão de repente?

— As pessoas ilustres — respondeu Harry — não se corresponderam comigo desde que cheguei aqui. Tampouco é provável que ocorra algo nesta época do ano que torne necessária minha presença entre elas.

— Então — disse o médico —, você está agindo estranho. Mas é claro que vão querê-lo no Parlamento nas eleições antes do Natal, e tais mudanças repentinas representam uma boa preparação para a vida política. Há algo nisso. É preciso estar bem preparado para concorrer em qualquer disputa.

Harry Maylie pareceu pronto a fazer algumas observações que deixariam o médico um pouco desconcertado, mas contentou-se em dizer "Veremos" e encerrou a discussão. A carruagem chegou pouco depois, Giles veio carregar a bagagem, e o bom doutor saiu para ver.

— Oliver — sussurrou Harry Maylie —, preciso falar com você.

Oliver foi até a janela de onde o sr. Maylie lhe chamou e ficou muito surpreso com a mistura de tristeza e inquietação que o rapaz demonstrava.

— Já escreve bem? — perguntou Harry.

— Acho que sim, senhor — respondeu Oliver.

— Demorarei a voltar à casa, logo gostaria que me escrevesse quinzenalmente às segundas-feiras. Faria isso?

— Ah! Claro, adoraria! — exclamou Oliver, feliz com a tarefa.

— Gostaria de saber como... vão minha mãe e a srta. Maylie — disse o rapaz. — Escreva-me contando o que você anda fazendo, o que tem conversado e me deixe informado se ela... elas, perdão, estão bem e felizes. Entendeu?

— Ah! Sim, senhor! — respondeu Oliver.

— Não comente nada disso com elas — disse Harry —, porque assim minha mãe iria querer me escrever muitas vezes e quero lhe poupar a fadiga. Que esse seja um segredo entre nós dois! Conto com você.

Oliver, se sentindo eufórico e honrado por receber tal tarefa, prometeu guardar segredo e escrever longas cartas. O sr. Maylie despediu-se dele com manifestações de respeito e proteção.

O médico encontrava-se na carruagem. Giles segurava a porta aberta, e as criadas observavam do jardim. Harry olhou furtivamente para a janela do quarto de Rose e entrou no veículo.

— Vamos! — gritou ele. — Depressa! A toda velocidade!

— Ei! — gritou o médico, dirigindo-se ao condutor. — Não vá tão rápido assim. Ouviu?

O veículo seguiu em grande velocidade e fazendo barulho, semioculto por uma nuvem de poeira. Somente quando essa nuvem não podia mais ser vista é que os espectadores se dispersaram.

Havia alguém que permaneceu com os olhos fixos no local onde a carruagem desaparecera, bem depois de ela estar a muitos quilômetros de distância. Na janela para a qual Harry olhara, atrás de uma cortina branca, estava Rose.

— Ele parece feliz — disse ela, enfim. — Temia que estivesse triste. Enganei-me. Estou muito, muito feliz.

As lágrimas são sinais de alegria e de tristeza, mas as que corriam pelo rosto de Rose enquanto ela se encontrava na janela, ainda olhando para a mesma direção, pareciam expressar mais tristeza do que alegria.

XXXIV

DIVERGÊNCIAS COMUNS EM CASAMENTOS

O sr. Bumble estava sentado na sala, com os olhos fixos na lareira apagada; por ser verão, o fogo não estava aceso. De vez em quando olhava para cima, observando as moscas voarem em volta de uma armadilha. Suspirava profundamente enquanto uma sombra se espalhava em seu semblante. Estava pensativo. Talvez, os insetos o tivessem feito recordar de algum momento doloroso de seu passado.

A tristeza do sr. Bumble não era a única coisa que poderia evocar melancolia. Não havia outros objetos intimamente ligados à sua pessoa, e essa ausência anunciava que uma grande mudança acontecera. Onde estariam o casaco e o chapéu de três bicos? Ele ainda usava ceroulas e meias de algodão, mas não eram as mesmas de sempre. O sr. Bumble já não era mais bedel.

Existem certas promoções na vida que, independentemente das recompensas mais substanciais que ofereçam, exigem um valor e uma dignidade peculiares dos casacos e coletes que lhes estão associados. Um xerife tem seu uniforme; um bispo, seu avental de seda; um conselheiro, sua toga de seda; um bedel, seu chapéu de três bicos. Privados de suas roupas, o que eles são? Homens. Meros homens. Dignidade e até santidade, às vezes, estão mais associadas a vestimentas do que algumas pessoas imaginam.

O sr. Bumble se casara com a sra. Corney e se tornara diretor do asilo. Outro bedel o substituíra em sua antiga função, recebendo, portanto, o chapéu de três bicos, o casaco dourado e o bastão.

— Amanhã já serão dois meses! — suspirou o sr. Bumble. — Parece uma eternidade.

O sr. Bumble talvez quisesse dizer que concentrara toda uma existência de felicidade no curto espaço de oito semanas, mas havia muito significado naquele suspiro.

— Vendi-me — disse o sr. Bumble — por seis colheres de chá, um par de pinças de açúcar e uma leiteira, alguns móveis de segunda mão e vinte libras. Vendi-me por pouco!

— Pouco! — gritou uma voz estridente para o sr. Bumble. — Recebeu mais do que vale, Deus sabe!

O sr. Bumble voltou-se e encontrou o rosto de sua interessante esposa, que ouvira seus lamentos.

— Sra. Bumble! — disse o sr. Bumble, num tom severo e sentimental.

— O que foi? — perguntou a senhora.

— Tenha a bondade de olhar para mim — disse o sr. Bumble, encarando-a fixamente.

"Se sustentar meu olhar", pensou o sr. Bumble, "ela aguenta qualquer coisa. Meu olhar sempre causou uma forte impressão nos pobres. Se ela puder suportá-lo, meu poder estará perdido para sempre."

Se cravar os olhos é suficiente para reprimir os pobres, que, por serem parcamente alimentados, não se encontram em condições muito boas ou se a sra. Corney não se deixava intimidar por olhares, são questões de opinião. O ponto é que a matrona não se deixou abalar pela carranca do sr. Bumble, pelo contrário, reagiu com indiferença e riu de forma genuína.

Ao ouvir esse som inesperado, o sr. Bumble pareceu incrédulo e surpreso. Recaiu em seu estado anterior e só despertou ao ouvir a voz da esposa.

— Vai ficar aí roncando o dia todo? — perguntou a sra. Bumble.

— Ficarei aqui o quanto quiser, minha senhora — disse o sr. Bumble —, e, embora *não* estivesse roncando, roncarei, espirrarei, rirei ou gritarei o quanto desejar, em virtude de minhas prerrogativas.

— Suas *prerrogativas*? — zombou a sra. Bumble.

— Foi o que eu disse — afirmou o sr. Bumble. — A prerrogativa de um homem é comandar.

— E qual seria a prerrogativa de uma mulher, por gentileza? — indagou a esposa.

— Obedecer — vociferou o sr. Bumble. — Seu falecido e infeliz ex-marido deveria tê-la ensinado e, então, talvez estivesse vivo. Quem me dera, pobre homem!

A sra. Bumble percebeu de repente que o momento decisivo chegara e que um golpe de mestre de um lado ou de outro seria necessário para resolver a questão definitivamente. Assim, mal ouviu a alusão feita ao morto, caiu numa cadeira, começou a gritar afirmando que o sr. Bumble era um bruto de coração de pedra e derramou lágrimas.

Mas as lágrimas não causaram efeito no coração impermeável do sr. Bumble. Seus nervos resistiam a lágrimas, que, por serem sinais de fraqueza e evidências de sua própria força, o agradavam e o exaltavam. Ele olhou para a esposa com muita satisfação e pediu, incentivando-a, que ela chorasse mais, afirmando que tal exercício fazia bem para a saúde.

— Chorar abre os pulmões, lava o rosto, exercita os olhos e atenua o temperamento — disse o sr. Bumble. — Portanto, trate de chorar.

Ao se ocupar com esse prazer, o sr. Bumble pegou o chapéu e o pôs na cabeça, como um homem que sentiu que afirmara sua superioridade. Colocou as mãos nos bolsos e seguiu em direção à porta, parecendo muito satisfeito.

A ex-sra. Corney recorrera às lágrimas, pois eram menos problemáticas do que brigar, mas estava bastante tentada a empregar esse meio, como o sr. Bumble não demorou a descobrir.

A primeira prova que ele experimentou do fato foi transmitida num barulho surdo sucedido imediatamente pelo súbito voo de seu chapéu ao extremo oposto da sala. Esse procedimento preliminar deixou sua cabeça à mostra, e a senhora, agarrando-lhe pelo pescoço com uma mão, desferiu-lhe uma série de pancadas. Então, ela variou os ataques, arranhando o rosto do homem e puxando-lhe o cabelo. Após ter-lhe infligido, a essa altura, o castigo que julgou necessário à ofensa, caiu em uma cadeira e desafiou-o a falar outra vez sobre sua prerrogativa, se ele ousasse.

— Levante-se! — exclamou a sra. Bumble, com uma voz de comando. — E saia daqui, a menos que queira que eu faça algo desesperador.

O sr. Bumble levantou-se, imaginando o que podia ser algo desesperador. Pegando o chapéu, olhou em direção à porta.

— Vai sair ou não? — perguntou a sra. Bumble.

— Claro, querida — respondeu o sr. Bumble, avançando em direção à porta. — Não pretendia... Já estou indo! Você é tão violenta, que...

Neste momento, a sra. Bumble recuou para colocar o tapete no lugar após a luta. O sr. Bumble retirou-se imediatamente da sala, sem concluir a frase, deixando a ex-sra. Corney em plena posse do terreno.

O sr. Bumble fora surpreendido e bastante espancado. Tinha uma certa tendência a bancar o valentão. Sentia um certo prazer ao exercitar sua crueldade mesquinha; consequentemente era — é desnecessário dizer — um covarde. Isso não é de forma alguma um menosprezo ao seu caráter, pois muitos personagens oficiais, considerados com grande respeito e admiração, são vítimas de enfermidades semelhantes. A observação é feita mais a seu favor do que de outra forma e para impressionar o leitor com um sentido justo de suas qualificações ao cargo.

Mas sua ruína ainda não terminara. Percorreu o asilo, pensando, pela primeira vez, que as leis dos pobres eram realmente muito rígidas e que os maridos que abandonavam suas esposas, deixando-as a cargo da paróquia, deveriam não ser punidos, e sim recompensados como indivíduos meritórios que tinham sofrido muito. Quando o sr. Bumble passava por um cômodo onde algumas pobres lavavam a roupa da paróquia, julgou que elas conversavam muito alto.

— Hem! — exclamou o sr. Bumble, invocando toda sua dignidade nativa. — "Pelo menos, essas mulheres continuam a respeitar as minhas prerrogativas". Olá! Vocês aí! Que barulho é esse, suas matracas?

O Sr. Bumble degradado aos olhos dos indigentes.

Com essas palavras, o sr. Bumble abriu a porta e entrou feroz e enfurecido. Então, logo se acalmou ao entrar, parecendo humilhado e acovardado ao deparar-se inesperadamente com sua esposa.

— Querida — disse o sr. Bumble —, não sabia que estava aqui.

— Não sabia! — repetiu a sra. Bumble. — E o que faz aqui?

— Achei que estavam falando demais para fazer um bom trabalho, querida — respondeu o sr. Bumble, olhando distraidamente para duas velhas que conversavam entre si, admiradas com a humildade do diretor do asilo.

— Achou que estavam falando demais? — indagou a sra. Bumble. — E o que tem a ver com isso?

— Ora, querida... — insistiu o sr. Bumble, humildemente.

— O que tem a ver com isso? — repetiu a sra. Bumble.

— Tem razão, a senhora é a matrona — respondeu o sr. Bumble —, mas pensei que não estivesse aqui.

— Vou lhe dizer uma coisa, sr. Bumble — disse a senhora. — Não precisamos de nenhuma das suas interferências. O senhor gosta de meter o nariz onde não é chamado. Todos riem do senhor assim que vira as costas. Consegue ficar mais ridículo a cada minuto. Agora vá, saia daqui!

O sr. Bumble, ao perceber o deleite das duas velhas pobres, que riam, hesitou por um instante. A sra. Bumble, cuja paciência não admitia demora, pegou uma vasilha de sabão e, apontando-lhe a porta, ordenou-lhe que saísse, sob pena de receber o conteúdo sobre sua pessoa imponente.

Que podia fazer o sr. Bumble? Pareceu receoso e retirou-se. Ao chegar à porta, as duas velhas irromperam num riso estridente de prazer irreprimível. Não lhe faltava mais nada. Fora humilhado na frente de todos, perdera o respeito e a autoridade diante dos pobres, caíra do alto de sua posição e do esplendor de bedel e tornara-se um marido submisso e desprezível.

— Tudo em dois meses! — exclamou o sr. Bumble, repleto de pensamentos sombrios. — Em dois meses! Dois meses atrás, eu era não apenas mestre de mim mesmo, mas senhor de todos os outros no que diz respeito ao asilo da paróquia!

Era demais. O sr. Bumble deu um tapa na orelha do menino que lhe abriu a porta — pois, enquanto pensava, chegara à porta de entrada — e saiu distraidamente para a rua.

Subiu uma rua e desceu outra, até que o exercício abrandou sua raiva. Passou por muitas tavernas e enfim parou diante de uma delas, em cujo interior havia um único cliente. Começou a chover muito. O sr. Bumble decidiu entrar e pedir algo para beber.

O cliente que estava lá era um homem alto, moreno e usava uma grande capa. Tinha o ar de estrangeiro e parecia, pelo aspecto de suas roupas empoeiradas, ter vindo de longe. Olhou de relance para Bumble, mas mal se dignou a retribuir a saudação deste.

O sr. Bumble tinha dignidade o suficiente para os dois. Tomou seu gim em silêncio e leu o jornal de forma pomposa.

Aconteceu, porém, o que acontece com muita frequência em tais circunstâncias: o sr. Bumble sentiu-se tentado várias vezes a olhar para o estranho, mas, sempre que o fazia, baixava os olhos, envergonhado, pois o estranho o encarava no exato momento. A inépcia do sr. Bumble foi reforçada pela expressão muito notável dos olhos do estranho, que eram penetrantes e brilhantes, mas revelavam uma certa desconfiança, diferente de qualquer coisa que já vira antes.

Após trocarem olhares várias vezes, o estranho, com a voz grave e profunda, quebrou o silêncio.

— Estava me procurando — disse ele — quando espiou pela janela?

— Que eu saiba não, a menos que seja o senhor...

O sr. Bumble deteve-se, pois estava curioso para saber o nome do estranho e pensou que talvez o homem se apresentasse.

— Vejo que não — disse o estranho, com uma expressão discreta de sarcasmo — ou saberia meu nome. Como não sabe, recomendo-lhe que não o pergunte.

— Não quis incomodá-lo — observou o sr. Bumble, majestosamente.

— Não incomodou — disse o estranho.

Houve outro silêncio após esse breve diálogo, que foi outra vez quebrado pelo desconhecido.

— Já o vi antes? — perguntou. — Estava vestido de outro modo quando passei pelo senhor na rua. Era bedel, não era?

— Era — falou o sr. Bumble, surpreso — bedel da paróquia.

— Isso mesmo — comentou o outro, assentindo com a cabeça. — Estava vestido como tal. O que faz agora?

— Sou diretor do asilo — respondeu o sr. Bumble, falando de forma lenta e imponente, para verificar qualquer familiaridade indevida que o estranho poderia, de outra forma, assumir.

— O senhor ainda tem os mesmos interesses que tinha antes? — perguntou o desconhecido. — Seja sincero. Conheço-o muito bem, como vê.

— Creio — respondeu o sr. Bumble, sombreando os olhos com a mão e analisando, perplexo, o estranho dos pés à cabeça — que um homem casado não é mais avesso a gastar um tostão honesto do que quando está solteiro. Os funcionários da paróquia não ganham tão bem para se dar ao luxo de recusar qualquer pequeno honorário extra, desde que proveniente de um trabalho civil e apropriado.

O estranho sorriu e assentiu com a cabeça outra vez, como se indicasse que não se confundira com o homem. Então, tocou a sineta.

— Encha o copo de novo — disse, entregando o copo vazio do sr. Bumble ao taverneiro. — Coloque uma bebida forte e quente. Gosta assim, não?

— Não muito forte — respondeu o sr. Bumble, com uma tosse discreta.

— Entendeu, taverneiro? — disse o desconhecido, friamente.

O taverneiro sorriu e se retirou. Pouco depois, voltou com um jarro de uma bebida fumegante, que, ao primeiro gole, fez os olhos do sr. Bumble lacrimejarem.

— Agora ouça-me — disse o estranho, após fechar a porta e a janela. — Cheguei aqui hoje para procurá-lo. E, por um desses acasos que o diabo às vezes oferece aos amigos, o senhor entrou no mesmo lugar em que eu me encontrava quando pensava no senhor. Preciso de algumas informações. Embora sejam de pouca importância, não espero que me diga nada de graça.

Enquanto falava, pôs dois soberanos sobre a mesa, com cuidado, como se não quisesse que o tilintar das moedas fosse ouvido. Após o sr. Bumble ter examinado escrupulosamente as moedas, para verificar se eram verdadeiras, guardou-as no bolso do colete com muita satisfação, e o estranho prosseguiu:

— Tente se lembrar... Vejamos... Fez doze anos no inverno passado.

— É muito tempo — disse o sr. Bumble. — Certo. Lembro-me.

— Foi no asilo.

— Certo!

— À noite.

— Sim.

— E o lugar é o maldito buraco onde as miseráveis dão à luz crianças barulhentas que são entregues aos cuidados da paróquia e escondem sua vergonha, definhando na cova!

— A sala de parto? — perguntou o sr. Bumble, sem conseguir acompanhar direito a descrição agitada do estranho.

— Sim — respondeu o desconhecido. — Ali nasceu um menino.

— Muitos meninos — observou o sr. Bumble, balançando a cabeça, desapontado.

— Um bando de demônios! — gritou o estranho. — Refiro-me a um menino de aparência mansa e pálida, que foi aprendiz de um agente funerário e que depois fugiu para Londres.

— Ora, está falando de Oliver! Do pequeno Twist! — disse o sr. Bumble. — Lembro-me dele, é claro. Aquele pestinha...

— Não é dele que quero ouvir, já sei o suficiente sobre ele — disse o estranho, interrompendo o sr. Bumble. — Quero saber a respeito da mulher que cuidou da mãe dele. Onde ela está?

— Onde ela está? — repetiu o sr. Bumble, a quem a bebida fizera jocoso. — É difícil dizer. Não há mais nenhuma parteira no asilo.

— Como assim? — perguntou o estranho, com severidade.

— Ela morreu no último inverno — respondeu o sr. Bumble.

O homem olhou-o fixamente ao ouvir essa informação. Embora não tenha desviado o olhar por alguns instantes, seus olhos gradualmente tornaram-se vazios e distantes, e ele parecia perdido em pensamentos profundos. Por algum tempo, parecia que não sabia se sentia alívio ou desapontamento ao ouvir a informação, mas enfim respirou mais levemente e, desviando o olhar, observou que não era grande coisa. Então, levantou-se, preparando-se para partir.

Mas o sr. Bumble era muito astuto e viu imediatamente que uma oportunidade se abriu à disposição lucrativa de algum segredo que estava na posse de sua companheira. Lembrava-se bem da noite da morte da velha Sally. Os acontecimentos daquele dia lhe deram bons motivos para se lembrar, como a ocasião em que ele propôs casamento a sra. Corney e, embora ela jamais lhe fizesse a revelação da qual ela fora a única testemunha, ouvira o suficiente para saber que se referia a algo que ocorrera na presença da velha, quando era enfermeira do asilo, que cuidou da mãe de Oliver Twist. Ao se lembrar disso, informou ao estranho, com um ar de mistério, que conhecia uma mulher que esteve com a velha antes desta morrer e que poderia oferecer mais informações.

— Onde posso encontrá-la? — perguntou o estranho, abaixando a guarda e mostrando claramente que todos os seus receios, quaisquer que fossem, foram despertados outra vez por essa informação.

— Serei o intermediário — disse o sr. Bumble.

— Quando? — indagou o estranho, apressadamente.

— Amanhã — respondeu Bumble.

— Encontre-me às nove da noite — disse o estranho, escrevendo, trêmulo, o endereço numa folha de papel. — Traga-a até mim. É de seu interesse que mantenha a discrição.

Com essas palavras, caminhou até a porta após parar para pagar a bebida e, comentando que seus caminhos eram diferentes, partiu, sem mais cerimônia, repetindo apenas o horário do encontro.

Ao olhar o endereço, o funcionário da paróquia observou que não continha nenhum nome. O desconhecido não tinha ido longe, por isso, o sr. Bumble resolveu alcançá-lo para sanar a dúvida.

— O que quer? — gritou o homem, voltando-se rapidamente quando Bumble tocou-lhe o braço. — Está me seguindo?

— Só quero lhe fazer uma pergunta — disse Bumble, apontando para a folha de papel. — Como devo chamá-lo?

— Monks! — respondeu o homem, indo embora apressadamente.

XXXVIII

UM RELATO DO QUE ACONTECEU ENTRE O SR., A SRA. BUMBLE E O SR. MONKS EM SEU ENCONTRO NOTURNO

Era uma noite de verão escura e chuvosa. As nuvens, que se acumularam ao longo do dia, formando uma espessa massa de vapor, já produziam grandes gotas de chuva e pareciam pressagiar uma violenta tempestade quando o sr. e a sra. Bumble, saindo da rua principal da cidade, seguiam para uma pequena colônia de casebres erguidos num pântano à beira do rio.

Ambos estavam cobertos com capas velhas que serviam para protegê-los da chuva e ocultar sua identidade de olhares curiosos. O marido trazia uma lanterna que pouco iluminava e seguia à frente, deixando a esposa se guiar por suas pegadas na lama.

Caminhavam em silêncio. Às vezes, o sr. Bumble afrouxava o passo e voltava a cabeça para certificar-se de que a esposa o seguia. Então, percebendo que ela estava logo atrás, apertava o passo e prosseguia em direção ao seu local de destino.

O local era conhecido por abrigar gente da pior espécie, pessoas que tentavam esconder que viviam de roubos e outros crimes. Era um conjunto de casebres, em sua maioria, amontoados ao longo da margem do rio; alguns construídos às pressas com tijolos soltos, outros, com madeira carcomida por vermes. Alguns barcos furados encontravam-se abandonados sobre a lama e alguns remos e corda pareciam, à primeira vista, indicar que os moradores dos casebres tiravam seu sustento das águas do rio, mas um olhar mais aguçado sobre o estado daquelas peças dava a impressão de que foram largadas ali mais para manter a aparência do que por serem realmente utilizadas.

No coração deste aglomerado de casebres e próximo ao rio, havia um grande edifício utilizado anteriormente como uma espécie de fábrica. Em sua época, provavelmente, fornecera emprego aos moradores das casas vizinhas. Mas havia muito tempo que estava em ruínas. Os ratos, os vermes e a ação da umidade tinham enfraquecido e apodrecido as estacas que o sustentavam, e uma parte considerável do edifício já tinha afundado na água, enquanto a outra, instável e inclinada sobre o riacho, parecia esperar uma oportunidade favorável de seguir sua velha companheira e entregar-se ao mesmo destino.

Foi diante desse edifício em ruínas que o digno casal parou quando o primeiro trovão reverberou no ar e a chuva começou a cair torrencialmente.

— Deve ser em algum lugar aqui perto — disse o sr. Bumble, consultando um pedaço de papel que trazia na mão.

— Olá! — gritou uma voz vinda de cima.

Seguindo o som, o sr. Bumble ergueu a cabeça e viu um homem olhando para fora de uma janela no segundo andar.

— Esperem um momento — gritou a voz. — Já vou até aí.

Após dizer isso, o homem desapareceu, e a porta fechou-se.

— É ele? — perguntou a esposa do sr. Bumble.

O sr. Bumble assentiu com a cabeça.

— Então, lembre-se do que eu disse — comentou a matrona — e fale o mínimo possível para não nos prejudicar.

O sr. Bumble, que olhara apreensivo para a casa, ia expressar algumas dúvidas relativas à oportunidade de prosseguir com o encontro naquele momento quando foi impedido pela presença de Monks, que abriu uma portinha perto de onde eles estavam e lhes fez sinal para entrarem.

— Entrem! — gritou impacientemente, batendo com o pé no chão. — Não me façam esperar!

A mulher, que a princípio hesitara, entrou corajosamente. O sr. Bumble, receoso de ficar para trás, seguiu-a obviamente com um passo incerto e com pouca daquela dignidade notável que, em geral, era sua principal característica.

— Por que diabo ficaram lá parados pegando chuva? — perguntou Monks ao sr. Bumble, após fechar a porta.

— Nós... estávamos apenas nos refrescando — balbuciou o sr. Bumble, olhando apreensivo ao seu redor.

— Refrescavam-se! — retrucou Monks. — Nem toda a chuva que já caiu, e que ainda cairá, poderia apagar as chamas do inferno que um homem traz consigo. Não ache que vai se refrescar tão facilmente!

Após proferir tais palavras amenas, Monks voltou-se para a matrona e encarou-a fixamente; até que esta, que não se deixava intimidar com facilidade, baixou os olhos.

— Esta é a mulher? — perguntou Monks.

— Hum! Sim, a própria — respondeu o diretor do asilo, atento ao conselho da mulher.

— Acha que as mulheres não conseguem guardar um segredo? — perguntou a matrona a Monks, encarando-o fixamente.

— Sei que sempre guardam *um* até que seja revelado — disse Monks.

— Qual seria? — indagou a matrona.

— Um que a faça perder sua honra — respondeu Monks. — Então, seguindo esse raciocínio, se uma mulher guarda um segredo que pode levá-la à forca ou à cadeia, não acredito que ela o revelaria a ninguém! Compreende-me, senhora?

— Não — replicou a matrona, corando ligeiramente.

— Claro que não! — disse Monks. — Como poderia?

Revelando um sorriso irônico e fazendo um sinal para que o seguissem, o homem saiu da sala e os levou para outro cômodo, bem amplo, mas um tanto baixo. Preparava-se para subir uma escada que levava a outro andar quando caiu um relâmpago e então ouviu-se o estrondo de um trovão, que fez o prédio inteiro tremer.

— Ouçam! — gritou ele, recuando. — Odeio esse som!

Manteve-se em silêncio por alguns instantes e então, tirando as mãos do rosto, mostrou-se, para a grande surpresa do sr. Bumble, pálido e alterado.

— Por vezes tenho essas crises — disse Monks, observando a surpresa do diretor. — São os trovões, muitas vezes, que as causam. Não se preocupem, já passou.

Após isso, conduziu-os escada acima. Ao chegarem a uma sala, Monks fechou imediatamente as janelas e desceu uma lanterna que estava pendurada no teto por uma corda, que iluminava, com uma luz fraca, uma mesa velha e três cadeiras dispostas ao redor dela.

— Agora — disse Monks, assim que os três se sentaram — quanto antes falarmos de negócios, melhor será para todos. Esta mulher sabe por que está aqui, não é?

A pergunta foi feita ao sr. Bumble, mas a esposa respondeu que sabia.

— Ele afirmou que a senhora esteve com a velha na noite em que ela morreu e que ela lhe disse algo...

— Sobre a mãe do menino? — respondeu a matrona, interrompendo-o. — Sim.

— A primeira pergunta é: o que foi que ela lhe revelou? — perguntou Monks.

— Essa é a segunda — observou a mulher. — A primeira pergunta é: quanto vale essa informação?

— Quem diabo poderia dizer isso sem saber do que se trata? — perguntou Monks.

— O senhor. Tenho certeza disso — respondeu a sra. Bumble, a quem não faltava coragem, como seu marido podia testemunhar.

— Hunf! — disse Monks. — A informação vale algo?

— Talvez.

— Algo lhe foi tomado — disse Monks. — Alguma coisa que ela usava...

— Faça-me uma oferta — interrompeu a sra. Bumble. — Já ouvi o bastante para saber que o senhor é o homem a quem devo falar.

O sr. Bumble, que ainda não tomara conhecimento da natureza do segredo da esposa, ouviu essa conversa atentamente e com os olhos arregalados. Depois que a mulher fez a proposta, seu indisfarçável espanto aumentou ainda mais.

— Quanto o segredo vale para o senhor? — perguntou a mulher, tão controlada quanto antes.

— Tanto pode não valer nada quanto pode valer vinte libras — respondeu Monks. — Fale e lhe direi.

— Acrescente cinco libras a esse valor. Ofereça-me 25 libras em ouro — disse a mulher — e lhe direi tudo o que sei.

— Vinte e cinco libras! — exclamou Monks.

— Fui bem clara — respondeu a sra. Bumble. — Não é um valor tão alto.

— Não será um valor alto demais para um segredo que pode não ter mais valor após mais de doze anos? — questionou Monks, impacientemente.

— Tais assuntos se mantêm bem conservados, como um bom vinho que, muitas vezes, dobra de valor com o passar do tempo — respondeu a matrona, preservando a indiferença resoluta que assumira.

— E se o segredo não tiver valor? — perguntou Monks, hesitante.

— O senhor pode facilmente recuperar o dinheiro — respondeu a matrona. — Sou apenas uma mulher sozinha e desprotegida.

— Não está sozinha nem desprotegida, querida — afirmou o sr. Bumble, com a voz trêmula de medo. — Estou aqui. Além disso — prosseguiu o sr. Bumble, rangendo os dentes —, o sr. Monks é um cavalheiro e jamais usaria de violência contra pessoas da paróquia. O sr. Monks tem consciência de que já não sou mais jovem, mas deve ter ouvido que sou muito determinado e revelo uma força descomunal quando sou provocado. Só preciso de um pouco de estímulo, apenas isso.

Enquanto o sr. Bumble falava, simulava pegar a lanterna com ferocidade, mostrando claramente pela sua expressão alarmada que ele queria um pouco de estímulo para demonstrar seu lado ameaçador.

— O senhor é um tolo — respondeu a sra. Bumble. — É melhor que se cale.

— Se não conseguir se calar, pelo menos, fale mais baixo — disse Monks. — Ora! Ele é seu marido?

— Sim — afirmou a matrona.

— Foi o que imaginei desde que entraram — disse Monks, observando o olhar de raiva que a senhora lançava ao marido enquanto este falava. — É melhor assim, pois prefiro lidar com duas pessoas quando descubro que têm o mesmo desejo. Estou falando sério. Acreditem!

Ele enfiou a mão no bolso lateral, sacou uma bolsa de lona, pegou 25 soberanos, colocou-os na mesa e os ofereceu à mulher.

— Agora — disse ele —, pegue-os e, assim que ressoar o maldito trovão que está prestes a cair sobre o telhado, conte sua história.

Assim que o trovão caiu, o rosto dos três quase se encontravam para ouvir o que a mulher ia dizer. A luz tênue da lanterna agravava a palidez e a ansiedade dos rostos, os quais, cercados pela mais profunda escuridão, pareciam extremamente horríveis.

— Quando a velha Sally morreu — disse a matrona —, estávamos apenas nós duas no quarto.

— Não havia ninguém por perto? — perguntou Monks. — Nenhum doente em outro leito? Ninguém que pudesse ouvir o que se passava?

— Nenhuma alma sequer — respondeu a mulher. — Estávamos sozinhas. Eu estava ao lado do corpo quando a morte veio levá-la.

— Certo — disse Monks. — Prossiga.

— Ela falou de uma moça — continuou a matrona — que trouxera um bebê ao mundo anos atrás, não apenas naquele mesmo quarto como também na mesma cama em que se encontrava.

— É mesmo? — perguntou Monks — Que coincidência!

— A criança é aquela com o nome que o senhor pronunciou ontem à noite — falou a matrona. — A mãe é a moça que foi roubada pela velha.

— Em vida? — perguntou Monks.

— Quando estava morta — respondeu a mulher, sentindo leves calafrios. — Ela roubou da defunta aquilo que a mãe morta lhe pedira, em seus momentos finais, que guardasse para o filho.

— E o vendeu? — perguntou Monks. — Onde? Quando? Para quem?

— Depois que me confessou, com muito esforço, o que fez — disse a matrona —, caiu para trás e morreu.

— Ela não disse mais nada? — gritou Monks, furioso. — Está mentindo! Não brinque comigo. Ela deve ter dito algo mais. Matarei os dois se não me disser o que a velha revelou.

— Não — disse a mulher, aparentemente impassível, bem diferente do sr. Bumble, à violência do estranho —, contudo, agarrou meu vestido, e, quando percebi que a velha estava morta, vi que ela segurava em uma das mãos um pedaço de papel sujo.

— Que continha... — falou Monks, aproximando-se com interesse.

— Nada — respondeu a mulher. — Era uma duplicata de um penhorista.

— Para quê? — perguntou Monks.

— Direi a seu tempo — afirmou a mulher. — Julgo que ela tenha penhorado o objeto e estava economizando ao longo dos anos para recuperá-lo, sem conseguir reunir o montante necessário, afinal, como lhe disse, ela morreu com um pedaço de papel velho e sujo na mão. Quando morreu, faltavam apenas dois dias para o término do prazo. Achei que o objeto me pudesse ser útil, assim fui resgatá-lo.

— Onde ele está agora? — perguntou Monks.

— *Aqui* — respondeu a mulher.

E, como se estivesse feliz por se aliviar do fardo, jogou na mesa um pequeno pacote ao qual Monks se atirou, rasgando-o com as mãos trêmulas. Continha um pequeno medalhão de ouro, no qual havia duas mechas de cabelo e um anel de casamento de ouro.

— O nome "Agnes" está gravado no interior — disse a mulher. — Há um espaço em branco para o sobrenome e depois uma data, precisamente um ano antes do nascimento da criança. Foi o que descobri.

— E isso é tudo? — perguntou Monks, após um exame minucioso e ávido do conteúdo do pequeno pacote.

— Tudo — respondeu a mulher.

O sr. Bumble suspirou como se estivesse aliviado por descobrir que a história acabara e nada fora dito sobre a devolução das 25 libras e limpou o suor que correra por seu rosto durante a conversa.

— Nada mais sei a respeito do assunto — disse sua esposa, dirigindo-se a Monks, após um breve silêncio — nem quero saber, pois assim é mais seguro. Mas será que poderia lhe fazer duas perguntas?

— Pergunte — falou Monks, surpreso —, mas não garanto que responderei.

— Então são três perguntas — observou o sr. Bumble, sarcasticamente.

— Era isso que esperava obter de mim? — perguntou a matrona.

— Sim — respondeu. — Qual é a outra pergunta?

— O que pretende fazer? Pretende me prejudicar?

— Nunca — disse Monks —, tampouco pretendo me prejudicar. Observem, mas não se mexam se quiserem continuar vivos.

Com essas palavras, de repente, ele afastou a mesa e puxou um anel de ferro revelando um grande alçapão que se abriu aos pés do sr. Bumble, que recuou assustado.

— Olhem para baixo — disse Monks, iluminando o buraco. — Não temam. Podia tê-los feito cair se quisesse.

Sentindo-se seguros, a matrona e o sr. Bumble aproximaram-se da beira do buraco. As águas corriam e chocavam-se violentamente contra as pilastras.

— Se um homem caísse ali, onde estaria amanhã? — perguntou Monks, balançando a lanterna de um lado para o outro no poço escuro.

— Vinte quilômetros correnteza abaixo e partido em pedaços — respondeu o sr. Bumble, recuando só de imaginar.

Monks tirou o pequeno pacote do bolso, amarrou-o a um peso de chumbo e jogou-o na corrente. O objeto caiu imediatamente e desapareceu.

Os três entreolharam-se aliviados.

— Feito! — exclamou Monks, fechando a porta do alçapão. — Que o mar se encarregue dos mortos e de seus pertences. Não temos mais o que conversar, portanto podemos encerrar este encontro.

— Certo — observou o sr. Bumble, com vivacidade.

— Ficará de boca fechada? — perguntou Monks, com um olhar ameaçador. — Não estou preocupado com sua esposa.

— Sim, meu jovem — respondeu o sr. Bumble, curvando-se gradualmente. — Claro que sim, sr. Monks.

Destruindo a evidência.

— Fico feliz, para seu bem, por ouvir isso — comentou Monks. — Acenda sua lanterna! E saiam daqui o mais rápido que puderem.

Por sorte, a conversa encerrou-se neste ponto ou o sr. Bumble, que se curvara a menos de seis polegadas da escada, teria caído na sala abaixo. Acendeu sua lanterna e desceu em silêncio, seguido pela esposa. Monks foi até a escada para se certificar de que não havia outros sons a serem ouvidos, senão o do cair da chuva e o do fluir da água.

Atravessaram lentamente a sala inferior, demonstrando grande cautela. O sr. Bumble caminhava não apenas com muito cuidado como também com um passo incrivelmente silencioso para um cavalheiro de sua estatura, temendo armadilhas escondidas. A porta de entrada foi aberta por Monks. O casal saiu na escuridão e apenas acenou para seu misterioso cúmplice.

Assim que desapareceram de vista, Monks chamou um rapaz que estava escondido em algum lugar abaixo. Convidando-o a ir na frente e a levar a lanterna, voltou ao cômodo de que acabara de sair.

XXXIX
ALGUNS NOBRES PERSONAGENS JÁ CONHECIDOS RESSURGEM

Na noite seguinte àquela em que os três dignos personagens mencionados no capítulo anterior trataram de negócios, o sr. William Sikes acordou e perguntou as horas.

Seu quarto não era um dos que ele habitava antes da expedição a Chertsey, embora estivesse na mesma vizinhança e não tão longe de seus antigos alojamentos. Em termos de aparência, não era uma habitação tão desejável quanto os seus antigos aposentos, sendo um imóvel com pouca mobília, pequeno, mal iluminado e localizado em uma travessa erma e escura. A escassez de móveis e a total ausência de conforto, além da falta de roupas sobressalentes e a magreza do sr. Sikes confirmavam que este enfrentava uma crise.

O ladrão estava deitado na cama enrolado em um casaco branco e exibindo várias características de seu estado cadavérico, com uma touca de dormir suja na cabeça e a barba negra por fazer. O cão estava ao pé da cama e encarava o dono com um olhar melancólico. O animal grunhia ao ouvir algum barulho vindo da rua da parte inferior da casa. Próxima à janela, remendando um velho colete do ladrão, havia uma mulher, tão pálida e magra que seria bem difícil reconhecê-la como a mesma Nancy que já apareceu nesta história, se não fosse a voz com que respondeu à pergunta do sr. Sikes.

— Já passou de sete horas — disse a moça. — Como está se sentindo, Bill?

— Firme como um prego na areia — respondeu Sikes. — Venha aqui e me ajude a levantar da cama.

A doença não melhorara o humor de Sikes, pois, após a moça ajudá-lo a levantar-se e a conduzi-lo a uma cadeira, xingou-a por conta da sua falta de jeito e lhe bateu.

— Vai chorar? — perguntou Sikes. — Vamos! Não fique aí chorando. Se não tem nada melhor para fazer, suma. Está me ouvindo?

— Sim — respondeu a moça, virando o rosto de lado e forçando uma gargalhada. — O que se passa na sua cabeça?

— Ah! Pensou melhor, não foi? — disse Sikes, observando a lágrima que brotara no olho da moça. — Será melhor para você.

— Não seja cruel comigo hoje, Bill — disse a moça, pondo a mão no ombro dele.

— Por que não? — disse Sikes.

— Porque — disse a moça, com um toque de ternura feminina, que transmitia uma doçura em sua voz — passei várias noites sendo paciente cuidando de você e amparando-o, como se fosse uma criança. Se pensasse nisso, não me maltrataria hoje.

— Certo — respondeu Sikes —, não a maltrataria. Ora, raios, já está chorando de novo!

— Não é nada — disse a moça, sentando-se em uma cadeira. — Não se incomode comigo. Logo me recupero.

— Vai se recuperar de quê? — perguntou Sikes, num tom feroz. — Que tolice está tramando? Levante-se e vá fazer alguma coisa. E não me venha com suas tolices de mulher.

Normalmente essa censura e o tom em que foi dita surtiria o efeito desejado, mas a moça, estando realmente fraca e exausta, deixou cair a cabeça sobre as costas da cadeira e desmaiou antes que Sikes xingasse como fazia ao ameaçá-la. Ficou sem saber muito bem o que fazer diante dessa emergência incomum, pois as histerias de Nancy eram geralmente do tipo violento em que a pessoa agride e resiste. Sikes tentou proferir alguma maldição. Como não obteve reação, saiu para buscar ajuda.

— O que está havendo aqui? — perguntou Fagin, olhando para dentro do quarto.

— Ajude a moça — disse Sikes, impacientemente. — Não fique aí tagarelando e rindo!

Surpreso, Fagin correu para socorrer a moça enquanto Jack Dawkins, também conhecido como Malandro, que acompanhou seu venerável amigo até o quarto, largou no chão um pacote que trazia, pegou uma garrafa que mestre Bates carregava, tirou a rolha com os dentes e despejou um gole na boca da paciente, não sem antes provar a bebida para evitar qualquer engano.

Fagin e seus pupilos ajudam a Nancy.

— Dê-lhe ar com o fole, Charley — disse o sr. Dawkins —, e você, Fagin, bata-lhe nas mãos, enquanto Bill lhe desaperta a roupa.

Esses socorros unidos, administrados com muita destreza, especialmente os designados a mestre Bates, que parecia considerar sua parte no processo como um prazer sem precedentes, não demoraram a surtir o efeito desejado. A moça recuperou gradualmente os sentidos e, arrastando-se para uma cadeira perto da cama, escondeu o rosto no travesseiro, deixando Sikes lidar com os recém-chegados.

— Por que diabo veio aqui? Que mau vento o trouxe? — perguntou a Fagin.

— Nenhum mau vento, meu caro, pois eles nunca trazem nada de bom, e eu trouxe algo bom comigo, que você ficará feliz em ver. Malandro, abra o embrulho e dê a Bill a comida que compramos, gastando todo nosso dinheiro.

A pedido de Fagin, Malandro abriu o embrulho, que era muito grande, e passou os itens, um a um, a Charley Bates, que os pôs na mesa, com vários elogios à sua raridade e excelência.

— Uma torta de coelho, Bill — exclamou este jovem cavalheiro —, bem deliciosa; chá, açúcar, queijo, pães frescos e vinho, um dos melhores que você poderia experimentar!

Ao dizer isso, mestre Bates tirou de um de seus extensos bolsos uma garrafa de vinho de tamanho normal cuidadosamente arrolhada, enquanto Malandro enchia um copo de bebida que o doente tomou num só gole.

— Ah! — exclamou Fagin, esfregando as mãos. — Vai se recuperar, Bill.

— O quê?! — exclamou Sikes. — Eu poderia morrer vinte vezes, e você não moveria um dedo para me ajudar. O que achou que estava fazendo ao abandonar um homem neste estado por mais de três semanas, seu vagabundo fingido?

— Ouçam, rapazes! — disse Fagin, dando de ombros. — E nós viemos para lhe trazer toda essa comida.

— Excelente comida, é verdade — observou Sikes, acalmando-se um pouco ao olhar a mesa —, mas o que tem a dizer por me abandonar aqui faminto e doente, esquecendo-me durante esse tempo todo, como se eu fosse aquele cão. Aquiete-o, Charley!

— Nunca vi um cão tão brincalhão — gritou mestre Bates, obedecendo. — Fareja a comida como uma velhinha no mercado! Ele nos deixaria ricos se subisse num palco para representar em um drama.

— Fique quieto — gritou Sikes, enquanto o cão se metia debaixo da cama, ainda rosnando. — O que diz em sua defesa, velhaco?

— Estive fora de Londres por mais de uma semana — respondeu o judeu.

— E quanto as outras duas semanas? — perguntou Sikes. — Onde esteve enquanto fiquei aqui deitado, como um rato doente em sua toca?

— Não pude evitar, Bill. Não posso entrar numa longa explicação com tanta gente ao nosso redor, mas juro que não pude socorrê-lo.

— Jura por quê? — vociferou Sikes, com repugnância. — Aqui! Tragam-me um pedaço de torta, um de vocês, rapazes, para tirar o sabor disso da minha boca ou vou me sufocar.

— Não se irrite — falou Fagin, submissamente. — Jamais esqueci de você, Bill.

— Não! Não acredito — respondeu Sikes, revelando um sorriso amargo. — Você andou conspirando e traçando planos, enquanto eu ardia e tremia aqui. Deve ter pensado: "Bill fará isso, Bill fará aquilo, Bill fará tudo, assim que se recuperar." Se não fosse a moça, já poderia estar morto.

— Tem razão, Bill — disse Fagin. — Se não fosse a moça! Quem, senão o velho Fagin colocaria uma moça tão prestativa à sua disposição?

— Ele está dizendo a verdade! — disse Nancy, aproximando-se. — Deixe-o em paz.

Nancy deu um novo rumo à conversa, pois os rapazes, ao receberem uma piscadela do velho judeu cauteloso, serviram algo para ela beber; contudo ela bebeu bem pouco. Fagin conseguiu acalmar Sikes oferecendo-lhe bebida e rindo de suas ameaças e piadas.

— Tudo ficará resolvido — disse Sikes — se me arrumar algum trocado para hoje à noite.

— Não tenho uma moeda sequer — respondeu o judeu.

— Tem várias em casa — retorquiu Sikes —, pode trazê-las para mim.

— Várias? — disse Fagin — Não tenho tanto quanto...

— Não sei quanto você tem nem quero saber, pois levaria muito tempo para contar — interrompeu —, mas quero um pouco para gastar hoje à noite.

— Está bem — disse Fagin, suspirando. — Mandarei Malandro ir pegá-las agora mesmo.

— Nada disso — disse Sikes. — Malandro é muito engenhoso e pode acabar se perdendo no caminho. Mande Nancy buscar o dinheiro. Enquanto isso, ficarei aqui dormindo.

Após muita briga e discussão, Fagin conseguiu convencê-lo a aceitar uma quantia menor, protestando que tinha pouco dinheiro para manter a casa. Sikes observou que, se não conseguisse mais, teria de acompanhá-lo à casa. Malandro e mestre Bates guardaram a comida no armário. O judeu então, despediu-se do amigo e voltou para casa, acompanhado de Nancy e dos rapazes. Sikes, enquanto isso, deitara-se na cama, decidido a dormir até o retorno da moça com o dinheiro.

No devido tempo, chegaram à casa de Fagin, onde encontraram Toby Crackit e o sr. Chitling jogando cartas pela 15ª partida. É desnecessário dizer que o sr. Chitling perdia. O sr. Crackit, aparentemente um pouco envergonhado por se encontrar relaxando com um cavalheiro tão inferior no que se refere a seus dotes mentais, bocejou e, após perguntar por Sikes, pegou o chapéu para ir embora.

— Veio alguém aqui, Toby? — perguntou Fagin.

— Ninguém — respondeu o sr. Crackit, puxando a gola para cima. — Devia me recompensar melhor por cuidar da casa por tanto tempo. Maldição, estou entediado!

Dito isto, Toby Crackit recolheu seus ganhos e os enfiou no bolso do colete com um ar altivo, como se aquelas moedinhas de prata estivessem completamente abaixo de um homem da sua posição. Em seguida, retirou-se da sala, com muita elegância e requinte, enquanto o sr. Chitling dizia aos demais que não se importava com suas perdas.

— Você é um sujeito esquisito, Tom! — disse mestre Bates, entretido.

— Não sou não — respondeu o sr. Chitling. — Sou, Fagin?

— Você é muito esperto, meu caro — disse Fagin, dando-lhe palmadinhas no ombro e piscando o olho para os outros discípulos.

— E o sr. Crackit é muito elegante, não é, Fagin? — perguntou Tom.

— Sem dúvida.

— E é conveniente tê-lo entre nós, não é, Fagin? — continuou Tom.

— Bastante. Eles estão é com inveja, Tom.

— Ah! — gritou Tom. — Perdi tudo! Mas posso recuperar, não posso?

— Claro que sim e quanto antes melhor. Compense sua perda de uma vez e não perca tempo. Malandro! Charley! Está na hora de partirem. Vão! Já são quase dez horas.

Em obediência ao aviso, os rapazes, após despedirem-se de Nancy, pegaram o chapéu e saíram. Malandro e seu amigo vivaz seguiram rindo e zombando do sr. Chitling cuja conduta, deve-se dizer, não era nada conspícua ou estranha, considerando que há vários jovens na cidade que pagam um preço bem mais alto do que o sr. Chitling para serem vistos em boa companhia.

— Agora — disse Fagin quando saíram da sala — verei se arranjo o dinheiro, Nancy. Esta é apenas a chave de um pequeno armário no qual guardo algumas coisas suspeitas que os rapazes apanham, querida. Jamais guardo meu dinheiro, pois não tenho nenhum para guardar! Ha Ha Ha! Nenhum mesmo. Silêncio! — exclamou, escondendo apressadamente a chave em seu peito. — Quem é? Ouça!

A moça, que estava sentada à mesa com os braços cruzados, não pareceu interessada ou preocupada com a chegada de seja lá quem fosse até o murmúrio da voz de um homem chegar aos seus ouvidos. No instante em que captou o som, tirou rapidamente o chapéu e o xale e os escondeu debaixo da mesa. O judeu dirigiu-se até a porta, enquanto a moça queixou-se do calor, num tom de languidez que contrastava de forma muito notável com a rapidez de sua ação, que, no entanto, não fora observada por Fagin, que lhe voltara as costas naquele momento.

— Hunf! — sussurrou ele, como se estivesse irritado pela interrupção. — É quem eu esperava. Não diga nada acerca de dinheiro enquanto ele estiver aqui, Nancy. Ele não ficará por muito tempo.

Levando o dedo ao lábio, o judeu pegou uma vela e seguiu até à porta, enquanto passos eram ouvidos na escada. Pouco depois, o homem entrou e aproximou-se da moça.

Era Monks.

— É apenas uma de minhas crianças — disse Fagin, observando que Monks recuara ao ver uma estranha. — Não se mexa, Nancy.

A moça permaneceu junto à mesa e, após olhar para Monks com ares de indiferença, abaixou os olhos; mas, quando ele se voltou para Fagin, ela lhe lançou outro olhar, tão ávido, penetrante e cheio de propósito que, se houvesse algum espectador para observar a mudança, dificilmente acreditaria que os dois olhares vinham da mesma pessoa.

— Novidades? — perguntou Fagin.

— Grandes.

— E... boas? — perguntou Fagin, hesitando como se temesse irritar o visitante.

— Nada más — respondeu Monks. — Dessa vez, agi rápido. Deixe-me dar uma palavrinha com você.

A moça apoiou-se na mesa e não fez nenhuma menção de se retirar, embora pudesse ver que Monks apontava para ela. O judeu, talvez temendo que ela dissesse algo em voz alta a respeito do dinheiro, apontou para cima e conduziu Monks para fora da sala.

"Não aquele buraco infernal em que estávamos antes", ela ouviu o homem dizer enquanto subiam a escada. Fagin riu e fez alguma observação que ela não conseguiu ouvir direito, parecia, pelo barulho das tábuas, que ele levava seu companheiro ao segundo andar.

Antes que o som dos passos deles tivesse deixado de ecoar pela casa, a moça descalçou os sapatos, colocou-se de pé e esperou, ouvindo atentamente. No momento em que o barulho cessou, ela correu suavemente, subiu as escadas sem fazer barulho e misturou-se à escuridão do andar superior.

A sala permaneceu deserta por quinze minutos ou mais. A moça voltou e, logo em seguida, os dois homens desceram as escadas. Monks saiu da casa, e o judeu subiu outra vez para buscar o dinheiro. Quando voltou, a moça estava colocando o xale e o chapéu, como se estivesse se preparando para sair.

— Nossa, Nancy! — exclamou o judeu, recuando quando pousou a vela. — Como está pálida!

— Pálida! — repetiu a moça, sombreando os olhos com as mãos para tentar enxergá-lo melhor.

— Terrivelmente. O que houve?

— Nada, exceto ficar neste lugar fechado por tanto tempo — respondeu a moça, displicentemente. — Agora chega, preciso ir embora.

Suspirando ao entregar cada moeda, Fagin deu a quantia combinada. Desejaram-se boa-noite e separaram-se.

Assim que a moça chegou à rua, sentou-se à porta de uma casa e pareceu, por alguns momentos, totalmente desnorteada e incapaz de continuar. De repente, levantou-se e começou a correr numa direção completamente oposta àquela em que Sikes a esperava. Ao sentir-se cansada, parou para respirar e, como se voltasse a si de repente e lamentasse sua incapacidade de fazer o que tinha em mente, cruzou os braços e irrompeu em lágrimas.

Talvez as lágrimas a tenham acalmado ou ela tenha sentido o desespero total de sua condição. A moça voltou correndo quase com a mesma rapidez na direção contrária; em parte, para recuperar o tempo perdido e, em parte, para acompanhar a violenta corrente de seus próprios pensamentos: logo chegou à casa onde deixara o ladrão.

Se ela demonstrara inquietação ao se apresentar a Sikes, ele não percebeu. Apenas perguntou se ela trouxera o dinheiro e, ao receber uma resposta positiva, soltou um grunhido de satisfação, deitou a cabeça no travesseiro e voltou a dormir.

Para a sorte dela, o dinheiro fez Sikes se manter ocupado no dia seguinte comendo e bebendo. Além disso, teve o efeito positivo de amenizar seu temperamento; Sikes não teve tempo nem vontade de criticar o comportamento e a conduta da moça. Ela demonstrava o nervosismo de alguém que está prestes a dar um passo ousado e arriscado, o que não escaparia aos olhos de lince de Fagin; mas faltava a Sikes as sutilezas do discernimento, impedindo-o de sentir-se incomodado por dúvidas mais sutis do que aquelas que se resolvem com um comportamento áspero e obstinado para com todos; e estando, além disso, em uma condição excepcionalmente amigável, como já foi observado, não percebeu nada de incomum no comportamento da moça e preocupou-se tão pouco com ela que, se sua inquietação fosse de fato mais perceptível do que realmente era, seria bem improvável que despertasse suspeitas.

À medida que o dia chegava ao fim, a empolgação da moça aumentava. Quando a noite caiu, ela ficou observando o ladrão beber até dormir. Havia uma palidez incomum em sua face e um fogo em seus olhos, que até Sikes observou espantado.

Sikes, enfraquecido pela febre, estava deitado na cama, tomando água quente com seu gim para torná-lo menos inflamatório. Empurrou seu copo para que Nancy o enchesse com a terceira ou quarta dose quando percebeu que algo estava errado com ela, pela primeira vez.

— Nossa! — exclamou o homem, erguendo-se sobre as mãos enquanto encarava o rosto da moça. — Parece um cadáver que ressuscitou. O que houve?

— Nada — respondeu a moça. — Por que está me olhando assim?

— Que tolice é essa? — perguntou Sikes, agarrando-a pelo braço e sacudindo-a com força. — O que é isso? O que pretende? Em que está pensando?

— Em muitas coisas, Bill — respondeu a moça, estremecendo e pressionando as mãos sobre os olhos. — Mas, meu Deus! Qual o problema?

O tom de alegria forçada com que as últimas palavras foram ditas pareceu produzir uma impressão mais profunda em Sikes do que o olhar selvagem e rígido que as precedeu.

— Vou lhe dizer o que tem — falou Sikes. — Se você ainda não pegou essa febre que me acometeu, então deve estar planejando algo. Não estaria pensando em... Não, raios! Não faria isso!

— Faria o quê? — perguntou a moça.

— Não — disse Sikes, falando consigo —, não existe uma moça mais leal que ela, ou eu teria cortado sua garganta três meses atrás. Está com febre, é isso...

Tentando se convencer disso, Sikes esvaziou o copo. Em seguida, aos xingamentos e palavrões, pediu o remédio. A moça pôs o copo na boca de Sikes e despejou rapidamente todo o conteúdo.

— Agora — disse o ladrão — fique ao meu lado. E volte à expressão de sempre ou farei que não reconheça mais a si mesma.

A moça obedeceu. Sikes agarrou sua mão e adormeceu sobre o travesseiro, virando os olhos para o rosto dela. Eles abriam e fechavam enquanto o homem tentava dormir. Inquieto, mudou de posição. E, após cochilar algumas vezes e despertar tantas outras com um olhar assustado e olhando vagamente ao seu redor, caiu repentinamente em um sono profundo. Sua mão afrouxou; o braço erguido caiu languidamente ao seu lado, e ele ficou como alguém em transe profundo.

— O láudano finalmente fez efeito — murmurou a moça, enquanto levantava-se da cama. — Espero que não seja tarde demais.

Pôs rapidamente o chapéu e o xale. Por vezes, parecia assustada, como se, apesar do sono profundo, esperasse sentir a pressão da mão pesada de Sikes sobre seu ombro. Então, curvando-se suavemente sobre a cama, beijou os lábios do ladrão, abriu e fechou a porta do quarto em silêncio e saiu da casa.

Um guarda anunciou as nove horas e meia em uma passagem escura pela qual a moça precisava passar para chegar à avenida principal.

— Já passou a meia hora há muito tempo? — perguntou a moça.

— Faltam 15 minutos para as dez — respondeu o homem, levantando a lanterna para iluminar o rosto da moça.

"Não conseguirei chegar lá em menos de uma hora", pensou Nancy, afastando-se rapidamente do guarda ao correr pela rua.

A maioria das lojas já estavam fechando nas ruas e avenidas pelas quais ela passou, ao ir de Spitalfields em direção a West-End. O relógio bateu as dez, aumentando sua impaciência. Seguiu por uma viela, empurrando os transeuntes.

— Aquela mulher enlouqueceu! — gritavam as pessoas, voltando-se para vê-la enquanto se afastava correndo.

Quando ela chegou ao bairro mais rico da cidade, as ruas estavam desertas. Sua pressa despertou ainda mais a curiosidade dos pedestres. Alguns aceleravam o passo para tentar ver para aonde ela estava indo tão apressada; outros iam à sua frente, olhavam para trás e se surpreendiam ao constatar que a moça seguia correndo, mas, um a um, foram ficando para trás, e, quando ela chegou ao seu destino, estava sozinha.

Era uma residência familiar numa rua silenciosa e bonita perto do Hyde Park. Quando viu a luz brilhante da lamparina que iluminava a porta soava as onze horas. Estava indecisa se devia entrar, então decidiu avançar. O lugar do porteiro estava vazio. Ela olhou ao seu redor com ar de incerteza e seguiu em direção às escadas.

— Moça! — disse uma mulher bem-vestida, observando-a por trás de uma porta. — Por quem procura?

— Uma senhorita que mora nesta casa — respondeu a moça.

— Uma senhorita? — repetiu a mulher, olhando-a com desdém. — Que senhorita?

— A srta. Maylie — disse Nancy.

A mulher, que já reparara na sua aparência, respondeu apenas com um olhar de desprezo e chamou um homem para ajudá-la. A ele, Nancy repetiu seu pedido.

— Como devo anunciá-la? — perguntou o criado.

— Não adianta dizer nada — respondeu Nancy.

— De que se trata? — disse o homem.

— Preciso ver a senhorita — replicou a moça.

— Ora! — exclamou o homem, levando-a à porta. — Esqueça. Suma daqui.

— Só irei embora à força! — disse a moça com certa violência. — E será preciso mais do que vocês dois para me obrigar a sair. Não há quem possa entregar um recado de uma pobre coitada como eu?

Esse pedido comoveu um gentil cozinheiro, que ouviu tudo e estava na companhia de outros criados. Ele se aproximou para interferir.

— Vai entregar o recado, Joe? — perguntou o cozinheiro.

— Para quê? — respondeu o criado. — Você não acha que a senhorita vai receber uma moça como esta, acha?

Essa alusão ao caráter duvidoso de Nancy aflorou a ira casta de quatro camareiras, que observaram, com grande fervor, que a moça era uma vergonha para as mulheres e sugeriram que ela fosse atirada aos cachorros.

— Façam o que quiserem comigo — disse a moça, voltando-se para os homens —, mas atendam ao meu pedido primeiro. Por favor, pelo amor de Deus, entreguem meu recado.

O cozinheiro de coração mole intercedeu novamente, fazendo com que o criado aceitasse entregar a mensagem.

— Qual é o recado? — perguntou o criado, com um pé na escada.

— Diga-lhe que uma moça pede sinceramente para conversar a sós com a srta. Maylie — disse Nancy — e que, se a senhorita não se interessar por aquilo que tenho a lhe dizer, pode me expulsar e me considerar uma impostora.

— Você vai se meter em problemas — disse o criado.

— Entregue a mensagem — disse a moça firmemente —, e veremos a resposta.

O criado subiu as escadas. Nancy permaneceu onde estava, pálida e ofegante, ouvindo os comentários de desprezo que as castas criadas diziam, os quais aumentaram quando o homem voltou e disse que a moça podia entrar.

— Não vale a pena ser correta neste mundo — disse a primeira camareira.

— O bronze pode servir melhor do que o ouro que resistiu ao fogo — disse outra.

A terceira contentou-se em perguntar: "De que são feitas as mulheres?", e a quarta exclamou: "Vergonhoso!".

Independentemente de tudo isso, Nancy seguiu o homem até uma pequena antessala, iluminada por uma lamparina presa ao teto, onde ele a deixou e saiu.

XL

UMA ESTRANHA CONVERSA

A moça passara a vida nas ruas e nos mais nocivos antros de Londres, mas preservara algo da natureza feminina. Assim, quando ouviu passos leves se aproximando da porta oposta àquela pela qual entrara, sentiu-se envergonhada e retraiu-se, como se fosse difícil lidar com a presença daquela com quem desejava falar.

Mas, para enfrentar esses nobres sentimentos, havia o orgulho, vício tanto dos mais baixos e miseráveis quanto dos nobres e abastados. A companheira de ladrões e dos rufiões, a cúmplice de prisioneiros e brutamontes, a que vivia esperando ser enforcada algum dia... mesmo esta miserável sentia-se orgulhosa demais para deixar transparecer um lampejo do sentimento feminino que ela julgava ser uma fraqueza, mas que por si só a ligava àquela humanidade, da qual sua vida desperdiçada havia obliterado muitos vestígios desde quando era muito pequena.

Nancy ergueu a cabeça e contemplou uma moça jovem e bonita. Então, baixou os olhos e disse:

— Foi difícil conseguir falar com a senhorita. Se eu tivesse me sentido ofendida e fosse embora, a senhorita se arrependeria algum dia, e não sem motivo, inclusive.

— Lamento muito se alguém lhe tratou mal — respondeu Rose. — Mas esqueçamos isso. Conte-me por que queria me ver. Sou a pessoa por quem perguntou.

O tom amável da resposta, a voz doce, o jeito gentil, a ausência de qualquer ar altivo ou arrogante pegaram a moça completamente de surpresa e a fizeram chorar.

— Ah, senhorita! — exclamou Nancy, levando as mãos ao rosto. — Se existissem mais pessoas como a senhorita, haveria menos como eu!

— Sente-se — disse Rose. — Se estiver passando necessidade, terei muito prazer em ajudá-la.

— Deixe-me em pé, senhorita — disse a moça, ainda chorando —, e não fale comigo com tanta gentileza até me conhecer melhor. Está ficando tarde. Aquela porta está fechada?

— Sim — respondeu Rose, recuando alguns passos, a fim de estar mais perto da assistência no caso de precisar pedir socorro. — Por quê?

— Porque — prosseguiu a moça — entregarei minha vida e a vida dos outros em suas mãos. Fui eu quem levou o pequeno Oliver ao velho Fagin na noite em que o menino saiu de casa em Pentonville.

— Foi você! — exclamou Rose Maylie.

— Fui eu, senhorita! — respondeu a moça. — Sou a criatura infame de que ouviu falar, que vive entre os ladrões e que nunca teve uma vida melhor ou ouviu palavras gentis. Que Deus me ajude! Não precisa ter medo de mim, senhorita. Sou mais nova do que pode estar pensando, mas estou bem acostumada com isso. As mulheres mais pobres recuam quando passam por mim nas ruas.

— Que horrível!

— Agradeça aos céus de joelhos, senhorita, pelos amigos que cuidam da senhorita desde a infância e por nunca ter passado fome ou frio, nunca ter sido cercada de brigas, bebedeiras e... coisas ainda piores, como tenho vivido desde que nasci. Posso lhe garantir isso, pois os becos e as sarjetas serão meu leito de morte.

— Sinto muito! — falou Rose, comovida. — Aperta-me o coração ouvi-la!

— Que Deus a abençoe por sua bondade! — replicou a moça. — Fugi de homens que certamente me matariam se soubessem que estive aqui para lhe dizer o que ouvi por acaso. Conhece um homem chamado Monks?

— Não.

— Mas ele a conhece e sabe onde mora. Foi por tê-lo ouvido dizer o local que pude encontrá-la.

— Nunca ouvi esse nome — afirmou Rose.

— Então ele se passou por outra pessoa — replicou a moça —, como eu imaginava. Algum tempo atrás, logo depois que Oliver foi acolhido em sua casa, suspeitando desse homem, ouvi uma conversa entre ele e Fagin. Descobri, pelo que ouvi, que Monks, o homem de quem falei, como sabe...

— Sim — disse Rose —, entendo.

— Monks — prosseguiu a moça — tinha visto Oliver com dois rapazes de nosso bando no dia em que o perdemos pela primeira vez e soube que era a criança que procurava, embora eu não saiba o porquê. Monks combinou com Fagin que se Oliver se tornasse um ladrão, ele o compraria para algum objetivo.

— Qual objetivo? — perguntou Rose.

— Ele viu minha sombra na parede enquanto eu ouvia para tentar descobrir — disse a moça —, e não há muitas pessoas além de mim que conseguiriam fugir antes de serem descobertas. Mas não tornei a vê-lo até ontem à noite.

— O que aconteceu ontem?

— Eu lhe direi. Ontem à noite, ele veio outra vez. Novamente, após subirem as escadas, escondi-me e ouvi tudo. As primeiras palavras que ouvi Monks dizer foram estas: "Então, as únicas provas da identidade do menino estão no fundo do rio, e a velha bruxa que as recebeu da mãe está apodrecendo em seu caixão." Os dois riram e se vangloriaram. Monks, ao se referir ao menino, disse que embora tivesse conseguido o dinheiro do pequeno, preferia usá-lo de outro jeito, fazendo-o passar pela cadeia e depois o conduzindo para algum crime capital que Fagin poderia facilmente coordenar, depois de ter obtido um bom lucro com ele.

— O que significa tudo isso? — perguntou Rose.

— É a verdade, senhorita, embora venha da minha boca — respondeu a moça. — Então, ele disse, expressando impropérios bastante comuns aos meus ouvidos, mas estranhos aos seus, que, se pudesse saciar seu ódio tirando a vida do menino sem arriscar seu próprio pescoço, o faria; mas, como não pode, quer vigiá-lo o tempo todo; pois, caso Oliver decida tirar vantagem de seu nascimento e de sua história, ainda pode lhe fazer mal. "Pois bem, Fagin", disse ele", "sendo você um judeu, nunca armou ciladas como as que preparei para meu irmãozinho Oliver."

— Seu irmão! — exclamou Rose.

— Foi o que ele disse — afirmou Nancy, espreitando ao redor desconfortavelmente, pois a imagem de Sikes a assombrava o tempo todo. — Além disso, quando ele falou da senhorita e da outra senhora, disse que parecia que os céus, ou o diabo, estavam lhe impedindo de pôr as mãos em Oliver e riu dizendo que havia algum conforto nisso também, pois poderia ganhar muitas libras se revelasse a história do menino.

— Falava sério? — perguntou Rose, empalidecendo.

— Falava sério e parecia furioso — respondeu a moça, balançando a cabeça. — Quanto mais seu ódio aumenta, mais sincero ele é. Conheço homens capazes de fazer coisas piores, mas prefiro ouvi-los dezenas de vezes a me aproximar de Monks. Já está muito tarde. Preciso voltar antes que percebam minha ausência.

— Mas o que posso fazer? — perguntou Rose. — O que farei com essas informações? Espere! Por que quer voltar para companheiros que descreve como tão terríveis? Se repetir essa informação a um cavalheiro que está no quarto ao lado, você pode ser mandada para um lugar seguro em meia hora.

— Preciso voltar — disse a moça. — Como poderia explicar isso a alguém tão inocente quanto a senhorita... Entre os homens de que lhe falei, há um, o mais desesperado entre todos eles, que não posso deixar, nem mesmo para ser salva da vida que levo agora.

— Você já havia intercedido em favor do pobre menino — disse Rose. — Vir até aqui, correndo um risco tão grande, para me dizer o que ouviu; seu comportamento, que me convence da veracidade do que disse; seu evidente remorso; e seu sentimento de vergonha: tudo isso me leva a crer que ainda pode se redimir. Ah! — exclamou a senhorita, juntando as mãos, enquanto as lágrimas corriam pelo seu rosto. — Não deixe de ouvir o apelo de outra mulher, a primeira, imagino, que já lhe suplicou com piedade e compaixão. Ouça o que eu digo e deixe-me salvá-la para ter um futuro melhor.

— Senhorita — exclamou a moça, ajoelhando-se —, querida, doce e angelical senhorita, *é* a primeira mulher que me abençoa com tais palavras, e, se eu as tivesse ouvido anos atrás, elas poderiam ter transformado minha vida, livrando-me do pecado e da tristeza, mas agora é tarde demais, tarde demais!

— Nunca é tarde demais — disse Rose — para se arrepender.

— É — exclamou a moça, em agonia. — Não posso abandoná-lo agora! Não quero ser a causa de sua morte.

— E por que seria? — perguntou Rose.

— Nada poderia salvá-lo — exclamou a moça. — Se eu revelasse a alguém o que lhe disse aqui, ele seria preso e levado à forca. Ele é o mais audacioso e o mais cruel!

— Como é possível — exclamou Rose — que, por conta de um homem como esse, renuncie à sua salvação e à perspectiva de um futuro melhor? Parece-me uma loucura.

— Não sei explicar — respondeu a moça. — Só sei que é assim, não só comigo como também com centenas de outras tão pobres e miseráveis quanto eu. Preciso voltar. Se é a ira de Deus pelo mal que fiz, não sei, mas sinto-me atraída a voltar, apesar de toda dor e sofrimento que ele me causa. Voltaria mesmo que soubesse que morreria em suas mãos.

— O que posso fazer? — perguntou Rose. — Não devo permitir que parta assim.

— Deve, senhorita, e sei que me deixará partir — replicou a moça, levantando-se. — Não me impedirá porque confiei em sua bondade e não lhe pedi nada em troca, como poderia ter feito.

— De que serve então tudo que me revelou? — perguntou Rose. — Esse mistério precisa ser investigado. Como poderei ajudar Oliver, a quem tanto parece querer ajudar?

— A senhorita deve conhecer algum cavalheiro gentil que a ouça e a aconselhe a respeito do que deve fazer — respondeu a moça.

— Mas onde poderei encontrá-la caso seja necessário? — perguntou Rose. — Não quero saber onde vivem essas pessoas horríveis, e sim um local onde podemos conversar.

— Jura que guardará o segredo e que virá sozinha ou com a única outra pessoa que o saiba e que não serei vigiada ou seguida? — perguntou a moça.

— Juro solenemente — respondeu Rose.

— Todos os domingos à noite, das onze horas à meia-noite — disse a moça, sem hesitar —, estarei na ponte de Londres se estiver viva.

— Espere mais um pouco — disse Rose, enquanto a moça caminhava em direção à porta. — Pense mais uma vez na sua condição e na oportunidade que tem de se ver livre dela. Você pode contar comigo, não apenas porque me trouxe essa revelação como também por ser uma mulher perdida que precisa ser salva. Voltará mesmo para aquele bando de ladrões e para aquele homem, quando uma palavra pode salvá-la? Que fascínio é esse que a faz voltar e que a prende à maldade e à miséria? Ah! Não há nada que eu possa fazer? Não há nada mais ao qual eu possa suplicar contra essa terrível paixão?

— Quando senhoritas tão jovens, boas e belas, como a senhorita é — respondeu a moça firmemente —, apaixonam-se, o amor as arrebata totalmente, mesmo que tenham casa, amigos ou outros pretendentes. Quando moças como eu, que não têm um teto senão o tampo do caixão e nenhum amigo na morte ou na doença senão a enfermeira do hospital, apaixonam-se por um homem e o deixam preencher um vácuo em nossa vida miserável, quem poderia nos recuperar? Tenha piedade de nós, senhorita, por cultivar o único sentimento feminino que nos resta e por termos transformado conforto e orgulho em um novo meio de violência e sofrimento.

— Você aceitaria — disse Rose, após uma pausa — receber algum dinheiro para conseguir viver dignamente até nos reencontrarmos?

— Nem um centavo — respondeu a moça, balançando a mão.

— Não feche seu coração a todas as minhas ofertas de ajuda — disse Rose, dando um passo à frente. — Realmente gostaria de ajudá-la.

— A senhorita me ajudaria mais — respondeu a moça, torcendo as mãos — se pudesse tirar minha vida agora mesmo, pois nunca me senti tão triste quanto hoje, ao pensar no que me tornei. Que Deus a abençoe e lhe dê tanta felicidade quanto reservou tanta vergonha a mim!

Após dizer isso aos soluços, a pobre miserável retirou-se enquanto Rose Maylie, impactada por essa extraordinária conversa, que parecia mais sonho do que realidade, caiu numa cadeira e tentou organizar seus pensamentos errantes.

XLI

AS SURPRESAS, COMO OS INFORTÚNIOS, RARAMENTE VÊM SOZINHAS

A senhorita encontrava-se em uma situação bem difícil. Enquanto sentia o desejo mais ávido e ardente de desvendar o mistério da história de Oliver, não podia trair a confiança que aquela pobre mulher com quem acabara de conversar lhe depositara. Suas palavras e sua conduta comoveram Rose Maylie. E seu afeto pelo pequeno fez crescer nela o desejo de resgatá-la.

Permaneceriam em Londres por apenas três dias, antes de partir, por algumas semanas, para uma parte distante da costa. Era meia-noite. O que poderia fazer em 48 horas? Como poderia adiar a viagem sem despertar suspeitas?

O sr. Losberne continuaria com elas pelos próximos dois dias. Contudo, Rose conhecia bem a impetuosidade do digno cavalheiro e previu com clareza a ira com a qual, na primeira explosão de indignação, reagiria ao plano do sequestro de Oliver, para confiar-lhe o segredo, uma vez que sua defesa de Nancy não seria apoiada por ninguém. Por esse motivo, Rose deveria ter muita cautela e prudência ao falar com a sra. Maylie, cujo primeiro impulso seria certamente perguntar a opinião do digno médico acerca do assunto. Quanto a recorrer a qualquer consultor jurídico, mesmo que ela soubesse como fazê-lo, dificilmente poderia pensar nisso, pela mesma razão. Pensou em pedir ajuda a Harry, mas isso a fez lembrar da última vez que se viram e não seria certo pedir que ele voltasse — ao pensar nisso, lágrimas surgiram em seus olhos —, pois talvez ele já a tivesse esquecido e estivesse vivendo feliz longe dela.

Incomodada por esses diferentes pensamentos, inclinando-se ora para uma linha de raciocínio, ora para outra, e, logo depois, desistindo de suas ideias, conforme cada consideração sucessiva se apresentava à sua mente, Rose passou a noite sem dormir e ansiosa. Depois de refletir mais ainda no dia seguinte, chegou à conclusão desesperada de que devia procurar Harry.

"Se for doloroso para ele", pensou ela, "voltar aqui, imagina como será doloroso para mim! Mas talvez ele não venha. Talvez escreva ou venha e não queira me encontrar, como quando se foi. Jamais imaginei que ele viria, mas foi melhor para nós dois". E então, Rose deixou cair a pena e afastou o papel, para não o manchar com suas lágrimas.

Rose pegara a mesma pena e a colocara sobre o papel cinquenta vezes, considerando e reconsiderando a primeira linha da carta sem escrever a primeira palavra, quando Oliver, que havia saído com o sr. Giles, entrou no quarto afobado e ofegante, sinalizando que talvez tivesse acontecido outra desgraça.

— Por que está tão nervoso? — perguntou Rose, aproximando-se da criança.

— Não sei. Sinto-me sufocado — respondeu o menino. — Ah, meu Deus! Quem poderia imaginar que eu voltaria a encontrá-lo e poderia provar que eu disse a verdade?

— Nunca pensei que você tivesse mentido — disse Rose, acalmando-o. — Mas por que diz isso? De quem fala?

— Vi o cavalheiro — respondeu Oliver, quase sem conseguir articular as palavras — que foi tão bom para mim, o sr. Brownlow, de que tanto falamos.

— Onde? — perguntou Rose.

— Quando descia de um coche — respondeu Oliver, derramando lágrimas — e estava entrando em uma casa. Não consegui lhe falar, pois ele não me viu, e eu tremia tanto que não consegui me aproximar dele. Mas Giles perguntou, por mim, se ele morava naquela casa, e lhe disseram que sim. Olhe aqui — disse Oliver, abrindo um pedaço de papel —, ele mora neste lugar, quero ir para lá agora mesmo! Ah! Não sei como reagirei ao vê-lo e ouvi-lo falar outra vez!

Distraída por essas e muitas outras exclamações incoerentes de alegria, Rose leu o endereço, que ficava em Craven Street, Strand. Decidiu averiguar a novidade.

— Depressa! — disse ela. — Peça que chamem um coche para nós. Vou levá-lo até lá agora mesmo. Vou apenas avisar minha tia de que ficaremos fora por uma hora.

Oliver não precisava se aprontar e, em menos de cinco minutos, estavam a caminho da Craven Street. Ao chegarem, Rose pediu a Oliver que ficasse no coche, sob o pretexto de preparar o cavalheiro para recebê-lo, e mandou seu cartão pela criada do sr. Brownlow, informando-lhe que tinha uma questão urgente a tratar com seu patrão. A criada logo voltou, pedindo que entrasse. No andar de cima, a srta. Maylie foi apresentada a um idoso de aparência benevolente, com um casaco verde-garrafa. Ao seu lado, estava outro idoso que não parecia particularmente benevolente com o queixo apoiado na bengala.

— Minha cara — disse o cavalheiro, com o casaco verde-garrafa, levantando-se com muita delicadeza —, perdoe-me. Pensei que fosse outra pessoa... Alguém indesejável. Queira me desculpar, por favor.

— Suponho que seja o sr. Brownlow — disse Rose, desviando os olhos do outro senhor.

— Sou o próprio — disse o cavalheiro. — Este é meu amigo, o sr. Grimwig. Grimwig, pode nos deixar a sós por alguns instantes?

— Acredito — interrompeu a srta. Maylie — que o cavalheiro possa ficar. Se estou certa, ele tem ciência do assunto que pretendo tratar com o senhor.

O sr. Brownlow assentiu com a cabeça. O sr. Grimwig levantou-se, fez uma reverência e sentou-se.

— Vou surpreendê-lo bastante, não tenho dúvidas — disse Rose, naturalmente envergonhada —, mas, como o senhor já demonstrou ter muita benevolência e bondade para com um pequeno e muito querido amigo meu, estou certa de que me ouvirá.

— Com certeza! — exclamou o sr. Brownlow.

— O nome dele é Oliver Twist — respondeu Rose.

Assim que tais palavras saíram da boca da senhorita, o sr. Grimwig, que parecia entretido com a leitura de um grosso volume, largou-o com um grande estrondo e, recostando-se na cadeira, mostrou-se espantado e permaneceu estático, com um olhar vazio. Então, como se tivesse vergonha de deixar transparecer tanto sua emoção, recompôs-se.

O sr. Brownlow também se espantou, embora seu espanto não fora expresso da mesma forma excêntrica. Ele aproximou-se da srta. Maylie e disse:

— Por gentileza, senhorita, deixe de lado essa bondade e benevolência de que fala e de que ninguém mais tem conhecimento e, caso tenha algo a me dizer que mude a opinião desfavorável que fui induzido a ter daquela pobre criança, pelo amor de Deus, diga logo.

— Aquele garoto é um bandido! Comerei minha cabeça se isso não for verdade — resmungou o sr. Grimwig.

— É uma criança de natureza nobre e de bom coração — disse Rose, corando, —, e as provações pelas quais passou desde sempre na vida plantou em seu coração afeições e sentimentos de honra superiores a homens seis vezes mais velhos do que ele.

— Tenho apenas 61 anos — disse o sr. Grimwig, mantendo a expressão rígida. — E, se o tal Oliver não tiver pelo menos doze anos, não vejo o sentido dessa observação.

— Não dê ouvidos ao meu amigo, srta. Maylie — disse o sr. Brownlow —, ele não pensa antes de falar.

— Sim, ele pensa — resmungou o sr. Grimwig.

— Não, ele não pensa — insistiu o sr. Brownlow, irritadiço.

— Ele vai comer a própria cabeça se estiver errado — resmungou o sr. Grimwig.

— Ele merece que lhe cortem a cabeça — replicou o sr. Brownlow.

— Ele gostaria de saber quem ousaria fazer isso — respondeu o sr. Grimwig, batendo com a bengala no chão.

Após isso, os dois dividiram o rapé e apertaram as mãos, como sempre.

— Agora, srta. Maylie — disse o sr. Brownlow —, voltemos ao assunto em que está tão interessada. Diga-me que informação tem daquela pobre criança. Asseguro-lhe que fiz tudo o que era possível para encontrá-lo. Desde que estive ausente deste país, minha primeira impressão dele foi consideravelmente abalada.

Rose, que tivera tempo de organizar seus pensamentos, resumiu tudo o que ocorrera a Oliver desde que ele deixara a casa do sr. Brownlow, ocultando as informações de Nancy e garantindo que a única tristeza da criança, durante meses, foi não ter conseguido rever seu antigo benfeitor e amigo.

— Graças a Deus! — exclamou o cavalheiro. — Sinto-me muito feliz por saber disso. Mas a senhorita ainda não me disse onde ele está. Perdoe-me, mas porque não o trouxe?

— Ele o aguarda no coche em frente à porta de sua casa — respondeu Rose.

— À porta! — gritou o cavalheiro, enquanto saiu correndo da sala, desceu a escada, subiu no coche e sentou-se, sem dizer mais nenhuma palavra.

Quando a porta da sala se fechou atrás dele, o sr. Grimwig levantou a cabeça e, convertendo uma das pernas traseiras de sua cadeira em um pivô, descreveu três círculos distintos com a ajuda de sua bengala e da mesa. Após realizar essa evolução, ele se levantou e caminhou mancando o mais rápido possível de um lado para o outro pelo menos uma dúzia de vezes, até parar de repente diante de Rose e beijá-la sem aviso.

— Calma! — exclamou, vendo que a senhorita se alarmara com aquela estranha reação. — Não tema. Tenho idade suficiente para ser seu avô. Você é uma moça gentil. Gosto de você. Eles chegaram!

De fato, quando ele se sentava na cadeira, o sr. Brownlow voltou, acompanhado de Oliver, a quem o sr. Grimwig recebeu bem graciosamente. Se a felicidade daquele momento fosse a única recompensa por toda sua ansiedade e cuidado a favor de Oliver, Rose Maylie já se sentiria bem recompensada.

— Há ainda outra pessoa que não pode ser esquecida — disse o sr. Brownlow, tocando a sineta. — Chamem a sra. Bedwin, por favor.

A velha governanta respondeu ao chamado rapidamente, cumprimentou todos à porta e esperou por ordens.

— A senhora enxerga menos a cada dia, Bedwin — disse o sr. Brownlow.

— É verdade, senhor — respondeu ela. — Já não enxergo tão bem quanto antes.

— Então — disse o sr. Brownlow — ponha os óculos e veja se enfim consegue descobrir o motivo pelo qual a chamei aqui.

A velha senhora começou a procurar os óculos no bolso. Mas Oliver não se conteve e, cedendo ao seu primeiro impulso, atirou-se nos braços dela.

— O Senhor ouviu minhas preces! — gritou a velha senhora, abraçando-o. — É o meu menino inocente!

— Sra. Bedwin! — gritou Oliver.

— Eu sabia que ele ia voltar — disse a senhora, segurando-o nos braços. — Como parece bem e está bem-vestido! Por onde esteve esse tempo todo? Ah! É o mesmo rosto dócil, mas não tão pálido; o mesmo olhar afável, mas não tão triste. Nunca esqueci de você. Via seu sorriso todos os dias ao meu lado com os dos meus queridos filhos, mortos e desaparecidos desde quando eu era moça.

Enquanto dizia isso, a governanta abraçava e soltava o garoto, comentando o quanto ele crescera e passando carinhosamente os dedos em seus cabelos. A boa alma ria e chorava afagando-o.

Deixando-os a sós para conversar à vontade, o sr. Brownlow dirigiu-se para outra sala, onde ouviu de Rose o relato de seu encontro com Nancy, que não o deixou menos surpreso e perplexo. Rose também explicou suas razões para não confiar no sr. Losberne até então. O cavalheiro achou que ela agira com prudência e prontificou-se a conversar com o médico. Para que o encontro não demorasse a acontecer, foi combinado que Brownlow deveria chegar à casa de Rose às oito horas daquela mesma noite e que, enquanto isso, a sra. Maylie seria cautelosamente informada de tudo o que acontecera. Feitos tais preparativos, Rose e Oliver voltaram para casa.

Rose não superestimara de forma alguma a ira do bom médico. Assim que a senhorita lhe contara a história de Nancy, ele exclamou uma torrente de pragas e maldições, ameaçou fazê-la a primeira vítima do engenho combinado dos senhores Blathers e Duff e, de fato, até mesmo pôs o chapéu na cabeça, preparando-se para buscar a ajuda daqueles dignos cavalheiros. Sem dúvida, nesse primeiro surto, ele teria ido sem pensar nas consequências, se não fosse contido, em parte, pela violência correspondente demonstrada pelo sr. Brownlow, que também tinha um temperamento irascível e apresentou argumentos à altura para dissuadi-lo de seu objetivo irracional.

— O que diabo faremos? — perguntou o impetuoso médico, após as duas senhoras concordarem. — Agradeceremos a todos aqueles bandidos e pediremos que aceitem cem libras como prova de nossa estima e como reconhecimento por serem tão bons com Oliver?

— Não exatamente — disse o sr. Brownlow, rindo —, mas devemos agir com gentileza e tomar cuidado.

— Gentileza e cuidado! — exclamou o médico. — Eu mandaria todos para o...

— Não desejo saber para onde — interrompeu o sr. Brownlow. — Mas reflita se mandá-los para qualquer lugar nos ajudaria a atingir o objetivo que temos em vista.

— Que objetivo? — perguntou o médico.

— Desvendar a origem de Oliver e recuperar a herança a que tem direito se essa história for verdadeira.

— Ah! — exclamou o sr. Losberne. — Eu me esqueci disso.

— Como vê — continuou o sr. Brownlow —, se colocarmos aqueles bandidos na cadeia e resgatarmos aquela pobre moça, de que isso nos serviria?

— Com certeza, alguns deles poderiam ser enforcados — disse o médico —, e outros seriam presos.

— Excelente — comentou o sr. Brownlow, sorrindo —, mas, sem dúvida, eles terão esse destino na plenitude do tempo. Se anteciparmos a prisão deles, parece-me que atuaremos de maneira muito quixotesca em oposição direta aos nossos interesses ou, pelo menos, aos de Oliver, o que é a mesma coisa.

— Como assim? — perguntou o médico.

— Dessa forma. Está bem claro que teremos muita dificuldade para desvendar esse mistério, a menos que possamos fazer aquele homem, Monks, confessar. Isso só será possível se tivermos um plano e o apanharmos quando ele não estiver cercado por aquelas pessoas. Suponhamos que ele seja preso; não temos provas contra ele. Ele sequer, tanto quanto sabemos ou segundo os fatos, preocupa-se com o bando nos roubos. Se ele for preso, é bem improvável que receba qualquer outra pena além de ser acusado por vadiagem. E está claro que ele ficaria de boca fechada e seria, para nossos propósitos, tão útil quanto um homem surdo, mudo, cego e tolo.

— Então — disse impetuosamente o médico — o senhor acha que devemos manter a promessa feita à moça, uma promessa feita com a melhor e mais gentil das intenções, mas realmente...

— Não discuta essa questão — disse o sr. Brownlow, interrompendo Rose quando ela ia responder à pergunta. — A promessa será cumprida. Acho que não interferirá de forma alguma em nosso objetivo. Mas, antes que possamos decidir qualquer linha de ação específica, precisamos nos encontrar com a moça para saber se ela nos levará a Monks, deixando claro que ele será abordado por nós e não pela justiça. Se ela não quiser ou não puder fazê-lo, precisamos que o descreva para que possamos identificá-lo. Ela só aparecerá no próximo domingo à noite. Sugiro, enquanto isso, permanecermos em completo silêncio e mantermos tais assuntos em segredo até de Oliver.

Embora o sr. Losberne tenha recebido com desagrado a ideia de aguardar cinco dias, concordou que não havia uma decisão melhor a tomar naquele momento. E, como tanto Rose quanto a sra. Maylie posicionaram-se a favor do sr. Brownlow, a proposta deste cavalheiro foi aprovada por unanimidade.

— Eu gostaria — disse ele — de pedir o auxílio de meu amigo Grimwig. Ele é excêntrico, mas perspicaz e pode nos ajudar significativamente. Além disso, preciso dizer que ele estudou advocacia, mas saiu da Ordem por desgosto, pois só representou uma ação em vinte anos de serviço.

— Não tenho nenhuma objeção a chamarmos seu amigo se eu puder chamar o meu — disse o médico.

— Precisamos discutir isso — respondeu o sr. Brownlow. — Quem seria esse seu amigo?

— Ele é filho dessa senhora e um velho amigo da senhorita — disse o médico, aproximando-se da sra. Maylie e lançando um olhar expressivo à sobrinha.

Rose corou, mas não fez nenhuma objeção audível a essa proposta, possivelmente, sentiu-se em minoria. Assim, Harry Maylie e o sr. Grimwig foram aceitos no comitê.

— Ficaremos na cidade, é claro — disse a sra. Maylie —, enquanto houver a mínima perspectiva de processar essa investigação com uma chance de sucesso. Não pouparei despesas em prol de nosso grande objetivo. Aceito ficar aqui por um ano se for necessário, desde que me seja assegurado que existe uma esperança.

— Excelente! — disse o sr. Brownlow. — E como percebo na expressão de vocês uma vontade de perguntar por que não fui atrás de confirmar a história de Oliver e saí repentinamente do reino, peço que ainda não me façam perguntas até que eu julgue conveniente respondê-las, contando minha história. Acreditem, faço esse pedido por um bom motivo, pois, de outra forma, eu poderia dar-lhes esperanças que nunca se tornariam realidade, o que apenas aumentaria nosso número de decepções. Agora, vamos! O jantar foi anunciado, e o pequeno Oliver, que está sozinho na sala ao lado, deve ter começado a pensar, a essa altura, que nos cansamos de sua companhia e estamos conspirando para nos livrar dele.

Com essas palavras, o cavalheiro deu a mão à sra. Maylie e a acompanhou até a sala de jantar. O sr. Losberne seguiu-os, conduzindo Rose, e o comitê foi por ora efetivamente encerrado.

XLII

UM VELHO CONHECIDO DE OLIVER GANHA FAMA NA CIDADE EXIBINDO MARCAS DE SUA GENIALIDADE

Na noite em que Nancy, tendo deixado Sikes dormindo, dirigiu-se até a casa de Rose Maylie para cumprir sua missão, duas pessoas importantes para esta história chegavam em Londres.

Eram um homem e uma mulher ou talvez fossem descritos de forma mais adequada como um macho e uma fêmea, pois o primeiro é um desses indivíduos muito magros, com braços e pernas compridos, a quem é difícil atribuir uma idade precisa, já que, com a aparência que têm, quando são meninos, parecem adultos doentes, e quando adultos, parecem meninos crescidos. A mulher é jovem, mas forte e robusta o bastante para suportar o peso do grande fardo que carregava às costas. Seu companheiro não levava muito peso, carregava apenas um bastão sobre o ombro com um pequeno embrulho aparentemente leve pendurado. Tal circunstância, somada ao tamanho incomum das pernas, permitia-lhe caminhar cerca de meia dúzia de passos à frente da companheira, a quem ele ocasionalmente se voltava com um impaciente movimento de cabeça, como se reprovasse sua lentidão, exortando-a a ir mais rápido.

Seguiam assim ao longo da estrada empoeirada, prestando pouca atenção a qualquer objeto à vista, exceto quando desviavam para sair do caminho das carruagens, até chegarem ao arco de Highgate, onde o homem parou e chamou impacientemente pela companheira.

— Vamos! Como você é lenta, Charlotte.

— A carga é muito pesada — disse a mulher, ao chegar ofegante devido ao cansaço.

— Pesada? Do que está falando? Por que trouxe tudo isso? — indagou o homem, colocando seu embrulho no outro ombro enquanto falava. — Ah, já está parando para descansar outra vez! Você está testando minha paciência!

— Ainda falta muito? — perguntou a mulher, apoiando-se em um banco e com suor escorrendo no rosto.

— Não! Estamos quase lá — disse o andarilho de pernas longas, apontando à sua frente. — Veja! Aquelas são as luzes de Londres.

— Estão a pelo menos uns três quilômetros — disse a mulher, com desânimo.

— Não importa se estão a três ou a trinta quilômetros — retrucou Noah Claypole. — Levante-se e continue ou lhe farei andar a pontapés.

Ao perceber que o nariz vermelho de Noah ficara mais vermelho de raiva e que ele atravessara a estrada enquanto falava, como se estivesse totalmente preparado para pôr em prática sua ameaça, a mulher levantou-se prontamente e caminhou ao seu lado.

— Onde iremos parar, Noah? — perguntou ela, após terem andado umas centenas de metros.

— Como hei de saber? — respondeu Noah, cujo humor fora consideravelmente prejudicado pela caminhada.

— Espero que seja aqui perto — disse Charlotte.

— Não, não por aqui — respondeu o sr. Claypole. — Nem pense nisso.

— Por que não?

— Quando digo que não quero fazer algo, isso basta, não precisa saber o motivo — respondeu o sr. Claypole, com dignidade.

— Ora, não precisa se zangar — disse sua companheira.

— Seria ótimo parar na primeira taverna fora da cidade para que Sowerberry nos encontre e nos leve de volta algemados em uma carroça, não acha? — perguntou o sr. Claypole, em tom jocoso. — É claro que não! Seguiremos pelas vielas mais estreitas onde pudermos entrar e não pararemos até chegarmos à casa mais distante que possamos encontrar. Agradeça-me por ser tão esperto, pois, se não tivéssemos vindo por esse caminho, já estaria presa há uma semana. E você merecia isso por ser tão tola.

— Sei que não sou tão esperta quanto você — respondeu Charlotte —, mas não ponha toda a culpa em mim. Você também seria preso no fim das contas.

— Você pegou o dinheiro — afirmou o sr. Claypole.

— Fiz isso por você, Noah — replicou Charlotte.

— Fiquei com ele? — perguntou o sr. Claypole.

— Não, você confiou em mim e me permitiu ficar com ele — disse a senhorita, acariciando o pescoço do rapaz e entrelaçando o braço com o dele.

Esse foi realmente o caso, mas como o sr. Claypole não confiava em ninguém, devemos fazer justiça a esse cavalheiro e afirmar que ele confiou em Charlotte a tal ponto que, caso fossem perseguidos, o dinheiro fosse encontrado com ela, o que lhe daria a oportunidade de declarar sua inocência de qualquer roubo e poderia impedi-lo de ser preso. Naturalmente, neste momento, ele não revelou seus motivos, e os dois seguiram caminhando juntos e apaixonados.

Seguindo seu plano de prudência, o sr. Claypole prosseguiu sem parar até chegar à entrada de Islington, onde julgou sabiamente, com base no número de pedestres e de veículos, que já chegara a Londres. Parou apenas para observar o que pareciam ser as ruas mais cheias e, consequentemente, as que deviam ser evitadas. Seguiu pela estrada de Saint John e logo cruzou vielas sujas e escuras, situadas entre Gray's Inn Lane e Smithfield, que tornam aquela parte da cidade uma das piores regiões, fruto do progresso no centro de Londres.

Noah Claypole seguiu por estas ruas com Charlotte atrás de si. Às vezes, parava para espreitar o interior de uma estalagem, então, seguia novamente, pois considerava que o local parecia cheio demais para seu propósito. Por fim, parou na frente da estalagem mais humilde e mais suja que tinham encontrado. Após observá-la do outro lado da rua, anunciou graciosamente sua intenção de pernoitar ali.

— Dê-me isso — disse Noah, tirando a carga dos ombros da mulher e colocando-a sobre os seus — e fale apenas se falarem com você. Qual é o nome do lugar? T-r-ê-s o quê?

— Coxos — disse Charlotte.

— Três Coxos — repetiu Noah. — Bela placa também. Pois bem! Siga-me.

Em seguida, ele abriu a porta com o ombro e entrou, seguido pela companheira.

Não havia ninguém no bar senão um jovem judeu que lia um jornal sujo com os cotovelos apoiados no balcão. Ele e Noah entreolharam-se fixamente.

Se Noah estivesse vestido com roupas esfarrapadas, talvez houvesse algum motivo para o homem encará-lo com desconfiança, mas como usava um traje modesto, não parecia haver nenhuma razão particular para sua aparência atrair tanta atenção.

— Aqui é o Três Coxos? — perguntou Noah.

— Este é o nome da estalagem — respondeu o judeu.

— Um cavalheiro que conhecemos na estrada, vindo do campo, recomendou-nos este lugar — disse Noah, acariciando Charlotte, talvez para atrair respeito ou talvez para lembrá-la de permanecer calada. — Queremos pernoitar aqui.

— Acho que não há nenhum quarto vago — disse Barney, o empregado —, mas vou conferir.

— Sirva-nos um pouco de carne e um copo de cerveja antes disso, pode ser? — perguntou Noah.

Barney atendeu ao pedido, levando-os a um quartinho nos fundos para servi-los. Após isso, informou aos viajantes que havia um quarto onde poderiam pernoitar e deixou o amável casal.

Esse quartinho nos fundos ficava atrás do bar e era preciso descer alguns degraus, de modo que qualquer pessoa que abrisse uma pequena cortina, que escondia uma abertura no meio da parede, coberta por uma vidraça, não só poderia olhar para qualquer hóspede ali sem correr o risco de ser visto como também, ao pôr o ouvido na vidraça, poderia escutar a conversa. O dono da estalagem espiara deste lugar por cinco minutos e Barney acabara de fazer o anúncio ao casal já descrito quando Fagin entrou no bar perguntando por um de seus pupilos.

— Cale-se! — disse Barney. — Há forasteiros no quarto ao lado.

— Forasteiros! — murmurou o velhote.

— Sim! E, também, são caipiras — acrescentou Barney. — Parecem praticar o mesmo ofício que você.

Fagin pareceu receber essa comunicação com muito interesse. Subindo em um banco, pôs cautelosamente os olhos na vidraça e viu o sr. Claypole separar carne e cerveja em doses homeopáticas para Charlotte, que comia e bebia com prazer o que Noah lhe oferecia.

— Arrá! — sussurrou Fagin, olhando para Barney. — Gostei do sujeito. Pode nos ser útil, já que sabe como tratar uma moça. Não faça tanto barulho para que eu possa ouvi-los.

Fagin espiou novamente pela vidraça e escutou atentamente, com um olhar perspicaz e ansioso, que podia pertencer a algum velho duende.

— Quero me tornar um cavalheiro — disse o sr. Claypole, que continuava a conversa que Fagin chegara tarde demais para ouvir o início. — Chega de caixões, Charlotte, quero levar uma vida de cavalheiro, e, se quiser, pode viver como uma dama.

— Adoraria, querido — respondeu Charlotte —, mas nem sempre encontramos caixas para esvaziar e lugares para nos esconder depois disso.

— Esqueça as caixas! — exclamou o sr. Claypole. — Há mais coisas para esvaziar além delas.

— Como o quê? — perguntou-lhe a companheira.

— Bolsos, bolsas femininas, casas, carruagens e bancos! — exclamou o sr. Claypole, servindo-se de cerveja.

— Mas você não conseguirá fazer tudo isso sozinho, querido — disse Charlotte.

— Encontrarei quem me ajude — respondeu Noah. — Alguém será capaz de nos ajudar de uma forma ou de outra. Ora, você mesma, por exemplo, vale por cinquenta mulheres, nunca vi alguém tão dissimulada e desonesta.

— Meu Deus, como é bom ouvi-lo dizer isso! — disse Charlotte, beijando seu rosto feio.

— Chega, não seja tão afetuosa, assim você me irrita — disse Noah, desvencilhando-se com muita gravidade. — Queria ser chefe de alguma quadrilha, dar ordens e ser obedecido sem fazer nenhum esforço. Isso seria ótimo se gerasse um bom lucro. Se pudéssemos encontrar algum cavalheiro desse tipo, nós lhe daríamos essa nota de vinte libras que você traz, especialmente porque não sabemos muito bem como nos livrar dela.

Após expressar essa opinião, o sr. Claypole olhou para a caneca com ares de profunda sabedoria e, após tomar um trago, acenou de modo condescendente para Charlotte. Meditava quando a súbita abertura da porta e o aparecimento de um estranho o interromperam.

O estranho era Fagin. Ele os encarou e fez uma reverência enquanto andava. Sentou-se à mesa mais próxima e pediu uma bebida ao sorridente Barney.

— Que noite agradável, senhor, mas fria para essa época do ano — disse Fagin esfregando as mãos. — Chegam do campo?

— Por que acha isso? — perguntou Noah Claypole.

— Não temos tanto pó em Londres — respondeu Fagin, apontando dos sapatos de Noah para os da companheira e, depois, para os dois embrulhos.

— O senhor é muito esperto — disse Noah. — Ha Ha! Veja isso, Charlotte!

— Ora, é preciso ser esperto nesta cidade, meu caro — respondeu o judeu, abaixando a voz a um sussurro confidencial. — Essa é a verdade.

Fagin deu seguimento a essa observação, tocando o lado do nariz com o indicador direito, um gesto que Noah tentou imitar, embora sem sucesso, porque seu nariz não era tão grande. No entanto, o sr. Fagin pareceu interpretar o esforço como uma perfeita coincidência com sua opinião e ofereceu o licor trazido por Barney.

— É de excelente qualidade — observou o sr. Claypole, estalando a língua.

— Meu caro! — exclamou Fagin. — Um homem precisa sempre esvaziar um bolso, uma bolsa feminina, uma carruagem ou um banco, se desejar beber regularmente.

Assim que ouviu tais palavras, o sr. Claypole afundou-se na cadeira e olhou do judeu para Charlotte pálido e assustado.

— Não se preocupe — disse Fagin, aproximando-se. — Ha Ha! Por sorte, ouvi sua conversa.

— Não fui eu — balbuciou Noah, não mais estendendo as pernas como um cavalheiro independente, mas recolhendo-as o melhor que podia debaixo da cadeira. — A ideia foi toda dela. Charlotte, sabe que é verdade.

— Não me importa — respondeu Fagin, observando, com um olhar de falcão, a moça e os dois embrulhos. — Tenho o mesmo ofício que o casal e simpatizei com ambos.

— O que o senhor faz para viver? — perguntou Noah, um pouco mais calmo.

O judeu e Noah começam a se entender.

— O mesmo ofício que todos nesta estalagem — replicou Fagin. — A sorte os trouxe até aqui, onde está tão seguro quanto poderia estar. Não há lugar mais seguro na cidade do que o Três Coxos, para pessoas que têm nosso ofício.

A mente de Noah Claypole pode ter sido tranquilizada após essa garantia, mas seu corpo certamente não estava calmo, pois ele fungava e se remexia na cadeira em várias posições rudes, olhando para o novo amigo com medo e desconfiança.

— E digo mais — disse Fagin, após ter tranquilizado a moça, com acenos de cabeça amigáveis. — Tenho um conhecido que poderá atender seu desejo e colocá-lo no caminho certo. Então, poderá escolher qualquer negócio que considere lhe servir melhor e que possa ser ensinado a outros.

— Isso é verdade? — perguntou Noah.

— Que vantagem eu teria ao tentar enganá-lo? — falou Fagin, dando de ombros. — Vamos dar uma palavrinha lá fora.

— Não precisamos nos incomodar em sair — disse Noah, voltando a esticar as pernas. — Ela levará a bagagem para cima. Charlotte, leve os embrulhos.

A ordem foi acatada por Charlotte sem qualquer objeção, que fez o melhor que podia com os embrulhos enquanto Noah mantinha a porta aberta e a vigiava.

— Ela é muito obediente, não acha? — perguntou Noah, voltando ao seu lugar, como se fosse o domador de um animal selvagem.

— Bastante — assentiu Fagin, batendo-lhe no ombro. — O senhor é um gênio, meu caro.

— Bem, se não o fosse, suponho, não estaria aqui — respondeu Noah. — Mas diga-me o que deseja, pois logo ela estará de volta.

— O que acha? — perguntou Fagin. — Se gostar do meu amigo, aceitaria fazer uma parceria com ele?

— Se ele estiver num bom negócio, quem sabe? — disse Noah, dando-lhe uma piscadela.

— Ele é um dos melhores do ofício e tem vários subordinados.

— Gente da cidade? — perguntou o sr. Claypole.

— Sim. Todos são. Não acho que ele o aceitaria, mesmo com minha recomendação, se não estivesse precisando muito de um assistente — respondeu Fagin.

— Preciso dar dinheiro? — perguntou Noah, batendo no bolso.

— Nada pode ser feito sem dinheiro — respondeu Fagin, com convicção.

— Vinte libras, no entanto... é muito dinheiro!

— Não quando se trata de uma nota da qual não se pode livrar — retorquiu Fagin. — Está datada e tem um número de série, eu suponho? Ou o pagamento está retido no Banco? Ah! Isso não tem muito valor, precisará enviá-la ao exterior, onde poderá trocá-la por muito dinheiro.

— Quando poderia encontrá-lo? — perguntou Noah, em dúvida.

— Amanhã de manhã.

— Onde?

— Aqui.

— Hum! — disse Noah. — E o que ganho com isso?

— Uma vida de fidalgo, casa, comida e bebida à vontade. Metade de tudo o que o senhor e a moça conseguirem — respondeu o sr. Fagin.

É difícil afirmar se Noah Claypole, que era muito ganancioso, aceitaria a proposta em condições normais, mas, como lembrou-se que, caso a recusasse, seu novo conhecido poderia entregá-lo à justiça, ele a aceitou de bom grado.

— Mas, veja bem — observou Noah —, como ela é capaz de trabalhar muito, gostaria de fazer um serviço leve.

— Algo pequeno? — sugeriu Fagin.

— Sim! Algo assim — respondeu Noah. — O que acha que me serviria bem agora? Algo que não me exija muito e que não seja muito perigoso. Esse tipo de coisa!

— Ouvi-o falar de algo sobre espionar os outros — disse Fagin. — Meu amigo procura alguém capaz de realizar esse tipo de trabalho.

— Não me incomodaria fazê-lo — disse o sr. Claypole —, mas não creio que isso seja muito lucrativo.

— É verdade! — observou o judeu. — Não, acho que não lhe serviria.

— O que pensa então? — perguntou Noah, ansioso. — Que tal algo discreto e tão arriscado quanto ficar em casa?

— Que tal velhas? — perguntou Fagin. — Ganha-se muito dinheiro ao roubar a bolsa delas e sair correndo.

— Elas não gritam e às vezes arranham? — perguntou Noah, balançando a cabeça. — Acho que isso não atenderia ao meu propósito. Não há mais nenhuma opção?

— Cale-se! — disse Fagin, pondo a mão no joelho de Noah. — Roubará crianças.

— Como assim? — perguntou o sr. Claypole.

— As crianças — disse Fagin — cujas mães mandam recados com dinheiro. Basta lhes tomar o dinheiro, derrubá-las e sair bem devagar, como se a criança tivesse caído e se machucado sozinha. Ha Ha Ha!

— Ha Ha! — riu o sr. Claypole, balançando as pernas em êxtase. — É isto!

— Com certeza — respondeu Fagin —, e poderá fazê-lo em Camden Town, Battle Bridge e em regiões vizinhas, onde é comum enviar recados pelas crianças. Ha Ha Ha!

Com essa perspectiva, Fagin e o sr. Claypole desataram a rir.

— Está feito! — exclamou Noah, recompondo-se quando Charlotte chegou. — A que horas amanhã?

— Pode ser às dez? — perguntou Fagin, e o sr. Claypole assentiu com a cabeça. — Qual nome devo apresentar ao meu bom amigo?

— Sr. Bolter — respondeu Noah, que se preparara para tal emergência. — Sr. Morris Bolter. Esta é a sra. Bolter.

— Seu criado, sra. Bolter — disse Fagin, curvando-se com grotesca delicadeza. — Espero conhecê-la melhor.

— Ouviu o cavalheiro, Charlotte? — perguntou o sr. Claypole.

— Sim, Noah! — respondeu a sra. Bolter.

— Ela me chama de Noah como uma espécie de apelido carinhoso — disse o sr. Morris Bolter, o antigo sr. Claypole, voltando-se para Fagin.

— Ah sim, entendo perfeitamente — respondeu Fagin. — Boa noite!

Após as despedidas e os bons votos, o sr. Fagin seguiu seu caminho. Noah Claypole, após chamar a atenção de sua boa dama, contou-lhe o arranjo que fizera, com altivez e ar de superioridade, não apenas por ser homem, mas também por ter se tornado um cavalheiro que apreciava ter a ocupação de roubar crianças em Londres e nos arredores.

XLIII

COMO O MALANDRO SE METEU EM PROBLEMAS

Pelo visto, o tal amigo é o senhor mesmo, não é? — perguntou o sr. Claypole, também conhecido como Bolter, quando, em virtude do pacto entre eles, surgira na casa de Fagin no dia seguinte.

— Cada homem é seu próprio amigo, meu caro — respondeu Fagin, com um sorriso insinuante. — Não encontrará amigo melhor em lugar algum.

— Com raras exceções — afirmou Morris Bolter, assumindo ares de um homem vivido. — Há pessoas cujo único inimigo é si mesmo.

— Não creia nisso — disse Fagin. — Quando um homem é seu próprio inimigo, é por confiar apenas em si mesmo, quando não é cuidadoso também com os outros, age contra si. Mas isso é bobagem!...

— Isso não deveria existir — respondeu o sr. Bolter.

— Parece razoável. Alguns feiticeiros dizem que três é um número mágico, outros dizem que é o sete. Não é nenhum desses, meu amigo, nenhum dos dois. O número mágico é o um.

— Ha Ha Ha! — riu o sr. Bolter. — Número um para sempre.

— Em uma pequena comunidade como a nossa — disse Fagin, que sentiu a necessidade de qualificar essa posição —, o número um impera, considerando a mim e a todos os outros rapazes.

— É mesmo! — exclamou o sr. Bolter.

— Veja — prosseguiu Fagin, desconsiderando essa interrupção —, estamos tão misturados e identificados com nossos próprios interesses que essa é a realidade. Por exemplo, é seu objetivo cuidar do número um, ou seja, de si mesmo.

— Certamente — respondeu o sr. Bolter.

— Pois bem! Não pode cuidar de si mesmo, número um, sem cuidar de mim, o número um.

— Número dois, o senhor quis dizer — disse o sr. Bolter, que era plenamente dotado com a qualidade do egoísmo.

— Não, nada disso! — retorquiu Fagin. — Sou tão importante quanto o senhor considera a si mesmo.

— Considero-o — interrompeu o sr. Bolter — um sujeito muito simpático e gosto muito do senhor, mas não somos tão unidos assim.

— Apenas reflita — disse Fagin, dando de ombros e estendendo as mãos. — O senhor fez algo que me fez querer me aproximar, mas que, ao mesmo tempo, poderia pendurar uma corda em seu pescoço!

O sr. Bolter levou as mãos ao pescoço, como se o sentisse inconvenientemente apertado, e murmurou algo ininteligível, mas cujo tom parecia ser de aprovação.

— A forca — continuou Fagin —, meu caro, é o fim de muitos indivíduos que ousaram demais. Manter-se longe desse fim deve ser seu objetivo número um.

— Claro que sim — respondeu o sr. Bolter. — Por que fala de tais coisas?

— Apenas para lhe mostrar claramente o que quero dizer — disse o judeu, erguendo as sobrancelhas. — Para fazê-lo, precisa de mim. Para manter meu pequeno negócio em operação, preciso do senhor. O primeiro é seu número um, o segundo é meu número um. Quanto mais valorizar seu número um, mais cuidadoso devo ser com o meu, assim chegamos enfim ao que lhe disse no início, que a consideração pelo número um nos mantém unidos, por isso devemos fazê-lo, caso contrário, estaremos todos acabados.

— É verdade — disse o sr. Bolter, pensativo. — Ah! O senhor é muito astuto!

O sr. Fagin percebeu, com deleite, que esse tributo às suas qualidades não era um mero elogio, mas uma constatação de que realmente impressionara seu recruta com sua genialidade, o que era muito importante que ele considerasse no início do relacionamento. Para reforçar essa impressão tão desejável e útil, ele descreveu com detalhes a magnitude e a extensão de suas operações, misturando verdade e ficção, conforme melhor servia ao seu propósito e trazendo ambas à tona com tanta habilidade que a admiração do sr. Bolter aumentou visivelmente, com uma pitada de medo, e esse era um sentimento que se almejava muito despertar.

— É essa confiança mútua entre nós que me consola sob grandes perdas — disse Fagin. — Meu melhor ajudante foi pego ontem de manhã.

— Ele morreu? — perguntou o sr. Bolter.

— Não — respondeu Fagin —, não foi tão terrível assim.

— Então, imagino que ele...

— Foi preso — interrompeu Fagin. — Sim, isso mesmo.

— Por algo grave? — perguntou o sr. Bolter.

— Não — respondeu Fagin —, nem tanto. Foi acusado de furto. Encontraram-no com uma caixa de rapé prateada, a dele mesmo, meu caro, acredite. Ele gosta muito de rapé. Eles o prenderam, pois achavam que conheciam o dono. Ah! Ele valia cinquenta caixas de rapé, e eu pagaria esse valor para tê-lo de volta. Devia ter conhecido o Malandro.

— Bem, mas vou conhecê-lo um dia, não acha? — perguntou o sr. Bolter.

— Não sei — respondeu Fagin, suspirando em seguida. — Se não encontrarem novas evidências, será apenas uma condenação sumária, e o teremos de volta em seis semanas. Mas, se acharem, é outra história. Sabem que ele é esperto. Com certeza, o condenarão a uma perpétua.

— O que quer dizer perpétua? — perguntou o sr. Bolter. — Por que fala assim de um jeito que não consigo entendê-lo?

Fagin ia lhe explicar que uma pena "perpétua", na linguagem vulgar, significa ser condenado a trabalhos forçados pelo resto da vida quando o diálogo foi interrompido pela entrada do mestre Bates, com as mãos nos bolsos e o rosto retorcido de um jeito semicômico.

— Acabou-se, Fagin — disse Charley, depois que ele e seu novo companheiro foram apresentados.

— O que houve?

— Encontraram o dono da caixa de rapé e mais dois ou três para fazer a identificação. Malandro está acabado — respondeu mestre Bates. — Vou arrumar um terno de luto e um chapéu para visitá-lo antes que ele parta. Quem imaginaria que Jack Dawkins, o Malandro, iria para o degredo devido a uma reles caixa de rapé? Imaginei que fosse pego por roubar um relógio de ouro, no mínimo. Ah, se ao menos tivesse roubado todos os pertences de um velho rico, terminaria como um cavalheiro e não como um ladrão comum, sem honra nem glória!

Com essa expressão de sentimento pelo seu infeliz amigo, mestre Bates sentou-se na cadeira mais próxima, desgostoso e desanimado.

— Por que diz que ele não tem honra nem glória? — indagou Fagin, encarando-o com raiva. — Não era ele o melhor entre todos vocês? Algum de vocês já conseguiu ser tão bom quanto ele?

— Não — respondeu mestre Bates, com a voz rouca de pesar. — Nenhum de nós.

— Então do que está falando? — respondeu Fagin com raiva. — Por que diz essas tolices?

— Porque nada está registrado — disse Charley, irritado. — Ninguém jamais saberá nem metade do que ele fez. Isso é uma lástima!

— Ha Ha Ha! — gargalhou Fagin estendendo a mão direita e voltando-se ao sr. Bolter. — Veja o orgulho que eles têm da profissão, meu caro. Não é lindo?

O sr. Bolter assentiu com a cabeça. Fagin, após contemplar a dor de Charley Bates por alguns segundos com evidente prazer, aproximou-se do jovem cavalheiro e deu-lhe um tapinha no ombro.

— Fique tranquilo, Charley — disse Fagin calmamente —, ele irá se safar. Todos saberão que ele é esperto. Ele mesmo mostrará isso a todos e não desonrará seus velhos amigos e mentores. Lembre-se também o quanto ele é novo! Que distinção ser degredado tão jovem!

— Bem, com certeza, é uma honra! — disse Charley, um pouco mais consolado.

— Ele terá tudo o que desejar — continuou o judeu. — Será mantido no calabouço como um cavalheiro. Beberá cerveja todos os dias e terá dinheiro no bolso para atirar no ar, se não puder gastá-lo.

— Acha que será assim? — perguntou Charley Bates.

— Claro — respondeu Fagin —, e lhe arrumaremos um grande advogado, com o dom de fazer belos discursos, para defendê-lo. Assim todos saberão de seus feitos e leremos no jornal: "Malandro agita o tribunal."

— Ha Ha Ha! — riu mestre Bates. — Seria engraçado. Malandro iria realmente chocá-los, não é verdade?

— Com certeza! — concordou Fagin. — Iria!

— É mesmo — repetiu Charley, esfregando as mãos.

— Já consigo até imaginar — exclamou o judeu.

— Eu também — disse Charley Bates. — Ha Ha Ha! Imagino a cena toda. Que evento! Todos os oficiais de justiça tentando parecer sérios, e Jack Dawkins falando com eles com muita intimidade, como se fosse o filho do juiz fazendo um discurso depois do jantar! Ha Ha Ha!

De fato, o sr. Fagin provocara tanto a disposição excêntrica e bem-humorada do rapaz que mestre Bates, que a princípio considerava Malandro uma vítima, agora via-o como o protagonista de uma cena bem incomum e engraçada, sentindo-se ansioso para assistir a esse momento em que seu velho companheiro teria uma oportunidade tão favorável para mostrar suas qualidades.

— De qualquer maneira, precisamos saber o que ele dirá hoje — disse Fagin. — Deixe-me pensar.

— Devo ir até lá? — perguntou Charley.

— Não mesmo — respondeu Fagin. — Enlouqueceu? Não, Charley, não. Uma perda já é o suficiente.

— Pensa em ir sozinho? — perguntou Charley.

— Não seria uma boa ideia — respondeu Fagin, balançando a cabeça.

— Por que não envia este novato? — perguntou o mestre Bates, segurando o braço de Noah. — Ninguém o conhece.

— Bem, se ele não se incomodar... — observou Fagin.

— Se incomodar? — interrompeu Charley. — Por que se incomodaria?

— Por nada, meu caro — disse Fagin, voltando-se ao sr. Bolter. — Realmente, por nada.

— Não, nada disso — observou Noah, recuando em direção à porta e balançando a cabeça alarmado. — Não é minha especialidade. Com certeza, não.

— Qual é a especialidade dele, Fagin? — perguntou mestre Bates, encarando Noah com desgosto. — Relaxar quando há algo de errado e comer quando tudo está bem, é esse seu ramo?

— Não lhe importa — respondeu o sr. Bolter —, e não tome liberdades com seus superiores, rapazinho, ou vai se dar mal.

Mestre Bates riu tanto dessa magnífica ameaça que passou algum tempo antes que Fagin pudesse explicar ao sr. Bolter que ele não corria nenhum perigo indo à delegacia de polícia. Não havia nenhum relato do pequeno incidente em que ele se envolvera nem qualquer descrição de sua pessoa fora encaminhada para a metrópole, logo era bem provável que ele sequer fosse considerado suspeito. Além disso, se fosse devidamente disfarçado, seria um lugar tão seguro quanto qualquer outro em Londres, já que seria, de todos os lugares, o último ao qual iria por livre e espontânea vontade.

Persuadido, em parte, por tais argumentos, mas, principalmente, pelo medo que sentia de Fagin, o sr. Bolter enfim consentiu, de muita má vontade, em empreender a expedição. Seguindo as instruções de Fagin, trocou a roupa que usava por um traje de carroceiro, calças de veludo e perneiras de couro, todos artigos do acervo do judeu. Da mesma forma, recebeu um chapéu de feltro e um chicote. Assim trajado, devia ir até a delegacia como um camponês curioso. Como o sr. Bolter era tão desajeitado, desengonçado e magro, Fagin não temia que ele não representasse bem esse papel.

Feitos os preparativos, descreveram o Malandro para que pudesse reconhecê-lo. O sr. Bolter foi conduzido por mestre Bates por becos escuros e sinuosos até a rua Bow. Após descrever a delegacia e explicar como se comportar lá dentro, Charley Bates mandou-o entrar e prometeu esperá-lo até retornar onde se despediram.

Noah Claypole, ou Morris Bolter, como o leitor preferir, seguiu fielmente as instruções que recebera, as quais, estando mestre Bates bastante familiarizado com o lugar, eram tão precisas que o conduziu à sala dos juízes sem pedir qualquer ajuda ou encontrar dificuldade pelo trajeto.

Bolter viu-se em meio a uma multidão de pessoas, principalmente de mulheres, reunidas em uma sala suja; na extremidade esquerda, junto à parede, havia uma plataforma com o banco dos réus, no meio havia um espaço para as testemunhas, e, à direita, a mesa dos juízes. Esta continha uma divisória que a ocultava dos outros, deixando todos a imaginar, se pudessem, a majestade da justiça.

Havia apenas duas mulheres no banco dos réus, que acenavam para seus admiradores, enquanto o escrivão lia depoimentos para dois policiais e um homem à paisana. Um carcereiro se reclinava contra o banco dos réus, balançando sem parar uma grande chave, parando, às vezes, para reprimir conversas e pedir silêncio ou olhar severamente para alguma mulher pedindo-lhe que levasse algum bebê que chorava para fora, já que com seus fracos gritos abalava a gravidade da justiça. A sala cheirava mal, as paredes estavam descoloridas e sujas, e o teto, enegrecido. Havia um velho busto sobre a prateleira da lareira e um relógio empoeirado sobre o banco dos réus, a única coisa presente que parecia conservada, pois a depravação, a pobreza ou ambas não corrompera apenas a essência dos vivos, mas também os objetos ao seu redor.

Noah procurava ansioso por Malandro. Embora houvesse várias mulheres que se passariam pela mãe ou irmã desse distinto personagem, e alguns homens que poderiam ser seu pai, ninguém correspondia à descrição que fizeram do sr. Dawkins. Esperou todos saírem, até as mulheres que foram condenadas. Em seguida, para seu alívio, entrou outro réu que ele percebeu imediatamente que era aquele a quem procurava.

Era de fato o sr. Dawkins, que entrou com as mangas do casaco grande arregaçadas como de costume, a mão esquerda no bolso e o chapéu na mão direita, precedendo o carcereiro com um jeito de andar totalmente indescritível. Assim que se sentou no banco dos réus, perguntou por que o tinham mandado para aquele lugar miserável.

— Cale-se! — disse o carcereiro.

— Sou um inglês, não sou? — indagou Malandro. — Onde estão os meus direitos?

— Seus direitos logo lhe serão concedidos — retorquiu o carcereiro. — Você terá o que merece.

— Veremos o que o Secretário de Estado da Administração Interna tem a dizer a respeito do assunto — respondeu o sr. Dawkins. — Agradeceria aos magistrados se fossem breves e não me mantivessem aqui enquanto leem jornal, pois tenho um compromisso com um cavalheiro na cidade, e, como sou um homem de palavra e pontual, ele irá embora se eu não chegar a tempo, então talvez eu não mova uma ação de perdas e danos contra aqueles que me prendem aqui.

Neste momento, Malandro, demonstrando um grande interesse por seu caso, perguntou ao carcereiro o nome dos dois juízes que iriam julgá-lo. Isso fez que os espectadores rissem quase tanto quanto o mestre Bates riria se ouvisse a pergunta.

— Silêncio! — gritou o carcereiro.

— De que se trata? — perguntou um dos juízes.

— É um caso de roubo de uma caixa de rapé, excelência.

— O rapaz já esteve aqui antes?

— Sim, muitas vezes — respondeu o carcereiro. — Está sempre por aqui. Conheço-o bem, senhor.

— Ah! Então me conhece? — exclamou o Malandro, tomando nota da declaração. — Excelente. Esse é um caso de deformação de caráter

Houve novas gargalhadas e outro grito de silêncio.

— Onde estão as testemunhas? — perguntou o escrivão.

— Ah! É mesmo — acrescentou Malandro. — Onde estão? Gostaria de vê-las.

Seu desejo foi logo atendido, pois um policial deu um passo à frente e afirmou que vira o réu furtar um lenço do bolso de um cavalheiro, em meio a uma multidão, mas, após julgá-lo muito velho, devolveu o objeto, logo depois de limpar o próprio rosto nele. Por essa razão, levou Malandro sob custódia até a delegacia, onde encontrara em seu poder, durante a revista, uma caixa de rapé de prata, com o nome do dono gravado na tampa. O dono da caixa apresentou-se e afirmou que o objeto furtado era dele e que o perdera no dia anterior quando se desvencilhava daquela mesma multidão. Naquele momento, também observara um rapaz na multidão, particularmente ativo ao se retirar, e afirmou que esse rapaz era o réu à sua frente.

— Tem algo a perguntar à testemunha, rapaz? — indagou o juiz.

— Não me rebaixarei a conversar com ele — respondeu Malandro.

— Tem algo a declarar?

— Ouviu o que o juiz lhe perguntou? — interpelou o carcereiro, empurrando Malandro com o cotovelo.

— Perdão — disse Malandro, olhando para cima parecendo distraído —, o senhor se dirigiu a mim?

— Nunca vi um vagabundo tão atrevido — observou o oficial. — Tem algo a declarar?

— Não — respondeu Malandro —, não aqui, pois aqui não se faz justiça. Além disso, meu advogado está conversando agora com o vice-presidente da Câmara dos Comuns. Terei algo a declarar em outro lugar, e ele também, assim como meu vasto e espetacular círculo de conhecidos...

— Basta! Ele está preso! — interrompeu o magistrado. — Levem-no daqui.

— Venha — disse o carcereiro.

— Ah! Já estou indo — respondeu Malandro escovando o chapéu com a palma da mão. — Ah! Não adianta parecerem assustados — disse, dirigindo-se aos magistrados —, não terei pena de vocês. *Vocês vão* pagar por isso, meus caros. Agora, não aceitaria sair daqui livre nem se caíssem de joelhos e me suplicassem. Vamos, leve-me para a cadeia! Tire-me daqui!

Com essas últimas palavras, Malandro foi conduzido para fora, puxado pela gola, enquanto ameaçava levar o caso à corte. Depois, riu na cara do oficial, feliz e orgulhoso.

Depois de vê-lo trancado sozinho numa pequena cela, Noah voltou para onde deixara o mestre Bates. Após a espera de uns minutos, Bates apareceu; ele havia prudentemente se ausentado para se certificar de que o novo companheiro não fora seguido.

Os dois correram para levar ao sr. Fagin a animadora notícia de que Malandro estava fazendo plena justiça a seus ensinamentos e criando para si mesmo uma reputação gloriosa.

XLIV

NANCY FALHA AO TENTAR HONRAR A PROMESSA FEITA A ROSE MAYLIE

Perita na arte da astúcia e da dissimulação, Nancy não conseguia esconder totalmente o efeito que estar consciente do passo que ela dera exercia sobre sua mente. Lembrou-se que, tanto o astuto judeu quanto o brutal Sikes, contaram-lhe a respeito de esquemas que permaneceram ocultos a todos os outros, convictos de que ela era digna de confiança e fora de qualquer suspeita. Por mais desonestos que fossem tais esquemas, e apesar de seus sentimentos amargos em relação a Fagin, que a conduzira, passo a passo, cada vez mais profundamente a um abismo de crime e miséria, de onde não havia como escapar, ainda assim, havia momentos em que, mesmo em relação a ele, ela sentiria algum remorso caso sua revelação o levasse para a prisão e para a morte.

Essas eram meras divagações de um espírito incapaz de se livrar de seus antigos companheiros e cúmplices, embora tivesse a capacidade de seguir firmemente um objetivo e não se desviar por nenhum motivo. Seu temor por Sikes talvez fosse o incentivo mais forte para fazê-la recuar enquanto ainda havia tempo, mas ela estipulara que seu segredo deveria ser rigidamente guardado. Não deixara nenhuma pista que pudesse revelá-lo. Recusara, por causa dele, um refúgio de toda a culpa e miséria que a envolvia. O que mais poderia fazer? Ela estava decidida.

Apesar de todos os seus conflitos internos terem se encerrado com essa decisão, tais pensamentos voltavam à sua mente algumas vezes, deixando-lhe marcas. Em poucos dias, emagrecera e empalidecera. Por vezes, não prestava atenção ao que ocorria ao seu redor ou não participava em conversas que em outros tempos seria a mais participativa. Outras vezes, ria sem se alegrar e se irritava sem motivo. Pouco depois, ficava calada e abatida, chorando com a cabeça sobre as mãos, enquanto o esforço que fazia para acordar dizia claramente que ela estava doente e que seus pensamentos se ocupavam com assuntos bem diferentes e distantes daquilo que seus companheiros discutiam.

Era domingo à noite, e o sino da igreja mais próxima bateu as horas. Sikes e o judeu conversavam, mas pararam para ouvir. A moça ergueu a cabeça. Eram onze horas.

— Falta apenas uma hora para meia-noite — falou Sikes, abrindo a persiana a fim de olhar para fora. — A noite está escura e pesada. Uma excelente noite para os negócios.

— Ah! — respondeu Fagin. — Que pena que não temos nada para fazer.

— Pela primeira vez, tem razão — disse Sikes, com aspereza. — É uma pena, pois também estou de bom humor.

Fagin suspirou e balançou a cabeça desapontado.

— Precisaremos compensar o tempo perdido quando as coisas melhorarem. É tudo o que sei — comentou Sikes.

— É assim que se fala, meu caro — respondeu Fagin, aventurando-se a dar-lhe uma palmadinha no ombro. — Faz-me bem ouvi-lo dizer isso.

— Bem, que assim seja — disse Sikes.

— Ha Ha Ha! — riu Fagin, como se sentisse alívio com essa concessão. — Você parece recuperado, Bill. Bem recuperado, eu diria.

— Não me sinto bem com sua garra velha e murcha nos meus ombros, solte-me — disse Sikes, afastando a mão do judeu.

— Isso o deixa nervoso, Bill? Faz com que se lembre de ter sido pego, não é? — perguntou Fagin, demonstrando que não se ofendera.

— Faz-me lembrar de ter sido pego pelo diabo — replicou Sikes. — Nunca vi nenhum outro homem parecido com você, a não ser, quem sabe, seu pai, e presumo que *ele* esteja com a barba grisalha chamuscada a essa altura, a menos que você seja filho do próprio diabo e tenha vindo direto do inferno, o que eu não estranharia nem um pouco.

Fagin não respondeu a esse elogio, mas, puxando Sikes pela manga, apontou para Nancy, que aproveitara a discussão para pôr seu chapéu e preparava-se para sair.

— Nancy! — gritou Sikes. — Aonde vai a esta hora da noite?

— Não muito longe.

— Que resposta é essa? — retorquiu Sikes. — Você me ouviu direito?

— Não sei — respondeu a moça.

— Mas eu sei — falou Sikes, mais por conta de seu espírito obstinado do que por ter qualquer objeção à moça ir aonde queria. — Não vai a lugar algum. Sente-se.

— Não me sinto bem. Já falei — replicou a moça. — Preciso de ar fresco.

— Ponha a cabeça na janela — respondeu Sikes.

— Isso não basta — disse a moça. — Quero passear na rua.

— Você não vai — respondeu Sikes.

Para garantir isso, ele levantou-se, trancou a porta, tirou a chave, arrancou o chapéu da cabeça da moça e o atirou em cima de uma velha prensa.

— Pronto — disse o ladrão. — Agora aquiete-se onde está.

— Você sabe o que está fazendo, Bill? — disse a moça, empalidecendo.

— Se sei o que estou fazendo? — gritou Sikes, voltando-se para Fagin. — Ela enlouqueceu ou não se atreveria a falar comigo desse jeito.

— Está me deixando louca — murmurou a moça, levando as mãos ao peito, a fim de controlar algum surto violento. — Deixe-me sair, ouviu? Agora.

— Não! — respondeu Sikes.

— Diga-lhe para me deixar sair, Fagin. É melhor que o faça. Será melhor para ele. Está me ouvindo? — gritou Nancy, batendo os pés no chão.

— Cale-se! — gritou Sikes, virando-se para confrontá-la. — Ora! E se insistir em sair, mando o cão mordê-la na garganta para sufocar seus gritos. O que deu em você?

— Deixe-me sair — exclamou a moça, atirando-se ao chão em frente à porta. — Bill, deixe-me sair, você não sabe o que está fazendo. Deixe-me sair por apenas uma hora.

— Que meus membros sejam cortados — gritou Sikes, agarrando-a grosseiramente pelo braço — se esta moça não estiver louca. Levante-se.

— Não até me deixar sair, não até me deixar sair! — gritou a moça.

Sikes esperou por um minuto, observando uma oportunidade, então agarrou a moça e a arrastou até o quarto ao lado, prendendo-a em uma cadeira. Ela tentou resistir e insistiu para sair várias vezes até a meia-noite, antes de desistir cansada. Advertindo-a para não tentar sair naquela noite, Sikes deixou-a e voltou à companhia de Fagin.

— Nossa! — exclamou o ladrão ao limpar o suor do rosto. — Como está estranha!

— É mesmo — respondeu Fagin, pensativo.

— O que lhe passou pela cabeça para querer sair esta noite? — perguntou Sikes. — Vamos, você a conhece melhor do que eu. O que significa isso?

— Obstinação feminina, suponho, meu caro.

— Bem, presumo que esteja certo — resmungou Sikes. — Pensei que a tivesse educado, mas parece tão ruim como sempre.

— Pior — disse Fagin, pensativo. — Nunca a vi assim, agitada por tão pouco.

— Nem eu — assentiu Sikes. — Deve estar com febre.

— Verdade.

— Se ela continuar assim, vou lhe arrancar um pouco de sangue — falou Sikes.

Fagin fez um gesto de aprovação a essa forma de tratamento.

— Quando estive doente, ela permaneceu ao meu lado o tempo todo, enquanto você manteve-se distante — disse Sikes. — Também passamos necessidades. Talvez nossas privações naquele período a tenham afetado.

— Deve ser isso mesmo — murmurou o judeu. — Agora, cale-se.

Ao proferir essas palavras, a moça voltou e sentou-se onde estava antes. Seus olhos estavam inchados e vermelhos. Ela se balançou de um lado para o outro, atirou a cabeça para trás e pouco depois começou a rir.

— Agora, mudou de humor! — exclamou Sikes, olhando surpreso para o amigo.

Fagin fez um sinal com a cabeça para não lhe dar mais atenção. Pouco depois, a moça voltou à normalidade. Sussurrando a Sikes que não temia uma recaída, Fagin pegou seu chapéu e lhe desejou boa-noite. Ao chegar à porta, parou, voltou-se e perguntou se alguém poderia lhe iluminar o caminho.

— Arrume-lhe uma vela — disse Sikes, enquanto enchia o cachimbo. — Seria uma pena se Fagin quebrasse o pescoço na escada.

Nancy seguiu o velho com uma vela. Quando chegaram no corredor, ele pôs o dedo no lábio, aproximou-se da moça e cochichou:

— O que houve, Nancy, querida?

— O que quer dizer? — respondeu a moça, no mesmo tom.

— A razão de tudo isso. — Se *ele* — disse Fagin, apontou para cima — é tão duro com você, por que não...

— Não o quê? — perguntou a moça, enquanto Fagin fazia uma pausa, com a boca quase tocando-lhe o ouvido.

— Agora não importa. Falemos disso em outra oportunidade. Pode confiar em mim, Nancy, sou um bom amigo. Tenho os meios necessários. Se quiser se vingar daqueles que a tratam como um cão, ou pior que seu cão, pois ele o afaga às vezes, procure-me. Você me conhece há muito mais tempo do que ele.

— Sim, conheço-o muito bem — respondeu a moça, sem manifestar a menor emoção. — Boa noite.

Nancy recuou quando Fagin tentou segurar sua mão, mas desejou-lhe boa-noite outra vez e respondeu ao aceno de despedida do judeu com um gesto. Então, fechou a porta.

Fagin seguiu para casa, reflexivo. Concebera a ideia, não com base no que acabara de acontecer, embora isso tendesse a confirmá-la, mas lenta e gradativamente, de que Nancy, cansada de ser maltratada, apegara-se a algum novo amigo. O jeito alterado, as repetidas ausências, a indiferença aos interesses da gangue pela qual já fora tão zelosa e, somado a isso, o desespero impaciente de sair de casa naquela noite, naquela hora: tudo favorecia a suposição e a tornava, pelo menos para ele, quase uma questão de certeza. O objeto desse amor não estava entre os rapazes do bando. Ele poderia ser uma aquisição tão valiosa quanto Nancy para a quadrilha e deveria ser integrado o quanto antes, assim pensou Fagin.

Havia outra questão, bem mais sombria, a se resolver. Sikes sabia demais e seus insultos e provocações desagradavam Fagin. A moça devia saber que, se o abandonasse, jamais estaria a salvo de sua fúria e que certamente seria morta e esquartejada ou talvez seu novo objeto de amor fosse assassinado.

"Com um pouco de persuasão", pensou Fagin, "talvez ela aceitasse envenená-lo. As mulheres já fizeram tais coisas e até piores para proteger seus amores. Há o terrível vilão, o homem que odeio. Com ele morto, outro ocuparia seu lugar, e minha influência sobre a garota, podendo usar o conhecimento desse crime para me amparar, seria ilimitada.

Tudo isso passou pela cabeça de Fagin durante o pouco tempo em que ficou sozinho na casa do ladrão. Então, aproveitou a oportunidade que lhe foi dada depois, de sondar a moça e fazer insinuações quando se despediram. Não havia nenhuma expressão de surpresa, nenhuma suposição de incapacidade de entender o significado do que dizia. A moça compreendeu-o claramente. O olhar dela na despedida mostrava *isso*.

Mas talvez ela se recusasse a participar de um plano para tirar a vida de Sikes, e esse era um dos principais fins a serem alcançados. "Como", pensou Fagin, enquanto seguia para casa, "posso aumentar minha influência sobre ela? O que posso fazer?"

Mentes como as de Fagin são férteis para elaborar planos. Se, sem extrair uma confissão dela, ele a vigiasse e descobrisse seu objeto de amor e a ameaçasse de revelar toda a história a Sikes, de quem ela tinha muito medo, a menos que ela aceitasse envenenar o ladrão, será que ele não conseguiria garantir o sucesso de seu plano?

— É isso — exclamou Fagin. — Ela não recusaria. Não pela própria vida! Terei tudo sob controle. Os meios estão prontos e serão postos em ação.

Fagin lançou um olhar sombrio para trás e fez um movimento ameaçador com a mão em direção ao local onde deixara o vilão. Seguiu para casa, com as mãos macilentas nos bolsos, apertando os dedos como se estivesse esmagando seu odiado inimigo.

XLV

NOAH CLAYPOLE RECEBE UMA MISSÃO SECRETA DE FAGIN

Assim que o velho despertou na manhã seguinte, esperou impacientemente pela chegada de seu novo sócio. Após um atraso que parecia interminável, o rapaz enfim chegou e iniciou um ataque voraz ao café da manhã.

— Bolter — disse Fagin, enquanto puxava a cadeira e sentava-se em frente a Morris Bolter.

— Aqui estou — respondeu Noah. — O que foi? Não me peça nada ainda. Deixe-me comer primeiro. Essa é uma grande falha deste lugar. Nunca há tempo suficiente para as refeições.

— Pode falar enquanto come, não pode? — disse Fagin, amaldiçoando a voracidade do jovem amigo.

— Ah sim, claro que posso. Sinto mais fome ainda — disse Noah, cortando uma generosa fatia de pão. — Onde está Charlotte?

— Saiu — disse Fagin. — Mandei-a sair hoje de manhã com outra moça, pois queria que conversássemos a sós.

— Ah! — exclamou Noah. — Queria que lhe tivesse ordenado que preparasse antes umas torradas com manteiga. Pois bem. Fale. Isso não me interromperá.

Na verdade, não parecia haver grande receio de que algo o interrompesse, pois ele evidentemente sentara-se com a determinação de fazer um grande negócio.

— Você se saiu bem ontem, meu caro — disse Fagin. — Excelente! Seis xelins e nove pence e meio logo no primeiro dia! Ganhará uma fortuna desse jeito.

— Não se esqueça de acrescentar três vasilhas e uma lata de leite — disse o sr. Bolter.

— Não, claro que não. As vasilhas foram um grande golpe de mestre, mas a lata de leite, uma legítima obra-prima.

— Nada mal para um principiante — comentou o sr. Bolter, complacentemente. — Peguei as vasilhas de uma janela, e a lata de leite estava na frente de uma taverna. Pensei que podia enferrujar com a chuva ou pegar friagem, sabe? Ha Ha Ha!

Fagin fingiu rir. O sr. Bolter, depois de uma gargalhada, deu uma série de mordidas, devorando o primeiro pedaço de pão com manteiga e logo começou a comer o segundo.

— Preciso que você — disse Fagin, inclinando-se — realize um serviço para mim que exige muito cuidado e cautela.

— Certo — disse Bolter —, mas não me envie ao perigo nem me mande a nenhuma delegacia. Isso não me convém.

— Não há o menor perigo — disse o judeu. — Apenas terá que espiar uma mulher.

— Uma velha? — perguntou o sr. Bolter.

— Uma moça — respondeu Fagin.

— Posso fazê-lo — disse Bolter. — Na escola, eu já espiava e relatava aos outros. Mas por que devo espioná-la? Não para...

— Não fará nada demais. Apenas me dirá aonde ela vai, com quem se encontra e, se possível, o que ela fala, para me trazer todas as informações que puder.

— O que ganharei com isso? — perguntou Noah, pousando o copo e encarando o judeu, ansiosamente.

— Se fizer bem o serviço, uma libra — disse Fagin, tentando fisgá-lo. — Nunca paguei tanto por um serviço que não oferecesse uma grande recompensa.

— Quem é ela? — perguntou Noah.

— Uma de nós.

— Ah, meu Deus! — exclamou Noah. — Suspeita dela, não é?

— Arrumou novos amigos, preciso saber quem são — respondeu Fagin.

— Entendi — disse Noah. — Só para ter o prazer de conhecê-los se forem pessoas respeitáveis, não é? Ha Ha Ha! Conte comigo.

— Eu sabia que aceitaria — disse Fagin, feliz pelo sucesso de sua proposta.

— Claro que aceitaria — respondeu Noah. — Onde ela está? Onde devo esperá-la? Aonde devo ir?

— Eu lhe direi tudo isso no momento certo — disse Fagin. — Prepare-se e deixe o resto comigo.

Naquela noite e nas duas seguintes, o espião permaneceu preparado, vestido de camponês, para sair à primeira ordem de Fagin. Passaram-se seis noites, seis longas noites insones, e, em cada uma delas, Fagin voltava para casa decepcionado, afirmando que ainda não chegara a hora. Na sétima, voltou mais cedo e com uma empolgação que não conseguia esconder. Era domingo.

— Ela sairá esta noite — disse Fagin. — E para um destino certo, tenho certeza, pois passou o dia sozinha, e o homem que ela teme só voltará bem depois do amanhecer. Siga-me. Depressa!

Noah estremeceu sem dizer uma palavra, pois o judeu estava num estado de empolgação tão intensa que o contaminou. Saíram da casa furtivamente e caminharam por um labirinto de ruas até chegarem em frente a uma taverna, que Noah reconheceu como aquela na qual dormira na noite em que chegou a Londres.

Já passava das onze horas da noite. A porta do lugar abriu-se suavemente quando Fagin assobiou. Os dois entraram sem fazer barulho e fecharam a porta.

Sem se aventurar a sussurrar, trocando as palavras por gestos, Fagin e o jovem judeu que os deixara entrar mostraram a Noah a vidraça por meio da qual podia espiar as pessoas na sala ao lado.

— É essa a mulher? — murmurou ele.

Fagin confirmou com um gesto.

— Não consigo enxergar seu rosto direito — sussurrou Noah. — Ela está olhando para baixo, e há uma vela atrás dela.

— Espere — sussurrou Fagin.

Ele sinalizou para Barney, e este se retirou. Pouco depois, o rapaz entrou na sala e, sob o pretexto de apagar a vela, colocou-a em uma posição favorável e, falando com a moça, fez com que ela erguesse a cabeça.

— Vejo-a agora — afirmou o espião.

— Com clareza?

— Conseguiria reconhecê-la entre milhares de mulheres.

Ele desceu precipitadamente quando a porta da sala se abriu, e a moça saiu. Fagin puxou-o para trás de uma pequena divisória. Os dois prenderam a respiração enquanto ela passava a poucos metros do local onde estavam escondidos e então saíram pela mesma porta que tinham entrado.

— Ei! — gritou o rapaz que segurava a porta. — Saiam!

Noah olhou para Fagin e saiu.

— Vá pela esquerda — sussurrou o rapaz. — E fique do outro lado da rua.

Noah obedeceu e, pela luz das lamparinas, reconheceu a moça há alguma distância. Seguiu-a, mantendo-se tão perto quanto considerava prudente e do outro lado da rua para observar seus movimentos. Ela olhou nervosamente ao seu redor duas ou três vezes e parou para deixar passar dois homens. Parecia reunir coragem ao avançar e caminhar com passos mais firmes e convictos. O espião manteve a distância relativa e seguiu a moça, com os olhos pregados nela.

XLVI

O ENCONTRO ACONTECE

O relógio da igreja marcava 23h45 quando duas figuras apareceram na ponte de Londres. Uma, que avançava com passos rápidos, era uma moça que olhava ansiosamente ao seu redor como se estivesse à procura de alguém que aguardava; a outra figura era a de um homem, que procurava se esconder na sombra mais escura que podia encontrar e buscava acompanhar os passos dela, parando quando ela parava e avançando quando ela avançava furtivamente, sem jamais ultrapassá-la. Desse jeito, atravessaram a ponte de Middlesex até a costa de Surrey, quando a moça, aparentemente desapontada por não encontrar ninguém, voltou-se. O movimento foi brusco, porém o espião não foi surpreendido, pois esgueirou-se em um vão e conseguiu esconder-se a tempo; assim, ela passou para o lado oposto. Quando ela se distanciou tanto quanto antes, ele a seguiu novamente. Perto da metade da ponte, ela parou. O homem também.

Era uma noite muito escura. Fora um dia adverso, e havia poucas pessoas circulando naquela hora. Desse modo, passavam sem dar atenção nem à moça nem ao homem que a seguia. Sua roupa não fora preparada para atrair os olhares inoportunos da população de miseráveis de Londres que pudesse passar pela ponte naquela noite em busca de algum arco frio ou casebre abandonado para repousar. Permaneceram ali em silêncio, sem interagir com nenhum transeunte.

Uma neblina cobria o rio, ocultando as embarcações e obscurecendo as construções nas margens. Velhos armazéns escurecidos pela fumaça em ambos os lados se erguiam grandes e opacos da densa massa de telhados e não era possível ver seu reflexo na água escura. As torres das velhas igrejas de São Salvador e de São Magno eram visíveis na escuridão, mas as embarcações abaixo da ponte e os pináculos das igrejas acima estavam quase ocultos.

A moça andava de um lado para o outro, sendo observada de perto pelo espião, quando o sino de São Paulo anunciou o fim de mais um dia. A meia-noite caía sobre a cidade. O palácio, a taverna, a prisão, o manicômio, os aposentos de nascimento e de morte, de saúde e de doença, o rosto rígido do cadáver e o sono sereno da criança: a meia-noite caíra sobre todos.

Não passara dois minutos quando uma jovem senhorita, acompanhada de um cavalheiro de cabelos grisalhos, desceu de um coche perto da ponte e caminhou em direção a ela. Mal começaram a andar quando a moça estremeceu e foi na direção deles.

Seguiram em frente, olhando ao redor com o ar de pessoas que alimentavam uma tênue expectativa com poucas chances de ser realizada, quando de repente avistaram alguém. Pararam surpresos, mas se recuperaram logo depois, pois um homem vestido como um camponês aproximou-se, passando bem perto dos dois.

A reunião.

— Aqui não — disse Nancy, apressadamente. — Temo conversar aqui. Vamos descer aquela escada.

Assim que disse essas palavras e apontou a direção em que desejava que eles seguissem, o camponês olhou ao redor e perguntou-se por que não saíam do caminho.

A escadaria descia à margem do Surrey, do mesmo lado da ponte da igreja de São Salvador. O camponês, sem ser notado, desceu a escada.

A escadaria fazia parte da ponte e consistia em três lances. Logo abaixo do final do segundo, a parede de pedra à esquerda terminava em uma plataforma voltada ao Tâmisa. Nesse ponto, os degraus inferiores alargavam-se de modo que uma pessoa, em um determinado ângulo da parede, tornava-se invisível para qualquer outra pessoa que por acaso estivesse acima, nem que seja apenas um degrau. O camponês olhou apressadamente ao redor quando chegou a esse ponto e, como não parecia haver melhor lugar para se esconder e a maré estava baixa, ficou ali esperando, bastante certo de que eles não desceriam e, mesmo que não pudesse ouvir o que era dito, ele poderia segui-los outra vez, com segurança.

O tempo demorava tanto a passar naquele lugar solitário, e o espião parecia tão ansioso para descobrir os motivos de um encontro tão incomum que, várias vezes, ele julgou que fracassara, convencendo-se de que eles haviam parado muito acima ou dirigiram-se a algum lugar completamente diferente para realizar sua misteriosa conversa. Estava a ponto de sair do esconderijo e subir a escadaria quando ouviu o som dos passos e, logo em seguida, de vozes bem próximas.

O camponês encostou-se na parede e passou a ouvir.

— Aqui já é afastado o suficiente — disse uma voz, que era evidentemente a do cavalheiro. — Não permitirei que a senhorita vá mais longe. Muitas pessoas teriam desconfiado da senhorita e não viriam até aqui, mas, como pode perceber, estou disposto a ceder à sua vontade.

— Minha vontade? — exclamou a moça que ele seguira. — Ora, que gentileza a sua, senhor. Minha vontade! Bem, não importa.

— Por que — disse o cavalheiro, num tom mais gentil — nos trouxe a esse lugar estranho? Por que não podemos conversar lá em cima, onde há luz e certa movimentação, em vez de nos trazer para esse buraco escuro e sombrio?

— Já lhe disse — respondeu Nancy — que temo conversar lá em cima. Não sei por que — disse, estremecendo —, mas sinto tanto medo que mal consigo ficar de pé.

— Medo de quê? — perguntou o cavalheiro, que parecia ter pena dela.

— Não sei ao certo — respondeu a moça. — Quem me dera saber. Tive horríveis pensamentos de morte envoltos em sangue e um medo que me fez arder como se estivesse em chamas durante todo o dia. Tentei ler um livro à noite, para me distrair, e as mesmas coisas apareciam nas letras.

— Foi apenas sua imaginação — disse o cavalheiro, tentando acalmá-la.

— Não foi — respondeu a moça, com a voz rouca. — Juro que vi "caixão" escrito em todas as páginas em grandes letras pretas. Além disso, carregaram um perto de mim na rua hoje à noite.

— Não há nada de anormal nisso — disse o cavalheiro. — Caixões passam por mim muitas vezes.

— *Caixões de verdade* — replicou a moça. — Aquele não era.

Havia algo tão incomum em seus modos que o espião se arrepiou ao ouvir a moça proferir tais palavras e seu sangue gelou. Jamais sentira-se tão aliviado do que ao ouvir a voz doce da senhorita pedindo que a moça se acalmasse e não se tornasse presa de tais fantasias tão terríveis.

— Seja gentil com ela — disse a senhorita ao cavalheiro. — Pobre coitada! Ela parece precisar.

— Os soberbos religiosos, se me vissem esta noite, estariam alerta para pregar o fogo e a vingança — gritou a moça. — Ah, senhorita, por que os que se dizem escolhidos de Deus não são tão gentis e bondosos conosco, pobres miseráveis, tal como a senhorita, que tem juventude, beleza e tudo o que eles perderam? Por que são tão orgulhosos em vez de serem humildes?

— Ah! — exclamou o cavalheiro. — Um turco vira seu rosto para o Leste, após lavá-lo bem, para fazer suas preces. Essas boas pessoas, após oferecerem a face de tal forma contra o mundo que lhes priva dos sorrisos, voltam-se com a mesma frequência ao lado mais escuro do paraíso. Entre o muçulmano e o fariseu, recomendo o primeiro!

Tais palavras foram dirigidas à senhorita, talvez com o intuito de dar tempo a Nancy para se recompor. Pouco depois, o cavalheiro dirigiu-se a ela.

— A senhorita não esteve aqui no domingo passado — disse ele.

— Não pude vir — respondeu Nancy. — Fui mantida presa.

— Por quem?

— Por aquele que já mencionei à senhorita.

— Não despertou suspeitas de se comunicar com alguém a respeito do assunto que nos trouxe aqui hoje à noite? — perguntou o cavalheiro.

— Não — respondeu a moça, balançando a cabeça. — Mas é difícil sair sem que ele saiba o motivo. No dia em que me encontrei com a senhorita, só consegui sair porque lhe dei láudano para beber.

— Ele acordou antes de você voltar? — perguntou o cavalheiro.

— Não, nem ele nem nenhum deles suspeita de mim.

— Certo — disse o cavalheiro. — Agora ouça-me.

— Estou pronta — respondeu a moça, após fazer uma pausa.

— Esta senhorita — disse o cavalheiro — revelou a mim e a alguns outros amigos de confiança o que você lhe disse há cerca de quinze dias. Confesso que, a princípio, tinha dúvidas se era confiável, mas agora confio plenamente na senhorita.

— Sou confiável — disse a moça, dignamente.

— Repito: confio plenamente na senhorita. Para lhe provar isso, digo-lhe sem reservas que nos propomos a arrancar o segredo, seja qual for, desse tal Monks. Mas se... — prosseguiu o cavalheiro — se não conseguirmos, deverá nos entregar o judeu.

— Fagin! — exclamou a moça, recuando.

— Entregue-nos esse homem — disse o cavalheiro.

— Não farei isso! Jamais o farei! — respondeu a moça. — Ele é pior do que o diabo para mim, jamais farei isso.

— Não fará? — perguntou o cavalheiro, que parecia esperar essa resposta.

— Nunca! — respondeu a moça.

— Diga-me por quê.

— Por uma razão — replicou a moça — que esta senhorita sabe, e, portanto, estará ao meu lado, sei bem disso, pois ela me prometeu guardar segredo. Por essa mesma razão, assim como ele teve uma vida ruim, também tive uma vida ruim. Há muitos de nós que sempre seguiram juntos, e não me voltarei contra eles, que já poderiam ter se voltado contra mim, mas não o fizeram, mesmo sendo tão maus.

— Então — disse o cavalheiro, rapidamente, como se esse fosse o ponto ao qual pretendia chegar —, entregue-me Monks e deixe-me cuidar dele.

— E se ele se voltar contra os outros?

— Prometo que, nesse caso, o assunto será encerrado. Deve haver circunstâncias na história de Oliver as quais seriam penosas de revelar, e, se a verdade for esclarecida, nós os deixaremos em paz.

— E se isso acabar não acontecendo? — indagou a moça.

— Então — prosseguiu o cavalheiro —, Fagin só será levado à justiça com seu consentimento. Nesse caso, tenho razões para acreditar que a senhorita irá entregá-lo.

— A senhorita me promete isso? — perguntou a moça.

— Sim — respondeu Rose. — Dou-lhe minha palavra de honra.

— Monks jamais saberá de nada? — perguntou a moça, após uma breve pausa.

— Jamais — respondeu o cavalheiro. — Ele nunca suspeitará de nada.

— Sou mentirosa e vivo entre mentirosos desde que era pequena — disse a moça, após outra breve pausa —, mas vou acreditar em suas palavras.

Após receber garantias de ambos de que não correria perigo, a moça, com uma voz tão baixa que muitas vezes era difícil para o espião ouvir o que dizia, descreveu a taverna de onde ela fora seguida naquela noite. Pela maneira como ela parava de falar ocasionalmente, parecia que o cavalheiro fazia anotações apressadas das informações que ela transmitia. Ao explicar as especificidades do local, a melhor posição para observá-lo e o dia e o horário em que Monks costumava frequentá-lo, a moça pareceu considerar por alguns instantes, para recordar as feições do bandido.

— Ele é alto — disse a moça — e forte, mas não robusto. Costuma olhar para trás enquanto caminha, primeiro para um lado, depois para o outro. Seus olhos são mais fundos do que os de qualquer outro homem. Seu rosto é escuro, como seus cabelos e olhos, e, embora não tenha mais de 26 ou 28 anos, é franzino e macilento. Seus lábios são pálidos e desfigurados pelas marcas dos dentes, pois tem ataques de nervosismo. Às vezes, até morde as mãos e as cobre de feridas. Por que o senhor estremeceu? — perguntou a moça, parando de repente.

Ele respondeu que não percebeu sua reação e pediu que a moça prosseguisse.

— Parte do que estou lhe contando — disse a moça — ouvi de outras pessoas da casa, pois só o vi duas vezes, e, em ambas as ocasiões, ele estava coberto por uma capa imensa. Acho que é tudo que posso dizer. Espere — acrescentou —, no pescoço dele, há...

— Uma grande marca vermelha, parecida com uma queimadura? — interrompeu o cavalheiro.

— Como assim? — disse a moça. — O senhor o conhece!

A moça proferiu um grito de surpresa, e, por um instante, ficaram tão quietos que o espião pôde ouvir claramente a respiração deles.

— Creio que sim — disse o cavalheiro, rompendo o silêncio —, pela sua descrição. Veremos. Muitas pessoas se parecem com outras. Pode ser outro.

Ao dizer isso, aproximou-se um ou dois passos do espião. Este ouviu-o murmurar que só podia ser ele.

— Então — disse o cavalheiro, voltando ao lugar onde estava antes —, fez um grande favor a nós, moça, e desejo recompensá-la. O que posso fazer pela senhorita?

— Nada — respondeu Nancy.

— Não diga isso — insistiu o cavalheiro, com uma voz bondosa que podia ter tocado o coração mais duro e inflexível. — Pense bem. Fale como posso ajudá-la.

— Não desejo nada, senhor — replicou a moça, chorando. — Não pode fazer nada para me ajudar. Já perdi todas as esperanças.

— É o que pensa — disse o cavalheiro. — Seu passado é terrível. Desperdiçou indevidamente sua energia e juventude, tesouros inestimáveis que o Criador lhe concedeu, mas pode ter esperanças no futuro. Não afirmo que está em nosso poder oferecer-lhe paz de espírito, pois isso só a senhorita mesma pode conseguir, mas um refúgio tranquilo, seja na Inglaterra ou, se teme permanecer aqui, em algum país estrangeiro, não está apenas dentro de nossa capacidade como também é nosso mais profundo desejo. Antes do amanhecer, antes que este rio seja iluminado pelo primeiro vislumbre da luz do dia, estará totalmente fora do alcance de seus antigos companheiros e partirá sem deixar vestígios, como se desaparecesse da Terra. Venha! Não quero que volte a trocar uma palavra sequer com nenhum deles nem que olhe para aquela casa ou respire aquele ar negativo e mortífero. Salve-se enquanto há tempo!

— Ela se convencerá agora — exclamou a senhorita. — Ela hesita.

— Acho que não, querida — disse o cavalheiro.

— Não senhor, não irei — respondeu a moça. — Estou presa à minha antiga vida. Odeio-a, mas não posso deixá-la. Fui longe demais para voltar atrás. Ainda assim, não tenho certeza, pois, se o senhor tivesse falado comigo algum tempo atrás, talvez tivesse gargalhado de tão estapafúrdia proposta. No entanto, o medo me assombra. Preciso voltar para casa.

— Casa? — repetiu a senhorita, enfatizando a palavra.

— Sim, senhorita — replicou a moça. — Para o lar que conquistei com o trabalho de toda minha vida. Vamos nos separar. Posso estar sendo vigiada. Vão! Se lhes fiz um favor, tudo o que peço é que me deixem seguir meu caminho sozinha.

— É inútil — disse o cavalheiro, com um suspiro. — Talvez tenhamos comprometido sua segurança por ficarmos aqui. Podemos tê-la detido mais tempo do que esperava.

— Sim — concordou a moça.

— Qual será o destino dessa pobre coitada? — perguntou a senhorita.

— Qual? — repetiu a moça. — Olhe diante da senhorita. Veja as águas escuras deste rio. Quantas vezes já leu nos jornais a respeito de pobres miseráveis como eu que se atiram aqui, sem deixar ninguém para trás para lamentar por eles? Pode ser daqui a alguns anos ou meses, mas esse será o meu fim.

— Não diga isso, por favor — respondeu a senhorita, soluçando.

— Isso nunca chegará aos seus ouvidos, senhorita. Que Deus a prive de tais horrores! — disse a moça. — Boa noite!

O cavalheiro afastou-se.

— Leve esta bolsa — disse a senhorita — para que possa ter algum recurso em um momento de necessidade.

— Não! — respondeu a moça. — Não fiz isso por dinheiro. Deixe-me pensar. Talvez... Dê-me algo que tenha usado. Eu gostaria de ter algo... não, não, não um anel... uma luva ou um lenço... Qualquer coisa que eu possa guardar, que tenha pertencido à senhorita. É isso. Muito obrigada! Que Deus a abençoe. Boa noite!

A inquietação da moça e o medo de alguma descoberta que a sujeitaria aos maus tratos e à violência parecia determinar o cavalheiro a deixá-la, conforme ela pediu.

O som dos passos aos se retirarem era audível, e as vozes cessaram.

A senhorita e o cavalheiro apareceram pouco depois na ponte. Pararam no alto da escada.

— Ouça! — gritou a senhorita. — Ela nos chama! Pensei ter ouvido sua voz.

— Não, querida — respondeu o sr. Brownlow, olhando tristemente para trás. — Ela não sairá até que tenhamos partido.

Rose Maylie permaneceu onde estava, mas o velho tomou-lhe o braço e a conduziu gentilmente para longe. Ao sumirem de vista, Nancy deixou-se cair em um dos degraus e liberou toda a angústia de seu coração em lágrimas amargas.

Após um tempo, levantou-se e, com passos lentos e cambaleantes, subiu a escadaria e chegou à rua. O atônito espião permaneceu em seu posto por alguns minutos e, após ter conferido com muita cautela se estava realmente sozinho, voltou furtivamente da mesma forma que chegara.

Após espreitar várias vezes quando chegou ao topo, para se certificar de que não estava sendo observado, Noah Claypole correu até a casa do judeu o mais rápido que suas pernas podiam aguentar.

XLVII
CONSEQUÊNCIAS FATAIS

Faltavam duas horas para o amanhecer; o momento que, no outono, pode ser chamado de madrugada; quando as ruas estão silenciosas e desertas; quando até mesmo os sons parecem adormecer, e a prodigalidade e a desordem cessam. Neste momento calmo e silencioso, Fagin aguardava em seu velho covil com o rosto tão contorcido e pálido e com os olhos tão vermelhos e sanguinários que parecia mais um fantasma assustador do que um homem.

Sentava-se diante de uma lareira apagada, enrolado em um velho cobertor rasgado, com o rosto voltado a uma vela que estava sobre a mesa ao seu lado. Levou a mão direita aos lábios e, absorto em pensamentos, roeu suas longas unhas pretas, revelando entre suas gengivas desdentadas alguns dentes, semelhantes aos de um cão ou de um rato.

Deitado no chão sobre um colchão, repousava Noah Claypole. O velho olhava para ele e, depois, ao seu redor e, em seguida, para a vela. Isso mostrava claramente que seus pensamentos estavam em outro lugar.

De fato, estavam. Desgosto pelo fracasso de seu plano; ódio da moça que ousara conspirar com estranhos; desconfiança da sinceridade dela de recusar-se a entregá-lo; decepção por perder sua chance de se vingar de Sikes; medo de ser preso e morto; e uma fúria feroz e mortífera contra todos: esses eram os pensamentos inflamados que passavam de forma rápida e incessante pela cabeça de Fagin, enquanto todo tipo de ideia maligna e propósito sombrio cresciam em seu espírito.

Permaneceu sentado sem mudar de atitude e sem se preocupar com o tempo, até ouvir passos na rua.

— Finalmente — murmurou, limpando a boca seca e febril. — Até que enfim!

A campainha soou enquanto ele falava. Fagin foi até a porta e retornou acompanhado de um homem coberto até o queixo, que trazia um embrulho sob o braço. O homem sentou-se e livrou-se do casaco. Era Sikes.

— Aqui está! — exclamou ele, pondo o embrulho na mesa. — Tome conta disso e faça o melhor uso possível. Foi difícil chegar, pensei que estaria aqui há três horas.

Fagin pegou o embrulho, guardou-o no armário e sentou-se outra vez, sem falar nada. Durante essa ação, não tirou os olhos do ladrão nem por um instante. Agora, que estavam frente a frente, encarava-o fixamente. Seus lábios tremiam de forma tão violenta e seu rosto retorcia-se tanto por conta das emoções que o dominavam que Sikes involuntariamente recuou sua cadeira e o observou com certo receio.

— O que houve? — perguntou Sikes. — Por que me olha assim?

Fagin ergueu a mão direita e levantou o dedo indicador, mas sua raiva era tão intensa que não conseguia falar.

— Que diabo! — exclamou Sikes. — Ele enlouqueceu. É melhor eu tomar cuidado.

— Não, não estou louco — disse Fagin, recuperando a voz. — Não por sua causa, Bill. Você não fez nada errado.

— Ah, é mesmo? — perguntou Sikes, encarando-o e colocando a pistola em um bolso mais conveniente. — Isso é ótimo para um de nós. Para qual, não importa.

— O que tenho a lhe dizer — disse Fagin, aproximando a cadeira — vai deixá-lo em pior estado do que eu.

— Jura? — retrucou o ladrão, com um ar incrédulo. — Então diga! Seja breve, senão Nancy vai achar que estou perdido.

— Perdido! — exclamou Fagin. — Ela já se certificou disso.

Sikes o olhou perplexo. Como não obteve nenhuma explicação satisfatória do enigma presente, agarrou Fagin pelo colarinho e o sacudiu violentamente.

— Fale logo! — gritou ele. — Caso contrário, vou esganá-lo. Trate de abrir a boca e seja breve. Desembuche, seu grande patife!

— Imagine que aquele rapaz ali deitado... — disse Fagin.

Sikes voltou-se para Noah, como se não o tivesse visto desde que chegara.

— Certo! — disse ele, sentando-se.

— Imagine que aquele rapaz — prosseguiu Fagin — decida se voltar contra nós, reúna-se com as pessoas certas para esse fim, encontre-se com elas na rua para nos descrever em detalhes e revele os locais que frequentamos. Imagine que ele faça tudo isso por conta própria, sem estar sob nenhum tipo de tortura, e ainda revele um plano que envolve todos nós, saindo à noite para encontrar indivíduos que tramam contra nós e nos espionando para eles. Ouviu o que eu disse? — perguntou o judeu, com os olhos cintilando de raiva. — Imagine que ele faça tudo isso: o que ele mereceria?

— Ora! — exclamou Sikes, estremecendo. — Se quando eu chegasse, ele ainda estivesse vivo, partiria seu crânio em tantos pedaços quanto há pelos em sua cabeça.

— E se eu tivesse feito isso? — gritou Fagin. — Eu que sei tanto e que poderia levar para a forca tantos outros além de mim!

— Não sei — respondeu Sikes, cerrando os dentes e empalidecendo com a mera sugestão. — Provavelmente, faria algo no tribunal que me levaria para a cadeia. E se eu fosse julgado com você, iria atacá-lo em pleno tribunal, dando-lhe uma sova na frente de todos. Ia agredi-lo com tanta força — murmurou o ladrão, exibindo o braço rijo — que esmagaria sua cabeça como se uma carroça cheia tivesse passado por cima dela.

— Você faria isso?

— Se eu faria? — exclamou o ladrão. — Experimente.

— E se fosse Charley ou o Malandro ou Bet ou...

— Não me importa quem — respondeu Sikes. — Agiria da mesma maneira.

Fagin encarou o ladrão e, movendo-se em silêncio, inclinou-se sobre a cama no chão e sacudiu o dorminhoco para acordá-lo. Sikes curvou-se à frente, observando com as mãos sobre os joelhos, como se estivesse se perguntando qual seria a conclusão de todas aquelas perguntas introdutórias.

— Bolter, Bolter! Acorde, rapaz! — disse Fagin, com uma expressão diabólica e falando devagar para dar ênfase às próprias palavras. — Ele está muito cansado após ter *seguido e espiado a moça*, Bill.

— Como assim? — perguntou Sikes, recuando.

Fagin não respondeu e, inclinando-se outra vez sobre o dorminhoco, sentou-o. Após seu nome ser repetido várias vezes, Noah esfregou os olhos, bocejou e encarou o judeu, ainda sonolento.

— Conte-me tudo de novo, para que ele ouça — disse o judeu, apontando para Sikes enquanto falava.

— Contar o quê? — perguntou o sonolento Noah.

— Sobre *Nancy* — disse Fagin, agarrando Sikes pelo pulso, como se quisesse evitar que ele saísse de casa antes de ouvir o suficiente. — Você a seguiu?

— Sim.

— Até a ponte de Londres?

— Sim.

— Onde ela encontrou duas pessoas?

— Sim.

— Um cavalheiro e uma senhorita com quem ela já se encontrara antes, que lhe pediram que entregasse Monks e todos os seus amigos, que os descrevesse, que lhes dissesse os locais que frequentamos, de onde poderiam vigiar Monks e em que horário. Ela revelou tudo isso. Ela contou tudo por livre e espontânea vontade, não foi? — gritou Fagin, louco de raiva.

— Foi isso mesmo! — respondeu Noah, coçando a cabeça.

— O que disseram sobre domingo passado?

— Sobre domingo passado? — repetiu Noah. — Ora, já lhe contei isso.

— Conte outra vez! — gritou Fagin, apertando o punho de Sikes e brandindo a mão livre enquanto a espuma voava de sua boca.

— Perguntaram-lhe — disse Noah, que, à medida que despertava, parecia fazer ideia de quem Sikes era — por que ela não foi no domingo passado, como prometera. Ela disse que não pudera sair.

— Por quê? Diga.

— Porque Bill a impediu de sair, o mesmo homem de quem ela lhes falara antes — respondeu Noah.

— E o que mais? — gritou Fagin. — O que mais ela falou dele? Diga!

— Ora, que ela só podia sair se ele soubesse para onde ela ia — disse Noah. — E que, quando ela encontrou a senhorita pela primeira vez, só conseguiu fazer isso porque lhe dera uma dose de láudano. Ha Ha Ha! Comecei a rir quando ela disse isso.

— Mas que inferno! — gritou Sikes, desvencilhando-se do judeu. — Solte-me!

O ladrão empurrou o velho e saiu correndo da sala em direção às escadas.

— Bill! — berrou Fagin, seguindo-o. — Preciso lhe dar apenas uma palavrinha.

A palavra não seria dita se o ladrão tivesse conseguido abrir a porta, sobre a qual despejava palavrões e socos quando o judeu o alcançou, ofegante.

— Deixe-me sair — disse Sikes. — Não diga nada agora. Apenas me deixe sair!

— Ouça-me antes — disse Fagin, levando a mão à fechadura. — Não seja...

— O quê? — respondeu o outro.

— Não será violento, não é?

O dia estava nascendo e havia luz suficiente para os homens enxergarem o rosto um do outro. Entreolharam-se; havia um fogo inconfundível nos olhos de ambos.

— Digo — continuou Fagin, mostrando que sabia que não adiantava disfarçar — que não deve ser violento para nossa própria segurança. É preciso agir com prudência e não com violência agora.

Sikes não respondeu. Abrindo a porta que Fagin destrancara, o ladrão saiu às pressas pela rua.

Sem parar para refletir ou olhar para os lados, para os céus ou para baixo, Sikes seguiu correndo selvagemente, com os dentes tão cerrados que sua mandíbula tensa estremecia. O ladrão prosseguiu sem murmurar uma palavra nem relaxar um músculo até chegar à porta de sua casa. Abriu-a lentamente, subiu em silêncio a escada, entrou em seu próprio quarto, trancou a porta e puxou a cortina da cama.

A moça estava deitada seminua. Ele a despertou, e ela se levantou assustada.

— Levante-se! — ordenou o homem.

— É você, Bill! — disse a moça, com uma expressão de felicidade por vê-lo.

— Sim, sou eu — respondeu ele. — Levante-se.

Havia uma vela acesa, mas o homem tirou-a do castiçal e lançou-a à lareira. Ao perceber a tênue luz do amanhecer, a moça abriu a cortina.

— Deixe-a como estava — ordenou Sikes. — Há luz suficiente para o que pretendo fazer.

— Bill — disse a moça, assustada —, por que está me olhando desse jeito?

O ladrão encarou-a por alguns segundos com as narinas dilatadas e o peito estufado. Então, agarrando-a pela cabeça e pela garganta, arrastou-a até o centro da sala e, após olhar em direção à porta, tapou com a mão a boca da moça.

— Bill, Bill! — grunhiu Nancy, debatendo-se de medo. — Não vou gritar nem chorar, apenas diga-me o que foi que eu fiz!

— Você sabe muito bem, seu demônio! — replicou o ladrão, sufocando-a. — Um espião a seguiu e ouviu todas as suas palavras.

— Poupe minha vida, pelo amor de Deus, como poupei a sua — disse a moça, agarrando-o. — Bill, não me mate. Ah! Pense em tudo do que desisti naquela noite por você. Terá tempo para pensar e se salvar desse crime. Não se livre de mim. Bill, Bill, pelo amor de Deus, pelo seu próprio bem, por mim, pare antes que eu comece a sangrar! Fui leal a você, eu juro!

O homem tentou, sem sucesso, desvencilhar-se dos braços da moça.

— Bill — gritou Nancy, esforçando-se para pôr a cabeça sobre o peito dele —, o cavalheiro e aquela senhorita ofereceram-me refúgio em algum país estrangeiro onde eu poderia terminar meus dias sozinha e em paz. Deixe-me vê-los outra vez e pedir de joelhos que mostrem a mesma misericórdia e bondade para com você e que nos deixem fugir deste lugar horrível; assim, distantes, podemos ter uma vida melhor e esquecer da vida antiga, exceto nas orações. Nunca é tarde demais para nos arrependermos, foi o que me disseram. Precisamos de tempo... de apenas um pouco de tempo!

O ladrão conseguiu libertar um braço e agarrou a pistola. A certeza da atenção que atrairia se atirasse veio à sua mente mesmo furioso, então ele bateu duas vezes, com toda a força que pôde reunir, no rosto que quase tocava o seu.

Ela cambaleou e caiu, quase cega com o sangue que jorrava de um corte profundo na testa, mas levantando-se com dificuldade, de joelhos, tirou do peito um lenço branco, o de Rose Maylie, e, segurando-o com as mãos erguidas tão alto quanto suas últimas forças lhe permitiam, clamou ao Criador pedindo misericórdia.

Foi uma cena horrível de se ver. O assassino, cambaleando até a parede e tapando a vista com a mão, agarrou um porrete e a acertou.

XLVIII
A FUGA DE SIKES

De todos os atos terríveis cometidos sob o manto da escuridão em Londres naquela noite, esse foi o pior. De todos os horrores que afloraram com o amanhecer, esse foi o mais sujo e cruel.

O sol, que traz não apenas luz como também vida nova, esperança e frescor às pessoas, ilumina a cidade repleta de gente com sua glória radiante. Seus raios atravessam as janelas das casas dos miseráveis e os vitrais das igrejas da mesma forma. O sol iluminava o quarto onde estava a mulher assassinada. Se a cena já era horrível no escuro, não seria diferente com toda aquela luz brilhante!

Sikes permanecera imóvel; temia se mover. Ouvira um gemido e percebera um movimento da mão de Nancy. Repleto de raiva, golpeara-a novamente. Certa vez, jogou um tapete sobre um corpo, mas era pior imaginar os olhos movendo-se em sua direção do que os ver claramente, como se observassem o reflexo da poça de sangue que tremulava sob a luz do sol no teto. Lá jazia o corpo: mera carne e sangue, nada mais senão carne e sangue!

Ele acendeu um fósforo e ateou fogo ao porrete. O fogo queimou os cabelos que se encontravam na ponta do objeto, produzindo uma fumaça clara que se espalhou pela chaminé. Até isso o assustou, por mais destemido que fosse. Quebrou a arma e atirou os restos às cinzas. Lavou a si mesmo e as roupas. Havia manchas que não podiam ser removidas, então ele as cortou e queimou. Havia manchas de sangue em todo o quarto! Até as patas do cão estavam ensanguentadas.

Enquanto tomava essas providências, não dera as costas ao cadáver nem por um segundo. Então, seguiu com o cão em direção à porta, precavendo-se para não levar para a rua provas do crime. Fechou a porta suavemente, trancou-a, pegou a chave e partiu.

Olhou para a janela da casa para ter certeza de que nada era visível do lado de fora. A cortina que a moça quisera abrir para deixar entrar a luz que ela nunca mais veria estava estirada. Ele sabia disso. Deus, como o sol iluminava aquele lugar!

Olhou de relance. Sentiu-se aliviado ao sair daquela casa. Assobiou para o cachorro e afastou-se rapidamente.

Passou por Islington; subiu a colina de Highgate, onde se encontra o monumento a Whittington, sem saber para onde ir; seguiu pela direita e, contornando Caen Wood, chegou a Hampstead Heath. Cruzou o vale de Heath, subiu a margem oposta e, atravessando a estrada que une os vilarejos de Hampstead e Highgate, seguiu até os campos em North End, onde deitou-se sob uma sebe e dormiu.

Logo levantou-se e prosseguiu, não rumo ao interior, mas de volta a Londres. Retornou, passando pelo mesmo terreno que já atravessara. Depois, começou a vagar sem rumo pelos campos, deitava-se em valas para descansar, levantava-se e começava a vagar novamente.

Onde encontraria um lugar próximo e ermo em que pudesse comer e beber? Hendon era uma boa opção, não muito longe e fora do caminho da maioria das pessoas. Dirigiu-se até lá. Às vezes, corria, outras, com uma estranha perversidade, vagava lentamente ou parava para quebrar cercas. Ao chegar, todos, até mesmo as crianças, pareciam olhá-lo com desconfiança. Voltou, sem coragem de comprar comida ou bebida, apesar de não comer há horas, e permaneceu nos campos, sem saber para onde ir.

Perambulou por quilômetros e quilômetros e acabou voltando para o mesmo lugar. Já estava anoitecendo, e ele ainda vagava de um lado para o outro. Enfim seguiu para Hatfield.

Eram nove horas da noite quando o homem, bastante cansado, e o cão, mancando mais do que o habitual, desceram a colina da pacata vila, atravessaram uma ruela e chegaram a uma pequena estalagem cuja escassa luz os guiara até o local. Havia uma lareira no bar, e alguns camponeses bebiam diante dela.

Deram espaço para o forasteiro, mas ele se sentou no canto mais distante e comeu e bebeu sozinho, ou melhor, com o cachorro, a quem ele jogava comida de vez em quando.

Os homens conversavam a respeito das terras vizinhas e dos fazendeiros. Quando o assunto encerrou, começaram a falar da idade de um velho enterrado no domingo anterior. Os jovens presentes consideravam-no muito velho, e os velhos, muito novo,

"Não mais velho", disse um avô de cabelos brancos, "do que ele em dez ou quinze anos, se tivesse tomado cuidado."

Não havia nada que lhe chamasse a atenção ou o alarmasse. Assim, o ladrão, após pagar a conta, permaneceu quieto e discreto em seu canto, e quase adormecia quando chegou um estranho.

Era um sujeito esquisito, um tanto trapaceiro e outro tanto desonesto, que viajava pelo país a pé vendendo pedras de amolar, afiadores de navalhas, lâminas de barbear, sabão, remédios para cães e cavalos, perfumes baratos, cosméticos e artigos variados que carregava em um pacote a suas costas. Sua entrada gerou várias piadas dos camponeses que só cessaram depois que ele terminou de comer e abriu sua caixa de tesouros, conseguindo engenhosamente unir negócios com entretenimento.

— E o que é isto? Serve para comer, Harry? — perguntou um camponês sorridente, apontando para alguns produtos de fabricação própria em um canto.

— Isto — disse o sujeito, pegando um — é um composto infalível e inestimável que serve para remover qualquer tipo de mancha. Remove mancha de ferrugem, sujeira, mofo em peças de seda, cetim, linho, cambraia, pano, merino, musselina, bombazina ou lã. Manchas de vinho, de fruta, de cerveja, de água, de tinta, de piche, quaisquer manchas, todas desaparecem com este composto infalível e inestimável. Caso uma dama manche a própria honra, basta engolir um destes e estará curada de uma só vez, pois isto é venenoso. Se um cavalheiro quiser se provar honroso, bastará experimentar um quadradinho que terá o mesmo efeito de uma bala de pistola. Como é bem mais desagradável no sabor, consequentemente, ganhará mais crédito ao comê-lo. Custa apenas um centavo. Com todas essas qualidades, apenas um centavo!

Dois compradores se interessaram. Os demais pareciam hesitantes. O comerciante percebeu e aumentou sua eloquência.

— Esgotam rápido — disse o sujeito. — Há quatorze moinhos de água, seis motores a vapor e uma bateria galvânica sempre produzindo mais mercadoria e eles não conseguem fazê-lo muito rápido, embora os homens trabalhem até a morte e as viúvas recebam vinte libras por ano para cada um dos filhos e um prêmio de cinquenta libras por gêmeos. Um centavo por quadrado! Retira manchas de vinho, de fruta, de cerveja, de água, de tinta, de piche, de lama e de sangue! Há uma mancha no chapéu daquele cavalheiro que eliminarei antes que ele me pague um trago.

— Ei, devolva-me isto! — gritou Sikes.

— Vou limpá-lo — respondeu o homem, piscando para os demais — antes que o senhor atravesse a sala para pegá-lo. Cavalheiros, observem a mancha escura no chapéu deste cavalheiro, não maior que um xelim e mais grossa que meio escudo. Quer seja uma mancha de vinho, de fruta, de cerveja, de água, de tinta, de piche, de lama ou de sangue.

O homem não prosseguiu a apresentação, pois Sikes, proclamando uma imprecação horrível, derrubou a mesa, arrancou-lhe o chapéu e pôs-se para fora da casa.

Dominado pelo mesmo sentimento perverso que o levara até o local, o assassino percebeu que não estava sendo seguido e que provavelmente o consideraram um bêbado qualquer. Voltou para a cidade e, desviando-se do brilho das lamparinas do coche que levava as correspondências, reconheceu a agência postal de Londres. Quase tinha certeza do que estava por vir, mas resolveu atravessar e ouvir.

O oficial estava à porta esperando para liberar a mala de correspondências. Um homem, vestido como um guarda-caça, desceu do coche e apanhou um cesto que estava na calçada.

— Isso é para o seu pessoal — disse o guarda. — Tentem se apressar com isso aí dentro! — gritou voltando-se para a agência. — Maldita mala que ainda não está pronta!

— Alguma novidade na cidade, Ben? — perguntou o guarda-caça.

— Não, nada que eu saiba — respondeu o homem, puxando suas luvas. — O trigo cresceu um pouco e andam falando de um assassinato em Spitalfields, mas não sei muito a respeito disso.

— Ah, é verdade — disse um cavalheiro, que olhava pela janela. — Foi um crime terrível.

— É mesmo? — perguntou o guarda. — A vítima era homem ou mulher, senhor?

— Mulher — respondeu o cavalheiro. — Acredita-se que...

— Vamos, Ben — gritou o cocheiro, com impaciência.

— Maldita mala! — disse o guarda. — Vocês estão dormindo aí dentro?

— Já estou indo! — gritou um homem correndo para fora com a mala.

— Já está indo... — repetiu o guarda. — Ah! Assim como a jovem senhorita cheia de posses que vai se interessar por mim também já está vindo, mas não sei quando. Aqui, peguem. Agora está tudo certo!

— Está certo, vamos!

A buzina soou algumas notas alegres, e o coche seguiu viagem.

Sikes permaneceu imóvel na rua aparentemente impassível ao que acabara de ouvir e sem saber para onde ir. Voltou e tomou a estrada que vai de Hatfield a St. Albans.

Continuou obstinadamente, mas quando abandonou a cidade e mergulhou na solidão e na escuridão da estrada, sentiu um pavor e um arrepio que o abalou por completo. Cada objeto diante dele, material ou imaterial, imóvel ou móvel, tomava uma aparência temerosa. Mas esses medos não eram nada em comparação com a sensação que o assombrava de que a criatura horrível que abandonara pela manhã o seguia de perto. Podia identificar sua sombra na escuridão, detalhar seu contorno e notar o quão cadavérica e solene ela parecia ao persegui-lo. Podia ouvir suas roupas roçando nas folhas, e cada brisa trazia o som de seu último grito. Se parava, nada mudava. Se corria, ela o seguia, então parava de correr e achava que isso seria um alívio, mas era como um cadáver dotado do mero aparato da vida e carregado por um vento lento e melancólico contínuo.

Por vezes, virava-se desesperado e resolvia espancar o fantasma. Seus cabelos eriçavam e seu sangue gelava, pois o fantasma estava sempre às suas costas. Estava à frente pela manhã, mas agora o fantasma estava atrás. Encostou as costas em um banco e sentiu que estava acima dele, visivelmente contra o frio céu da noite. Andando na estrada, lá estava o fantasma, uma sepultura viva, um epitáfio feito de sangue.

Ninguém pode dizer que assassinos escapam da justiça ou que a Providência dorme. Um minuto daquela agonia assustadora é pior do que vinte mortes violentas.

Encontrou um barracão no campo onde poderia se abrigar durante a noite. Em frente à porta, havia três álamos, o que o tornava muito escuro por dentro e fazia o vento sibilar de forma assustadora. *Não conseguiu* entrar antes que amanhecesse e encostou-se em uma parede para sofrer novas torturas.

Uma visão surgiu diante dele, tão constante e mais terrível do que aquela da qual escapara. Aqueles olhos tão arregalados, tão sem brilho e tão vítreos que era melhor suportar vê-los do que pensar neles, surgiram no meio das trevas, iluminados, mas sem iluminar nada. Só havia um par, porém estavam por toda parte. Se fechasse seus olhos, conseguia ver o quarto com todos os seus objetos, até mesmo aqueles que, se nada tivesse acontecido, teria esquecido. O corpo estava em *seu* lugar, e os olhos estavam como ele os viu quando partiu. Levantou-se e correu pelos campos. O fantasma estava atrás dele. Voltou a entrar no barracão e recostou-se mais uma vez. Os olhos estavam lá, ele os viu antes de se deitar.

Permaneceu ali aterrorizado, trêmulo e suando frio, quando de repente ouviu gritos distantes e o barulho de vozes. Qualquer som humano naquele lugar ermo, embora representasse uma ameaça, era um alívio. Recuperou as forças com a perspectiva de um perigo pessoal, levantou-se e saiu ao ar livre.

O céu parecia em chamas. Subindo no ar soltando faíscas e rolando uma acima da outra, chamas iluminavam a atmosfera por quilômetros, conduzindo nuvens de fumaça na direção em que ele se encontrava. Os gritos pareciam cada vez mais fortes. Eram gritos de incêndio. Também se ouvia a sineta de alarme, a queda de objetos pesados e o crepitar das chamas, enquanto o fogo crescia. O barulho aumentava cada vez mais. Havia homens, mulheres, luz e muita agitação. Era como se fosse uma nova vida para ele. O assassino avançou, de cabeça baixa, saltando portões e cercas tão selvagemente quanto seu cachorro, que latia diante dele.

Chegou ao local do incêndio. Havia pessoas correndo de um lado para o outro. Umas tentavam retirar os cavalos assustados dos estábulos, outras expulsavam o gado do pátio, algumas saíam das casas carregando pertences, em meio a chamas e faíscas e a queda de vigas vermelhas em brasas. As aberturas, onde as portas e janelas estavam há uma hora, revelavam uma massa de fogo furiosa. As paredes balançavam e desmoronavam no poço em chamas. O chumbo fundido e o ferro derretido derramavam-se sobre o chão. Mulheres e crianças gritavam, e os homens encorajavam-se mutuamente com gritos e palavras de ânimos. O tilintar das bombas dos motores e o som do esguicho da água ao cair sobre a madeira em chamas somavam-se aos gritos. Sikes também gritou até ficar rouco, esquecendo as lembranças e a si mesmo, ao mergulhar na multidão. Correu de um lado para o outro, ora operando as bombas, ora correndo pela fumaça e pelas chamas, sem nunca deixar de ajudar onde havia mais homens e agitação. Subia e descia escadas e telhados, sobre suportes que tremiam com seu peso, sobre a borda de tijolos e pedras que caíam em cada parte daquele grande incêndio. No entanto, ele, por enquanto, não apresentava arranhões, nem contusões, nem cansaço, nem pensamentos, até que amanheceu e só restava fumaça e ruínas enegrecidas.

Quando essa loucura acabou, a consciência do crime voltou a atormentá-lo com uma intensidade dez vezes mais forte. Parecia temeroso, pois os homens conversavam em grupos, e ele temia ser o tema da conversa. O cão obedeceu ao toque significativo de seu dedo, e eles retiraram-se furtivamente. Passou perto de um grupo de homens que o chamaram para comer. Aceitou um pouco de pão e carne e um copo de cerveja. Ouviu os bombeiros, que vinham de Londres, falarem do assassinato.

— Dizem que ele foi para Birmingham — afirmou um bombeiro —, mas logo vão pegá-lo, pois os batedores foram despachados e amanhã à noite haverá um alarme por todo o país.

Afastou-se e caminhou até quase cair no chão, então deitou-se e teve um sono longo, mas inquieto. Voltou vagando, indeciso e oprimido com o medo de outra noite solitária.

De repente, tomou a decisão desesperada de voltar a Londres.

"Lá terei com quem conversar", pensou ele. "E um bom esconderijo também. Não esperam me encontrar lá. Posso esperar durante uma semana ou mais, forçar Fagin a me ajudar e fugir para a França. Maldição, correrei esse risco."

Seguiu seu impulso e, escolhendo os caminhos menos frequentados, iniciou sua viagem de volta. Decidiu permanecer escondido a uma curta distância da metrópole e, após entrar nela ao entardecer por uma rota sinuosa, seguir direto para a parte da cidade em que fixara seu destino.

E o cão? Se alguém descrevesse o assassino, não esqueceria que o cão estava desaparecido e provavelmente havia ido com Sikes. Isso podia levar à sua captura ao passar pelas ruas. Decidiu afogá-lo. Continuou andando à procura de um lago. Pegou uma pedra pesada e amarrou-a com o lenço.

O animal olhou para o rosto do dono enquanto esses preparativos eram feitos. Seja por instinto ou por perceber que o olhar do ladrão parecia mais sério do que o normal, o cão distanciou-se e o acompanhou, vindo mais devagar. Quando o dono parou à beira de um lago e o chamou, o cão estacou imediatamente.

— Está me ouvindo? Venha aqui! — ordenou Sikes.

O animal obedeceu pela força do hábito, mas, quando Sikes se abaixou para amarrar-lhe o lenço à sua garganta, deu um rosnado baixo e recuou.

— Volte! — exclamou o ladrão.

O cão balançou o rabo, mas não se mexeu. Sikes apertou o nó e voltou a chamá-lo.

Sikes tenta se livrar de seu cachorro.

O cão avançou, voltou, fez uma breve pausa num instante e fugiu correndo.

O homem assobiou várias vezes e sentou-se, esperando que o cão voltasse. Mas nenhum cão apareceu, e ele retomou a viagem.

XLIX

MONKS E O SR. BROWNLOW ENFIM SE ENCONTRAM

O sol estava se pondo quando o sr. Brownlow desceu da carruagem e bateu à porta. Dois homens também desceram e postaram-se ao lado da entrada. A um sinal do sr. Brownlow, trouxeram um terceiro homem em direção à casa. Esse homem era Monks.

Subiram a escada em silêncio. O sr. Brownlow ia à frente, e seguiram até um quarto dos fundos. À porta, Monks, que fora trazido com evidente relutância, entrou. Os dois homens olharam para o cavalheiro como se pedissem instruções.

— Ele sabe a alternativa — disse o sr. Brownlow. — Caso vacile ou mova um dedo, levem-no à rua e chamem a polícia em meu nome.

— Como se atreve a dizer isso? — perguntou Monks.

— Como se atreve a me perguntar isso, rapaz? — replicou o sr. Brownlow, confrontando-o com um olhar firme. — Está louco o suficiente para querer sair desta casa? Solte-o. Pronto, senhor. Está livre para ir, e nós para segui-lo. Mas aviso-o, por tudo o que considero solene e sagrado, que, no instante em que sair, será preso sob a acusação de fraude e roubo. Estou decidido. Caso resista, será seu fim!

— Com que autoridade fui raptado e trazido até aqui por estes cães? — perguntou Monks, olhando para os homens.

— Com a minha — retrucou o sr. Brownlow. — Eles seguem minhas ordens. Caso queira se queixar de ser privado da liberdade, lembre-se que teve a oportunidade de recuperá-la quando veio, mas achou melhor ficar quieto. Repito, entregue-se e seja protegido pela lei. Também recorrerei à lei, mas, se acha que foi longe demais e quiser recuar, não me peça clemência quando o poder tiver passado para outras mãos, nem diga que o atirei no abismo em que você mesmo se precipitou.

Monks parecia claramente desconcertado e alarmado, e hesitou.

— Decida logo — disse o sr. Brownlow, mantendo a firmeza e a compostura. — Se prefere ouvir em público minhas acusações e enfrentar uma pena que, embora eu preveja qual seja, não posso evitar; ou, se preferir pedir misericórdia àqueles que prejudicou, sente-se naquela cadeira em silêncio. Ela o aguarda a dois dias.

Monks murmurou algumas palavras ininteligíveis. Ainda vacilava.

— Depressa, decida-se — disse o sr. Brownlow. — Uma palavra minha e não terá mais escolha.

Ainda assim, o homem hesitava.

— Não pretendo discutir — disse o sr. Brownlow — e, como defendo interesses alheios, não me vejo com esse direito.

— Não haveria um meio-termo? — perguntou Monks.

— De forma alguma.

Monks olhou ansioso para o cavalheiro e percebeu, pela sua expressão, sua severidade e determinação. Então, atravessou o quarto, deu de ombros, e sentou-se.

— Tranquem a porta pelo lado de fora — disse o sr. Brownlow a seus empregados — e voltem quando eu chamar.

Os homens obedeceram, e os dois ficaram sozinhos.

— Belo tratamento, senhor — disse Monks, livrando-se do chapéu e da capa —, do amigo mais antigo de meu pai.

— É porque fui o amigo mais velho de seu pai, meu jovem — replicou o sr. Brownlow —; é porque minhas esperanças e desejos de juventude estão ligados a ele e àquela criatura de seu sangue e parentesco que se juntou a Deus tão cedo e me deixou aqui sozinho; é porque ele se ajoelhou comigo ao lado do leito de morte de sua única irmã quando ele ainda era apenas um menino, na manhã que ela se tornaria minha esposa; é porque meu coração ardente se prendeu a ele, desde então, através de todas as suas provações e de seus erros, até ele morrer; é porque velhas recordações e associações preencheram o meu coração, e até ver você me faz lembrar de seu pai; é por causa de todas essas coisas que me sinto levado a tratá-lo com piedade, sim, Edward Leeford, mesmo agora coro por conta da indignidade com a qual trata seu próprio nome.

— O que meu nome tem a ver com isso? — indagou o outro, após contemplar, em parte, calmo, em parte, surpreso, a agitação do cavalheiro.

— Nada — respondeu o sr. Brownlow —, nada para você. Mas era o nome *dela* e, mesmo após tanto tempo, sua menção me evoca a emoção que já senti só de ouvi-lo repetido por um estranho. Fico muito, muito, feliz por ter mudado de nome.

— Tudo isso é ótimo — disse Monks, após um longo silêncio, durante o qual se remexeu contrariado em um confronto sombrio, e o sr. Brownlow se sentou, cobrindo o rosto com a mão. — Mas o que quer de mim?

— Você tem um irmão — afirmou o sr. Brownlow. — Bastou sussurrar o nome dele para que me acompanhasse até aqui surpreso e alarmado.

— Não tenho um irmão — respondeu Monks. — Você sabe tanto quanto eu que sou filho único. Por que me fala de outro irmão?

— Preste atenção ao que direi e que você desconhece — disse o sr. Brownlow. — Sei que, do miserável matrimônio que o orgulho da família e a mais sórdida e limitada de todas as ambições forçou seu infeliz pai a contrair, você foi o único e desnaturado filho.

— Não me importo que me xingue — interrompeu Monks, rindo. — Você conhece os fatos, e isso me basta.

— Também sei — prosseguiu o cavalheiro — como aquela união foi miserável, torturadora e angustiante. Sei como os dois miseráveis sofriam. Sei como as formalidades frias eram sucedidas por provocações abertas; como a indiferença levou à aversão, a aversão ao ódio e o ódio à abominação, até que enfim romperam os laços que os uniam. Sua mãe logo esqueceu de tudo. Mas seu pai sofreu durante anos.

— Pois bem, eles se separaram — disse Monks. — E então?

— Quando já estavam separados há anos — continuou o sr. Brownlow — e sua mãe, totalmente entregue às frivolidades, esquecera o marido, ele, sem perspectivas, fez novos amigos. Isso, pelo menos, você já sabe.

— Não sabia — disse Monks, desviando os olhos e batendo os pés no chão, como um homem determinado a negar tudo.

— Seus modos e suas ações deixam claro que nunca esqueceu ou deixou de pensar nisso com amargura — replicou o sr. Brownlow. — Falo de quinze anos atrás, quando você tinha onze anos e seu pai, trinta e um, pois, repito, fora forçado a se casar muito jovem. Preciso relembrar acontecimentos que resgatem a memória de seu pai ou vai poupá-lo e me revelar a verdade?

— Não tenho nada a revelar — disse Monks. — Fale se quiser.

— Entre os novos amigos — prosseguiu o sr. Brownlow — havia um oficial reformado da Marinha cuja esposa falecera cerca de seis meses antes e o deixara com duas filhas: uma bela jovem de dezenove anos e um bebê de dois ou três anos.

— O que eu tenho a ver com isso? — perguntou Monks.

— Eles moravam — disse o sr. Brownlow, sem parecer ouvir a interrupção — em uma região onde seu pai, após sua peregrinação, fixara residência. Relações, intimidade, amizade... Logo se tornaram próximos. Seu pai era um homem como poucos. Tinha a mesma alma gentil da irmã. À medida que o oficial o conhecia melhor, gostava mais dele. A filha do oficial também começou a amá-lo.

O cavalheiro fez uma pausa. Monks mordia os lábios, com os olhos fixos no chão. Vendo isso, Brownlow continuou.

— Ao cabo de um ano, uniu-se com a filha do oficial, tornando-se objeto da primeira, verdadeira e ardente paixão de uma moça inocente.

— Sua história é longa demais — observou Monks, movendo-se inquieto na cadeira.

— É uma história legítima de dor e sofrimento, rapaz — respondeu o sr. Brownlow. — Tais histórias geralmente são longas. Se fosse de alegria e felicidade seria bem curta. Enfim, uma das abastadas relações familiares, de cujo interesse e importância seu pai havia aberto mão, morreu e, para reparar o sofrimento que lhe causou, deixou-lhe dinheiro de herança. Seu pai precisava ir imediatamente à Roma, onde esse parente falecera, deixando seus bens em grande confusão. Lá, foi tomado por uma doença mortal. No momento em que essa informação chegou a Paris, sua mãe partiu para Roma. Ele morreu assim que ela chegou com você. Com a falta de um testamento, ela e você herdaram toda a fortuna.

Nesta parte da narrativa, Monks segurou a respiração e ouviu atentamente, apesar de não encarar o interlocutor. Quando o sr. Brownlow fez uma pausa, moveu-se aliviado e enxugou o rosto e as mãos.

— Antes de partir para Roma, ele veio a Londres para se encontrar comigo — disse o sr. Brownlow, lentamente e encarando o outro.

— Nunca ouvi falar disso — afirmou Monks, em tom incrédulo, mas revelador de surpresa.

— Ele veio até mim e deixou comigo, entre outras coisas, um retrato que pintara da pobre moça, o qual ele não queria abandonar nem levar na viagem. Estava abatido pela ansiedade e a vergonha. Falou da ruína e da desonra que provocara e revelou-me sua intenção de deixar o país após passar todos os seus bens para seu nome e o de sua mãe. Imaginei que ele não iria sozinho e que nunca mais o veria. Até mesmo de mim, seu velho amigo, ele escondeu os detalhes, prometendo escrever uma carta para me contar tudo e, depois disso, visitar-me mais uma vez. Ai de mim! *Aquela* foi a última vez. Não recebi nenhuma carta nem o vi mais.

— Fui — disse o sr. Brownlow, após uma breve pausa —, quando tudo acabou, até o lugar do seu... amor culposo, decidido a oferecer à criança um lar e carinho. Contudo, a família partira uma semana antes. Tinham dívidas tão insignificantes pendentes para receber que as perdoaram e deixaram o lugar à noite. Porque e para onde, ninguém soube dizer.

Monks voltou a respirar normalmente e olhou ao redor esboçando um sorriso de triunfo.

— Quando seu irmão — disse o sr. Brownlow, aproximando a cadeira da que o outro estava sentado —, uma criança fraca, esfarrapada e abandonada, foi colocado em meu caminho por uma mão mais forte do que o acaso e salvo por mim de uma vida vilanesca e infame...

— O quê? — exclamou Monks.

— Salvo por mim — prosseguiu o sr. Brownlow. — Eu disse que se interessaria pelo que tenho a dizer. Percebo que seu astuto sócio lhe ocultou meu nome, embora, se realmente soubesse, seria muito estranho para os seus ouvidos. Quando seu irmão foi salvo por mim e estava se recuperando em minha casa, sua grande semelhança com a moça do retrato de que lhe falei me surpreendeu. Mesmo quando o vi pela primeira vez, sujo e miserável, havia uma expressão permanente em seu rosto que me fazia lembrar de um velho amigo. Não preciso dizer que ele foi raptado antes que eu pudesse conhecer sua história.

— Por que não? — perguntou Monks, apressadamente.

— Você sabe muito bem por quê.

— Eu?

— Não adianta negar — respondeu o sr. Brownlow. — Vou lhe mostrar que sei bem mais do que isso.

— Não pode provar nada contra mim — balbuciou Monks. — Desafio-o a fazê-lo!

— Veremos — replicou o cavalheiro. — O menino desapareceu, e meus esforços para encontrá-lo foram em vão. Como a mãe do garoto morreu, sabia que só você podia revelar o mistério e como soube que você estava em sua propriedade nas Índias Ocidentais, para onde, como bem sabe, fugiu quando sua mãe morreu para escapar das consequências de seus crimes por aqui, resolvi viajar. Contudo, você partira meses antes e encontrava-se em Londres, mas ninguém soube dizer onde. Voltei. Seus companheiros não faziam ideia de onde você morava. Você ia e vinha, segundo eles, tão estranhamente quanto já fizera antes. Às vezes, sumia por dias, outras, por meses. Vaguei dias e noites pelas ruas atrás de você, mas só o encontrei há duas horas.

— E agora que já me encontrou, o que pretende? — perguntou Monks, levantando-se corajosamente. — Fraude e roubo são palavras muito fortes para serem justificadas por um retrato de uma morta! O senhor sequer tem certeza de que a criança nasceu daquela união.

— Eu não *sabia* — respondeu o sr. Brownlow, levantando-se também —, mas descobri tudo nos últimos dias. Você tem um irmão e sabe disso. Havia um testamento, que sua mãe destruiu, levando consigo o segredo e deixando tudo para você ao morrer. O documento mencionava uma criança que provavelmente era o fruto daquela união. Você encontrou o garoto por acidente e suspeitou da semelhança que ele tinha com seu pai. Então partiu para descobrir onde ele nascera. Existiam provas de seu nascimento e de sua ascendência. Elas foram destruídas por você e, como disse ao judeu: *as únicas provas da identidade do menino estão no fundo do rio, e a velha bruxa que as recebeu da mãe está apodrecendo em seu caixão*. Você, um filho indigno, um covarde, um mentiroso; você, que se reúne com ladrões e assassinos em covis escuros à noite; você, cujas tramas e artimanhas levaram à morte violenta de uma moça que valia milhões de vezes mais do que você; você, que desde pequeno ressente-se de seu próprio pai e que se afundou em atividades malignas, vícios e prodigalidade; você, Edward Leeford, ousa me desafiar?

— Não, não, não! — respondeu o covarde, assustado com tantas acusações.

— Sei cada palavra que disse àquele bandido desprezível! — gritou o cavalheiro. — Sombras na parede ouviram seus sussurros e trouxeram-nos ao meu ouvido. O olhar da criança perseguida transformou-se em vício e encheu-lhe de coragem e quase lhe dotou com os atributos da virtude. Também foi cometido um assassinato no qual participou moralmente.

— Não, não — disse Monks. — Não tive nada a ver com isso. Ia perguntar o que havia acontecido quando o senhor me abordou. Não sabia a causa. Pensei que fora apenas uma simples briga.

— Essa foi a revelação parcial de seus segredos — respondeu o sr. Brownlow. — Vai revelar tudo?

— Sim, vou.

— Declarará a verdade perante testemunhas?

— Sim, prometo.

— Ficará aqui para redigir um documento e irá comigo a um lugar para autenticá-lo?

— Se insiste, também farei isso — respondeu Monks.

— Precisa fazer mais do que isso — disse o sr. Brownlow. — Deve restituir uma criança inocente e indefesa. É o que ele é, embora seja fruto de um amor culposo e miserável. Você não esqueceu as disposições do testamento. Dê a seu irmão a parte dele e depois vá para onde quiser.

Enquanto Monks andava de um lado para o outro, meditando com um aspecto sombrio e malévolo sobre a proposta e as possibilidades de evitá-la, dominado pelo medo e pelo ódio, a porta foi aberta repentinamente e um cavalheiro, sr. Losberne, entrou na sala tomado de violenta agitação.

— O homem será preso esta noite! — gritou ele.

— O assassino? — perguntou o sr. Brownlow.

— Sim, sim — respondeu o outro. — Seu cão foi visto perto de uma velha estalagem. Parece não haver dúvida de que o dono está lá ou estará durante a noite. Os espiões estão por toda parte. Falei com alguns homens responsáveis por sua captura e me disseram que ele não tem como escapar. Uma recompensa de cem libras foi oferecida hoje pelo governo.

— Oferecerei mais cinquenta — disse o sr. Brownlow — e direi isso com os meus próprios lábios no local da captura, se conseguir chegar até lá. Onde está o sr. Maylie?

— Harry? Assim que viu esse seu amigo em segurança na carruagem com você, correu para se juntar ao primeiro grupo de captura ao assassino que viu.

— E quanto a Fagin? — perguntou o sr. Brownlow.

— Na última vez que ouvi falar dele, ainda não fora apanhado, mas a esta altura já deve estar preso.

— Já se decidiu? — perguntou o sr. Brownlow a Monks.

— Sim — respondeu ele. — O senhor... vai mesmo guardar segredo?

— Sim. Fique aqui até eu voltar. É sua única esperança de segurança.

Eles saíram da sala e trancaram a porta.

— O que conseguiu? — perguntou o médico.

— Tudo o que esperava e ainda mais. Reunindo as informações da pobre moça com as que já tinha, não lhe deixei escapatória e trouxe à tona todos os seus crimes. Marque um encontro para depois de amanhã às sete horas. Chegaremos algumas horas antes, mas precisaremos descansar, especialmente a senhorita, que *pode* estar mais cansada do que você ou eu possamos supor neste instante. Meu sangue está fervendo para vingar aquela pobre criatura assassinada. Para que lado eles foram?

— Se for direto à delegacia, chegará a tempo — respondeu o sr. Losberne. — Ficarei aqui.

Os dois cavalheiros despediram-se tomados por um furor de excitação incontrolável.

L
PERSEGUIÇÃO E FUGA

Perto da parte do Tâmisa em que se encontra a igreja de Rotherhithe, onde as construções às margens do rio e as embarcações ficam sujas com a poeira das carvoarias, encontra-se a mais imunda, estranha e extraordinária das localidades de Londres, desconhecida até pela maioria dos moradores da cidade.

Para chegar a esse lugar, o visitante precisa atravessar um labirinto de becos enlameados onde habitam as pessoas mais pobres e miseráveis da população ribeirinha, dedicadas à ocupação que lhes é adequada. As provisões mais baratas e ordinárias são amontoadas nas lojas. Os artigos mais grosseiros e mais comuns de roupas são pendurados nas portas dos vendedores. Entre operários desempregados de classe baixa, carregadores de carvão, mulheres descaradas e crianças desonestas, o visitante segue com dificuldade, tomado por visões e cheiros ofensivos dos becos que se ramificam para todos os lados e ensurdecido pelo barulho de carroças pesadas que carregam grandes pilhas de mercadorias de armazéns que estão por toda a parte. Chegando enfim em ruas remotas e pouco frequentadas, caminha sob fachadas que se projetam sobre a rua, paredes que ameaçam despencar, janelas guardadas por barras de ferro enferrujadas que o tempo e a sujeira consumiram, todos os sinais imagináveis de desolação e abandono.

Em tal região, além de Dockhead, no bairro de Southwark, fica a ilha de Jacob, cercada por uma vala lamacenta, com seis ou oito pés de profundidade e quinze ou vinte de largura, já chamada de Mill Pond e conhecida como Folly Ditch. É um riacho ou enseada do Tâmisa que sempre enche. Em tais momentos, um forasteiro, olhando de uma das pontes, verá os moradores carrancudos com baldes e vasilhas de todo tipo, buscando água. Mas quando desvia o olhar dessa atividade para as casas em si, espanta-se. São galerias de casebres amontoados com buracos dos quais se pode olhar a lama lá embaixo, janelas quebradas, quartos tão pequenos, tão sujos e tão abafados que o ar parece ainda pior do que a sujeira que eles acumulam, plataformas de madeira projetando-se para fora sobre a lama e ameaçando cair dentro dela, como já aconteceu, paredes sujas e fundações decadentes; a imagem repulsiva da pobreza, toda indicação repugnante de sujeira, podridão e lixo; tudo isso ornamenta as margens da vala de Folly Ditch.

Na ilha de Jacob, as casas são destelhadas e vazias, as paredes estão desmoronando, não há mais janelas, as portas tombam para a rua, as chaminés estão enegrecidas, mas não produzem fumaça. Há trinta ou quarenta anos, fora um lugar próspero, agora é uma ilha desolada. As casas não têm donos; são invadidas por aqueles que têm coragem de viver e morrer ali. Devem ter bons motivos para lá se esconder ou estão reduzidos a uma condição de indigência para buscar um refúgio na ilha de Jacob.

No quarto superior de uma dessas casas, um casebre em ruínas, mas com portas e janelas bem resguardadas, encontravam-se três homens em profundo silêncio. Um deles era Toby Crackit, o outro, o sr. Chitling, e o terceiro, um ladrão de cinquenta anos, cujo nariz fora deformado em uma velha briga e que apresentava uma cicatriz assustadora que provavelmente arrumou na mesma ocasião. Seu nome era Kags.

— Quem me dera — disse Toby voltando-se ao sr. Chitling — que você tivesse escolhido outro esconderijo quando os dois velhos se encrencaram em vez de vir para cá, meu caro.

— Por que você mesmo não fez isso, imbecil? — disse Kags.

— Achei que vocês ficariam um pouco mais felizes por me ver — respondeu o sr. Chitling, com um ar melancólico.

— Quando um homem se mantém tão recluso como eu e não tem ninguém para incomodá-lo, é bem desagradável ter a honra de ser visitado por um rapaz na sua condição, por mais respeitável e agradável que seja a pessoa com quem se joga cartas.

— Especialmente quando o tal recluso tem um amigo que chegou repentinamente do estrangeiro e é modesto demais para querer se apresentar a um juiz — acrescentou o sr. Kags.

Houve uma breve pausa. Então, Toby Crackit, parecendo abandonar sua grosseria de costume, voltou-se para Chitling e perguntou:

— Quando prenderam Fagin?

— Às duas da tarde. Charley e eu subimos a chaminé e escapamos. Bolter tentou se esconder na caixa d'água, mas suas pernas eram longas demais e ele foi descoberto e apanhado também.

— E a Bet?

— Pobre Bet! Ela foi ver o cadáver — respondeu Chitling — e saiu louca, gritando, batendo a cabeça na parede. Colocaram-na em uma camisa de força e a levaram ao hospício, onde ela se encontra agora.

— E quanto ao jovem Bates? — perguntou Kags.

— Estava vagando por aí. Não deve demorar a aparecer — respondeu Chitling. — Não há mais para onde ir, pois a quadrilha do Coxos foi toda presa e o bar, vi com os meus próprios olhos, está cheio de policiais.

— Ainda não terminou. Podem acabar prendendo mais alguém — observou Toby, mordendo os lábios.

— As sessões já iniciaram — disse Kags. — Se a investigação for concluída e Bolter depor contra Fagin, como falou que faria, podem provar que o judeu foi cúmplice, condená-lo na sexta e enforcá-lo daqui a seis dias!

— Devia ter visto o povo gritando — disse Chitling. — Os policiais tiveram que conter a multidão ou ele seria espancado. O velho foi atingido uma vez, mas a polícia fez um círculo ao seu redor e conseguiram escoltá-lo. Devia tê-lo visto, todo enlameado e ensanguentado, agarrando-se aos policiais como se fossem seus melhores amigos. Consigo imaginá-lo claramente agora, sem conseguir ficar de pé sendo empurrado pela multidão. Lembro das pessoas pulando e gritando tentando alcançá-lo. E ouço os gritos das mulheres jurando que lhe arrancariam o coração!

A testemunha horrorizada da cena pressionou as orelhas com as mãos e, com os olhos fechados, levantou-se e andou de um lado para o outro, como um louco.

Enquanto isso, os dois homens permaneciam sentados em silêncio com os olhos fixos no chão. Então ouviu-se um barulho nas escadas e o cão de Sikes entrou no quarto. Os homens correram à janela, desceram a escada e foram até a rua. Perceberam que o cão havia entrado pela janela e não tentou segui-los. Tampouco seu dono foi encontrado.

— O que significa isso? — perguntou Toby quando voltaram para dentro da casa. — Ele não pode ter vindo até aqui. Espero que não.

— Se ele quisesse vir aqui, viria com o cão — disse Kags, agachando-se para examinar o animal, que se deitava ofegante no chão. — Vamos! Tragam-lhe um pouco de água, parece prestes a desmaiar.

— Bebeu até a última gota — disse Chitling após observar o cachorro por um instante. — Está coberto de lama, manca e não enxerga direito, deve ter percorrido um longo caminho.

— De onde pode ter vindo? — exclamou Toby. — Já esteve nos outros esconderijos e, como os encontrou cheios de estranhos, veio até aqui, onde já esteve várias vezes. Mas de onde o cão pode ter vindo primeiro e como veio aqui sozinho sem o dono?

— Ele (nenhum deles chamava o assassino pelo nome) não pode ter se matado. O que acham? — perguntou Chitling.

Toby balançou a cabeça.

— Se tivesse feito isso — disse Kags —, o cão nos levaria até o cadáver. Deve ter saído do país e o abandonado.

Essa solução, parecendo a mais provável, foi adotada como a verdadeira. O cão acomodou-se debaixo de uma cadeira e dormiu, sem se preocupar com os demais.

Como anoitecera, fecharam a janela e acenderam uma vela. Os terríveis acontecimentos dos últimos dois dias e o risco e a incerteza de sua posição inquietavam os três. Aproximaram as cadeiras, estremecendo a cada barulho. Falavam pouco e pareciam assustados como se os restos mortais da moça assassinada estivessem na sala ao lado.

Encontravam-se nesse estado quando de repente ouviram uma batida apressada à porta.

— Jovem Bates — afirmou Kags, olhando raivosamente ao seu redor, para afastar o medo que sentia.

Outra batida. Não, não era ele. Jamais batia daquele jeito.

Crackit foi à janela e, trêmulo, colocou a cabeça para fora. Não havia necessidade de lhes dizer quem era, seu rosto pálido dizia tudo. O cão também se alarmou num instante e correu latindo até a porta.

— Precisamos deixá-lo entrar — disse Crackit, pegando a vela.

— Não há outra alternativa? — perguntou o outro, com a voz rouca.

— Não. Ele *entrará*.

— Não nos deixe no escuro — disse Kags, pegando uma vela que estava sobre a grade da chaminé e acendendo-a com a mão tão trêmula que a batida foi repetida duas vezes antes que ele conseguisse.

Crackit foi até a porta e voltou acompanhado de um homem com a parte inferior do rosto coberta por um lenço e com um chapéu enterrado na cabeça. Removeu-os lentamente. A palidez, os olhos fundos, as faces encovadas, a barba de três dias e a respiração ofegante anunciavam o fantasma de Sikes.

Pôs a mão sobre uma cadeira que estava no meio da sala, mas começou a estremecer quando ia sentar-se nela e, parecendo olhar por cima do ombro, arrastou-a de volta para perto da parede e sentou-se em um canto.

Não disse nenhuma palavra. Olhou de um para o outro em silêncio. Se um deles o encarava, desviava o rosto. Quando sua voz rouca rompeu o silêncio, os três tiveram calafrios. O tom não parecia o mesmo de sempre.

— Como o cão chegou aqui? — perguntou ele.

— Sozinho. Há três horas.

— Li no jornal que Fagin foi preso. É verdade ou mentira?

— É verdade.

O silêncio reinou outra vez.

— Malditos sejam! — bradou Sikes. — Não têm nada para me dizer?

Os três se mexeram, mas ninguém disse nada.

— Você que é o dono deste lugar — falou Sikes, dirigindo-se a Crackit —, aceitaria me vender a casa ou me deixar ficar até que a perseguição termine?

— Pode ficar, se acha que é seguro — replicou Crackit, após hesitar.

Sikes virou os olhos lentamente para a parede atrás dele e perguntou:

— Já enterraram o corpo?

Os três balançaram a cabeça.

— Por que não? — indagou, ainda com os olhos voltados à parede. — Por que mantêm coisas tão feias à mostra? Quem está batendo?

Crackit balançou os braços enquanto saía do quarto para indicar que não havia perigo e voltou logo depois acompanhado de Charley Bates. Sikes estava sentado em frente à porta, de modo que o rapaz se deparou com ele.

— Toby — disse o rapaz, recuando enquanto Sikes o encarava —, por que não me avisou lá embaixo?

Os três se retraíram tanto que o miserável quis tranquilizar o rapaz recém-chegado. Assim, cumprimentou-o com um sinal de cabeça, como se lhe apertasse a mão.

— Vou para outro quarto — disse o rapaz, distanciando-se ainda mais.

— Charley! — exclamou Sikes, dando um passo à frente. — Não me reconhece?

— Não chegue perto de mim — respondeu o rapaz, recuando e encarando os olhos do assassino. — Seu monstro!

O homem parou no meio do caminho, e eles se encararam, mas os olhos de Sikes voltaram-se gradualmente para o chão.

— Testemunhem vocês três — gritou o rapaz, balançando o punho cerrado enquanto falava. — Não tenho medo dele. Se a polícia chegar até aqui atrás dele, vou entregá-lo. Ele pode tentar me matar se quiser. Mas se eu estiver vivo, vou entregá-lo. Assassino! Socorro! Se houver um homem entre vocês, ajude-me. Assassino! Socorro! Vamos pegá-lo!

Após proferir tais gritos e gesticular muito, o rapaz atirou-se, sozinho, sobre o homem e, com a intensidade de sua energia e do golpe repentino, levou-o ao chão.

Os três espectadores pareciam embasbacados e não interferiram. O rapaz e o homem rolaram no chão, o primeiro, sem dar atenção aos golpes que o atingiam, apertava cada vez mais as mãos nas roupas do assassino e continuava gritando por ajuda com todas as suas forças.

A luta, no entanto, era muito desigual para durar muito tempo. Sikes derrubara-o no chão e estava com o joelho em seu pescoço quando Crackit o puxou, com um olhar de alarme, e apontou para a janela. Havia luzes brilhando lá embaixo, vozes em alto e bom som e um bando de pessoas na ponte de madeira mais próxima. Um homem vinha a cavalo no meio da multidão, pois havia barulho de cascos. O brilho das luzes aumentava e os passos tornavam-se cada vez mais barulhentos. Então, ouviu-se o som estridente de batidas à porta e, em seguida, o murmúrio rouco de uma multidão de vozes enfurecidas.

— Socorro! — gritou o rapaz, com a voz arfante. — Ele está aqui! Arrombem a porta!

— Em nome do rei! — gritavam as vozes.

— Arrombem a porta! — berrou o rapaz. — Eles não vão abri-la. Venham correndo para o quarto iluminado pela luz da vela. Arrombem a porta!

Batidas pesadas balançavam as portas e as janelas, quando ele parou de falar, um estrondo estridente da multidão deu ao interlocutor, pela primeira vez, alguma noção da quantidade de gente ali reunida.

— Arrumem algum lugar onde eu possa esconder esse moleque maldito — gritou Sikes ferozmente, correndo de um lado para o outro e arrastando o rapaz como se ele fosse um saco vazio. — Ali. Rápido!

Ele atirou-o para dentro de um quarto e trancou a porta.

— A porta do andar de baixo está bem trancada?

— Girei duas vezes a chave e fechei a corrente — respondeu Crackit, que parecia tão assustado quanto os outros dois.

— Os painéis... são fortes?

— Reforçados com chapa de ferro.

— E as janelas também?

— Também.

— Malditos sejam! — gritou o assassino desesperado para a multidão. — Vou enganá-los!

De todos os terríveis gritos que já chegaram a ouvidos humanos, nenhum excedia o grito da multidão enfurecida. Alguns clamavam para que os que estavam mais perto ateassem fogo à casa; outros berravam para os oficiais matá-lo a tiro. Entre todos, ninguém mostrou tanta fúria quanto o homem que vinha a cavalo. Após saltar da cela, passou pela multidão como se estivesse atravessando a água, e gritou, ao pé da janela:

— Ofereço vinte guinéus ao homem que me trouxer uma escada.

As vozes mais próximas absorveram o grito e centenas de outras ecoaram-no. Alguns clamavam por escadas, outros por marretas, alguns corriam com tochas de um lado para o outro, como se procurassem os objetos solicitados, e então voltavam e gritavam de novo. Alguns perdiam o fôlego proferindo imprecações e maldições. Outros espremiam-se como loucos, impedindo o progresso dos que estavam abaixo; alguns, entre os mais ousados, tentavam subir pela calha d'água e pelas fissuras na parede. Todos acenavam de um lado para o outro, na escuridão abaixo, como um campo de trigo agitado por um vento furioso, e uniam-se de vez em quando em um grito forte.

— A maré — gritou o assassino, enquanto voltava ao quarto e olhava para fora — estava baixa quando cheguei. Arrumem uma corda comprida. Estão todos na frente. Posso cair na vala e fugir. Depressa ou cometo mais três homicídios e então me mato.

Os homens apavorados apontaram-lhe o local onde a corda estava guardada. O assassino pegou a corda mais comprida e resistente e subiu até o topo da casa.

Todas as janelas do fundo da casa eram fechadas com tijolos, exceto um pequeno buraco no quarto onde o rapaz estava trancado, estreito demais para lhe permitir passar. Porém, por essa abertura, o rapaz pôde gritar para que a turba vigiasse também os fundos. Assim, quando o assassino chegou ao topo da casa, um grito lhe entregou, e todos que estavam na parte da frente correram para os fundos a fim de cercá-lo e imediatamente começaram a dar voltas pela casa, comprimindo-se uns contra os outros sem parar.

Sikes pregou uma tábua na porta do telhado para impedir que a abrissem por dentro, equilibrou-se nas telhas e os observou do parapeito.

A maré baixara, e a vala parecia uma poça de lama.

A multidão calara-se por alguns instantes, observando os movimentos do assassino, mas, quando percebeu que ele não tinha escapatória, gritou ainda mais alto do que todas às vezes anteriores. Os gritos cresciam cada vez mais. Aqueles que estavam a uma distância muito grande para distinguir seu significado, ecoaram o som. Os gritos ecoaram e ecoaram, como se a cidade inteira tivesse decidido amaldiçoá-lo.

Rostos em fúria continuavam a correr, com tochas para iluminar e exibir toda a sua ira. As casas ao redor foram tomadas pela multidão, janelas foram destruídas e havia gente aglomerada nos telhados de cada casa. Cada pequena ponte — havia três à vista — vergava com o peso das pessoas sobre ela. Todos queriam arrumar um canto de onde pudessem amaldiçoar e ver por um instante o assassino miserável.

— Agora ele não escapa — gritou um homem da ponte mais próxima. — Viva!

A multidão tornou a gritar.

— Darei cinquenta libras — gritou um velho da vizinhança — ao homem que o capturar vivo. Ficarei aqui para recebê-lo.

Houve outro brado da multidão. Neste momento, correu-se a notícia de que a porta fora finalmente arrombada e de que o homem que pedira a escada havia subido e entrara no quarto. A notícia correu de boca em boca, e as pessoas nas janelas, vendo as que estavam sobre as pontes correndo para o local, saíram de seus postos e foram para a rua, juntando-se à multidão que agora se aglomerava ao redor da casa. Todos se empurravam e se acotovelavam para chegar perto da porta e ver o criminoso quando os policiais o trouxessem para fora. Os gritos dos que eram empurrados, prensados ou pisoteados na confusão eram terríveis. As vielas estavam completamente cheias. Neste momento, entre a pressa de alguns em recuperar o espaço em frente à casa e os esforços inúteis de outros para se livrar da multidão, a atenção imediata foi desviada do assassino, embora a ânsia coletiva de capturá-lo tenha aumentado.

O homem recuara completamente reprimido pela ferocidade das pessoas e pela impossibilidade de escapar, mas, percebendo essa súbita mudança com mais rapidez do que ela ocorrera, determinado a fazer um último esforço por sua vida, atirou-se à vala, desaparecendo na escuridão e afastando-se da confusão.

Com as forças renovadas e estimulado pelo barulho que anunciava que a casa enfim fora invadida, pôs o pé em uma chaminé, amarrou uma ponta da corda em volta dela e fez um nó na outra ponta com as mãos e os dentes, quase em um segundo. A corda lhe permitia descer a uma distância perto do chão, menor do que sua própria altura, e tinha a faca em mãos para cortá-la.

No exato instante em que passava o nó sobre a cabeça para colocá-la debaixo dos braços, e quando o velho que oferecera a recompensa — que conseguira resistir à força da multidão na ponte e manter sua posição — gritava que o criminoso estava descendo, o assassino olhou para trás, elevou as mãos acima da cabeça e proferiu um grito de terror:

— Os olhos outra vez!

A última oportunidade.

Espantado como se tivesse sido atingido por um raio, perdeu o equilíbrio e caiu sobre o parapeito. O laço estava em seu pescoço; subiu com o peso do corpo, muito apertado e rápido como uma flecha. O assassino caiu de uma altura de dez metros. Houve um estremecer repentino, uma convulsão do corpo inteiro; enforcara-se, com a faca presa à mão enrijecida.

A velha chaminé estremeceu com o choque, mas resistiu bravamente. O assassino balançava sem vida contra a parede; e o rapaz, afastando o cadáver que lhe obscurecia a visão, pedia que alguém entrasse e o tirasse dali, pelo amor de Deus.

Um cão, que até então permanecera escondido, correu de um lado para o outro no parapeito com um uivo lúgubre. Então, saltou para os ombros do enforcado. Errou o pulo, caiu na vala e bateu em uma pedra que lhe rachou o crânio.

LI

REVELAÇÃO DE ALGUNS MISTÉRIOS E UM PEDIDO DE CASAMENTO

Dois dias após os acontecimentos narrados no capítulo anterior, Oliver estava, às três horas da tarde, em uma carruagem em direção à sua cidade natal. A sra. Maylie, Rose, a sra. Bedwin e o bom doutor estavam com ele. O sr. Brownlow, acompanhado de outra pessoa cujo nome não fora mencionado, seguia em uma carruagem ao lado.

Não falaram muito durante a viagem, pois Oliver estava em um estado de agitação e incerteza que o privava do poder de organizar seus pensamentos e de se expressar. Seus companheiros pareciam compartilhar do mesmo efeito. Oliver e as duas senhoras tinham ouvido cuidadosamente as revelações transmitidas pelo sr. Brownlow a respeito das confissões de Monks. Embora soubessem que o objetivo da viagem era concluir a investigação iniciada, ainda assim, toda a questão estava envolta em dúvida e mistério suficiente para deixá-los em suspense.

O mesmo amigo amável, com a ajuda do sr. Losberne, bloqueou cautelosamente todos os canais de comunicação pelos quais eles poderiam receber informações dos terríveis acontecimentos ocorridos recentemente.

— Com certeza — disse ele —, descobrirão tudo em breve, mas pode ser em um momento mais propício que o atual, que não pode ser mais inoportuno.

Assim, viajavam em silêncio, cada um deles refletindo a respeito do objetivo que os reunira. Ninguém se dispôs a expressar seus pensamentos.

Mesmo sob essas condições enquanto viajavam rumo à sua cidade natal por uma estrada que ele jamais vira, Oliver não conseguiu permanecer calado, com todas as lembranças dos velhos tempos e com as emoções que elas despertavam em seu peito. Então, eles entraram em um trecho do caminho que ele havia atravessado a pé quando era um pobre garoto desabrigado e errante, sem um amigo para ajudá-lo ou um teto sobre sua cabeça.

— Olhem! — gritou Oliver, apertando com força a mão de Rose e apontando para fora da carruagem. — É o caminho por onde eu vim. Ali estão as cercas que saltei temendo que alguém me alcançasse e me forçasse a voltar! Ali está o caminho que leva à casa onde morei quando era bem pequeno! Ah, Dick, Dick, meu velho amigo, se eu pudesse vê-lo agora!

— Vai revê-lo em breve — respondeu Rose, apertando-lhe gentilmente as mãos. — Você poderá lhe contar como está feliz, como enriqueceu, e lhe dizer que nenhuma felicidade é maior do que poder voltar e fazê-lo feliz também.

— Sim, sim — disse Oliver —, vamos levá-lo daqui, vesti-lo bem, educá-lo e enviá-lo para algum lugar tranquilo no campo onde ele possa se recuperar, não vamos?

Rose assentiu, pois o menino chorava de alegria, e ela não encontrava palavras.

— Será gentil e bondosa com ele, pois é assim com todos — disse Oliver. — Ele vai fazê-la chorar quando contar sua história. Mas não importa, tudo estará acabado e a senhorita sorrirá outra vez. Ele me disse "Deus o abençoe" quando fugi — falou o menino emocionado —, agora eu lhe direi "Deus o abençoe" e lhe mostrarei como também gosto dele!

Ao se aproximarem da cidade, passando pelas ruas estreitas, foi difícil conter o entusiasmo do garoto. A casa de Sowerberry, o agente funerário, parecia menor e menos imponente do que ele se lembrava; as lojas familiares, das quais tinha lembranças de um pequeno incidente; a carroça de Gamfield estava parada em frente à taverna; o asilo, a prisão monótona de seus dias de infância, com suas janelas escuras; o mesmo porteiro magro parado no portão, à vista do qual Oliver recuou involuntariamente e depois riu de si mesmo por ser tão tolo, depois chorou e então riu novamente; dezenas de rostos nas portas e janelas que ele conhecia muito bem. Tudo estava quase do mesmo jeito, como se ele tivesse partido ontem e toda a sua vida recente fosse apenas um sonho feliz.

Mas era a pura e alegre realidade. Seguiram até o velho hotel, ao qual Oliver costumava olhar com admiração como se fosse um palácio, mas que agora, de alguma forma, perdera a imponência; e lá estava o sr. Grimwig pronto para recebê-los, beijando as duas senhoras após descerem da carruagem, como se fosse o avô do grupo, sorrindo e sendo gentil, sem ameaçar comer a própria cabeça nem uma vez, nem mesmo quando discutiu com o condutor sobre qual seria o caminho mais curto para Londres, o que ele afirmava conhecer bem, embora só tivesse seguido por essa rota uma vez. O jantar estava pronto, as camas feitas e tudo estava preparado como por arte de mágica.

Apesar de tudo isso, após meia hora, prevaleceu o mesmo silêncio e constrangimento que marcara a viagem. O sr. Brownlow não se juntou a eles no jantar e ficou em um quarto separado. Os outros dois cavalheiros saíam e entravam parecendo ansiosos e, durante os breves intervalos em que estavam presentes, conversavam à parte. Em certo momento, a sra. Maylie foi chamada e, após se ausentar por quase uma hora, voltou com os olhos inchados de lágrimas. Tudo isso deixava Rose e Oliver, que não tinham nenhuma informação, nervosos e perturbados. Refletiam em silêncio ou, quando trocavam algumas palavras, faziam-no aos sussurros, como se temessem ouvir a própria voz.

Às nove horas, quando os dois começaram a pensar que não descobririam nada aquela noite, o sr. Losberne e o sr. Grimwig entraram na sala, seguidos pelo sr. Brownlow e um homem que Oliver quase gritou de surpresa ao ver; pois lhe disseram que era seu irmão e que era o mesmo homem que ele encontrara no mercado da cidade e que fora visto ao lado de Fagin. Monks lançou um olhar de ódio ao garoto e sentou-se perto da porta. O sr. Brownlow, com alguns papéis à mão, aproximou-se da mesa junto da qual Rose e Oliver estavam.

— É uma difícil tarefa — disse ele —, mas essas declarações, que foram redigidas em Londres diante de muitos cavalheiros, precisam ser repetidas aqui. Eu lhe pouparia da humilhação, mas precisamos ouvi-las de sua boca, antes que suma no mundo e sabe muito bem por quê.

— Prossiga — disse a pessoa a quem o cavalheiro se dirigiu, virando a face. — Depressa. Estou farto. Não me prenda aqui por mais tempo.

— Esta criança — disse o sr. Brownlow, aproximando Oliver de si — é seu meio-irmão, filho ilegítimo de seu pai, meu querido amigo Edwin Leeford, com a pobre moça Agnes Fleming, que morreu ao dar à luz?

— Sim — confirmou Monks, olhando para o menino assustado, cujas batidas do coração até ele podia ouvir. — Ele é o filho bastardo.

— O termo que usa — disse o sr. Brownlow, com firmeza — é reprovável. Ele não causa vergonha a ninguém, exceto a você que o emprega. Mas prosseguimos. O menino nasceu nesta cidade?

— No asilo desta cidade — respondeu Monks. — A história toda está aí.

Ele apontou impacientemente para os papéis enquanto falava.

— Mas precisa ser repetida aqui — disse o sr. Brownlow, olhando para os espectadores.

— Escutem então! Todos vocês! — exclamou Monks. — O pai dele, que adoeceu em Roma, foi acompanhado de sua mulher, minha mãe, de quem estava separado há muito tempo, que saiu de Paris e me levou com ela atrás de seus bens, pelo que sei, pois ela não tinha grande afeição por ele nem ele por ela. Ele não soube de nossa presença, pois já perdera os sentidos quando chegamos e morreu no dia seguinte. Entre os papéis que estavam em sua mesa, havia dois, datados da noite em que sua doença o acometera, dirigidos ao senhor — disse, voltando-se ao sr. Brownlow —, com uma instrução no envelope de que fossem enviados apenas após sua morte. Um dos papéis era uma carta a essa moça, Agnes, o outro, um testamento.

— E como era a carta? — perguntou o sr. Brownlow.

— A carta? Uma folha de papel dobrada duas vezes, com uma confissão penitente e orações a Deus para ajudá-la. Ele dissera à moça que um mistério, que seria revelado algum dia, impedia o casamento de ambos. Ela acreditou nele por muito tempo, cada vez mais, até que lhe entregou aquilo que ninguém pode trazer de volta. Ela estava, naquele momento, a poucos meses de dar à luz. Ele lhe disse tudo o que queria fazer para salvá-la da vergonha, se ele vivesse; e suplicou que, se ele morresse, ela não amaldiçoasse sua memória ou pensasse que as consequências de seu pecado cairiam sobre ela ou sobre o filho pequeno, pois a culpa era toda dele. Lembrou-lhe o dia em que lhe dera o pequeno medalhão e o anel com seu nome e o espaço em branco ao que ele esperava um dia preencher e pediu que ela o guardasse e o mantivesse sempre consigo, como ela tinha feito antes; e então escreveu desvairadamente as mesmas palavras, como se estivesse perturbado. Acho que estava.

— E o testamento? — perguntou o sr. Brownlow, enquanto as lágrimas de Oliver rolavam rapidamente.

Monks permaneceu calado.

— O testamento — disse o sr. Brownlow, falando por Monks — tinha a mesma essência da carta. Falava da tristeza que sua esposa lhe trouxera, do seu comportamento rebelde, vicioso e maléfico, seu único filho, que aprendera da mãe a odiar o pai; e deixou, para você e para sua mãe, uma pensão vitalícia de oitocentas libras. A maior parte da fortuna ele dividiu em duas cotas iguais, uma para Agnes Fleming e a outra para o filho deles, se este vivesse e chegasse à idade adulta. Se nascesse uma menina, herdaria incondicionalmente o dinheiro; mas, se fosse menino, o pequeno herdaria sua cota apenas se nunca manchasse seu nome com qualquer ação desonrosa, mesquinha, covarde ou vil. Fizera isso por conta da profunda confiança de que a criança herdaria o bom coração e a natureza nobre da mãe. Caso sua expectativa falhasse, o dinheiro iria para você, pois como as duas crianças eram iguais, ele reconhecia a prioridade para aquele que nunca tivera acesso ao seu coração, pois, desde criança, tratava-o com frieza e aversão.

— Minha mãe — disse Monks, em voz alta — fez o que qualquer mulher faria. Ela queimou o testamento. A carta nunca chegou ao seu destino, mas não foi apenas essa prova que ela guardou. Ela contou a verdade ao pai da moça, a verdade a respeito da filha, com o agravante de seu ódio violento, amo-a por isso agora, devo acrescentar. Envergonhado e sentindo-se desonrado, fugiu com os filhos para um canto remoto do País de Gales, mudando o nome para que seus amigos não pudessem encontrá-lo. Lá, pouco depois, foi encontrado morto em sua cama. A moça deixara a casa em segredo, algumas semanas antes. Ele a procurara em cidades e vilarejos próximos. Foi na noite em que voltou para casa, certo de que ela se matara para salvar-se da vergonha, que seu velho coração não aguentou e ele faleceu.

Houve uma breve pausa. Então o sr. Brownlow retomou o fio da narrativa.

— Anos depois — disse ele —, a mãe desse homem, Edward Leeford, procurou-me. Ele a deixou quando tinha apenas dezoito anos, roubou-lhe joias e dinheiro, jogou, esbanjou, fraudou e fugiu para Londres, onde passou dois anos se reunindo com as piores companhias. Ela foi tomada por uma doença dolorosa e incurável e desejava revê-lo antes de morrer. As investigações foram feitas e não deram resultados a princípio. Mas, por fim, deram seus frutos e eles voltaram juntos à França.

— Lá ela morreu — disse Monks — após uma doença prolongada. Em seu leito de morte, ela me revelou esses segredos, com seu ódio insaciável e mortal contra todos os que estavam envolvidos, embora ela não precisasse me transmitir esse sentimento, pois eu já os odiava bem antes. Não acreditava que a moça matara a si e o próprio filho, mas desconfiava de que ela dera à luz a um menino que estava vivo. Jurei a minha mãe que, se ele atravessasse meu caminho, iria persegui-lo implacavelmente com todo o meu ódio e não o deixaria desfrutar daquele insultante testamento. Ela estava certa. Enfim ele cruzou meu caminho. Eu teria conseguido se não fosse aquela maldita tagarela traidora!

Enquanto o vilão proferia maldições para si mesmo e agitava os braços, o sr. Brownlow voltou-se ao grupo assustado e explicou que o judeu, que fora seu antigo cúmplice e confidente, recebera uma grande recompensa para manter Oliver preso, da qual uma parte deveria ser devolvida, no caso de o garoto ser resgatado, e, após uma discussão sobre essa questão, os dois foram até a casa de campo para identificá-lo.

— E o medalhão e o anel? — perguntou o sr. Brownlow, voltando-se para Monks.

— Comprei-os do homem e da mulher de quem lhe falei, que os roubaram da enfermeira, que os roubaram da defunta — respondeu Monks, sem levantar os olhos. — O senhor sabe o que houve com esses objetos.

O sr. Brownlow fez um sinal para o sr. Grimwig, que se retirou prontamente da sala e logo retornou, trazendo a sra. Bumble e o marido relutante atrás dela.

— Meus olhos me enganam — exclamou o sr. Bumble, afetadamente — ou este é o pequeno Oliver? Ah, Oliver, se soubesse como estou feliz por vê-lo...

— Cale-se, idiota — murmurou a sra. Bumble.

— Não acha natural, sra. Bumble? — perguntou o diretor do asilo. — Não acha natural que me sinta comovido; eu, que vi esse menino crescer na paróquia e que agora o vejo aqui entre nobres senhoras e senhores? Sempre gostei deste garoto como se ele fosse meu próprio... neto — disse o sr. Bumble, parando para encontrar uma comparação apropriada. — Oliver, lembra-se daquele bom cavalheiro de colete branco? Ah! Ele foi para o céu semana passada, num caixão de carvalho com alças prateadas.

— Pare, senhor — disse o sr. Grimwig —, contenha seus sentimentos.

— Tentarei — respondeu o sr. Bumble. — Como o senhor está? Espero que bem.

A saudação foi dirigida ao sr. Brownlow, que se aproximara a uma curta distância do respeitável casal. Ele perguntou enquanto apontava para Monks:

— Conhece aquele homem?

— Não — respondeu a sra. Bumble, sem rodeios.

— E o senhor? — perguntou o sr. Brownlow, dirigindo-se ao sr. Bumble.

— Nunca o vi antes.

— Nunca lhe venderam nada?

— Não — respondeu a sra. Bumble.

— Nunca teve um medalhão de ouro e um anel? — perguntou o sr. Brownlow.

— Certamente que não — respondeu a matrona. — Por que fomos trazidos aqui para responder a essas perguntas tolas?

Mais uma vez, o sr. Brownlow fez um sinal para o sr. Grimwig e mais uma vez ele saiu prontamente da sala. Porém não voltou com um casal dessa vez, mas sim com duas senhoras, que entraram mancando.

— A senhora fechou a porta na noite em que a velha Sally morreu — disse a primeira, erguendo a mão enrugada —, mas não pôde silenciar o barulho ou cobrir as frestas.

— Não, não — disse a outra, olhando ao seu redor e exibindo as gengivas desdentadas — não, não, não!

— Ouvimos a senhora tentando fazer com que contasse o que tinha feito e vimos a senhora pegar um papel da mão da pobre mulher. Também vimos a senhora no dia seguinte na casa de penhores — disse a primeira.

— Sim — acrescentou a segunda —, e trazia um medalhão de ouro e um anel. Nós vimos. Estávamos lá. Ah! Estávamos lá.

— E sabemos mais — prosseguiu a primeira —, pois Sally nos disse muitas vezes que a jovem mãe lhe dissera que sentia que não sobreviveria e tinha fugido para morrer perto da sepultura do pai da criança.

— Gostaria de ver o penhorista? — perguntou o sr. Grimwig, ameaçando sair outra vez.

— Não — respondeu a matrona —, e se ele — disse, apontando para Monks — foi covarde o suficiente para confessar, como vejo que foi, e o senhor foi atrás dessas bruxas, não tenho mais nada a dizer. Vendi-os e eles estão agora onde nunca mais poderá recuperá-los. Algo mais?

— Não — respondeu o sr. Brownlow —, exceto que nos resta cuidar para que ninguém mais confie na palavra de vocês. Já podem se retirar.

— Espero — disse o sr. Bumble, olhando-o com grande pesar, enquanto o sr. Grimwig saía com as duas senhoras — que este incidente infeliz não me prive do meu cargo na paróquia.

— Com certeza, perderá seu cargo — respondeu o sr. Brownlow. — Devia se contentar por não fazermos nada pior.

— Tudo foi ideia da sra. Bumble. Foi ela — insistiu o sr. Bumble, após certificar-se de que a esposa saíra da sala.

— Isso não é desculpa — respondeu o sr. Brownlow. — O senhor esteve presente na ocasião em que os objetos foram destruídos e é o mais culpado dos dois segundo a lei, a qual supõe que a esposa age de acordo com a determinação do marido.

— Se a lei assim supõe — disse o sr. Bumble, apertando o chapéu enfaticamente com as mãos —, a lei é idiota. Se a lei funciona assim, ela é solteira e o pior que posso desejar a ela é que conheça a verdade através da experiência.

Após enfatizar essa última frase, o sr. Bumble enterrou o chapéu na cabeça, pôs as mãos nos bolsos e saiu atrás da esposa.

— Senhorita — disse o sr. Brownlow, voltando-se a Rose —, me dê a mão. Não trema. Não precisa temer ouvir as poucas palavras que ainda temos a dizer.

— Se elas dizem respeito a mim — disse Rose —, peço para ouvi-las em outro momento. Agora não tenho condições de ouvi-las.

— Não — replicou o cavalheiro, agarrando-lhe o braço —, a senhorita é mais forte do que isso, tenho certeza. Conhece esta jovem, senhor?

— Sim — respondeu Monks.

— Nunca o vi antes — afirmou Rose.

— Já a vi muitas vezes — replicou Monks.

— O pai da pobre Agnes teve *duas* filhas — disse o sr. Brownlow. — O que houve com a mais nova?

— A criança — respondeu Monks —, depois que o pai morreu em um lugar estranho sem deixar uma carta, livro ou pedaço de papel que pudesse identificar amigos ou parentes, foi adotada por camponeses que a criaram como se fosse filha deles.

— Prossiga — disse o sr. Brownlow, fazendo um sinal para a sra. Maylie se aproximar. — Vamos!

— O senhor não conseguiu encontrar o local onde essas pessoas se esconderam — disse Monks —, mas onde a amizade falha, o ódio muitas vezes revela um caminho. Minha mãe encontrou a criança após um ano de busca.

— Ela a levou?

— Não. Aquelas pessoas eram pobres. O nobre gesto estava começando a pesar, e minha mãe deixou-lhes um pouco de dinheiro que não duraria muito e prometeu-lhes mais, que ela nunca pretendeu enviar. Ela não confiava, porém, que o desgosto e a pobreza fossem suficientes para tornar a criança infeliz, então contou-lhes a história da desonra da irmã, com as alterações que lhe convinha, e pediu-lhes que tomassem cuidado com a criança, pois ela tinha aquele mesmo sangue ruim e disse-lhes que era ilegítima e que com certeza iria seguir um caminho errado em algum momento. As circunstâncias favoreciam essas acusações, assim a família acreditou naquilo e a criança levou uma vida miserável o suficiente para nos satisfazer, até que uma viúva, que morava em Chester, viu a moça por acaso, teve pena dela e a levou para casa. Houve algum feitiço maldito, imagino, contra nós, pois, apesar de todos os nossos esforços, ela permaneceu lá e viveu feliz. Perdi-a de vista há dois ou três anos e não a vi mais até há alguns meses.

— Você a vê neste momento?

— Sim. Apoiada em seus braços.

— Mas isso não a torna menos minha sobrinha — disse a sra. Maylie, abraçando-a —, não mesmo. Não a perderia nem por todos os tesouros deste mundo. Minha querida e doce companhia!

— A única amiga que já tive — gritou Rose, abraçando-a. — A mais carinhosa, a melhor das amigas. Meu coração vai explodir. Não consigo aguentar tudo isso.

— Você tem suportado muito mais e tem sido a melhor e mais gentil criatura que traz felicidade a todos que a conhecem — disse a sra. Maylie, abraçando-a com ternura. — Vá, querida, lembre-se de quem espera para abraçá-la, pobre criança!

— Jamais vou chamá-la de tia — disse Oliver, atirando os braços ao redor do pescoço dela —, querida irmã, que me ensinou a amá-la tão carinhosamente desde o início! Rose, querida!

As lágrimas que rolaram e as palavras trocadas no longo abraço íntimo entre os órfãos se tornaram sagradas. Um pai, uma irmã e uma mãe perdidos foram recuperados naquele momento. Alegria e tristeza misturavam-se, mas não havia lágrimas amargas, pois, até mesmo a tristeza se elevava tão suavizada e revestida de lembranças tão doces e ternas que se tornou um prazer solene e perdeu todo o seu caráter de dor.

Passaram muito, muito tempo sozinhos. Uma leve batida na porta anunciou enfim que alguém desejava entrar. Oliver abriu-a e recebeu Harry Maylie.

— Já soube de tudo, Rose querida — disse ele, sentando-se ao lado da amada. — Não vim aqui por acaso — acrescentou, após um longo silêncio — nem soube de tudo hoje, mas sim ontem à noite. Vim para lembrá-la de uma promessa.

— Espere — disse Rose. — Sabe de tudo?

— De tudo. Você prometeu me dar licença para, dentro de um ano, retomar o assunto da nossa última conversa.

— Sim, prometi.

— Não para fazê-la mudar de decisão — continuou o rapaz —, mas para ouvir repeti-la, se quiser. Caso mantivesse sua decisão anterior, prometi não a procurar mais.

— As mesmas razões que me influenciaram antes me influenciam agora — respondeu Rose, com firmeza. — Nunca minhas obrigações com aquela cuja bondade me salvou de uma vida de indigência e sofrimento estiveram mais fortes. É uma luta, mas uma da qual me orgulho de participar; é uma pancada, mas uma que meu coração pode suportar.

— As revelações desta noite... — disse Harry.

— As revelações desta noite — interrompeu Rose, gentilmente — colocam-me na mesma posição com relação a você em que eu estava antes.

— Você endurece seu coração contra mim, Rose — protestou o rapaz.

— Ah Harry, Harry — disse a senhorita, chorando. — Quem me dera poder poupá-lo dessa dor.

— Então por que a infligir a si mesma? — perguntou Harry, pegando-lhe a mão. — Pense, querida Rose, no que ouviu esta noite.

— E o que eu ouvi? O que ouvi? — exclamou Rose. — Que a dor da profunda tristeza de meu pai foi grande demais e o fez desistir de tudo. Já chega, Harry, já dissemos o que tínhamos a dizer.

— Ainda não — disse o rapaz, detendo-a quando ela se levantou. — Minhas esperanças, meus desejos, minhas perspectivas, meus sentimentos, todos os meus pensamentos na vida exceto o meu amor por você mudaram. Eu não lhe ofereço nenhuma distinção em um mundo agitado nem a companhia de gente maléfica, mas sim um lar e um coração. Sim, querida Rose, isso é tudo o que tenho a lhe oferecer.

— O que quer dizer com isso? — perguntou ela.

— Quero dizer que, quando parti, deixei-a com uma firme determinação de nivelar todas as barreiras imaginárias entre nós. Decidi que, se meu mundo não pode ser o seu, faria o seu mundo o meu e que nenhum orgulho de nascença nos afastaria. Foi o que fiz. Aqueles que se distanciaram de mim por causa disso provaram que você estava certa. Com tanto poder e riqueza, tais parentes influentes e poderosos que antes sorriam para mim agora me olham com frieza. Mas ainda me restam campos floridos e árvores verdejantes no recanto mais rico da Inglaterra e, atrás da igreja do vilarejo, há uma cabana rústica da qual você pode me fazer sentir o homem mais orgulhoso, mais do que todas as esperanças às quais renunciei. Esta é minha situação atual e onde moro agora!

●●●

— Como os amantes demoram a vir para a ceia — comentou o sr. Grimwig.

Verdade seja dita, a ceia esperou ainda bastante tempo. Nem a sra. Maylie, nem Harry, nem Rose conseguiram explicar o atraso.

— Pensei que de fato teria que comer minha cabeça — disse o sr. Grimwig —, pois comecei a achar que não iria comer nada. Tomo a liberdade, se me permitem, de saudar os noivos.

O sr. Grimwig não perdeu tempo em cumprimentar a senhorita corada e o exemplo, sendo contagioso, foi seguido tanto pelo médico quanto pelo sr. Brownlow.

— Oliver, meu filho — disse a sra. Maylie —, por onde esteve e por que está tão triste? Está chorando. O que houve?

O mundo, muitas vezes, é um lugar de decepção para as esperanças que mais prezamos e que tornam nossa natureza a maior honra. O pobre Dick estava morto!

LII

A ÚLTIMA NOITE DA VIDA DE FAGIN

O tribunal estava cheio, preenchido em cada canto com rostos humanos exibindo olhos curiosos e ansiosos que espreitavam cada centímetro. Da plataforma até o mais remoto canto, todos os olhares fixavam-se em um homem: Fagin. À frente e atrás, acima e abaixo, à direita e à esquerda, ele estava cercado por olhos brilhantes.

Com uma das mãos apoiadas na barra de madeira à sua frente e a outra em forma de concha levada ao ouvido, inclinava a cabeça para poder ouvir todas as palavras da acusação que o juiz lia. Por vezes, voltava os olhos aos jurados para observar o efeito de qualquer coisa que pudesse diminuir sua pena. Quando as acusações contra ele eram muito claras, olhava para seu advogado, como se lhe pedisse ajuda. Além dessas manifestações de ansiedade, não movia as mãos nem os pés. Mal se mexera desde o início do julgamento e, agora que o juiz parou de falar, continuava com a mesma atitude tensa de atenção, com o olhar voltado para o magistrado, como se ainda o escutasse.

Uma pequena confusão no tribunal o despertou. Percebeu que os jurados se reuniram para considerar o veredito. Enquanto seus olhos vagavam pela galeria, viu as pessoas se erguendo para observar seu rosto, umas olhando-o por trás dos óculos e outras sussurrando com um olhar expressivo de repulsa. Algumas, que pareciam desatentas ao réu, olhavam apenas para o júri, impacientes, perguntando-se por que demoravam tanto. Mas não pôde perceber no rosto de ninguém, nem mesmo no das mulheres que estavam em grande número, qualquer sinal de simpatia ou qualquer outro sentimento senão o do desejo por sua condenação.

Ao ver tudo isso, o silêncio sepulcral veio novamente e, virando-se, ele percebeu que os jurados tinham se voltado ao juiz.

Eles apenas pediram permissão para se retirar.

Olhou melancolicamente para o rosto de cada um deles enquanto saíam, como se quisesse ver suas intenções, mas isso foi infrutífero. O carcereiro tocou-lhe no ombro. Ele caminhou até o banco dos réus e se sentou em uma cadeira.

Olhou outra vez para a galeria. Alguns comiam e outros abanavam o rosto com o lenço, pois fazia muito calor no tribunal. Um rapaz desenhava o rosto do judeu em um caderninho. Ele se perguntou se parecia daquele jeito e observou quando o artista quebrou seu lápis.

Da mesma forma, quando olhou para o juiz, começou a pensar na roupa que ele trajava e qual seria seu preço. Havia também um cavalheiro velho e gordo à mesa que saíra meia hora antes e agora voltava. Tentava imaginar se aquele homem saíra para jantar, o que e onde havia comido, continuou a ter esses pensamentos até que um objeto chamou sua atenção.

Não que durante esse tempo todo sua mente estivesse livre do pensamento da sepultura que se abria aos seus pés. Essa ideia não lhe saía da cabeça, mas de uma forma vaga e geral, e ele não podia fixar seus pensamentos nisso. Assim, mesmo quando tremia e ficava febril ao pensar em sua morte rápida, começou a contar as barras de ferro diante de si e imaginou a forca, mas logo desviou os pensamentos para ver um homem molhando o chão para esfriá-lo e depois passou a pensar outra vez.

Então houve um pedido de silêncio e todos olharam em direção à porta. O júri voltou e passou próximo a ele. Fagin não conseguia desvendar nada de seus rostos; pareciam feitos de pedra. Seguiu-se o silêncio; nem um sussurro, nem um suspiro: culpado.

O prédio tremeu com um grito ruidoso. Depois houve outro e outro. Então ecoaram clamores estrondosos, tão fortes como um trovão furioso. Era uma manifestação de alegria das pessoas do lado de fora, comemorando a notícia de que ele morreria na segunda-feira.

O barulho diminuiu. Perguntaram-lhe se ele tinha algo a declarar contra a sua sentença. Fagin voltou à posição anterior e olhou atentamente para o juiz quando ele lhe fez essa pergunta, mas ela precisou ser repetida duas vezes até que o condenado desse sinal de tê-la ouvido e murmurasse que era apenas um velho e caísse em profundo silêncio.

O juiz vestiu a toga, e o condenado permaneceu de pé. Uma mulher na galeria proferiu alguma exclamação diante daquela solenidade terrível. O juiz olhou rapidamente para cima, como se estivesse zangado com a interrupção, e inclinou-se ainda mais para frente. O discurso foi solene e impressionante, e a sentença, temerosa de ser ouvida. Mas Fagin parecia uma estátua de mármore, sem mover um músculo. Seu rosto estava abatido, a mandíbula pendia para baixo e os olhos se mantinham fixos à sua frente quando o carcereiro lhe tocou o braço e pediu que o seguisse. Ele olhou abobado para ele por um instante e obedeceu.

Conduziram-no por um corredor subterrâneo onde alguns prisioneiros aguardavam seu julgamento e outros conversavam com seus companheiros, que se amontoavam ao redor de uma grade que ia até o pátio aberto. Ninguém lhe falava, mas, ao passar, os prisioneiros recuavam para torná-lo mais visível a fim de que as pessoas que se acumulavam por trás das grades pudessem vê-lo e atacá-lo com xingamentos, gritos e assobios. Ele sacudiu o punho e teria cuspido neles, mas os guardas o empurraram na direção de um corredor escuro iluminado por algumas lamparinas fracas rumo ao interior da prisão.

Lá, Fagin foi revistado para não ter meios de se antecipar à justiça. Feito isto, levaram-no a uma das celas e o deixaram sozinho.

Ele sentou-se em um banco de pedra em frente à porta, que servia de assento e de cama; e, com os olhos injetados voltados ao chão, tentou ordenar os pensamentos. Depois de algum tempo, começou a se lembrar de alguns fragmentos desarticulados do que o juiz dissera: embora lhe parecesse que não conseguira ouvir uma palavra sequer. Os fragmentos gradualmente foram se juntando em seus devidos lugares e, pouco a pouco, sugeriam mais; enfim lembrou-se de tudo. Seria enforcado... esse era seu fim.

Quando escureceu, começou a pensar em todos os conhecidos que morreram na forca; alguns, por culpa dele. Lembrava-se de tantos tão rapidamente que mal podia contá-los. Vira alguns deles morrerem e rira na ocasião porque morreram rezando.

Fagin na cela de condenados.

Com um baque, vinha a queda e, de repente, homens fortes e vigorosos transformavam-se em roupas penduradas!

Alguns deles talvez tivessem ficado naquela mesma cela, naquele mesmo lugar. Estava muito escuro; por que eles não lhe traziam uma vela? A cela fora construída há muitos anos. Muitos homens deviam ter vivido seus momentos finais ali. Era como sentar-se em uma câmara mortuária cheia de cadáveres; o capuz, o nó, os braços, os rostos conhecidos, mesmo debaixo daquele véu horrível. Luz, luz!

Quando suas mãos estavam em carne viva por bater tanto nas paredes e na porta, apareceram dois homens: um trazendo uma vela, que pôs em um castiçal de ferro preso na parede; o outro arrastando um colchão onde passaria a noite, pois o prisioneiro não devia continuar sozinho.

Então, veio a noite, uma noite escura, triste e silenciosa. Outros ficariam felizes por ouvir a batida do sino da igreja, pois indicava vida e o nascer de um novo dia. Para Fagin, trazia desespero. Cada badalar do sino vinha carregado com apenas um som profundo e oco: o som da morte.

O dia passou. Dia? Não havia dia. Passou tão depressa quanto o anterior, e a noite caiu; noite tão longa e tão curta; longa em seu silêncio terrível e curta em suas horas fugazes. Por vezes, delirava e blasfemava; em outros momentos, gritava e arrancava os próprios cabelos. Veneráveis homens vieram rezar ao seu lado, mas ele os expulsou, xingando-os. Renovaram seus esforços caridosos, e ele quis bater neles.

Sábado à noite. Restava-lhe apenas mais uma noite de vida. Quando percebeu isso, o dia terminou. Era domingo.

Foi somente na noite deste último dia terrível que uma sensação de seu estado de desespero caiu sobre sua alma atormentada; não que ele tivesse alguma esperança de perdão, mas também não considerara que o momento de sua morte estava tão próximo. Falara pouco aos guardas; eles, por sua vez, não fizeram nenhum esforço para chamar sua atenção. Encontrava-se ali, desperto, mas sonhava. Agora, levantava-se a cada instante, ofegante e febril, em tal paroxismo de medo e ira que até mesmo os guardas, acostumados a tais visões, arrepiaram-se horrorizados. Ele parecia tão terrível, atormentado por torturas de sua consciência maligna, que um homem apenas não suportava ficar ali sozinho vigiando-o, logo dois o vigiavam juntos.

O condenado deitou-se na cama de pedra e pensou no passado. Fora ferido por alguns projéteis lançados pela multidão no dia de sua captura. Sua cabeça estava enfaixada com um pano de linho. Seus cabelos ruivos caíam sobre o rosto; sua barba estava em parte arrancada e torcida em nós; seus olhos brilhavam de modo terrível; sua pele suja ardia com a febre. Oito horas, nove horas. Se não fosse um truque para assustá-lo e essas fossem as horas reais passando, onde ele estaria quando retomasse a consciência? Onze horas! Outra batida, antes que a anterior tivesse cessado de vibrar. Às oito, ele seria o único enlutado em seu próprio funeral; às onze...

As paredes sombrias de Newgate, que esconderam tanta miséria e tanta angústia indescritível, não só dos olhos, mas, muitas vezes e por muito tempo, dos pensamentos dos homens, nunca presenciaram um espetáculo tão temível como este. Os poucos que se aventurassem a passar e se perguntassem o que estaria fazendo o homem que seria enforcado no dia seguinte perderiam o sono se pudessem vê-lo.

Desde o início da noite até quase meia-noite, pequenos grupos de dois ou três se reuniam em frente à prisão para perguntar, com rostos ansiosos, se a execução seria adiada. Diante da negativa, transmitiam a resposta para outros grupos na rua, que apontavam uns aos outros a porta de onde o condenado deveria sair e mostravam onde a forca seria erguida. Aos poucos iam embora, um a um; e, durante uma hora, na calada da noite, a rua se tornou deserta e sombria.

O espaço ao redor da prisão estava livre e algumas barreiras pintadas de preto foram colocadas no chão para conter a multidão esperada; o sr. Brownlow e Oliver apareceram na porta da cadeia, apresentando uma ordem de admissão para ver o prisioneiro assinada por um dos xerifes. Foram admitidos imediatamente.

— O menino também vai, senhor? — perguntou o guarda, cujo dever era conduzi-los. — Não é uma visão agradável para crianças.

— Não é mesmo, meu amigo — respondeu o sr. Brownlow —, mas meus assuntos a tratar com esse homem estão intimamente ligados ao menino, e, como testemunhou toda a sua maldade, acho que ele, mesmo à custa de alguma dor e medo, deveria vê-lo agora.

Estas poucas palavras foram ditas à parte, de modo a serem inaudíveis para Oliver. O guarda tocou em seu chapéu e olhando para Oliver com certa curiosidade, abriu outra porta em frente àquela pela qual entraram e os conduziu, por corredores escuros e sinuosos, em direção às celas.

— Este — disse o homem, parando em um corredor escuro onde dois homens trabalhavam em profundo silêncio — é o lugar por onde ele passará. Se seguirem adiante, verão a porta por onde ele sairá.

Atravessaram a cozinha, com utensílios para preparar a comida da cadeia, e chegaram a uma porta. Havia uma abertura sobre ela, de onde podiam ouvir vozes misturadas com o barulho de martelos. Estavam construindo a forca.

Em seguida, passaram por vários portões pesados, abertos por outras chaves do lado de dentro; e, tendo entrado em um pátio aberto, subiram um lance de degraus estreitos e chegaram em um corredor cheio de portas. Pedindo que aguardassem, o oficial entrou. Os dois guardas foram até o corredor, parecendo contentes com esse pequeno descanso, e pediram aos visitantes que seguissem o carcereiro até a cela. Obedeceram.

O condenado estava sentado na cama, revirando-se, parecendo mais uma besta enjaulada do que um homem. Seus pensamentos evidentemente vagavam por sua vida antiga, pois continuava murmurando, sem parecer consciente da presença dos visitantes, a menos que fizessem parte de suas visões.

— Bom garoto, Charley... — murmurou. — Oliver, também. Ha Ha Ha! Oliver também... parece até um cavalheiro agora... como parece... Vá para a cama!

O carcereiro segurou a mão de Oliver, disse a ele para não ter medo e ficaram observando sem dizer nada.

— Levem-no para a cama! — gritou Fagin. — Estão me ouvindo? Ele foi, de alguma forma, a causa disso tudo. Vale a pena cuidar dele pelo dinheiro. Corte a garganta de Bolter, Bill, esqueça a garota. Faça-lhe um corte profundo na garganta. Corte a cabeça dele!

— Fagin — disse o carcereiro.

— Sou eu! — respondeu o judeu, assumindo instantaneamente a posição com que ouvira a sentença. — Um velho, vossa excelência, apenas um velho!

— Preste atenção — disse o carcereiro, pondo a mão sobre seu peito para acalmá-lo. — Aqui estão duas pessoas que vieram vê-lo para lhe fazer algumas perguntas, imagino. Fagin, Fagin! Você é um homem?

— Em breve não serei mais — respondeu ele, com um rosto que não tinha expressão humana, e sim apenas raiva e terror. — Que todos caiam mortos! Que direito têm de me matar?

Ao falar, viu Oliver e o sr. Brownlow. Encolhido no canto mais distante da cela, perguntou o que queriam ali.

— Calma — disse o carcereiro. — Agora, senhor, diga-lhe o que deseja. Mas seja breve, por favor, pois ele fica pior com o passar do tempo.

— Você tem alguns papéis — disse o sr. Brownlow, adiantando-se — que foram colocados em suas mãos por um homem chamado Monks.

— É tudo mentira — respondeu Fagin. — Não tenho papel algum.

— Pelo amor de Deus — disse o sr. Brownlow, solenemente —, não diga isso à beira da morte. Diga-me onde eles estão. Você sabe que Sikes morreu, que Monks confessou e que não há esperança de qualquer ganho adicional. Onde estão os papéis?

— Oliver — berrou Fagin, acenando para o garoto. — Aqui, aqui! Deixe-me sussurrar em seu ouvido.

— Não tenho medo — balbuciou Oliver, enquanto soltava a mão do sr. Brownlow.

— Os papéis — disse Fagin, atraindo Oliver para si — estão em um saco de pano em um buraco um pouco acima da chaminé na parte superior da sala. Quero falar com você, menino. Quero falar com você.

— Sim, sim — respondeu-lhe Oliver. — Permita-me orar pelo senhor. Vamos! Deixe-me fazer uma prece. Reze comigo, fique de joelhos apenas uma oração, depois conversamos até de manhã.

— Lá fora, lá fora — respondeu Fagin empurrando o menino em direção à porta e olhando vagamente acima de sua cabeça. —

Diga-lhes que dormi. Acreditarão em sua palavra. Você pode me tirar daqui. Depressa!

— Ah! Deus, perdoe esse miserável! — disse Oliver, irrompendo em lágrimas.

— Isso mesmo, isso mesmo — disse Fagin. — Isso me ajudará a fugir. Essa porta primeiro. Se eu tremer enquanto passar diante da forca, não se preocupe e continue andando. Vamos, depressa!

— Não tem mais nada a perguntar-lhe, senhor? — perguntou o carcereiro.

— Não — respondeu o sr. Brownlow. — Se eu pudesse trazê-lo de volta à realidade...

— Isso é impossível, senhor — respondeu o homem, balançando a cabeça. — É melhor deixá-lo.

A porta da cela foi aberta e os guardas voltaram.

— Vá, vá — gritou Fagin. — De mansinho, mas não tão devagar. Depressa, depressa!

Os homens lhe seguraram e, afastando Oliver do condenado, detiveram-no. Ele lutou com a força do desespero por um instante e então começou a gritar. Os gritos eram tão altos que atravessaram até mesmo as paredes maciças da prisão e ressoaram em seus ouvidos até atingirem o pátio.

Ficaram ainda por algum tempo na prisão. Oliver quase desmaiou depois dessa cena assustadora e ficou tão fraco que não teve forças para andar por mais de uma hora.

O dia estava amanhecendo quando saíram. Uma grande multidão já havia se reunido, as janelas estavam cheias de pessoas, que fumavam e jogavam cartas para passar o tempo. A multidão empurrava-se, brigava, fazia troças. Tudo era vívido e animado, exceto um conjunto escuro de objetos no centro de todos: a plataforma negra, a forca, a corda e todo o horrível aparato da morte.

LIII
DESFECHO

A história daqueles que apareceram neste livro está quase completa. O pouco que resta ao narrador relatar pode ser dito em poucas palavras.

Antes de três meses terem passado, Rose Fleming e Harry Maylie casaram-se na igreja do vilarejo, que, a partir de então, seria o local de trabalho do jovem clérigo. No mesmo dia, tomaram posse de seu novo e feliz lar.

A sra. Maylie mudou-se para a casa do filho e da nora para desfrutar, durante o tranquilo resto de seus dias, da maior alegria que a idade pode oferecer: a contemplação da felicidade daqueles a quem dedicamos os mais calorosos afetos e ternos cuidados de uma vida bem proveitosa.

De uma plena e cuidadosa investigação, constatou-se que a fortuna que estava aos cuidados de Monks (que nunca havia prosperado nem em suas mãos nem nas de sua mãe), se fosse dividida igualmente entre ele e Oliver, renderia a cada um pouco mais de três mil libras. Segundo o testamento do pai, Oliver teria direito a tudo, mas o sr. Brownlow, não querendo privar o filho mais velho da oportunidade de se recuperar de seus antigos vícios e assim seguir uma vida honesta, propôs essa divisão, a que Oliver aceitou alegremente.

Monks, ainda com esse nome, pegou sua parte e fugiu para uma região distante do Novo Mundo, onde, após perder o dinheiro com gastos inúteis, voltou a seus velhos vícios e, após passar um longo período na prisão por causa de algum novo ato de fraude e maldade, foi tomado pelo seu antigo mal, teve um ataque e morreu no cárcere. Longe de sua terra natal, também morreram os líderes remanescentes da quadrilha de seu amigo Fagin.

O sr. Brownlow adotou Oliver como filho. Mudaram-se, ele e a velha governanta, para uma casa perto da paróquia de Harry, onde seus queridos amigos residiam. Ele atendeu ao único desejo remanescente do coração caloroso e sincero de Oliver, e assim formou uma pequena comunidade, cujas qualidades se aproximavam de uma perfeita felicidade, como nunca se viu antes.

Rose e Oliver.

Logo após o casamento, o bom doutor voltou a Chertsey, onde, desprovido da presença de seus velhos amigos, teria se tornado triste se seu temperamento admitisse tal sentimento. Durante dois ou três meses, contentou-se em insinuar que não se acostumara com o clima; então, percebendo que o lugar realmente não lhe servia, passou a clínica a seu assistente, adquiriu um pequeno chalé nos arredores da vila da qual seu jovem amigo era pastor e logo se recuperou. Dedicou-se à jardinagem, ao plantio, à pesca, à carpintaria e a várias outras atividades de natureza semelhante: todas empreendidas com sua impetuosidade característica, e tornou-se uma autoridade reconhecida pela vizinhança em cada uma delas.

Antes de seu afastamento, tornou-se um grande amigo do sr. Grimwig, e este excêntrico cavalheiro retribuía cordialmente, visitando-o várias vezes durante o ano. Nessas ocasiões, o sr. Grimwig planta, pesca e pratica a carpintaria com grande ardor; fazendo tudo de uma maneira muito singular e sem precedentes, mas sempre afirmando, com sua asseveração favorita, que seu método é o correto. Aos domingos, nunca deixa de criticar o sermão ao jovem clérigo: sempre informando o sr. Losberne, em estrita confidência, que o considera um excelente orador, mas acha melhor não o dizer. O sr. Brownlow diverte-se ao relembrá-lo de sua antiga profecia a respeito de Oliver na noite em que os dois permaneceram em frente ao relógio, esperando o retorno do menino. Contudo, o sr. Grimwig afirma que de certa forma estava certo, observando que, no fim das contas, Oliver não voltou, o que sempre evoca risadas.

O sr. Noah Claypole, perdoado pelo rei por ter deposto contra Fagin e após considerar que sua profissão não era tão segura quanto poderia desejar, ficou, por algum tempo, matutando um meio de subsistência que não lhe exigisse muito esforço. Depois de refletir, decidiu atuar como informante. Assim, sai uma vez por semana durante o horário da igreja acompanhado de Charlotte em trajes respeitáveis. Sua esposa desmaia em frente a alguma taverna, então o cavalheiro recebe três pence em aguardente de algum comerciante caridoso para restabelecê-la. No dia seguinte, o sr. Claypole o denunciava e recebia metade da multa. Por vezes, ele mesmo desmaiava e o resultado era o mesmo.

O sr. e a sra. Bumble, tendo sido privados de seus cargos, foram aos poucos caindo na miséria até, enfim, tornarem-se indigentes naquele mesmo asilo em que outrora tinham o poder sobre os outros. O sr. Bumble afirma que, mesmo vivendo nessa situação inversa e degradante, não tem palavras para agradecer por estar separado da esposa.

Quanto ao sr. Giles e a Brittles, ambos ainda permanecem ocupando a mesma função, embora o primeiro tenha ficado careca, e o segundo, bastante grisalho. Dormem na casa do pastor, mas trabalham igualmente para Oliver e o sr. Brownlow e para o sr. Losberne, de forma que até hoje os aldeões não sabem afirmar em qual casa eles efetivamente trabalham.

Mestre Charles Bates, chocado com o crime de Sikes, refletiu se uma vida honesta não era, afinal de contas, a melhor opção. Chegando à conclusão de que sim, virou as costas para o passado e empenhou-se em uma nova esfera de ação. Enfrentou muitas dificuldades e sofreu muito por algum tempo; mas, por ter uma disposição alegre e um bom propósito, conseguiu no final: virou ajudante de fazendeiro, depois carroceiro e agora é o mais jovem e alegre criador de gado de toda Northamptonshire.

Agora, a mão que escreve estas palavras hesita ao se aproximar da conclusão de sua tarefa, pois gostaria de contar a continuação destas aventuras.

Eu me demoraria ainda com alguns daqueles entre os quais dediquei tanto tempo, e compartilharia sua felicidade tentando retratá-la. Mostraria Rose Maylie em toda a flor e graça de sua feminilidade, oferecendo gentileza e bondade a todos e iluminando seus corações. Descreveria a vida e a alegria do seu círculo animado e caloroso de amigos. Seguiria a bela jovem pelos campos à tarde, ouviria o tom baixo de sua voz doce em caminhadas noturnas banhadas pela lua e a observaria em toda a sua bondade e caridade com estranhos e no incansável cumprimento de suas tarefas domésticas. Descreveria ela e o filho de sua falecida irmã, juntos e felizes, e passaria horas imaginando os amigos que eles perderam tão tristemente. Convocaria, mais uma vez, aqueles rostos alegres que se reuniam ao seu redor para escutar sua prosa agradável e me lembraria dos tons de sua risada, evocando a lágrima de compaixão que brilhava em seus belos olhos azuis. Disto, e de milhares de olhares e sorrisos, e reviravoltas de pensamento e histórias... eu me recordaria.

Como o sr. Brownlow continuou, dia após dia, preenchendo a mente do filho adotivo com conhecimento e se apegando cada vez mais a ele à medida que crescia, mostrando-lhe as sementes prósperas de tudo o que ele desejava que o garoto se tornasse; como ele descobriu nele novos traços de seu primeiro amigo, que despertou em seu coração velhas lembranças melancólicas e, ao mesmo tempo, doces e tranquilizantes; como os dois órfãos, provados pela adversidade, lembraram suas lições de misericórdia para com os outros, de amor mútuo e de fervor graças àquele que os protegera: tudo isso são assuntos que não precisam ser contados. Eu disse que eles foram realmente felizes; e, sem uma forte afeição e gratidão a esse Ser cujo código é a Misericórdia e cujo grande atributo é a benevolência a todas as coisas que respiram, a felicidade nunca poderá ser alcançada.

Dentro do altar da velha igreja do vilarejo está uma lápide de mármore branco, que traz apenas uma palavra: "AGNES." Não há nenhum caixão naquele túmulo; e que passem muitos, muitos anos, antes que outro nome seja colocado acima dele! Mas, se os espíritos dos mortos voltassem à terra, para visitar lugares santificados pelo amor, o amor além-túmulo, daqueles que conheceram em vida, acredito que a sombra de Agnes às vezes pairaria em torno daquele recanto solene. No entanto, não acredito nisso porque esse recanto está em uma igreja, e ela era fraca e errante.